당신은 언제 행복하실 거예요?
저는 지금 당장 행복하려구요.

노희경 2022.6

你何時要開始幸福呢？
從此時此刻就感受幸福吧。——盧熙京 2022.6

我們的藍調時光
2

Essential YY0931

我們的藍調時光 2

우리들의블루스

作者：盧熙京
譯者：莫莉、黃邦尼
封面設計：張添威
內頁排版：立全排版
責任編輯：詹修蘋
版權負責：陳柏昌
行銷企劃：楊若榆、黃蕾玲、陳彥廷
副總編輯：梁心愉

發行人：葉美瑤
出版：新經典圖文傳播有限公司
地址：10045臺北市中正區重慶南路一段五七號十一樓之四
電話：886-2-2331-1830　傳真：886-2-2331-1831
讀者服務信箱：thinkingdomtw@gmail.com
臉書專頁：http://www.facebook.com/thinkingdom/

總經銷：高寶書版集團
地址：11493臺北市內湖區洲子街八八號三樓
電話：886-2-2799-2788　傳真：886-2-2799-0909
海外總經銷：時報文化出版企業股份有限公司
地址：桃園市龜山區萬壽路二段三五一號
電話：886-2-2306-6842　傳真　886-2-2304-9301

初版一刷：2022年12月5日
定價：新台幣990元

國家圖書館出版品預行編目(CIP)資料

我們的藍調時光/盧熙京作；莫莉，黃邦尼譯.
-- 初版. -- 臺北市：新經典圖文傳播有限公司，
2022.12
2冊；15.2*22.5公分. -- (Essential；YY0931)
譯自：우리들의 블루스
ISBN 978-626-7061-47-3(全套：平裝)

862.55   111018975

盧熙京 著

莫莉、黃邦尼 譯

我們的藍調時光

2

《我們的藍調時光》使我成長了一拃*

　　編寫劇本的同時，其實羞愧難當。我明明不了解濟州方言，卻以濟州島作為故事場景（說來慚愧，劇中的台詞皆由演員們實際學習濟州方言後演出）。我不曾有過墮胎經歷，卻毫不猶豫寫下英珠與阿顯的故事；生活周遭明明隨處可見與朋友出現心結、沒有當下解決就疏離的友情，但我仍推動著美蘭與恩喜這對好姊妹邁向和解，延續珍貴的友情；即便我寫下英玉、定俊、英希的故事，但仍無法真正感同身受身心障礙者與其家庭的傷痛；至於春禧的喪子之痛，我是透過親生母親了解這份傷悲。總之，這些故事對我來說彷彿隔岸觀火般，看在眼裡卻無法伸手觸碰。

　　雖有慚愧，同時也有數十個辯解在我心底騷動。寫電視劇並非個人筆記，編劇只是人生的觀察者。我也曾像漢修，為了家人負債而看他人臉色，像恩喜有過無從實現的愛情；也如英珠與阿顯，在父母的胸口上釘入如手臂粗的鐵釘，因為我的選擇曾引來他人的指指點點。雖不是因為子女，我也曾因為父母，像浩息那樣嘶聲力竭地捶打自己的胸口，與印權一樣，在父母過世後才領悟到應該珍惜。雖沒有與宣亞那樣經歷過憂鬱症，卻陪伴我有恐慌症的家人好幾十年，像東昔那般（我的情況是父親）厭惡生我的人好幾十年。我的母親也像玉冬，在不識字、什麼都不懂的年紀就到別人家幹活，也能單用大醬就煮出一鍋美味難忘的大醬湯。我寫劇本的時候，旁觀、主觀的看法，以及無法釐清解答的各種分歧在腦子裡纏繞，我無法安心入睡，只能不斷寫下又刪除，寫下又刪除，持續這樣反覆的過程，伴隨著羞愧與辯解。時至今日，我撰寫劇本已經三十年左右，卻依舊理不出正確的編

---

* 一拃，大拇指至中指的距離，大約五吋。

劇方式。當必須超越前作的挑戰，如障礙物般在我眼前出現時，那就像12碼罰球的時刻來臨。幸好，最後我還是完成了。若是觀眾能漸漸忘記這部電視劇會更好，因為人們必須接觸新的電視劇，享受不同的快樂，變得更加幸福才行。現在我的休息時間到了，我出版這本劇本書僅是作為紀錄，並不妄想成為雋永長存的書籍。

此外，我有許多需要感謝的人們，以及與其說是傷痛，不如說是寶貴人生經驗的意外與摩擦。厭惡了十幾年的父親啊，若沒有你，我將從哪裡學到厭惡為何物，又從何明瞭厭惡是亟欲和解的另一面。此外，也感謝填滿這套劇本的演員們，以及相信我的金圭泰導演、李東圭代表、張正道製作人、金楊禧、李政木、朴丈赫、金鎮漢、劉英鐘、趙俊赫導播，以及金香淑記者、崔成權音樂導播和每一位辛苦的幕後工作人員。還有與我一同鑽研劇本內容的莉娜、程民、正美、詩英作家，以其對於作家們永遠敞開笑顏的恩英、誠敏、頌依、京禧等諸位製作人。對於上述每一位，我深感抱歉也懷有無盡的感謝。

以前我總是在執筆時才感覺真實活著，現在我也努力在歇息時感受活著的真實感。看著形狀不一的雲朵飄浮於天空，以賞花的心情欣賞年輕人、老人、辛勤上班的人們穿越街道的模樣。我想花上很長的時間發呆，我想伸手觸摸在路旁一點也不顯眼的懸鈴木，輕撫它的腰桿或腳踝，時而仰望，時而依靠。我並非為寫作而生的人，而是為幸福而生的，因此，《我們的藍調時光》使我成長了一拃。

Ⓠ：《我們的藍調時光》的執筆動機為何？

不知不覺中，只專注在兩位主角身上的故事已顯得枯燥乏味。而且，我們每個人都是自己生命的主角，每一位出現的人物，都不想被認作是配角。我以這樣的想法作為本劇的出發點。

Ⓠ：本劇裡15名主角各有各的人生故事，但在劇中也能看到他們彼此互動、影響，建構出獨特的短篇故事。對於這種嶄新的嘗試，您有什麼想法，以及編寫時最費勁之處？

創作者必須隨時創作出新的事物，新的結構、視角、題材等等。我在追求創新的同時，選擇以短篇來演繹。最苦惱的是如何將電視劇共鳴度高的優點，與每集以好奇心開頭的迷你劇優點揉合得恰到好處，這是最大的困難，也是直到最後一刻都無法鬆懈的煩惱。

Ⓠ：劇名取為《我們的藍調時光》是否有特別的意義？

藍調是庶民的音樂。每位平凡人各自帶著的不同故事，我想將這點用一首歌的形式在觀眾眼前上演。

Ⓠ：故事背景為何選在濟州島的五日市集？同時也好奇取材的過程。

有好幾年的時間，每到冬天我會待在濟州島熟人的房子裡專心寫作。那段日子，我每週都會到五日市集裡打轉，徹底迷上了濟州島獨有的魅力。不僅因為當地的迷人風景，更羨慕他們特有的一家親文化（將所有島民皆視為親人），保留住韓國僅存的溫暖情懷。我造訪了數十名海女、船長、魚販，甚至銀行員，更看了數百部由當地電視台製作的市場紀錄片、雜貨貨車紀實，努力了解市場裡人們的動線、語氣、想法和他們心中的悲歡。

Ｑ：很好奇挑選演員的過程。您是從演員身上發現他哪一點適合劇中的角色？合作的過程中是否發現了演員們不一樣的魅力？

　　這齣劇的演員是只要身為編劇都夢寐以求的陣容，我非常感謝他們答應演出。相信觀眾對於《我們的藍調時光》演員們的演技都抱持高度的認可，因此我思索的只有一件事：比起給予每位演員適合的角色或熟悉的人物設定，我更希望能給予他們過去作品中未曾扮演過的角色。我給演員們這項功課，讓他們去苦惱該如何在觀眾面前展現全新的模樣。雖然他們會經歷不小的苦思，卻也滿足了我的企圖心。

　　曾一起合作過的韓志旼演員在這齣劇裡的演技更為熟練，更有深度，能讓人感受到不同以往的自信，表現出豐富的一面。尤其是後段英玉的故事，若不是由韓志旼飾演，不會有現在這般呈現。

　　金惠子、高斗心兩位老師的演繹方式，並非用演技揣摩，而是真實地將內心情感溢於言表，我再次對兩位老師滿懷感激。

　　首次合作的李秉憲演員，有著讓人目不轉睛的精彩演技。每一場戲、每一幕裡的東昔，皆是那般深沉苛薄，滑稽可笑的同時又能觸動人心。看著最後一場戲裡的他，想必李秉憲演員再演個一百年也不是

問題。

　　原先我對於車勝元演員是否適合我的作品抱持著疑問，然而他卻像是與我合作多次的演員那般，呼應甚好。他不只完美詮釋中年男子的悽慘處境，更演出跨越人生苦難後純真自然的漢修。這個角色非車勝元演員莫屬。

　　申敏兒演員則是讓我與劇組大為驚豔，她的演技何時成長得如此精緻細膩，沉著冷靜又充滿自信。我認為申敏兒演員所詮釋的演技之寬與深，任誰皆無法預測。

　　描述金宇彬演員是最容易的事。雖然我們之中沒有人與他合作過，但只要列出大家對他的認知，就能明白他真實的個性。現在的他從內到外都保持著健康的狀態，我很高興能讓觀眾看見他無盡的魅力。他克服了一段相當艱難的時日，我非常樂見他繼續在螢光幕上發光發熱。

　　嚴正化演員從排戲時已是美蘭的化身。我想她之所以能將美蘭這個角色演得透徹，必定歷經長時間的劇本研究。美蘭與恩喜的單元裡，有一場長達6、7分鐘的戲，她像是從我寫劇本時就在我身邊一般，將編劇所撰寫的情感與氛圍發揮得淋漓盡致，那場戲可謂本劇最大亮點。

　　李姃垠演員是我所見過的演員中最有鬥志並具備熱情的人，也是《我們的藍調時光》中戲份最多的演員，這代表著她是非常可靠的專業演員。漢修與恩喜單元裡，李姃垠演員成功詮釋了中年女子與初戀重逢的悸動，我也祝賀她即將踏入美國好萊塢。

　　能挖掘到崔英俊、朴志煥這兩位專業演員真是太好了。觀眾在觀看他們精彩的演技時，想必會覺得被冷不防打了一記後腦勺，但仍能笑得很開心，也或許會與戲中的他們一同落下熾熱淚滴。這兩位都歷經了許久默默無名、暗自努力的時光，現在已迎向寬廣的演員之路。

盧允瑞、裴賢聖、奇昭侑等人，一看就讓人想露出微笑的新生代演員及兒童演員，或許年紀仍輕，卻完美詮釋英珠、阿顯、恩奇等角色。我非常感謝劇組經由無數次的徵選找到這3位演員。排戲時他們認真聽取每一項建議，並成功體現於表演之中。

　　最後，謝謝飾演恩希的恩惠，她如同她的畫作，獨特又帥氣，珍貴無比，令人嘆為觀止。

本書說明 --

1. 內文遵循盧熙京編劇的執筆方式。

2. 戲劇台詞多為口語，部分詞彙為了配合人物或場面而捨棄標準用
   法；場景提示除了部分保留情緒語氣之外，大部分皆依照標準用
   法標註。

3. 台詞及場景提示內所出現的逗號、驚嘆號、句號等，均保留作者
   原著。（中文版因應翻譯之必要，可能做最小幅度的更動，還請見諒。）

4. 內文為作者提供的最終劇本內容，可能與實際播出有所差異。

目錄

活著的我們都要幸福快樂！

這部戲劇獻給所有站在人生盡頭、頂峰，甚至起點的每一個人。
並不是因為有人特別需要這份鼓勵，而是活在此時此刻的我們，
都明瞭生命有時並非只有喜悅的祝福，更多是使人感到無力的重
擔。作者希望能以這個故事替所有生命加油，請盡情地「幸福
吧！」。

醫生宣告罹癌，來日不多、70多歲的玉冬。

青少年時期因母親改嫁造成心理創傷，從初戀開始便不斷遭女人
拒絕，所有家當就是一台載雜貨的貨車，脾氣暴躁，40多歲，單身的
東昔。

守寡的春禧經歷了3次喪子之痛，正面臨小兒子也可能離開自己
的現實。對她來說，長壽猶如一份難以擺脫的罪過，這是70歲出頭春
禧的人生。

一天有20個小時都在剁魚頭、刮內臟，一輩子賺錢照顧家人，
活到近半百才終於揚眉吐氣拼出一片天，但始終單身的恩喜。

受憂鬱症折磨十幾年，咬著牙熬過每一天的宣亞。因為自身的病
症與丈夫離婚，甚至被法院判決喪失兒子的監護權。

自貧苦家庭中長大，兄弟姊妹中唯一考上大學到城市讀書的漢
修，卻淪為領月薪的上班族。女兒夢想成為高爾夫選手，他為了幫女
兒圓夢，四處哈腰為錢奔波，甚至還欺騙年少時的初戀，試圖向她借
錢，是個過著悽慘人生的大雁爸爸*。

喜歡海女生活，看似大膽豪邁的英玉，當喜歡的男人向自己求婚
時，卻無法感到真正的快樂，因為她有一個如瘤般的唐氏症姊姊。

平凡自在，看淡名利，當身邊的人紛紛至首爾追求更高遠的發

---

* 大雁爸爸，指子女與媽媽出國留學，獨自留在韓國賺錢養家的爸爸。

展時，寧願留在濟州島與家人一同生活，個性直爽的船長定俊。唯一的心願是與心愛的女人在濟州美麗的大海邊，共度溫馨甜蜜的新婚生活，但卻連這樣簡單的願望也被拒絕。

雖然是未出生的小孩，但哪有這麼容易就選擇忽視。年輕的兩名高中生即使懼怕未來，仍下定決心生下肚子裡的新生命。然而高中生要怎麼扛起扶養小孩的責任？英玉與阿顯飽受同學與旁人的歧視目光，甚至連他們的父親也無法諒解。

忍受別人指責自己不會教導小孩的言語就算了，竟然被自己的孩子當面辱罵：「爸爸你為我做過什麼？從現在起請不要干涉我的人生！」兩位單親爸爸房浩息與鄭印權的人生就此徹底崩毀。

被父母、兄弟姊妹、丈夫、子女拋棄，無處可去後，懷抱著最後一絲希望來到最好的朋友（以美蘭的立場）恩喜身邊的美蘭。但她在這裡沒有得到任何慰藉，反而被說成是自私自利的女人。

還有，懵懵懂懂地離開父母，來到濟洲島上陌生的奶奶家，甚至還離家出走的 7 歲恩奇。

作者希望透過這齣戲劇，提醒讀者別被命運擊潰，一切尚未來到盡頭，我們仍實實在在地活著，每個人都要幸福，每個人都值得被鼓勵。

溫暖的濟州、富有生命力的濟州五日市集，14 名主角在冰冷嚴酷的大海前，演繹出各自酸甜苦澀的人生故事。在有限的篇幅內，他們的人生有抒情有哀戚，有時歡樂有時痛快，以鮮明的節奏呈現在觀眾眼前，猶如接連看了好幾部電影，精彩有趣，感動連連，讓人回味無窮。

美蘭與恩喜

美蘭從首爾飛到濟州看恩喜，在所有人眼中，美蘭與恩喜是一對超級死黨。「我們是一輩子不分離的好朋友，如果你欠了債，我一定幫你還。」學生時期時恩喜對美蘭這樣發誓，雖然看起來像童言童語，但恩喜當時真的打從心底如此決定。不過歲月匆匆，三十年過去後，若有人再度問起，恩喜已經無法爽快地回答「當然！」。導致如此的原因難以計數，她忍受不了美蘭動不動就離婚，也討厭她喜歡成為焦點的個性，最無法理解的是她將孩子丟給前夫扶養。但若現在才來翻舊帳有何意義？只會把人生弄得烏煙瘴氣。她選擇放在心底，聽到別人稱呼她有義氣還比較快樂，反正兩個女人都已步入中年，美蘭定居首爾，頂多幾年見一次面，就讓她做為自己的摯友、別人眼中的好姊妹就好了吧。但卻發生了無法挽回的翻轉 —— 美蘭看見了那本每當她受不了美蘭時所寫的日記，上面寫滿了辱罵美蘭的話，指責她是雙重人格、卑鄙的女人、自以為了不起等等，那些情緒化的字眼，美蘭全都看到了，該死，她不想這樣結束這段友誼啊⋯⋯

高美蘭（女，40歲後半，按摩店老闆）

誕生於濟州蔚藍村，美麗樂觀、自信幹練、聰明圓滑、幽默大方，從小就是旁人稱羨的女孩，住在整個西歸浦裡庭院最大的房子，

父親是西歸浦副市長，母親是大學教授，有一位總是全校第一名的哥哥（現在父母與哥哥住在美國）。不僅如此，美蘭個性活潑，從少女時期就非常漂亮，而且還很會讀書，與貧窮的恩喜、印權、浩息成為好友，儼然是個善良的好女孩。但這樣看似完美的美蘭，也有著不為人知的煩惱，在外總是表現出仁慈和善的父親，一喝酒就會毆打母親，母親總是獨自忍受，深怕外人知道家中的不光彩。某天，美蘭告訴恩喜家裡的祕密，恩喜跟她說：「你把你爸發酒瘋的樣子拍下來，當他問你在幹嘛時，你說你要看著這些照片，埋怨父親一輩子。如果你爸還是不振作，就把照片寄到報社，標題寫著〈副市長的真面目〉！」哇！竟然有這種好方法嗎？美蘭真的照恩喜的方法做了，美蘭的父親眼見女兒用這種方式威脅自己，嚇得從此戒酒，美蘭的家庭越來越完美。對於美蘭而言，恩喜成為了無話不說的摯友。聰明機伶的恩喜若是家裡有錢能供她上大學的話，將來一定能出人頭地，因此當美蘭不得不離開恩喜去首爾讀書時，離別的痛苦使她相當難受。

來到首爾生活後，美蘭以為人生能夠如童年般一帆風順，但談何容易。她歷經了三次婚姻，現在恢復單身，大學時結識的第一任老公是律師，他和事務長發生婚外情，被蒙在鼓裡的美蘭在女兒智允10歲時，偷偷到老公的辦公室，打算給還在加班的老公驚喜，結果被她撞見兩人的出軌時刻。美蘭不願自己的人生蒙羞，毅然決然提出離婚，丈夫也毫不猶豫地同意分開，還給了可觀的贍養費。此後她的丈夫卸下律師職務與事務長兩人至法國留學並在當地定居。美蘭雖然因丈夫外遇傷得很深，卻只跟恩喜訴苦，就連對自己母親也沒有提過隻字片語，她希望母親能快樂地度過晚年，不希望母親因此擔憂難受，因此只告訴母親是因為雙方的個性差異導致離婚，即使母親不太高興她所做的決定，也沒有追問。面對母親的不理解，美蘭心中不是滋味，但也很快就釋懷，她只要有女兒就足夠了。然而，國小畢業的智允卻想要移居親生父親所在的巴黎，因為韓國的校園生活使她喘不過氣。美蘭一點也不想讓女兒離開，但想到智允在韓國難以快樂地成長，也只好順從女兒的意思。

之後，她經營按摩店時經由朋友介紹，認識了一位經商的男人，成為她的第二任老公。兩人結婚三年左右時，有一天，銀行行員來到家中，將家中貼滿了查封的貼紙，她才發現丈夫瞞著她用她的名義欠下債務。美蘭再度與那個男人離婚，若是不斷然離婚，幾百億的債務就會落到美蘭身上，她既沒有錢，也沒有意願替那個男人還債。美蘭再度因愛情受傷，但仍沒有與家人詳細說明，對恩喜也只是輕描淡寫地說僅是因為個性差異。果不其然，眾人皆露出無法理解的表情，但她不願坦承地告訴外人，真正離婚的原因是因為自己所選的男人無能又膽小，還做出詐欺自己的行為。第三次的婚姻是在一年前離的婚，對方是按摩店的客人，一名整形外科醫師，他們只維持了一年的婚姻。美蘭原先不想再婚，因為對方不停糾纏，甚至還試圖自盡，讓美蘭不得不答應這段婚姻。她不明白自己到底哪一點好，值得那個男人如此死心塌地。那個男人說想要孩子，因為男人生不了小孩，所以需要女人替他生孩子。美蘭覺得自己對唯一的女兒智允都沒有付出過什麼，一點也不想讓她擁有其他兄弟姊妹，結婚前那個男人佯裝順從美蘭的意願，卻在婚後不斷吵著要孩子。既然這樣，只好謝絕不見！美蘭就這樣離了三次婚，而那些分手的男人並沒有與她自此結仇，反而變成朋友留在她身邊。

賴在她身邊不走的前夫們，都認為自己是美蘭的紅粉知己，但對美蘭而言，從小到現在，真正陪在身邊的人只有恩喜。恩喜即使家境貧窮也不輕易向現實低頭，一肩扛起任誰看了都想逃跑的艱苦家計，還勤奮創業不計一切幫助他人。只要美蘭需要她，就會馬上從濟州飛奔到首爾。雖然美蘭已經上了年紀，恩喜仍會稱讚她像蘇菲瑪索般美麗。每當美蘭疲憊不堪、悲傷痛苦時，說著：「加油啊，臭丫頭！你不是還有我嗎？義氣！」只要聽見恩喜宏亮的聲音，就能湧現再次笑看人生的能量。那天也是如此，智允從巴黎大學以首席的成績畢業，已經五年沒有與女兒見面的美蘭，開心地與女兒約好畢業後一同環遊世界兩個月。為了籌備旅費，她將經營得有聲有色的按摩店轉手賣出，滿心期待能見到女兒以及將要成為女婿的法國男友。不過就在

這時，前夫來了電話說：「智允說畢業典禮只想讓現在的媽媽參加，環遊世界也希望只有我、繼母和男友同行。男友不知道你結過三次婚……她說不想跟對方說你跟哪些男人結婚又離婚……她感到很抱歉，還傷心地哭了。」美蘭在百貨公司裡的旅行社接到這通電話，當時她已經買了滿手的禮物和母女環遊世界時的所需物品……那天她只想見到恩喜，所以隨即出發，搭上前往濟州的飛機……

鄭恩喜（女，40歲後半，經營水產店）

　　美蘭第一次離婚前，恩喜是全心全意支持她的人，「竟敢傷害我們美蘭！狗崽子！」比美蘭還要爆跳如雷，咒罵著美蘭前夫的行徑，甚至心疼地哭了，她認為自己這一生能永遠守護美蘭，但是否話不能講死？不知從何時開始，恩喜漸漸無法理解美蘭的想法，恩喜想起大概是從那次開始的，從美蘭不扶養智允，要將女兒送去給前夫的那次。美蘭喝著酒，說她感覺既開心又捨不得，不是只捨不得，竟然還開心？身為母親的人，送走孩子怎麼會開心？在恩喜眼中，美蘭成了自私的女人。第二次離婚的理由是個性不合，這讓恩喜難以理解，第三次離婚是因為不想生孩子，這讓恩喜更加無法理解。跟比自己年紀小的男生結婚後，竟然說不想生小孩，既然如此當初何必結婚？除了這些以外，恩喜對美蘭感到失望的事情不可計數。一年前，恩喜從凌晨開始工作，累得近乎虛脫，下午突然接到美蘭的訊息說：「我好想你，好像快死了。」恩喜心頭一沉，難道是因為承受不了婚姻觸礁嗎？她不知道美蘭發生了什麼事，美蘭不只電話不接，訊息也沒讀……恩喜當場不顧等著販售的水產，直接驅車機場坐上飛機，飛奔位在首爾的美蘭家。但當她打開門時，迎接她的卻是美蘭興奮的嬉笑聲和拍手聲，以及滿屋子美蘭的朋友！她昏頭轉向，不明所以，知道來龍去脈後更勃然大怒。原來美蘭與朋友打了賭，若是誰的朋友能以最快的速度跑來會合就是贏家，美蘭沾沾自喜自己贏了遊戲，而恩喜怒不可遏。那天回家的飛機上，恩喜想起已經遺忘多時的童年記憶，

當時美蘭也是像這樣傷了她的心。高中時有次下雨天，為了跟美蘭一起回家，即使並非輪到恩喜打掃，她仍留下來與美蘭打掃，並等她回家，但美蘭卻說要跟同學去吃漢堡，想將她留下，同學提議也讓恩喜一起去，美蘭卻直說：「恩喜，你沒有錢吧？」逕自將恩喜留在大雨中，離她而去。恩喜淋著雨走回家，當時的她不知道有多悽慘……不僅如此，有次大家說要聯誼，沒錢的恩喜硬是湊足錢買了洋裝穿，集合時發現有名男生沒到場，美蘭不顧朋友都在，直指恩喜要她回家說：「恩喜，反正你不喜歡男生對吧？」瘋女人，如果她不喜歡男生，為什麼要答應來聯誼？還有跟漢修親嘴的那時，美蘭也說了非常傷人的話，說漢修一定是為了得到成善的注意才親她的，怎麼可能是因為喜歡才親？……她也想起了朋友們所說的話。

浩息　美蘭覺得自己是公主，你是她的婢女。

仁靜　漂亮的美蘭跟你同進同出，全是因為要你待在她身邊突顯她的漂亮。

浩息／仁靜 她根本不把你當朋友，你只是她的小跟班、裝飾品。

　　說不定這些話都是對的……當每次對美蘭的負面想法出現時，恩喜都會刻意去想美蘭對自己的付出來掩蓋。國中時，父親晴天霹靂地說女孩子不需要上高中，是美蘭提議在水中滴幾滴除草劑，然後找上父親，說是因為叔叔不讓恩喜上高中，恩喜想不開才喝農藥自盡。結果兩人的策略成功，父親點頭答應讓恩喜上高中。當恩喜因為父親去世、無法繼續讀書時，是美蘭每次放學後帶著課本與題目，替恩喜上課，使她通過測驗擁有高中學歷。當然不僅如此，沒錢坐公車上學的恩喜，也經常搭美蘭父親的便車上學，還吃美蘭帶來的便當；當恩喜沒錢買文具，在書局偷東西被發現時，是美蘭挺身說是自己所為，跪在地上哭著向書局老闆求饒。

　　因此，每當恩喜想起美蘭都很頭疼，如果能全然地討厭她該有多好，但美蘭卻幫助了她很多，如此複雜交錯的情感成了她人生中最困

難的課題。當她困擾時，就會將心情寫在日記本裡，在上面寫下滿滿的辱罵字眼與心中深處的埋怨，然後再告訴自己，世界上最討厭的就是不講義氣、忘恩負義的人，因此無論再怎麼看不順眼美蘭，她都該守義氣，講究報恩（不過，每次寫日記時，她也會覺得自己此生該還的人情、該守的義氣都做盡了吧？）。恩喜說服自己將對美蘭的埋怨帶進墳墓就好，幼稚地計較往事又有什麼意義？反正美蘭住在首爾，她住在濟州……一年也見不到幾次面……都要50歲的人了，又不可能大打一架……忍吧、忍吧、忍吧……一切都會過去……恩喜以為自己能夠保守心中的祕密一輩子……

❧ 故事大綱 ❧

在女兒成長過程中，沒有給予陪伴與實質幫助的美蘭，聽到智允以第一名之姿大學畢業的消息後，馬上興奮地告訴恩喜。作為智允的畢業禮物，兩人將一起環遊世界兩個月。恩喜聽了滿是歡喜，至少自私的美蘭終於能替有所虧欠的女兒付出點什麼了，但美蘭卻突然來了濟州。恩喜問她不是要去找女兒嗎？美蘭卻淡然地說因為工作不去了。果然是個自私自利的女人，不過恩喜對自己說，只要咬牙撐過這三天，就能送她回去。恩喜準備了豐盛的菜餚，還切了昂貴的生魚片，暌違三年回來濟州島的美蘭依舊美麗動人，對恩喜表現得親切隨和。好吧，即使是表面的虛假友情（對恩喜而言），痛快享受一番也不為過，畢竟說起玩樂，沒有人比得過美蘭，她比歌手更會唱歌，也比誰都會跳舞，對身邊所有人都是那般熱情友善……恩喜打算這三天徹底大玩特玩就能解脫，但是村子裡的人一聽到美蘭要來的反應讓她相當心煩，恩喜是那種打算要認真讀書時，一旦聽到有人督促的聲音就會心生厭煩的個性。她的朋友們全都一個樣，從印權、明寶、成斐、玉冬、春禧大姐，甚至連定俊全都引頸期盼著美蘭的到來，每個人都說著要恩喜好好接待美蘭，「反正你唯一的朋友不就剩下美蘭了？你因為吃了美蘭的便當才能長到現在的高度，不然一定比現在更

矮⋯⋯」朋友的話讓她無法不在意。他們經常如此，即使跟她玩得很開心，只要美蘭一出現，注意力全都會轉到美蘭身上，甚至連弟弟們也說美蘭比自己的姊姊好。平時不曾關心過恩喜的弟弟們，看到美蘭到訪就拿出高級韓牛送她，這些不知好歹的傢伙使恩喜更加煩躁。善良的美蘭渾然不知恩喜的真實想法，將恩喜視為畢生好友的她，看不下去大家欺負恩喜，替她出氣地問為什麼大家要這樣對她？對自己好有什麼用，自己只是個過客，要對恩喜好才對！恩喜，你一定很傷心弟弟們這樣對你，我漂亮的恩喜、有義氣的恩喜。美蘭表現出萬般疼愛的模樣，使恩喜成了更加可笑的存在，此時浩息湊上前對恩喜說。

> 浩息　你看、你看，美蘭這樣講，都是為了讓自己顯得特別，用這種方式來貶低你⋯⋯只會見縫插針⋯⋯搞什麼⋯⋯

　　恩喜就連浩息同情的話語也感到萬般厭煩，大聲斥責他。浩息對發飆的恩喜認真地說：「美蘭不是你要守義氣的人，當她生智允時你拋下水產店，跑去首爾替她坐月子，你還在她每次結婚時代替她國外的父母幫她張羅事情，你已經將該還的恩情還得一乾二淨，甚至過頭了⋯⋯」浩息說從以前就不喜歡美蘭⋯⋯說以前美蘭替窮困的恩喜準備便當，恩喜只是開玩笑地說沒有香腸，美蘭一氣之下就將便當搶走，讓恩喜餓了一整天肚子。恩喜聽著這些過往說：「那是我的錯啊，我吃人家的飯當然不能那樣說話！」但浩息說那種話你能對自己說，卻不能對朋友說，他告訴恩喜在她想要喝水來填飽肚子而走出教室時，美蘭背著她說：「白吃白喝的人！」浩息從那時開始就認清美蘭的為人了。恩喜雖然嘴上說沒關係，小時候難免說些心直口快的話，但這個事實卻在她心上留下了傷，美蘭怎麼能背地裡這樣說自己？那天晚上，恩喜在日記本裡，寫下美蘭是個雙重人格的丫頭，並寫上滿滿一整篇的辱罵。

　　當美蘭在濟州機場看見朝著自己揮手的恩喜，開心得眼淚迸發，「沒錯，我還有如此熱烈歡迎我的摯友恩喜，我並非獨自一人。」美

蘭沒有向恩喜仔細說明關於智允的事，她知道恩喜身上已經扛了許多重擔，不想增加好友的負擔，這次的假期就拋開一切盡情玩樂，將不去巴黎的緣由歸咎於自己的工作，只是沒想到這竟然成了恩喜指責自己是個自私、不成熟的大人的理由⋯⋯直到美蘭發現了那本日記。恩喜因為每天凌晨就早起外出工作，顧不了家中環境，美蘭幫她打掃家裡時意外發現了那些日記，內文仔細地寫滿對美蘭所累積的不滿：「自私的丫頭、雙面人、自大的女人、喜歡被關注的人、把朋友視為裝飾品的傢伙。」上頭所寫的美蘭，真的是指自己嗎？還是恩喜有其他也叫美蘭的朋友？美蘭來回翻閱，內容無論怎麼看都是指向自己。那天晚上美蘭失神無力，想不通恩喜為什麼會這樣，覺得自己被好友背叛了，這個衝擊似乎比三次離婚更使她受傷，宛如五十年的人生被狠狠拋棄在爛泥之中。「要不乾脆跟恩喜面對面問清楚？」那晚她看著恩喜熟睡的臉，陷入沉思，她決定不和恩喜計較，像日記裡最後那句，她只想讓一切隨著時間逝去。智允的話已經讓美蘭渾身是傷，沒有爭吵的力氣，她們兩人也認識了四、五十年的時光，該是以成熟的態度看待恩怨的時候了，也或許就連煩惱著該怎麼辦的此刻，以後也會成為回憶，應該不久後就能和解了吧。但卻發生了事與願違的狀況：隔天，朋友們為了歡迎美蘭，舉辦了熱鬧的聚餐，明寶（美蘭是明寶的初戀，雖然那時候的男學生都將美蘭視為初戀或是得不到的暗戀對象）喝得很醉，突然不見蹤影，美蘭出去找他，發現他在餐廳外牆邊獨自哭泣。美蘭上前關心，一問之下才知道他與仁靜其實早已感情生變，只是偽裝出模範夫妻的樣子。仁靜（與美蘭也是同學）有妄想症，容易疑神疑鬼，還經常毆打明寶⋯⋯說著說著，明寶拉起袖子，露出鮮明的齒痕，美蘭看見傷口嚇得驚呼，非常心疼明寶的處境，說著：「天哪，我可憐的朋友⋯⋯」伸手抱住了明寶，卻讓恩喜與仁靜撞見這情景，情況隨即一發不可收拾，仁靜大叫著：「你這個蕩婦！」一把拉住美蘭的頭髮，抓向她的臉，美蘭瞬間也嚇得抓起仁靜的頭髮。她知道自己不該如此，應當就此停手，但一切已覆水難收，美蘭將對智允和恩喜的怨氣全都發洩在仁靜身上，結果兩敗俱傷。

恩喜站在了仁靜那方，指責美蘭為什麼活成這副德性，即使可憐明寶，但怎麼可以伸手擁抱有婦之夫？美蘭一聽，心想恩喜終於露出馬腳，「有婦之夫？我只是安慰受傷的朋友，有何罪過？」美蘭知道該是跟恩喜說清楚的時候了，她也不願意再逃避，於是拿出恩喜的日記本，在她面前朗讀了起來……恩喜的臉瞬間發白……美蘭知道自己佔了上風，卻開心不起來，因為那些對於恩喜的信任與友情也隨之崩塌……美蘭紅了眼眶。恩喜知道嗎？她的心正承受著撕裂般的苦痛……她們的人生若是失去了彼此，還能幸福嗎？她們有辦法懷抱這些傷口，堅守四、五十年來的友情嗎？

英玉與定俊以及英希

對英玉而言，兩個人只要像現在這樣輕鬆快樂，別太認真地交往，避開村民的視線偷偷幽會，享受愉快的時光就足夠了。為什麼定俊要向她提出求婚，打亂她的心呢？英玉知道結婚對他們兩人一點好處都沒有，結婚必定要見雙方的家人，她一點也不想帶著英希，那個她這輩子的重擔去面對他的家人。還是不同居就好了？這樣說不定永遠沒有人會知道英希的存在。當她考慮這樣做時……英希就出現在她面前。英玉以為只是短暫幾天，沒想到英希不願回去原本的養護中心。她無法再瞞著定俊，面對毀掉她人生的雙胞胎姊姊英希，英玉究竟該怎麼做才好？

朴定俊（男，30歲，船長）

待人和善溫暖，工作能力強，比誰都還要認真工作，成了值得眾人信賴的存在。雙親身體健康，從事農業（60歲左右，與基俊住在附近的村落，距離定俊居住的碼頭不遠）。他有一名弟弟，名叫基俊，與他一同跑船。

濟州島上的人大多同時有著許多工作，簡單來說，能賺錢的工作一律來者不拒，他經常載海女們往來海上與陸地（濟州島民除了濟州島之外的地區都稱為陸地），賺取船資，也會出海釣魚將漁獲出售給附近的生魚片店家，也替恩喜競標漁獲，還會在五日市集裡幫忙。他沒有想要進一步求學，雖然也是因為考不上陸地的學校，但一到了沒有風的陸地，他就會開始頭疼。他是個道地的濟州島民，個性浪漫感性，將廢棄的公車布置成別緻的咖啡廳風格，傍海而住。勤奮工作的他，已經償還完買船時跟銀行借的貸款，現在預計要再貸款買下臨海的公寓，約18坪左右的房子。買了房子後希望做為新家，與相處一年

左右的英玉結婚後搬進去，他正準備與英玉求婚。英玉知道嗎？她什麼都不知道。

　　定俊從第一眼就喜歡上了英玉，他欣賞身為本島女人願意來濟州島當海女的想法，英玉個性爽朗，善於和村子裡的大姐相處，也毫不忌諱展現對於捕撈的企圖心，並且每次看見他都笑得很燦爛，「嗨，船長。」與英玉相處的這一年，他沒有太過主動追求，因為曾被草率衝動的過往深深傷害。高中的初戀情人嘴上說著要考濟州大學，卻瞞著他申請了首爾的大學後逕自斷絕音訊，只傳來一則訊息說：「我討厭濟州。」那次的情傷讓他每天借酒澆愁，難以振作，讓父母非常擔心。之後他認為情傷應該要用再次面對愛情來克服，因此與那個喜歡自己、每天在村裡賣衣服的女人交往，但實際相處卻使他感到無趣乏味，當他提分手時，對方偏激到割了手腕，鬧得整個村子沸沸揚揚（那個女人之後搬到了濟州市，現在也結了婚，過得幸福快樂）。定俊從那時就下定決心，不隨意與女人相愛，只想跟如同自己一樣、不願意離開濟州的女人交往，也別找喜歡自己的女人，要找自己喜歡的女人，只要符合這兩者就滿足結婚的條件，不想再浪費時間談沒有結果的愛情。

　　總之，英玉全然符合他的條件，英玉每次掛著燦爛的笑容迎接他，經常說著喜歡濟州，要死也要死在這裡，只要看到英玉他就心情很好，不自覺地揚起笑容。他認定英玉就是他想在一起的女人，打算問明白英玉對他的心意，並對她提出交往。他向基俊提起英玉，基俊相當不以為意，甚至說英玉經常跟那個來自江陵、在海上進行定置網工作的裴船長去濟州市玩。定俊想問清楚兩人是否正在交往，若真的在交往，他就打算放棄，殊不知一問海女大姐們，每個人都說英玉滿口謊言，一下子說自己的父母在東大門賣服飾，一下又對超市的阿姨說父母是畫家。時而有兄弟姊妹，時而又是獨生女……不僅如此，英玉有著接不完的電話（當英玉下海捕撈時，浮球裡的手機總是響個不停），說不定對方是老公或小孩……定俊不明白事情的原委，但也不願意單聽幾個謠言就改變對英玉的想法，他想直接找英玉問個清楚……

李英玉（女，30歲後半，海女一年期〔下軍〕）

定俊說英玉雖有時很像鬥雞，有些得理不饒人，但本性善良、活潑、幽默、直爽又可愛，不過這只是因為愛情所產生的美好幻想，因為定俊沒有看過她對待姊姊的凶惡模樣才這樣誤會。英玉很明白，她在別人面前表現出一副天真開朗的模樣，實際卻是個內心陰險、只在乎自己的惡毒女人。父母親曾說過，身心障礙的孩子並非父母所選，而是降臨世上之前就選擇了能接納他們的家庭，他們會選擇既善良又有能力包容自己的家庭。父母總說是英希選擇了這個家，我們家足夠善良，才能被她選中（因此英玉小時候的乳名是善良的英玉，可謂被強制要善良的名字）。如果真是如此，那英希一定選錯了，父母雖然善良，卻壽命不長，而一心一意想要將姊姊丟在養護中心的英玉，也根本一點都不善良。

從事服飾販售的父母（父親從一開始就經營服飾販售，母親則是畫家，但為了籌取英希的醫藥費，母親放棄畫家的工作與父親一同賣衣服），在英玉12歲時凌晨出門工作，因為過勞發生車禍，橫死街頭，警察局打來告知父母的死訊，英希先接起了電話，只有3、4歲智商的英希，聽完消息後還跟警察道謝，如同老師教導的步驟掛上電話，津津有味地吃了幾口飯後才跟剛睡醒的英玉說：「爸爸媽媽死死死死了。什麼是死了？」英玉在告別式上哭得眼睛宛如出血般，她清楚記得當時的種種，雖然傷心父母離去，但更不解為什麼不將英希也一同帶走，如果要死，為什麼不把英希也一起帶上？

英玉和英希兩個孤苦無依的孩子住進了阿姨家，某天放學回家後（英希和英玉上同一所學校，英希因為像口香糖般跟著英玉，導致英玉一個朋友也沒有），阿姨與家人們在吃蔘雞湯（阿姨、姨丈、同年的表哥），阿姨總說蔘雞湯熱量高，英希吃了會長肉，因此不讓她們吃。但此時聽在英玉耳裡都只是藉口，當表哥一口咬下最後一隻雞腿時，英希忍不住飢餓，衝上前奪走了雞腿，表哥見狀直說：「神經病！臭乞丐！呆瓜！」然後把雞腿搶回來。英希生氣地翻倒餐桌，打算再次搶奪雞腿，但英玉卻搶先一步將雞腿抓來，丟到表哥臉上，大

聲說：「把我爸媽賣房子的錢還來！我們不屑住在這裡！把錢還來！」英玉其實知道，根本沒有賣房子的錢，他們以前的房子是跟房東租的，所剩的保證金都拿去賠償車禍受害者的醫藥費。她明知道這個事實卻還是對阿姨一家發火，全衝著表哥那句「神經病！」，姊妹倆拉著手跑出阿姨家，雖然阿姨無奈地辯解：「別走啊，表哥只是不懂事才亂說話，你不要放在心上！」但英玉壓根不想理會阿姨。奪門而出的兩人無處可去，英玉甚至後悔不該一時衝動，但她一點也不想回去阿姨家，她無法容忍對方說英希是神經病、呆瓜。雖然矛盾的是，對英玉來說英希確實就是精神不正常、又傻又笨的人，但她無法接受別人這樣說姊姊……那晚她們走過漢江一座又一座橋，英玉下定決心要拋下英希，於是將英希丟在地鐵裡，自己下了車，但最後還是無法丟下英希一人。

她們18歲以前在育幼院長大，英玉每天與那些嘲笑英希的人爭吵，她相當厭倦那樣的生活，自育幼院畢業後，英希搬到專門安置身心障礙者的恩惠之家，而英玉為了找工作，來到仁川的手錶工廠，之後到了江原道的咖啡廳、服飾店，現在來到濟州島，自海女學校畢業後成為下軍的海女（晚上經營布帳馬車）。

在別人眼中，英玉是為了討生活來到濟州，但英玉其實是為了盡可能地遠離英希，讓距離成為減少碰面機會的藉口。一開始她一個月探望英希兩次，漸漸地變成一個月一次，再來兩個月一次，而來到濟州後她只回去看過姊姊一次。每當英希瘋狂地打電話質問為什麼不去找她時，英玉總是拿海女的工作當藉口，謊稱氣候惡劣、飛機停班等等。每當英希說首爾沒下雨時，她就說濟州的雨下得可大了，若是要讓英希待在養護中心生活，她就要賺很多很多錢才行。英玉對英希不斷撒謊，而從育幼院開始就很疼英希的張老師，也隨著英希一同轉到了恩惠之家，照顧英希的起居，天真的英玉以為能夠就此與英希漸行漸遠。

李英希（女，30歲後半，英玉的雙胞胎姊姊，唐氏症，是名畫家
〔自認為畫家，在他人眼裡只是喜歡畫畫的人〕）

　　她跟大家還有英玉都長得不一樣，眉毛距離有點遠，皮膚粗粗的，也看不太清楚，講話慢慢的，不太會數數，有點圓圓胖胖，所以大家都用奇怪的眼神看她。明明什麼事也沒做，大家卻用厭惡的眼神看她。爸媽還活著的時候對她說：「英希，你很特別。」沒錯，她很特別，長得很特別，特別的意思就是跟大家不一樣。她只想要成為一個普通人，成為大家一點都不會在意的路邊雜草，但無論她做什麼，都是那麼顯眼。她好難過，有時候也很想死。不過，她有善良的英玉，英玉是她妹妹，長得很漂亮，有雙水汪汪的眼睛，鼻子也很挺。13歲時，英玉本來要將她丟在育幼院，後來還是跟她一起生活，她只要想起妹妹就很開心。她想念妹妹、媽媽、爸爸，她看著媽媽的畫，成為了畫家，沒有人知道，因為她都自己畫畫，畫了上千幅畫（將筆記本畫得密密麻麻）。現在她想要當作家，也還沒有人知道，她不想告訴別人，因為要讓妹妹當第一個知道的人（在英玉不太來看她的三、四年前，她開始畫畫，她決定在她畫得很好、好到讓英玉嚇一跳之前都不讓英玉看見她的畫，所以英玉從沒看過她的畫）。

　　可是英玉又不守信用了，明明說上個月的第一個週六要來看她，卻沒有出現，上上個月也說要來看她，也騙了她。她數不了超過3的數字，但她知道英玉騙她的次數比3多出好多好多，恩惠之家的朋友們今天跟家人講了電話，還可以回家住，她好羨慕大家，羨慕得好生氣，英玉明明說只要她乖乖聽張老師的話，不跟朋友吵架，就會來看她。但無論她多麼聽話，英玉卻不出現，總說沒錢搭車、沒錢搭飛機。怎麼不早點跟她說？她在養護中心打掃賺了錢，政府還有發身心障礙補助，她不知不覺開始想著，英玉是不是像爸爸媽媽一樣死掉了？她要打電話問英玉。

英希　（認真）英、英玉，你你你……像爸爸媽媽……一樣，死死死掉了嗎？

英玉　（冷漠）沒有。

英希　那、那那那，你你你你你，為什麼不來看姊、姊姊？

英玉　我很忙，工作很忙。

英希　原、原來很忙喔，難難難難怪，不不能來來來看我。

　　她相信英玉因為很忙所以不能來看她，所以她要去找英玉，她知道英玉的地址，英玉寄來的包裹上有地址。她打掃完養護中心後，坐上計程車，告訴司機：「濟濟濟濟州島，西歸浦市，蔚蔚蔚藍……」但不知道為什麼，司機先生沒有載她去濟州島，反而將她在警察局前面放了下來，然後又把她送回恩惠之家。她一直哭，不想吃飯，不想畫畫，也不洗澡，不能與深愛的家人見面的人生有什麼意義？不如死了算了。她只是想見英玉一面。幾天後，張老師告訴她，要帶她去找英玉，她好開心，眼淚都不流了，太棒了！呀呼！

❁ˋ 故事大綱 ˊ❁

　　照顧英希成了英玉一輩子的沉重負擔，每次想起英希都讓她無法快樂，因此她不希望與他人建立深刻的關係，不想與海女大姐們細談自己的處境，不想得到他人的同情或是成為茶餘飯後的話題。因此當她跟別人說自己父母健在、沒有兄弟姊妹等等的謊話時，一點罪惡感都沒有，覺得若是不喜歡她的話就別跟她講話，她的人生遇過很多因為討厭英希所以不跟她講話的人。她也不需要要命運共同體的海女，捕撈對她來說只是工作，這個海域不接受她，去別的海域就好，濟州這麼大，怎麼可能容不下她。因此當定俊問她與裴船長的關係、並約她到海邊散步時，她明知道這是純情又木訥的男人會提出的約會邀請，卻裝作不知情，告訴他她與裴船長雖然沒有交往，但與他何干？還刻意像個傻瓜般打量定俊的身高，說著前男友跟他差不多高，

還跟音樂人交往過，其實這些話根本不需要讓他知道，但她就是這種女人，如果無法接受就不要隨意靠近，她是故意為之。定俊不知道是不是被她的情史嚇到，出海時表現出不想理她的模樣，雖然她有些傷心，但這樣也好。不過幾天後，出現在她面前的定俊，溫柔也格外堅定地告訴她他的心意。

定俊說其實聽到她的戀愛史後，心裡很不是滋味。「我不是介意你有過男朋友……而是不知道你是不是因為討厭我，所以才用這種方式使我知難而退？如果你討厭我請直接告訴我，我是真心喜歡你，想與你交往，如果你對我反感，我不會再纏著你……」就在此時，英玉停下腳步，直視著定俊的雙眼，她明白自己深深愛上眼前誠實又單純的定俊，但還是一如往常爽快地回答，說自己在交往期間不會三心二意腳踏兩條船，時間到了將會主動說出關於自己的事，在那之前別追問，因為有不容易說出口的苦衷。然後她討厭太過認真的行為（其實英玉意指結婚，但定俊沒有聽出她的話中之意），兩人就這樣快快樂樂地交往就好。定俊點點頭，表示同意，英玉覺得定俊非常可愛，輕輕地踮起腳尖，吻了他。

他們展開了甜蜜的戀愛生活，這段日子裡因為英玉太過貪心，在海底被海帶纏住，春禧和其他海女不惜冒著生命危險下海救她，讓她深刻體認到海女捕撈並非只是賺錢，而是一同出生入死的命運共同體。英玉也不得不告訴春禧關於英希的事。定俊雖然好奇無時無刻打來的電話（英希的來電），卻沒有主動問英玉，他認為總有一天英玉會主動告訴他……世上沒有永遠的祕密……無論是什麼苦衷，他一定能包容。然後那一天來臨了，由於兩人都很忙，在睽違兩週後的約會時，他們像007間諜戰般躲過眾人的視線，相約在旅館碰面，英玉滿心期待那天的來臨。他們在午夜時分的街頭漫步，隨著店家的音樂翩翩起舞，開心地大笑，喝了點酒，相當愜意，度過了美好的纏綿時刻。但是恩惠之家的張老師卻打來電話，真會選時間的一通電話，氣氛全被搞砸了。英玉告訴還在沖澡的定俊自己有事要先走，並走到外

頭接起張老師的電話。每次都細心替英希著想、和藹親切的張老師，今天語氣格外強硬。

英玉　不是我不去看她，因為最近是海膽季，我們很忙……下個月海膽季結束後，我一定過去，可以麻煩老師告訴英希嗎？

張老師　英希已經一個禮拜不吃不喝，只盯著窗外，這樣下去會生病的，你也知道她的心臟、肝臟、腸胃都不好。你們見個面吧，現在中心在整修，這週都讓學生們回家了，我因為母親病重，必須回家一趟。總而言之，如果你抽不出時間，我會負責帶她過去找你。（掛斷電話！）

　　英玉不知所措趕緊回撥電話，但張老師不接電話，只傳來一則訊息：「我買了明天下午兩點的機票。」日落時分，天空染上一層橘黃，定俊終於要知道英希的存在了，英玉覺得英希很丟臉，覺得家人丟臉是一件可恥的事情，但英希無法讓人覺得不丟臉，甚至還雪上加霜。各自回家的路上，定俊來了電話，說因為當面講有些害羞，所以用電話代替，他希望能與英玉結婚。英玉明明說過不希望太過認真地交往，這下也好，就趁這個機會分手吧，在發生關係後馬上提分手雖然有點過分，但反正最後還是會分手的，什麼時機點提出似乎也不重要了。英玉複雜的情緒瞬間湧上，二話不說掛斷定俊的電話，選擇當場切斷與定俊的關係，心痛總比藕斷絲連好，不然只會讓自己受更多傷。那個在24歲時看到英希就悄悄斷開音訊、已經交往兩年的男友，或是30歲時，那個看似善良、願意陪伴英希甚至為了討她歡心還同居的男人，最後都是因為受不了英希而離開了。

　　隔天出海捕撈時，英玉完全不理睬定俊，就連常掛在嘴邊的「嗨，船長」也隻字不提，全然避開與定俊的眼神接觸。定俊的心七上八下，待捕撈工作結束後，抓著英玉的手到只有兩人的地方生氣地說。

定俊　（心痛想哭，忍住氣低聲說）你這是什麼意思？為什麼裝得像是陌生人？

英玉　（無情）別死纏爛打的，不是說好如果有一方感到厭倦就分手嗎？（想要離去）

定俊　（再次抓住）你怎麼了？昨天不是還……

英玉　（打斷定俊，冷酷）昨天為止還喜歡你，喜歡得要死，但突然不喜歡了，我不是說不要認真嗎？你提什麼結婚？

定俊　（眼眶泛紅，生氣卻壓抑著，努力忍著情緒）啊……是因為結婚嗎？好、好，不結婚就好！像現在這樣就好……這樣繼續交往可以吧？

英玉　（不在乎）來不及了，分手吧。（想要離去）

定俊　（再次抓住英玉轉向自己，傷心欲絕）不要這樣，我們談談吧！

英玉　我的雙胞胎姊姊來了，我要去接她。

定俊　（不明白）你有……雙胞胎姊姊？

英玉　對。

定俊　你怎麼沒提過？

英玉　（皺眉）因為我不想提起。

　　英玉甩開定俊的手坐上駕駛座，揚長而去。定俊雖然還有其他工作，但顧不了一切，開著車就跟在英玉後頭。定俊很愛眼前這個女人，怎能說放手就放手，他到了機場，看見了英玉和英玉的姊姊……那位姊姊有點奇特，「為什麼跟英玉一點也不像？」瞬間定俊腦袋一片空白。英玉用冰冷的眼神對英希說：「他是我朋友。」英希笑嘻嘻地上前擁抱定俊，「這是怎麼回事？我要怎麼反應才好？」英玉將定俊不知所措的表情全看在眼裡，她知道這個人不過跟其他男人一樣，看著他說：「看來你很慌張，第一次看到唐氏症？」隨後英玉和英希上了車，雖然定俊回過神來想攔下英玉的車，但英玉看向他的眼神充滿失望，神情僵硬地離開了機場。定俊那天晚上在公車裡不斷搜尋唐氏症的資料，看了關於唐氏症的電影及紀錄片，研究英希是個怎樣的

人。他對於唐氏症普遍智商較低並且沒有痊癒的可能性感到失望，卻也對於唐氏症不會遺傳的事實感到一絲心安。定俊整理了思緒，思索著若是讓姊姊繼續住在養護中心，他們自己住的話，應該可行？他找上英玉，希望能與她復合，但英玉已經擺出冰冷不已的神色，說定俊和她24歲時的前男友與30歲時同居的男人都一樣現實。定俊聽到英玉提起其他男人，又知道以前曾與別人同居的事實都令他生氣，但卻說他現實？他無法接受這一點，忍著怒氣繼續追問，自己哪一點現實了？英玉回答因為定俊看見姊姊的神情與其他人一樣……定俊感到生氣又委屈：「因為我嚇到了！我書讀得不多，不知道唐氏症是什麼，但這樣很正常啊！人面對不知道的事物時感到驚訝是很正常的！」定俊生氣地流下眼淚，想抓住英玉，再度吻上她，但英玉推開了定俊，冰冷地說，若是要結婚，就要跟英希住在同一個屋簷下。定俊再次啞口無言，腦裡閃過父母單純的模樣，英玉將啞然的定俊丟在門外，大力關上門。

其實英玉也像定俊那般深愛著他，而且更沒有打算要跟英希一起住，但她為什麼要這樣對定俊說呢？她只是一氣之下脫口而出，一方面也想測試定俊對她的心意，但明明她自己也做不到……英玉是個矛盾的綜合體，找不出解答又愛鑽牛角尖，她期待著恩惠之家趕緊整修完畢，將英希（因為見到英玉，開心地手舞足蹈）送回去，但那天她們就寢時，英希卻這樣說：

「我、我現在，無論怎樣，都要跟跟跟你住，我我我，才不要，回恩惠之家，我不要回去了。」

英玉心頭一沉，英希是個不分青紅皂白、一定說到做到的人，這下該怎麼辦？

春禧與恩奇

雖然是親奶奶，恩奇卻只和她通過幾次視訊電話，沒有實際見過面（恩奇2歲時來過濟州，但已經不記得，所以對她來說奶奶幾乎是陌生人）。母親突然將她安置在奶奶家兩週的時間，可憐的恩奇。對於春禧來說也是場考驗，雖然疼愛這唯一的孫女，卻也對她萬般陌生，扶養孩子已經是好幾十年前的事情，她根本不知道現在的孩子喜歡什麼……孫女動不動就發脾氣又大哭大鬧，幸好只是兩週的時間，咬牙哄哄孩子應該沒什麼困難，但不知為何媳婦似乎不會遵守時間來接走孩子。

韓春禧（女，70歲出頭，上軍海女）

話不多，工作時也不尖酸刻薄，憨厚老實做好份內之事。年輕時常聽別人形容她個性活潑，但勞苦的歲月將她磨成了寡言的大人。若是家境許可，或許她能學得一手精妙的縫紉技巧，但生長在窮困人家，從13歲起就在海邊撿海螺，已經成為海女六十餘載，是能游至遙遠大海中的上軍海女。然而，仰賴捕撈賺錢的日子已不如以往，海裡已經撈不到什麼上等海產，養殖業也逐漸取代手工捕撈的需求，收入大幅減少。但她沒有因此灰心喪志，既然抓不到東西就接受現實，賺錢是為了生計，但消磨時間最好的方法就是不停勞動，因此她與玉冬賣著田裡採收的各種蔬果，有時還會在恩喜的水產店幫忙處理漁獲（負責醃製或曬乾），也會拿去五日市集販售。

她誕生於貧窮，16歲時嫁人，不屈不撓地討生活，生下了四名兒子，但現在只剩下40歲時生下的老么萬秀。她結婚十年後所產下的

雙胞胎兒子，在國小時同時得了蕁麻疹死了。老二，不，是老三（恩喜、印權、浩息同學）萬英在她百般疼愛下長大成人，卻在未滿20歲時因為酒醉摔死在田溝裡，就在老三死掉的那年，丈夫也因為肺病過世，離開了她。她明白人生永遠無法如己所願，靠著唯一的孩子繼續活著，更重要的是她的朋友玉冬也過著坎坷艱辛的人生，使她明白人生原本就是顛簸崎嶇，因此坦然接受，繼續活過每一天。

　　老么萬秀學生時期時真是讓她傷透了腦筋，不愛去上課，每天打架鬧事，成年後把春禧的錢全拿走，說要做養殖事業，一定會功成名就回來故鄉，後來搬到木浦後成為了一名卡車司機，然後又二話不說地娶了老婆（沒有舉行儀式，只有公證）。五年前，恩奇2歲時，他滿心喜悅地回來探望她，說夫妻倆不會再生孩子了，春禧很開心，「很好，別再生了，我就是什麼都不懂，生了太多孩子。我以為小孩生下來總會自然地長大成人，以為我會先走，孩子才隨後死掉，結果沒想到竟是我幫孩子們舉辦葬禮。你們這樣想就對了，多一個孩子只是徒增煩惱，好好扶養恩奇一個人就好。」隔天萬秀即將出發回木浦，他對老母親說：「媽，以後等我賺了錢，會在濟州蓋一間大房子，讓我們全家團聚。」春禧聽了欣慰無比，認為小兒子終於懂事了，而活潑開朗的媳婦也會每隔一、兩週打電話給春禧，過年過節更會寄簡單的禮物過來，萬秀每個月會傳恩奇可愛的影片給她，這兩年也獨自來濟州島探望她一次。所求不多的春禧，認為這就是所謂的天倫之樂，但某一天，她卻作了個奇怪的夢，夢裡萬秀來濟州物色土地，說自己存夠了錢，要在明年恩奇上小學前搬回來濟州，與母親一起住，還想著要開始種田，考慮要種花椰菜還是甜菜根，希望春禧替他出主意。春禧在夢裡笑得很開心，似乎很久沒如此開心地笑了。夢醒後，她覺得無比真實，下定決心既然要一起住，她就要繼續下海捕撈，也要繼續在市場擺攤賣農作物。

　　不過就在某天，媳婦海善卻帶著恩奇突然來訪，留下恩奇獨自回了木浦，媳婦說萬秀因為載運作業很忙，需要來回各地，而自己因為

擔任超市的幹部，超市最近在重新整裝經常要加班到半夜，苦無時間照顧恩奇，所以希望春禧能照顧恩奇兩週的時間，還說恩奇很乖，絕不會讓婆婆費心。但恩奇這個丫頭，光是照顧一天就知道了，哪裡乖了⋯⋯挑食又不聽話，不習慣奶奶家的廁所，睡不慣這裡的床鋪，就連面對春禧也難已卸下心防，宛如陌生人般。春禧的腰都快斷了還吵鬧不停，討著奶奶揹她，根本是傲氣的王公貴族，幸好只有兩週，忍一下很快就過去，但春禧愈發覺得不對勁，為什麼萬秀的電話總是打不通？是不是媳婦在外面有男人了？

孫恩奇（女，7歲，春禧的孫女，就讀幼兒園）

恩奇與父母親住在木浦，雖然2歲時曾造訪父親的濟州老家，但已沒有記憶，父親偶爾會打視訊電話，只有在那時看過奶奶幾次。她比起同齡孩子發育得稍慢，還不太會識字，數字也只會數到10，雖然喜歡跳舞卻很害羞，不曾在他人面前跳舞，只敢在父母面前手舞足蹈。父親是卡車司機，經常需要出遠門跑長途運輸，所以不常見到面，但她仍很期待每次父親回家的那天。有一天，父親在恩奇的手臂上用麥克筆寫下「一心」（此為萬秀身上的刺青，當萬秀離開濟州時為了不忘記母親，把春禧身上的刺青〔濟州海女互為一心同體，從小就刺在身上的簡易圖樣〕相同的圖案刺在身上，春禧不知道這件事，事後才聽媳婦說）。萬秀畫著圖跟恩奇說：「恩奇，明年等你要上小學時，我們搬去濟州吧。」但是恩奇在木浦有很多朋友，一點也不想去濟州，爸爸又說了：「你知道濟州的海上有一百顆月亮嗎？非常漂亮喔！你真的不去看嗎？」恩奇因為這番話心動了，一顆月亮就已經很美了，何況是一百顆！「好啊！」恩奇一口答應父親想移居濟州的心願。

但是就在某一天，母親凌晨將恩奇搖醒，帶著她到木浦醫院，病

房（加護病房）裡父親躺在床上，鼻子插著管子，頭上纏著繃帶，手臂吊著點滴，臉上滿是青綠的瘀血，腫脹不已，腳部還打上石膏。恩奇雖然不明白這是什麼意思，但感到很害怕，爸爸笑著艱難地開口對她說：「不可以哭，要笑才行，這樣爸爸才能好起來回家找你。」恩奇一點也笑不出來，她想放聲大哭，但得笑著父親才會好，因此刻意擠出笑容。那是她最後一次看見父親，回家後，母親說父親因為摔下樓梯受傷，不像感冒只要幾天就會好，需要住院一陣子，不過不用擔心，父親很快就會回家跟她們團聚。恩奇相信了母親的話，那天晚上，她聽見母親和外婆的爭執聲，外婆說既然醫生表示恩奇她爸的腸子都破了，無法做手術，海善你也該做心理準備了吧？母親生氣地說要做什麼心理準備？人的性命是上天決定的，醫生憑什麼定人生死！母親大聲說著她再怎樣也不會做心理準備，外婆再次說，因為她做了腰脊手術，照顧不了恩奇，將恩奇帶回娘家吧，不然你要工作、要照顧萬秀，還要回家顧小孩的話會先死的。恩奇不明白她們的話是什麼意思，對她來說或許外婆跟母親經常吵架吧。隔天是幼兒園要去游泳的日子，從醫院回來後，恩奇只注意著母親買給她的潛水衣，「應該沒有同學跟我有一樣的泳衣吧？我的一定最漂亮，大家應該會很羨慕我吧？」恩奇抱著潛水衣睡著了，當她再次醒來後已經在前往濟州的渡輪上了。

❧ 故事大綱 ❧

在木浦開往濟州的船班上，恩奇醒來後難過地大哭大鬧：「為什麼我不能跟同學一起去游泳？為什麼我要去奶奶家？我連奶奶都沒見過！」即便母親安慰她要她別哭，旁人都在看，但恩奇卻說：「我也不想哭，但眼淚一直流下來！」並且哭得更大聲。恩奇太難過了，她想去幼兒園跟同學玩，更不想離開母親，海善告訴她：「你只要待在奶奶家兩週就好，十天過後再數四天，媽媽就會去接你了。記得千萬不能告訴奶奶爸爸住院的事，奶奶如果昏倒就不好了，知道嗎？不能

告訴奶奶爸爸受傷的事情，答應媽媽。」恩奇很生氣，大喊著要全都告訴奶奶，但是母親沒有放棄，伸出小拇指說，若是恩奇保守祕密，十個晚上又四個晚上後，媽媽會跟爸爸一同來濟州，一起跟她去看一百顆月亮。恩奇一聽到母親這樣說，馬上勾住她的手，立下誓約。可以看一百顆月亮！而且還是跟爸爸和媽媽！她將眼淚都吞了回去。

另一邊的春禧，看著媳婦把恩奇放著就離開，深深嘆了口氣，但這畢竟是小夫妻結婚以來第一次的請託，她不得不答應。春禧心想他們一定是萬般不得已才會特地將孩子帶來濟州，想到他們夫妻倆這段期間多努力些，明年就要搬來濟州共同生活，既然如此就咬牙撐過這兩週吧。但恩奇這孩子真不是普通地難應付。她抱著行李哭著要找媽媽，還會坐在庭院放聲大哭，春禧以為大聲罵她就會收斂些，於是狠下心說：「你媽跑了，從今以後你要跟奶奶一起住，趕快乖一點。」殊不知恩奇哭得更厲害。唉唷，不知是不是太久沒跟小孩相處，一聽到哭聲頭就發疼，春禧吞了顆藥丸，不管孫女要哭要鬧，心一狠隨便她，逕自上床睡覺。而恩奇或許是哭累了，也在旁邊安靜睡下，孩子熟睡的模樣真可愛，但可愛也只是稍縱即逝，醒來後的恩奇仍然哭鬧不已。

給她吃美味的醃雀鯛，她嫌腥味很重；嫌棄小塊肥皂很髒，還因為窗外的樹枝倒影，嚇得以為看見鬼魂，將家裡鬧得天翻地覆。之後春禧洗完抹布，將其放進熱水中煮沸，恩奇看見後，好奇地問為什麼要煮衣服，春喜說這樣衣服才會乾淨，恩奇也想要自己的衣服乾乾淨淨，因此將帶來的潛水衣放進熱水裡，結果潛水衣縮成手掌般大小，顏色也脫落。明明是自己闖的禍，她卻哭得比誰都大聲，那天晚上恩奇又大吵著：「我要回去媽媽身邊！」任性地放聲大哭，春禧再也受不了孩子的硬脾氣，「叫你別哭了！」隨後打了恩奇的背。

恩奇滿腹委屈，無法到幼兒園跟同學玩耍，每當春禧要捕撈時，恩奇要凌晨就起床（賴床的話，奶奶會沾濕雙手，用粗糙的手掌使勁

抹恩奇的臉）。春禧結束捕撈前，她要待在海女之家等奶奶；當春禧在五日市集擺攤時，她要跟奶奶像乞丐一樣坐在地攤前，市場裡每個看見恩奇的人都會交頭接耳，她也討厭聽他們的閒言閒語。「那個花椰菜田的奶奶，好像媳婦托她照顧孫女，然後就跟男人跑了……」「所以奶奶年紀這麼大了，還要繼續種花椰菜啊？」「還以為只會打架的萬秀終於娶了老婆、安家立業，看來還是離婚了？老婆也跑了？」「她聽到了？」「一個小孩子懂什麼？」這些閒話也讓春禧難受，但又何奈，嘴巴長在那些人身上，春禧知道恩奇也被那些話影響心情，於是告訴恩奇：「應該用針把那些人的嘴巴給縫上，你左耳聽右耳出，不用在意。」但對恩奇來說，奶奶跟那些人一樣，因為奶奶沒有去罵他們，只顧著叫賣蔬菜，還對客人笑臉盈盈，所以恩奇趁春禧忙著招呼客人時，到處亂跑。

春禧最後在印權的血腸店找到恩奇，印權說恩奇盯著看得口水都要流下來，因此切了幾塊給她，但恩奇卻一口也不吃。春禧叫恩奇放心吃，恩奇卻說自己不是乞丐，要奶奶先付錢才行，爸爸媽媽說過，吃飯要付錢。春禧點點頭同意這番話，付錢給印權後，接過一盤血腸，恩奇狼吞虎嚥吃了起來，櫻桃小嘴大口吃著熱騰騰的血腸，那副模樣相當可愛。就這樣說好的兩週過去了，海善說因工作還抽不了身，晚一點才能來接恩奇，恩奇氣得大吼說要在騙人精手冊上寫媽媽的名字，讓媽媽受處罰（恩奇有一本專門寫下說謊的人的名字手冊，並祈求他們得到相應的處罰。奶奶在市場時，說著一萬韓元的東西要賣便宜一點，卻沒有收下人家給的九千韓元而收下了一萬韓元的紙鈔，因此她認為奶奶也是無法相信的人，已經寫下奶奶的名字了）。

春禧聽了兩週花椰菜奶奶的閒語後，也開始覺得厭煩。每當她打給媳婦，打三通卻只有一通接起，讓她起了疑心。春禧問恩奇：「你媽媽是不是有別的男人了？」生氣的恩奇大叫著才沒有這回事。但若並非如此，究竟發生了什麼事？可是無論春禧再怎麼追問，恩奇都不說半句話。面對固執的孫女，春禧只好在隔天買了全新的潛水衣給她。畢竟孩子們只要心情好，什麼祕密都會說出來。她拿著潛水衣，

帶恩奇到海邊，趁機問她爸爸媽媽到底發生了什麼事，但恩奇即便心情好，還是重複著母親叮嚀她不准說，這是她跟母親的祕密。究竟是什麼祕密？春禧感到焦急萬分，而不懂春禧著急心情的恩奇在那天與濟州小孩（小孩的奶奶就是閒言閒語的人其中之一）一同玩得很開心，這是她到濟洲後第一次這麼快樂，而她想起了爸爸的話。

> 恩奇　你有看過一百顆月亮嗎？
> 濟州小孩　（感到不解）月亮只有一個啊⋯⋯
> 恩奇　（生氣）木浦只有一顆月亮，濟州有一百顆！
> 濟州小孩　你是笨蛋嗎？如果濟州有一百顆月亮，那你來了兩週怎麼都沒看到？月亮每天晚上都掛在天邊啊。
> 恩奇　？？？

那天晚上，恩奇看著孤零零的濟州月亮覺得非常不安，過了兩週還不來接她的媽媽愛說謊，告訴她濟州有一百顆月亮的爸爸也愛說謊。她要怎麼辦？爸爸、媽媽說等爸爸痊癒後就要來濟州接她，如果連這個也是謊言，她該怎麼辦才好？恩奇想到此，大聲地哭著，並下定決心打給媽媽。

「媽媽，快來接我，帶恩奇離開！這裡的房子好髒，奶奶也不給我飯吃，說我是乞丐，還說你跟叔叔跑了，所以給我狗飼料吃！媽媽趕快來帶我走！」不過媽媽卻掛斷了電話，這是怎麼回事？7歲的恩奇遇到了人生最大的難關，並且那天晚上春禧也清楚聽到了電話的內容，不安的思緒在她心中蔓延⋯⋯

玉冬與東昔

周遭的人異口同聲地說，即使再怎麼埋怨母親，既然醫生都說了母親來日不長（醫師說母親隨時病發身亡也不奇怪）就應當放下心中的怨恨，與母親和解，原諒彼此。但眾人講得簡單，東昔絲毫沒有那種甘願放下一切的想法，當他知道母親病重後，只有一個想法，就是趁著所剩不多的時間好好質問母親，此生是否對自己感到愧歉，是否知道她的所作所為帶給兒子多大的創傷，是否承認親手毀了兒子的人生？東昔打算追根究柢，讓母親對他感到愧疚，向他道歉。但是他的母親，江玉冬女士，那個隨時都會斷氣的人，當他問她對他難道無話可說了嗎？她竟然說沒有；問她對他感到抱歉嗎？竟然還罵他神經病。然後說在她死之前，要他帶她去繼兄（東昔的死對頭）的家。哇，媽的！這是對他明目張膽的宣戰吧，好啊，在她苟延殘喘地活在世上的一天，就鬥個你死我活吧！東昔與將死的母親展開了不可能分出勝負的鬥爭……

江玉冬（女，70歲中段，在一處不大的農地裡種植辣椒、馬鈴薯等農作物，採收後在五日市集販售，東昔的母親）

聲音如小鳥般，相當沉默寡言（不過獨自一人時很常嘟囔），樸實的鄉下人。彷彿沒有情緒起伏，只知道工作幹活，即使在別人眼中很單純，但對東昔而言卻不盡然，若要說興趣就是看著大海發呆，或是呆望著天空的雲朵、田地裡的小花，沒受過教育，誕生於木浦。

雙親從事跑船工作，10歲時家裡發生火災，雙雙喪命火場，與妹妹兩人到別人家幫傭或是在餐廳打工（妹妹住在木浦，幾個月前因癌

症去世，死之前雖想見玉冬最後一面，但不識字也不認路的玉冬一點也不想去本島，最後在沒見到面的情況下，聽到妹妹的死訊）。村子的人介紹到處打零工的東昔父親給她，從此搬到濟州島居住到現在。東昔的父親來到濟州後跟著別人一起跑船，在外人眼中是個善良的好人，但喜愛與女人糾纏，光是與他來往的女人就有足足十二名。玉冬起初也大哭大鬧，跟其他女人吵得雞犬不寧，還生氣地咬傷東昔父親的手臂，但最後還是放棄了。她要照顧失智的婆婆與兒女們，已沒有心力管束風流的丈夫。不過這樣的丈夫卻在颱風天出海時溺水死了，雖然丈夫傷透她的心，但死了還是讓她相當惋惜。

之後為了生存，她帶著怕水的女兒（玉冬也怕水，所以以前只從事農業）一起到海底當海女。但這又是什麼上天的捉弄？女兒也死在海底，上軍海女們經常囑咐在海底不能貪心，偏偏女兒想多捕撈一點鮑魚，因此被大海奪去了性命，還是在年紀輕輕的19歲，被救上岸時手中還緊緊握著鮑魚……將丈夫席捲而去的海浪一點也不可怕，但面對連女兒的生命也殘酷帶走的大海，玉冬的情感似乎也一同被搜刮而空。該怎麼活下去才好？該怎麼扶養脾氣暴躁的東昔？就在這時，對人生了無希望的玉冬，一聽到丈夫的朋友朴善周想接她過去住，也就順口答應了。善周納她為妾，她必須照顧生病的正房（幾乎是植物人），要將他的小孩當作自己的，還要聽村裡的人說她跟前夫的朋友有一腿的難聽謠言。這些事情她都不在意，只要能養活東昔，並且不再碰那片海都好。那些難以入耳的辱罵對她來說都只是過眼雲煙，玉冬無情地將婆婆送至住在附近的小叔家，然後用簡陋的推車載著行李住進了朴善周的家。

但人生的苦難沒有就此結束，繼兄們對家中的埋怨（為了開公司而把朴善周的家產與田地都賣掉，將錢全部拿去本島），她不分晝夜照顧正房，最後善周也離開了人世，再加上東昔無止盡的不諒解。是因為如此嗎？醫生用惋惜的眼神看著玉冬說：「奶奶，醫院已經無法替您做任何治療了，請多享用點美味的食物吧。」玉冬聽完，比起傷

心更覺得如釋重負，這多災多難的人生終於要迎向盡頭了，但兒子東昔卻不斷地挑釁她，說他糟透了的人生都是母親造成的。玉冬不以為意，因為那並非事實，東昔要玉冬向他道歉，但玉冬一點也不覺得愧疚……所剩不多的人生因為兒子不得安寧，她只想安靜地離開這個世界，卻連最後的心願也無法達成。

李東昔（男，40歲出頭，雜貨貨車老闆）

姊姊死後不到一個月時，如果在街上看見與姊姊年紀相仿的女學生，或是年輕的海女，東昔都會感到萬般心痛，不爭氣地想落下眼淚。放學回家的路上，宗澈、宗雨兩兄弟帶著上村的朋友們，不由分說地對他拳打腳踢，他的鼻梁被打斷，眼角與嘴角也被打至破皮流血，就連下排牙齒也被打落，他莫名其妙地吼道：「你們這些瘋子，憑什麼打我！幹嘛打我！」其中一人說：「你媽不是跟他們爸爸（用下巴指向宗澈、宗雨）搞在一起？跟抹布一樣的女人！」說完繼續毆打東昔，還朝他吐痰。東昔全然不知道發生了什麼事，當他回家時，只見媽媽將家當疊在推車上，然後叔叔揹著奶奶從家裡出來，一邊說著：「你怎麼能去當哥哥朋友的小妾？還丟下媽媽（其實不能算丟下，對玉冬而言是將他的母親還給他）！東伊過世不到一個月，再怎麼無情的女人，也不能這樣啊！」然後連姪子東昔一眼也不看，甩頭就走。東昔見狀明白了事態，上前攔住母親的推車說：「你別顧著走啊，回答我！媽真的跟朴善周睡了？你真的要去當人家的小妾嗎？」玉冬不發一語，連一滴眼淚也沒流，只像失了魂般呆看著東昔，然後再度走著。東昔生氣地弄倒推車，憤怒地踐踏著行李，而玉冬只是緩緩撿起地上的物品，輕聲說：「到了他們家之後，叫我阿姨，從今以後宗澈、宗雨的媽媽就是你的媽媽。」再次推著車吃力地走著。東昔在原地呆望著玉冬的身影好一陣子，衝上前搶過推車，獨自推著，強忍著滿眶淚水，咬著牙憤恨地說：「你應該很希望我自己離開吧？你希望我永遠不要回來對吧？你眼中還有我嗎？媽，你只愛宗澈、宗雨

那兩個傢伙，還有朴善周嗎？你以為我會知難而退嗎？我就讓你見識看看！」他們就這樣住進了朴善周的家，而東昔的個性從那時開始變得格外暴躁，他認為自己人生所有的不順遂都是源自於母親的疏離，與繼兄們打架、荒廢學業、流連於遊樂場，現在回想起來，其實那時應當毅然決然離開濟州才對……這樣就不會遇見宣亞了……

　　撞見宣亞與載玖在一起的那天，東昔再也忍受不了待在濟州的生活，這裡沒有他能喘口氣的地方，他的心被踐踏得分毫不剩。他決定回家搜刮財物，不愧是有錢人家，珠寶首飾、現金紙鈔應有盡有，他一股腦地裝進書包，在對面房間替正房更換尿布的玉冬攔住了他：「你這是在做什麼？」東昔氣得雙眼發紅：「跟我一起去本島，不然就閃邊。」玉冬沒好氣地看著他，只丟下一句「瘋子」就轉身回房，繼續服侍正房。東昔看見母親不屑兒子的提議，還咒罵他，連挽回的動作都沒有，他的心徹底碎了。他搜刮完繼父家中的珠寶財產後，下定決心要在首爾闖出一片天，但他每份工作都不了了之，草率投入的古董事業賠光了錢。為了開計程車，卻在買駕照時遇到詐欺，即使與宣亞重逢也被二度傷透了心。幾年輾轉過去，他再度回到濟州，但即使遇見玉冬也假裝沒看見，一句話也不會主動跟玉冬說，恩喜、印權、浩息總是罵他不孝。然而就在某天（與宣亞三度重逢後不久），春禧大姐來了電話，說母親住院了，醫師說一定要帶監護人來，有話非得對監護人說，如果不來就要等他一整夜。無法推辭的東昔最後去了醫院，醫師說母親的病就算今天死掉也不足為奇，前年母親就被診斷罹癌，卻拒絕接受任何治療。東昔一點也不為所動，無動於衷的程度連他自己也覺得不可思議，春禧大姐看著毫無反應的東昔說：「你媽都要死了，你連一滴眼淚都沒有嗎？真是沒血沒淚的傢伙。」春禧無法諒解東昔，而東昔卻說，自己就是沒眼淚，難道要硬擠出眼淚演戲嗎？在一旁的玉冬開口說：「你不是知道我不識字，所以也搭不了船，你載我去找宗澈、宗雨吧。」這個老太婆到現在還是只會惹怒他，平息已久的憎恨再度在東昔心中燃起。

❧ 故事大綱 ❧

　　知道母親來日不多時，恩喜、印權、浩息在酒席間勸說東昔理解母親的作為並和好，告訴他現在也已40歲了，該成熟點了，他媽也是女人啊。「我媽為什麼是女人？她對於其他男人，或是朴善周來說是女人沒錯，但對子女來說哪算是什麼女人？別說這種沒意義的話，媽的！」眾人異口同聲地說，別在母親過世後才悔不當初，東昔卻認為，他若要後悔，也要等母親真的嚥下氣後再來後悔，勃然大怒要眾人閉嘴。恩喜大聲斥責他瘋子、神經病，他能跟有孩子的宣亞在一起，為什麼不能理解改嫁的母親？之後宣亞的孩子也會像他對他媽那樣看待宣亞。聽到恩喜這番話，東昔再也忍不住心中的怒氣，衝向那片大海。

　　他下定決心，好啊，就帶著老太婆去木浦找繼兄，在路上將這些年深埋心中的埋怨與不解一次問清楚，問她這輩子有沒有覺得愧對於他，有沒有愛過他，她是否知道她傷了他的心，知不知道她毀了他的人生……然後他要聽她說對不起，承認她錯了，犯了滔天大罪，這樣他就會將這輩子所背負的恨拋進大海，讓它如泡沫般消失，就用這樣的方式結束母子關係吧。他已經太累太痛苦，想讓一切到此為止。

　　可是東昔是不是想得太理想了？光是出發就相當艱辛，即便船班出發時間快到了，玉冬仍準備著要帶給繼兄的芝麻、麻油，跟春禧大姐買的冷凍章魚，還有曬好的鯛魚乾。看著玉冬拿著大包小包的禮物，東昔心裡很不是滋味，突然春禧大姐也說要一起去，兩個老奶奶慢吞吞的，最後錯過了出發時間，只好搭下一班船。到了木浦要找繼兄們，卻不知道地址，打了電話又不接，最後好不容易聯絡上人，卻說已經搬家了。天色已暗，東昔找了間旅館打算讓玉冬過夜，她卻想省錢只願意睡在貨車上，然後要求東昔找出夜壺給她。東昔感覺母親處處為難，故意找他麻煩，心煩意亂根本不想質問母親，只想離開木浦一走了之，內心雖想丟下這兩個老太婆不管，但還是忍住。畢竟是

最後一次了，然後趁著春禧睡著時，鼓起勇氣問母親。

> 東昔　（沉住氣，望著大海艱難地開口，隱藏心痛）醫生說你隨
> 　　　時都會死……如果你有話對我說，現在就說吧。
> 玉冬　（望向大海）沒有。
> 東昔　（心中刺痛，眉頭深鎖，覺得無語）真的嗎……至少會感
> 　　　到抱歉吧？
> 玉冬　（望向大海，瞥了一眼東昔，無動於衷）你在說什麼？
> 東昔　（比起生氣更像無法置信）你真的……一點也不覺得對不
> 　　　起我？
> 玉冬　（無語，低聲）真是神經病。（起身走進貨車，躺下）

東昔火冒三丈，跟在玉冬身後，大力打開副駕駛座的門，忍著怒火看著玉冬。

> 東昔　你知道你傷了我的心嗎？
> 玉冬　（面無表情，只是呆望著他，看起來絲毫不覺得抱歉，渾
> 　　　然無法理解他為什麼要問這種問題）

東昔從玉冬的眼神看得出來母親絲毫沒有歉意，這個老太婆一點也不想跟他道歉，但他不會這麼容易就退縮，他不會善罷甘休，等著瞧吧！他用力關上車門，震耳欲聾的聲響大至春禧都被嚇醒。他們隔天再次上路……究竟在這段旅程中，東昔與玉冬能順利和好嗎？

劇本用語 --------------------------------------

S   幕（Scence）。組成電視劇的單位之一，相同的場所、時間裡連貫發生的動作與台詞。

C.U   特寫（Close-Up）。特別著重背景或人物的部分，使之成為畫面焦點。

跳接（Jump Cut）   跳脫一定的邏輯，集合不同場景的剪輯方式。

嵌入（Insert）   為了強調特定動作或情況時插入的畫面。即使不使用也不影響整體場景理解，但此手法可使狀態更為鮮明，使用時經常伴隨特寫場面。

（E）   摒除台詞與音樂的效果音效（Effect）。經常用於畫面中未登場人物而只有聲音時，常使用於回想畫面與一般畫面之間。

閃回（Flashback） 回想畫面。經常用來說明事件的前因後果，或以回憶畫面呈現人物特性。

閃切（Flash Cut）   兩個畫面間插入瞬間性場景，帶來具有張力的效果。

F.I   淡入（Fade In）。由全黑的畫面漸亮，直至正常明亮度的畫面的轉換手法。

F.O   淡出（Fade Out）。由正常明亮度的畫面漸暗，直至全黑的畫面的轉換手法。

（N）   旁白（Narration）。畫面以外的口白聲音。

蒙太奇（Montage） 將不同的場景剪輯為同一段。

（O.L）   疊加（Overlap）。現行畫面逐漸消失時，下一幕的聲音或畫面緊接著出現。

第十一集 　　東昔與宣亞
　　以及英玉與定俊

不要想著對誰好，也不要做讓人討厭的事。
然後最重要的，不要把事情想得很嚴重。
要像現在一樣開朗，開心地相聚。

字幕：東昔與宣亞以及英玉與定俊

第1幕　江南一角，餐車前，清晨。

一幕幕呈現老闆在鐵板上煎著雞蛋跟火腿的樣子，東昔跟
其他經過的上班族一樣，為了買烤土司而排著隊。宣亞在
旁邊一派輕鬆地看著東昔，老闆專業地快速烤好兩份，遞
給東昔。

東昔　辛苦了。（說完接下烤土司給宣亞，兩人一同吃著，走向停
　　　車的江南某停車場，有點尷尬又粗魯地說著，好像是別人的
　　　事情）不知道我媽是不是也像你一樣。

宣亞　（吃著烤土司，看著）

東昔　（尷尬，不粗魯也不沉重，專心地吃烤土司，就像講別人的
　　　事情一樣直說）跟你待在一起的時候，就會一直想起這件
　　　事，想到頭都痛了。我媽有沒有曾經像你對你兒子那樣，哪
　　　怕一次也好，用那樣深情的態度對我？我一直在想這種沒用
　　　的問題，都40歲了還說這種話，是不是有點像瘋子？

宣亞　（邊走邊吃烤土司，對東昔有點不捨，但用可愛的微笑看著
　　　東昔）完全不會。

東昔	你如果罵我是瘋子，我也無話可說，我只是好奇那個老太婆看到我的時候到底都在想什麼。
宣亞	（不看東昔，吃著烤土司輕鬆地說）你那麼好奇的話就直接問她啊。
東昔	（停下來，對不回應問題的宣亞有點不滿，把烤土司塞進嘴巴，還把宣亞的也搶過來，大口咬著邊走邊說）算了。
宣亞	……（走著，好像在說別人的事一樣，輕鬆，不沉重）我爸過世之後，我腦中不停出現這些疑問，爸爸討厭我嗎？他曾說我是世界上最可愛的人，那是謊言嗎？為什麼他要丟下可愛的女兒，自己把車開進海裡？
東昔	（不在意般的繼續走）
宣亞	（假裝輕鬆）後來我想了一下，雖然他愛我，但也許生活實在太辛苦到超出我所能想像，憂鬱來襲亂成一團時，我又會再次埋怨我爸。他應該告訴我，那樣的話我至少可以抱抱他，跟他說：「爸，有我在你身旁，不要覺得孤單。」（想像著，露出惆悵的微笑）然後拚命跟他撒嬌。早知道就應該問他的，為什麼我不問他呢？然後我又會再次自責。他喝酒後和大伯父吵架時，我應該要衝過去，問他為什麼要這樣？為什麼要生氣？問他到底是什麼讓他那麼難受。我不該逃避，而是應該去問他。
東昔	……
宣亞	（假裝輕鬆，不沉重）你去問問你媽吧……說你明明也是她兒子，問她為何要丟下你不管，不要像我一樣忍著不問，之後才後悔。
東昔	（心悶，雖然直說但不沉重）我才不會後悔，算了……我把她當陌生人，等她死了再替她辦個喪禮就好，那個一輩子都不跟我說話的老太婆。（生氣）就算在市場上看到我，她也像看到完全的陌生人一樣，連假裝認識我都不肯。我跑去問她，她最好會回答我。她大概會這樣說吧……（停下看著宣亞）她應該會擺出「說什麼啊，這傢伙」的表情，然後直直地看著我的眼睛，像牛一樣，（轉著眼珠模仿小孩子的表情）

眨個不停……（繼續走著，想到都覺得討厭而低著頭，煩悶）
唉，算了。（有點尷尬害羞，但覺得不說白不說就問了）可
是，你有偶爾想到我嗎？

宣亞　　（微笑）你話題跳來跳去的，幹嘛這樣？

東昔　　（尷尬地笑，輕鬆地說）有沒有？

宣亞　　（輕鬆）偶爾。

東昔　　不是一直嗎？

宣亞　　（笑著低著頭）偶爾。

東昔　　喂，你偶爾也撒點謊嘛，就說你一直都在想我啊，這傢伙。

宣亞　　（笑）我不會說謊。

東昔　　你就試一下嘛。

宣亞　　（笑）一直，總是，都在想。

東昔　　唉唷，你這傢伙……（放鬆地笑，繼續走）

第2幕　　宣亞的家裡，早上。

　　　　宣亞在廚房用咖啡機煮咖啡，把買來的水果從袋子裡拿出
　　　　來洗。東昔在客廳一側尷尬地走來走去。房子裡有小烈的
　　　　照片、宣亞的照片，還有玩具等等，以及可以看到窗外風
　　　　景的跑步機（第6集宣亞的家出現時就有了）。

東昔　　（看著外面的風景）這個社區真不錯，很安靜……不過感覺
　　　　有點奇怪……不是在旅館或廢屋、不是在我小時候的房間
　　　　裡、也不是在遊樂場或路上，現在你在廚房，我在客廳，該
　　　　怎麼說呢，感覺超怪。

宣亞　　（在廚房泡咖啡，看著東昔笑）哪裡怪？

東昔　　（坐在沙發，看著廚房裡的宣亞，試探地說）沒有啊，
　　　　就……我們兩個看起來跟平常人一樣，就像一起生活或戀愛
　　　　中的情侶，不像不倫，也不像是私奔……

宣亞　　（微微笑著，把水果放到盤子上）看來你該結婚了，需要好

好安定下來。

東昔　　（坐在沙發看著窗外，笑著說）結婚好啊⋯⋯（笑著開玩笑地說）老婆，拿杯水給我！

＊跳接–時間經過》

宣亞跟東昔坐在沙發上喝咖啡。

東昔　　（喝著咖啡看著宣亞，內心有點波動）⋯⋯
宣亞　　（放鬆地看著東昔，冷靜）⋯⋯我要待在小烈身邊。
東昔　　（看著，有點失望，但盡量維持平靜，繼續喝咖啡）
宣亞　　我的前輩開了一間室內設計公司，找我一起共事，所以我也有工作了。
東昔　　（再喝一口咖啡，想要掩飾失落，假裝放鬆）那你就沒有理由再去濟州了。
宣亞　　（從容放鬆）⋯⋯對。
東昔　　（故作輕鬆）嗯，那就這樣。誰能阻止媽媽想待在孩子身邊的心⋯⋯（喝咖啡）不過你是什麼時候決定的？
宣亞　　（有點抱歉但心情不沉重，安定地喝著咖啡）在漢江看日出的時候⋯⋯
東昔　　（苦笑，開玩笑般）我像以前一樣再次深深迷上你，而你卻決定要留在這裡⋯⋯
宣亞　　（看著，放鬆）
東昔　　（看著窗外的陽台，喝著咖啡，假裝輕鬆，不看宣亞，不在乎般地說）那你租下一年的廢屋要怎麼辦？
宣亞　　不知道⋯⋯
東昔　　給我吧。
宣亞　　（輕鬆地微笑）你拿去用當然好。
東昔　　（看著宣亞，輕鬆）你的房間在哪裡？
宣亞　　（指向角落的房間）可是⋯⋯我不想進去那裡。
東昔　　為什麼？
宣亞　　（尷尬地笑）那裡沒有好的回憶。

東昔	喔⋯⋯前夫啊。
宣亞	小烈的房間在那邊。（指著另一個角落）我可能會睡那裡，不然就睡這張沙發。
東昔	我可以看看他的房間嗎？（說完站起來，走向小烈房間，打開門看）

＊跳接–小烈房間內》
整理好的房間，有小烈的床，看起來有點小。

東昔	（關上門對宣亞說）我也可以看看你的房間吧？（說完走向宣亞房間）
宣亞	（想著為什麼要這樣？看著東昔）

＊跳接–宣亞房間內》

東昔	（打開門看看四周，厚重的窗簾以及深色的棉被，感覺很悶）宣亞，要不要我幫你把房間的床搬到客廳？

＊跳接–蒙太奇》
1. 客廳。
東昔跟宣亞合力把床墊拖到客廳。

2. 客廳。
宣亞拿著床單出來。東昔跟宣亞一起換床單。

3. 客廳。
東昔幫客廳換上新的顏色的窗簾。
宣亞在旁邊幫忙扶著窗簾下襬。

宣亞	要裝好喔。
東昔	（正在裝）我正裝得好好的，你別說那種話，這樣我就不想

裝了。

宣亞　　（笑）好啦，不說了，你做得很好。

東昔　　（邊笑邊裝窗簾）

4. 客廳。

東昔流著汗用水管沖洗陽台的窗戶，旁邊的宣亞用抹布擦窗戶。東昔故意噴一點水過去，宣亞嚇一跳往後退，又繼續擦，然後搶走東昔的水管開始噴水，東昔的臉都濕了，宣亞笑著。

5. 臥室。

東昔流著汗搬好客廳的沙發後，臥室成了客廳，宣亞打開門看，開心地拍手。

東昔滿頭大汗地起身走出去，笑著跟宣亞擊掌。

6. 宣亞的浴室（客廳的）。

東昔正在洗澡，有敲門聲。

7. 浴室門口＋客廳，白天。

宣亞在地上放了新的牙刷後離開。東昔打開門，伸手拿走牙刷。門再次打開，東昔穿好衣服，用毛巾擦頭髮，走出來看著四周，看著變成臥室的客廳，床旁邊鋪了一張床墊。洗完澡出來的宣亞，喝著水坐在床前，看著窗外。東昔看了宣亞之後，再看一下時鐘。

宣亞　　（看著窗外說）睡一覺再走吧，你因為我一整晚沒睡。（回頭看）明天早上也有從木浦去濟州的船，你就睡到晚上吧。

東昔　　（有點尷尬）好，就這樣吧……（說完準備躺上地上的床墊）

宣亞　　（輕鬆地說）把毛巾放回原位。

東昔　　（立刻起來把毛巾放回浴室，回來躺進棉被裡）

宣亞　　（看著這樣的東昔，覺得可愛，感到溫暖。站起來把客廳的

窗簾拉上〔陽光從窗簾的縫隙照進來〕，躺在靠近東昔那側的床邊，看著東昔〕

東昔　　（躺著看著天花板，在想什麼似的看著宣亞，平靜）如果有需要鄰居哥哥幫忙的就打給我，要是像今天這樣需要動用到勞力也打給我；如果你來濟州旅行，想吃生魚片，或是想去有趣的地方……

宣亞　　（暖暖地看著東昔，覺得感謝，眼眶有些泛紅）想念男人的時候，我也會打給你。

東昔　　（看著宣亞，內心澎湃，假裝開玩笑地說）一定要！

宣亞　　（看著東昔，笑著說）我一定會！

東昔　　（溫暖地笑著，看向窗邊，放鬆）……你要像今天這樣多活動身體，就會想睡，腦中有雜念的時候就要拚命動。我每天都在動，不然會有太多雜念，沒病的人也會生病。

宣亞　　（因為有人想到自己而感到溫暖，感謝地點頭，眼眶泛紅）

東昔　　房子太大會害怕的話，就搬去小一點的地方，如果大白天時也覺得一片黑暗的話……

宣亞　　（馬上接著說，從容）「那是錯覺！」我會試著這樣大聲告訴自己。如果還是解決不了，我就會打電話給你。

東昔　　（看著宣亞）那我就會大罵你一頓：「清醒點！你這傢伙。」

宣亞　　我會……經常打給你的。

東昔　　（打斷，轉回去睡覺）別做那種沒用的約定，快睡吧！（說完眼睛閉上）

宣亞　　（看著這樣的東昔，閉上眼睛，放鬆，心裡溫暖）

＊跳接－時間經過，宣亞的客廳，下午》

疲憊的宣亞正在睡覺。

睡著的東昔翻身看了一下時鐘，已經超過五點了。他起床坐著，看著宣亞，宣亞皺著眉頭睡覺。

東昔用拇指小心地把宣亞的眉頭鬆開，宣亞看起來輕鬆不少。他笑著看著宣亞，覺得可愛又可憐。

東昔　　　這樣睡著多美啊……

東昔放下手，深情地看著宣亞。宣亞的額頭、臉龐，每個地方，連手也看了，仍然無法放下心，只好果斷地站起來，拿著衣服往外走。

＊跳接–又過了一會兒》
放在宣亞頭旁邊的手機，有訊息進來。

第3幕　　高速公路＋東昔的車內，晚上。

東昔聽歌開著車，這時，突然有一輛小客車插到前面，東昔嚇了一跳，趕緊把車轉向小路，停下來，生氣地向那台車狂按喇叭。

東昔　　　那傢伙欠扁啊！差點以為要死了……（說完再次出發，確認後照鏡跟後視鏡，專心地開車離開）
東昔　　　（E）宣亞，我打算搭晚上的船，所以沒叫醒你就走了，我回濟州再把你的車送回去。如果需要好欺負的鄰居哥哥就打給我。

第4幕　　駕駛中的計程車內，晚上。

打扮了的宣亞，頭靠在窗戶上，回想著東昔說的溫暖的話。

東昔　　　（E）要是像今天這樣需要動用到勞力也打給我……想念男人的時候也打給我，當你憂鬱症再次發作，眼前一片黑暗的時候也要打給我……想辦法活下去吧，宣亞。因為你，我開始

	相信有下次了，我們下次……再見，在那之前要好好活著。
宣亞	（沒遺憾，覺得東昔很溫暖，感謝，心情慢慢安定下來）

第5幕　　冰淇淋咖啡店裡＋外，晚上。

宣亞（開心地看著小烈）與小烈（抱著小馬抱枕，吃著冰淇淋）併排坐著，咖啡廳外的車裡坐著泰勳，看著兩人，對宣亞感到抱歉又不捨，轉開視線看著旁邊的資料，繼續工作。

＊跳接》

小烈	（不太開心地吃著冰淇淋，看著宣亞，板著一張臉）
宣亞	（溫暖地看著小烈，擠出笑容）小烈，你不接受媽媽的道歉嗎？
小烈	（看著，低下頭）
宣亞	接受嗎？
小烈	（用快哭的表情點頭）
宣亞	（微笑，故作輕鬆）那你怎麼板著一張臉？看到媽媽也不笑。
小烈	沒有為什麼。
宣亞	（看著覺得可愛，又有點不捨，想要試著說明，努力想讓氣氛輕鬆一點）小烈，你知道媽媽生病嗎？
小烈	（看宣亞，擔心，板著臉）知道，所以媽媽沒辦法陪我玩，所以小烈才會跟爸爸一起住。
宣亞	（眼眶紅，覺得小烈能理解很了不起，露出笑容）但你放假時要跟媽媽一起住，對吧？
小烈	（輕輕地笑，覺得這是好的）對。
宣亞	（眼眶雖然紅了，但仍努力地笑）小烈，你最近晚上睡覺還會害怕嗎？
小烈	（板著臉點頭）非常怕……

宣亞	那種時候⋯⋯小烈會怎麼做？
小烈	（看著宣亞，繃著臉）開著燈睡覺，（抱住小馬抱枕）然後抱著馬。
宣亞	（忍著心痛說）這樣就不怕了嗎？
小烈	對。
宣亞	（點頭）真是太好了⋯⋯（努力維持笑容）可是小烈，有時候即使是白天，我也覺得像晚上，即使像現在這樣，四周的燈都亮著，但媽媽不舒服的時候，就會覺得全部都黑漆漆的。
小烈	（擔心）就算有開燈也是嗎？
宣亞	（快要哭出來，但努力地表現輕鬆，點頭，看著外頭是沒有光的黑暗，看著咖啡廳裡燈也全暗，看著這個場景感到無助，努力用意志力撐著）可是每當那種時候，媽媽只要看到小烈⋯⋯（說完看著小烈，眼眶紅了，開心地笑）

＊跳接》
只有小烈那裡有光，看起來很喜悅。

＊跳接》

宣亞	（看著小烈笑了，溫暖地說明）我就完全不會害怕了。對媽媽來說，小烈永遠都是閃閃發亮的光芒。
小烈	（在宣亞說完前，遞出小馬抱枕，眼睛水汪汪）那你抱著這個睡。
宣亞	（想哭但放鬆地笑了，低下頭）這是小烈的。（忍住心痛，裝得開朗輕鬆）那你抱我一下吧。
小烈	（抱著宣亞，快哭的樣子）媽媽不要生病。
宣亞	（緊抱著，忍住眼淚，稍微努力地說）對不起，上次害你手受傷，還有媽媽真的非常愛你。
小烈	（緊抱著）

第6幕　　咖啡廳外，晚上。

泰勳幫忙把車的後門打開。
宣亞把睡著的小烈放上兒童座椅，繫上安全帶，把小馬抱
枕放在小烈懷中，放心平靜地親了一下小烈的臉頰。
泰勳關上後車門，宣亞靠在車旁站著，泰勳很勉強地開
口，自己也覺得悶。

泰勳　　你最後還是會上訴吧？
宣亞　　（看著腳尖，雖然心痛但努力表現淡然）對。
泰勳　　（心悶）又得讓小烈看到我們爭鬥的模樣了……什麼時候？
宣亞　　（看著，眼眶紅，努力撐著不哭，用意志力）不是現在，之
　　　　後吧，等我病情比現在好的時候。
泰勳　　（聽到彷彿鬆了一口氣，也覺得宣亞很可憐）……
宣亞　　（迴避視線，看著別處，努力不哭，盡力維持從容平靜）等
　　　　狀況不像現在這樣，不是我沒有小烈就活不下去，而是小烈
　　　　沒有我會活不下去的時候。
泰勳　　……（心痛抱歉貌）
宣亞　　等到不像今天這樣，不是我向小烈要求他抱我一下，而是小
　　　　烈要求我抱他的時候……等到小烈不認為我是軟弱的媽媽，
　　　　而是認為媽媽……是世界上最堅強的人，他會想要依靠我的
　　　　時候。（說完看著泰勳，眼淚在眼眶打轉）
泰勳　　（看著宣亞覺得心痛，轉向別處）
宣亞　　（看著車裡的小烈覺得心痛，忍著，平淡地說）現在的小烈
　　　　對我來說是光芒，等到我成為小烈的光芒時，我再上訴。
泰勳　　（看著宣亞，真心覺得難過）……到時候你就別上訴了，直接
　　　　帶走小烈吧。
宣亞　　（看著泰勳，感謝，像是開玩笑地說）……我應該把這句話錄
　　　　下來的。
泰勳　　（心痛，淡淡地笑）
宣亞　　我走了。（說完離開，眼淚流下來，用力忍住，用稍大的步

伐走著）

第7幕　　宣亞家的客廳，漆黑的晚上（窗簾打開，可以看到
　　　　　外面的光，半夜兩、三點左右）。

攝影機從宣亞的背影開始一直拍到前面。
宣亞穿著家居服，在床前踮著腳坐著，咬緊牙像是要和誰
打架，看著外面的光一盞一盞地熄滅，開始憂鬱起來。
宣亞覺得無助，靠著意志努力打起精神，很努力，額頭都
冒汗了，但燈光還是一直熄滅（沒有全部熄滅）。再次打
起精神，調整呼吸，只盯著燈光看，但這麼努力了還是無
法抵抗，感到哀怨又痛苦。

宣亞　　（小聲地自言自語）這是錯覺，黑暗是假象，外面很亮。（但
　　　　還是很暗，想哭）全部都是假的。（就算這樣還是慢慢掉進
　　　　憂鬱裡，很生氣，拿玻璃花瓶丟向客廳的窗戶，花瓶碎了一
　　　　地，痛苦想哭）

這時，痛苦的宣亞聽到東昔的聲音。

東昔　　（E）看看背後……轉過身就會看到另一個世界。
宣亞　　（瞬間雖然痛苦，靠著意志恢復，看到床邊的手機，努力抓
　　　　住手機，點進相簿看到東昔騎馬的影片，再次打起精神站起
　　　　來，想讓風吹進來而打開窗戶，走向跑步機開始走路，咬緊
　　　　牙打起精神。稍後收到東昔的訊息，宣亞在跑步機上走，打
　　　　開手機，有訊息跟錄音檔，看著訊息）
東昔　　（E）這是禮物。
宣亞　　（打開錄音檔）
東昔　　（E）高麗菜、高麗菜，葡萄、葡萄，優酪乳、優酪乳，爆米
　　　　餅、爆米餅，爆米花、爆米花，古早味米果、古早味米果，

鋁鍋、鋁鍋，不鏽鋼鍋、不鏽鋼鍋，平底鍋、平底鍋，鉗
子、錘子、螺絲起子，各種工具；鉗子、錘子、螺絲起子，
各種工具，粉紅圍裙、花圍裙，電腦椅、小板凳，橡膠鞋、
長雨靴，還有像談戀愛一樣火熱的刷毛長靴。（重複）

宣亞　　（把手機放在跑步機上聽著，把跑步機的速度加快，走到上
氣不接下氣，突然開始平靜下來，看著窗外，燈火一盞盞重
新點亮。眼眶噙著淚水，嘴角掛著笑容，像是看到了希望，
認真地繼續在跑步機上走著，反覆聽東昔的錄音）

F. I.

第8幕　五日市集場景，幾天後的白天。

1. 五日市集裡。
浩息流著汗推著冰塊推車，喊著：「冰塊，冰塊，冰
塊！」快速穿梭。不知道有沒有送到恩喜的店，快速經過
後去別家店。

＊跳接》
恩喜、英玉與小月整理著海產，擦著磨刀器等準備要開始
做生意，其他商人也都認真地整理商品準備開張。

2. 五日市集外。
基俊從貨車上兩隻兩隻地丟著魚，定俊在下面接住放到推
車上，裝滿後，定俊把推車推進市場。

＊跳接－五日市集內》
定俊推著推車喊著：「推車！推車來囉！推車！」基俊整
理完貨車後跑向定俊那邊，喊著：「推車來囉，推車！請
讓讓路！謝謝！」幫忙開路。

3. 春禧的店前面。

好幾個客人在排隊，客人都在等。

玉冬　（裝好物品後交給等待的客人）稍等一下喔，（跟前面的客人說）一籃辣椒對吧？

春禧　（忙得昏頭，把曬乾的魚放到塑膠袋裡，邊工作邊嘟囔）今天怎麼那麼多人？（對著賣咖啡的星星說）星星！星星！

玉冬　（站起來走向星星那邊，輕拍了星星一下，用大大的嘴型說）來吧！（說完離開，繼續做生意）

星星　（把賣咖啡的推車推到一邊，幹練地幫玉冬一起賣東西）

4. 恩喜的水產店。

恩喜、英玉跟小月在客人面前認真地剁魚、清洗魚塊，大聲喊著：「今天現捕的新鮮白帶魚、鯖魚、烏賊、馬頭魚、馬鮫、平鮋、白姑魚、銀鱈！魴魚、鯰魚！」反覆大聲喊著。

跟恩喜的攤子稍微有點距離的地方，定俊跟基俊正在包包裹，工作中的英玉臉上搭著基俊的台詞。

基俊　（雙手很快地做事，看著英玉確認她不會聽到，E）哥也聽到了吧？惠慈大姐說的話，她們要趕走英玉姐。

定俊　（認真工作，從容，O. L）英玉姐也是漁會的人，趕不走的。

基俊　她們要排擠她，讓她待不下去……惠慈大姐說海女們都同意了。

定俊　（繼續工作）只要她硬撐下去，就算被排擠，她們也趕不走她。她們無法強制趕走她，而且只有惠慈大姐那樣，其他人不會。

基俊　（自己也覺得不自在）你知道英玉姐說謊嗎？

定俊　（繼續做事，覺得不重要但果決地說）她沒有。

基俊　她不是有男人就是有小孩。

定俊　（停下工作，一副不要再說了的表情）

基俊	（就是想說）我也是覺得很憋才說的。（離去又回頭）哥，不管英玉姐說什麼、做什麼，你都打算相信她吧？
定俊	（心悶，提高音量）那你相信惠慈大姐說的話？還是小月說的？
基俊	（瞄一眼正在工作的小月，生氣）為什麼突然講到小月？

這時，英玉工作累了走到旁邊來，喝了一口水說。

英玉	基俊船長，你喜歡小月嗎？
基俊	（有點不高興）我才沒有。（說完就離開）
英玉	（覺得可愛，看著基俊，放鬆）對姐姐講話別這麼沒禮貌，連你哥都跟我說敬語了！
定俊	（繼續做事，突然生氣地對基俊說）欸！朴基俊，快點道歉！
基俊	（接到客人訂單正在剎魚，走到英玉面前，雖然不想但還是鄭重地說）對不起，姐。（說完離開）
定俊	（不滿意地看著，繼續工作）
英玉	（看著定俊笑說）哇，好霸氣喔。

＊跳接》

恩喜	（邊工作邊嘟嚷）怎麼一大早就在罵他？
小月	（悶悶地對基俊說）是你錯了。
基俊	（繼續賣魚，難過）

＊跳接》

英玉	（笑說）你沒忘了明天要去加波島吧？
定俊	（輕鬆）嗯。
英玉	不要告訴別人？
定俊	（看著英玉，輕鬆）我本來打算跟我弟說。

英玉	（無語地笑）只是去一下而已，為什麼要說？
定俊	有可能不只一下啊。
英玉	（喝著水）？

這時，賣魚的恩喜走過來跟定俊說話。

恩喜	定俊，你過來幫我顧一下生意，我要去上個廁所！很急！（說完就跑向化妝室）
定俊	好！（說完準備過去）
英玉	（挽著定俊的手）什麼啊？我沒打算去很久，我是要一日遊耶……
定俊	那就當天來回吧，（說完，繼續把恩喜切到一半的魚繼續切完，喊著）今天現捕的新鮮白帶魚、鯖魚、烏賊、馬頭魚、馬鮫、平鮋、白姑魚、銀鱈！魠魚、鯰魚！
英玉	（走到定俊旁邊，在切好的魚上面撒了點鹽，有點失望地說）哪有男人這麼快就放棄啊？
定俊	（不看英玉，對著客人笑）您今天要什麼？今天的白帶魚很不錯喔。

5. 印權的血腸湯飯小店。
印權認真地切著血腸，浩息邊吃血腸湯邊說話，旁邊有兩、三個客人。

浩息	（把吃過血腸湯的湯匙放到桌上，突然不耐煩）欸，不然要怎麼辦！
印權	（無語，看著，勃然大怒）沒事幹嘛那麼大聲？
浩息	（悶悶地生氣）昨晚阿顯到半夜兩點都還進出英珠房間。
印權	阿顯會自己跑去嗎？是英珠叫他他才去的啊，英珠說阿顯不在她就讀不下書。害喜的時候，就叫阿顯買東西給她吃，找一堆藉口叫阿顯過去。她就是像到她爸爸，有夠喜歡折磨人。

浩息	總之我晚上都睡不好！我這輩子沒流過鼻血，今天早上卻流了！

浩息　　總之我晚上都睡不好！我這輩子沒流過鼻血，今天早上卻流了！

印權　　（瞬間鼻血從鼻孔流出來，用手擦去說）欸欸欸你看！（用衛生紙塞住鼻子，手扠著腰看著浩息，不開心）只有你睡不好嗎？我也一樣啊！

這時，東昔走過來，走向印權店裡幫忙的阿姨，手舉起來讓阿姨看到，要她幫忙倒水。

浩息　　所以我就說，我們找間房子讓他們一起住啊！反正他們都已經登記結婚，已經是夫妻了，婚禮之後再辦就好，先找間房子。

印權　　（打斷浩息的話，伸手去弄浩息的臉）要找你自己去找，你錢很多啊。

浩息　　（站起來，也把手伸向印權）我那些錢是要給英珠上大學用的學費和生活費！

印權　　（不開心，生氣）為什麼都是我家阿顯在犧牲？你女兒現在繼續上學，以後也會讀大學，但我兒子輟學了，之後也不會讀大學，以後就會變成像我一樣做勞力活。

浩息　　他又不是永遠不讀大學，他說等孩子3、4歲之後再考學力鑑定考試去讀大學！

印權　　總之我沒錢！（用手勢表示不要）沒辦法幫他們找房子！

＊跳接》
這之間，餐點上桌，東昔開始吃飯。

東昔　　（粗魯地說）哥，就讓阿顯和英珠住在一起吧。

印權／浩息（看著東昔）

東昔　　（吃飯，斜眼看著）客人在吃飯，別吵吵鬧鬧！阿顯和英珠住一間，你們兩個住一間不就好了？

印權　　（不開心地看著東昔）喂，英珠和阿顯如果住在一起，那誰

來煮飯給我吃？

東昔　　　（指著另一邊的浩息，繼續吃飯）

印權　　　（拍手兩、三下，開朗）你這……

浩息　　　（覺得荒唐，生氣地看著東昔）這……房子應該由男方來負責啊！

印權　　　好啊，那你要給什麼嫁妝？你會準備很多嗎？你要買鑽石棉被跟鑽石洗衣機嗎？

東昔　　　（吃著飯，不耐煩）欸，拜託你們安靜一點，讓人好好吃飯。

印權　　　（生氣）你去別地方吃！（說完轉向浩息）我沒錢！你想幫他們買房子的話自己買！

浩息　　　算了！就這樣過吧，媽的！

阿姨1　　就算年紀小，夫妻就該讓他們住一起啊！要是不住在一起，小心以後感情淡了就會……

東昔　　　（吃飯，無心地插話）就會像他們一樣。

浩息／印權（看著東昔）？

東昔　　　（邊吃飯，斜眼看著兩人）就會像你們一樣離婚。

浩息／印權（恐嚇貌）你這傢伙真是……

這時，春禧和玉冬進來坐下。

阿姨2　　（笑著）大姐們，你們來啦？你們怎麼會過來？青菜都賣完了嗎？

春禧　　　（點頭，從容）對，今天生意很好，沒剩幾籃了。

玉冬　　　（先幫春禧倒水，再倒自己的）

浩息／印權（向玉冬和春禧打招呼）兩位來啦？

春禧／玉冬（點頭回應）

浩息　　　（對東昔說）喂，你媽來了，不打聲招呼嗎？

東昔　　　（顧著吃飯，粗魯地對印權說）給我一點豬頭肉。

印權　　　這傢伙。（切著豬頭肉，看著東昔）欸，你知道你的事情傳遍整個村子了嗎？

東昔　　　（邊吃飯邊想到底是什麼事，不耐煩）？

浩息	（坐在位子上）聽說你和某個女人在牧場附近蓋房子？
春禧／玉冬	（上餐了，開始吃）
印權	（對著東昔）聽說是那個要跳海自殺的女人？
浩息	（對著東昔）喂，你這傢伙，為什麼要跟那種女人交往？你想認識女人的話跟我說，我介紹好女人給你。
東昔	（放下湯匙，有點難過地斜眼看浩息，沒有太粗魯）有好女人的話，哥應該自己留著，幹嘛介紹給我？
浩息	（不耐煩地看著東昔，生氣）你這傢伙……（說著感覺到旁邊的春禧抓著自己的手臂，點頭向春禧表示知道了，對東昔裝大人地說）臭傢伙，我這麼說是為你好……（說著）你怎麼可以這樣瞪我？（繃著臉，認真）你不懂我的意思嗎？
東昔	（不耐煩）……我懂哥的意思，（也感到生氣）但讓我安靜吃飯吧，我都不曉得飯是進到嘴巴裡還是鼻孔裡了。
浩息	（從旁邊的泡菜罈子夾泡菜到碟子上）你懂我的意思就好。
印權	（對浩息笑）夠了嗎？其實你是怕他吧？
浩息	（被發現的樣子，斜眼瞪印權）
印權	（給東昔豬頭肉）吃吧！
春禧	（從容地吃飯，用東昔聽得到的音量問）是什麼樣的女生？
東昔	（吃著豬頭肉，無語地看向春禧）？
玉冬	（不吃飯只喝湯，淡然）
春禧	（看著東昔，不能輸的樣子，大膽地看）長輩在問話，好好回答就好了，幹嘛瞪人？你交往的女生是個怎樣的人？
印權	快說啊，臭小子！春禧大姐在問你話，你姊掉進海裡的時候，要不是春禧大姐，你連她的屍體都找不到。
東昔	（因為是春禧，不能隨便發脾氣，忍著氣看著玉冬，對一副無所謂還吃著飯的玉冬感到生氣）

浩息跟阿姨們覺得擔心。

浩息	（稍微親切地對東昔說）東昔，告訴大姐吧！
玉冬	（把湯碗還給阿姨1）再給我點湯，不用料。

阿姨1	（趕快接過碗，再添了湯）
玉冬	（接過湯碗，只喝湯）
東昔	（看著那個樣子，忍著氣）
春禧	（大口吃飯，無所謂的樣子）是你以前就交往過的女生嗎？
東昔	……
春禧	（提高音量）搞什麼？怎麼不回答？
東昔	（只看著玉冬，忍著氣）……對。
春禧	（再次平靜地問）濟州人嗎？
東昔	（不耐煩，對玉冬生氣但忍著，用粗魯的語氣回覆讓人無法再問下去，很快地說）是首爾人，結過婚，離婚了，有個5歲的兒子，孩子由爸爸撫養，我想跟她蓋房子一起住在這裡。（看著春禧）但她說要住首爾，我就讓她走了。
春禧	（平靜）徹底分手了？
東昔	（覺得煩但無法忽視地說）人的事很難說，如果她回來我們有可能就會復合……你想問的都問完了嗎？我一句話都不想再說了。
春禧	（邊吃飯邊點頭）
東昔	（豬頭肉吃得索然無味，放下筷子，拿出錢擺著就離開）
浩息／印權	喂，把飯吃完再走！這傢伙的脾氣真是……
浩息	（看著離開的東昔）嘖嘖……（對著印權）孩子們房子的事我們以後再談！（對著玉冬、春禧）你們慢用，我去工作了。（說完離開）
春禧	（邊吃飯邊向玉冬說）……至少他有交女朋友？
玉冬	（平靜地點頭）
春禧	（吃飯淡淡地說）就算離過婚也沒關係吧？東昔也有點年紀了，有孩子（邊點頭）也沒關係吧？
玉冬	（邊點頭邊吃飯，輕鬆地說）當然沒關係。

第9幕　五日市集，東昔的貨車旁，白天。

東昔從容地踩著腳、拍著手賣著衣服，客人們挑著衣服。

周邊的商人有部分開始收東西，準備收市的樣子。

客人們問：「這多少錢？」東昔用手比五。客人們把錢放進籃子，提著衣服離開。

這時，玉冬走向東昔的貨車，漫不經心地挑衣服。東昔看著玉冬火都上來了，雖然繼續工作盡量不去注意她，但怒氣還是慢慢升起。玉冬買了一件工作褲，把一萬韓元放進收錢的籃子後離開。東昔對玉冬多付錢這件事勃然大怒。

東昔　　（忍著氣）五千韓元。

玉冬　　（走過去看到）

東昔　　（從口袋裡拿出五千韓元，走向玉冬，把錢塞到她手上，生氣地瞪著她，低聲說）一件五千韓元，兩件一萬韓元，買東西還不知道價錢嗎？（說完再走回原本的位置，忍著氣，繼續向客人拍手吆喝）

玉冬　　（看著這樣的東昔，把東昔塞給自己的錢跟那個手的感覺一起收進口袋裡，又回到自己的位置）

東昔　　（煩悶，拍著手繼續攬客，但突然就不想做了）唉唷，你們走吧，今天結束營業了！（自說自話，邊嘟囔邊整理）媽的，氣死我了……她平常都在別地方買衣服，怎麼偏偏今天來跟我買？是想氣死我嗎？（說完，客人們搞不清楚怎麼了，東昔把東西收一收放到貨車上，拿著三、四件工作服走向玉冬，丟在她旁邊）

玉冬／春禧（看著東昔）？

東昔　　（看著玉冬，忍著氣，冷冷地說）把這個拿走，不要再來我的攤子了。（準備離開，但突然轉身大聲說）我啊！我！

　　　　＊跳接–恩喜的店》

恩喜、英玉、定俊、小月、基俊和附近其他人聽到聲音，都往玉冬那邊看。

東昔　　（只看著玉冬）我非常努力在忍耐，不要來惹我！（不想用敬

	語）知道嗎？有聽到嗎？
春禧	（難過，想到玉冬就心痛）你這個瘋子，你在跟誰大小聲？你怎麼可以對生你的媽媽這樣說話？
定俊	（不知什麼時候跑了過來，推著東昔，難過地安撫他）大哥，走吧。
玉冬	（無所謂的樣子，繼續對面前的客人放鬆地說）剩下的蔬菜只要兩千韓元喔。（把客人要的東西裝進塑膠袋裡）
東昔	（難過又生氣，心痛地看著春禧）生下我的媽媽？
春禧	對，生下你的媽媽，如果沒有媽媽你還能看到這個世界嗎？

定俊邊說著「大哥，大哥」邊拉著東昔，但東昔沒有要走。

東昔	（難過，眼眶紅，大聲吼）我有說過我想看這個骯髒的世界嗎？我有說要她生下我嗎？我哪有？媽的！
春禧	（難過，也喊著）你罵那什麼髒話！
恩喜	（跑過來）大姐，你忍一忍。
春禧	（難過地說）你媽再過不久就要死了！
東昔	（生氣）
恩喜／定俊	（瞬間心裡沉了一下）？
玉冬	（開始收東西）
春禧	（難過）哪天你媽死了，你一定會後悔！臭小子、壞傢伙，你怎麼敢用那種眼神瞪你媽媽！
東昔	（被定俊拉走，勃然大怒，無語）人總有一天都會死！難道只有她會死嗎？我和這裡的人總有一天都會死。
恩喜	（心痛，用力推著東昔，難過地勸說）欸，走啦！你這臭小子！
東昔	（心痛地看著玉冬）我願意等你過世以後再來後悔，所以，（難過地大喊）還活著的時候不要見面！也不要裝作認識我！知道嗎？知道嗎？
定俊	（心痛，半抱半拖地要帶走東昔）大哥、大哥……

東昔	（全身亂動掙扎）放開我！（說完掙脫定俊，往貨車走去，準備上車）
定俊	（用力推開東昔，坐上駕駛座，嚴肅）大哥，我來開。
東昔	（嘆口氣，等了一下手叉腰，忍著怒氣上了副駕駛座）
定俊	（把車開走）
恩喜	（看著這樣的兩人，用手勢叫星星過來，看著星星，右手比二，左手比四，代表要四杯冰美式咖啡）
星星	（準備咖啡）

＊跳接》

玉冬跟春禧準備要收工，恩喜跟星星各端著兩杯咖啡過來，各給玉冬跟春禧一杯。

恩喜	（對玉冬說）大姐，你哪裡不舒服嗎？
玉冬	（低著頭喝咖啡）
恩喜	（看著春禧，擔心）
春禧	人老了都會生病啊。（說完喝著咖啡）
恩喜	（開朗）真是的，我還以為大姐出了什麼事。大姐，不開心的時候就要一口喝光！（說完，玉冬、春禧和星星更開心地碰杯）
玉冬（平淡）／春禧（難過）	（平淡，用自己的杯子跟恩喜的碰了一下）
星星	（心疼玉冬，忍著跟著一起碰杯子）

　　四個人咕嚕咕嚕地喝著冰咖啡，玉冬喝著咖啡向外看，放鬆地看著海，自己都沒有意識到眼眶紅了。星星大概知道狀況，難過地抓著玉冬的手。

第10幕　廢屋外，白天。

定俊開著東昔的貨車過來停著，東昔悶悶不樂地下車，看起來有點難過，進入嘎嘎作響的廢屋（幾天過去，一邊的門框與窗框都已經上好油漆，全部牆壁也漆好了，只剩下靠近地板的部分還在漆）。東昔打開放在另一邊的油漆桶，脫掉上衣開始油漆。定俊從車上下來，看到東昔在做，也跟著在旁邊一起油漆。

東昔　　（做事，突然脫口而出）她叫閔宣亞。

定俊　　（邊做事邊看著東昔）？

東昔　　（不看定俊，只做著事）海女們跟你從海裡救上來的女生叫閔宣亞，她小時候曾經轉學過來，住過我們村子一陣子。我以前喜歡她，她離婚後又再次來到這裡，不過幾天前又走了。

定俊　　（邊聽邊做事，放鬆）哥，你不想說就不用說。

東昔　　（做著事情停了下來）我想說。

定俊　　　？

東昔　　（事不關已地繼續油漆）因為是你所以我想說。喜歡一個人的心情就是這樣吧？會很想炫耀她。她很漂亮吧？（說完噗哧地笑）

定俊　　（因為東昔笑了的關係，覺得放鬆下來，笑著做事）很漂亮。

東昔　　（笑著做事）我考慮把這裡整理一下，然後住下來。

定俊　　整理完應該會很不錯。

東昔　　你有女朋友嗎？

定俊　　（微微地笑）有。

東昔　　英玉？……你們睡過了嗎？

定俊　　（尷尬地笑）還沒……（笑著指著東昔）

東昔　　（專心地思考）我們……完全……是精神上的關係。

定俊　　呵呵呵……（笑著漆著油漆）

東昔　　（笑著）英玉看起來是個好人……就像濟州女生，生活能力很強又開朗。（將油漆放在一旁，拿起槌子，把門敲破，看著定俊）好男人遇上好女人了耶。

定俊	（笑）
東昔	但是……（說完拿起旁邊的水瓶倒水來喝，有點尷尬不自在）我是壞男人，壞男人也能遇上好女人嗎？
定俊	不能。
東昔	（看著定俊）？
定俊	（輕鬆地開玩笑）如果想遇上善良的女人，哥就要變得善良才行，非常善良。
東昔	（繃著臉）我讓你，你就開我玩笑啊？找死嗎？（說完噗哧笑出來，邊做事）壞男人也能變善良吧？
定俊	看來你真的很喜歡她？
東昔	（做事，有點孤單）我想跟她一起生活，就像一般人那樣，我很想她。
定俊	（看著東昔）她會再回來嗎？
東昔	她沒有明說，不過我會等她看看，反正過原本的生活和等她沒什麼差別。但很奇妙，一想到我在等她，心裡就莫名覺得很溫暖，感覺還不賴，心情不錯。
定俊	哥，那個啊……
東昔	（看著定俊）
定俊	就是所謂的愛。
東昔	你愛過，所以知道？
定俊	嗯。
東昔	呵呵呵……（說完，拿放在旁邊油漆桶裡的刷子往定俊戳，油漆噴得到處都是）快油漆啦，臭小子！（說完繼續做事）
定俊	（笑著油漆）

呈現兩人正在做事的樣子。

第11幕　海女之家前方的景色＋內部，天色尚暗的清晨。

春禧、惠慈、小月及其他海女們換著衣服，大家吃著暈船

藥，也吃了一些其他的藥。

惠慈	（邊換衣服邊對小月說）如果你想在這裡捕撈，態度也要明確一點。我和其他海女大姐都同意要趕走英玉。
小月	？
海女1、2	（邊換衣服邊看著惠慈）好了啦。
海女3	（看著海女1、2）好什麼好？我們海女要團結一心。英玉根本就不在乎我們，只顧著自己。
惠慈	就是說啊！（看著春禧）春禧大姐，先跟你說一聲，從今天起我們都不會靠近英玉身邊。一直以來，你都有意無意地在她附近照顧她，所以她才能舒舒服服地捕撈。但大姐現在也該把話說清楚了，不要靠近英玉身邊，要不然我們都會罷工。現在只有兩個人反對，剩下的人都同意照我說的去做。
小月	（難過地看著春禧）大姐……
惠慈	（生氣）幹嘛跟春禧大姐求救？
海女們	唉唷，惠慈，你不要再說了，怎麼在春禧大姐面前大吼大叫……（說完全部看著春禧）
小月	（失望又難過，但用不放棄的眼神看著春禧）
春禧	（吃了暈船藥後，平靜地對小月說）如果你想站在英玉那邊，那就由你照顧她。
小月	（難過）大姐……
春禧	她要是繼續這樣不怕大海，總有一天會死的。（平靜地看著海女們）你們就照惠慈說的，從現在起不要跟英玉講話，也不要靠近她，這樣的話她自己也會知道，受不了就會離開了。（說完穿上衣服）

就在春禧說完話之前，英玉進來了，放鬆地說：「我來晚了，抱歉！」準備換衣服，海女們都走了出去。

| 英玉 | （看著春禧）大姐，你睡得好嗎？ |
| 春禧 | （無語，走出去） |

英玉	（覺得有點奇怪，看著小月）發生什麼事了？今天感覺怪怪的？
小月	（難過地紅了眼眶，走出去）海女大姐們要排擠你，春禧大姐也不站在你這邊，我好難過。
英玉	（難過但裝作沒事）我有你就夠了，你不會排擠我不是嗎？
小月	（無語地看著）你還真樂觀。出來吧，拜託不要再遲到了！（說完走出去）
英玉	（看著離開的小月，默默換著衣服）真是的，錢真難賺。

第12幕　海上，定俊的船內，白天。

定俊的船開過來後停著。

＊跳接》

春禧跟其他海女從海中上船，小月戴上蛙鏡。

基俊	（對要進入海裡的小月說）我們今天結束捕撈後去濟州市吧！我找到一間很有名的咖啡廳。
小月	（開心）星星也一起嗎？
基俊	（尷尬）只有你。
小月	（不滿意）開什麼玩笑？（說完進到水裡）
英玉	（戴上蛙鏡）船長！
定俊	（看著英玉）
英玉	（拋了媚眼再次進到海裡）
定俊	（笑）
惠慈	（不滿意地看著那樣的兩人，最後進到海裡）

這時，英玉的浮球上電話響了。

基俊	（看著那邊覺得奇怪，走向定俊）英玉姐浮球裡的電話又響

了！她手機每天這個時候都會響，你不覺得很奇怪嗎？

定俊　　（看著浮球，不管三七二十一，立刻把船掉頭）

＊跳接–海裡》

英玉游著潛進水裡，小月跟在後面，因發現鮑魚而停了下來，挖鮑魚。

＊跳接》

英玉一個人捕撈，發現鮑魚跟海膽，趕緊潛下去挖起鮑魚，挖了一個又撿了旁邊兩、三個蛤蠣，原本準備要回水面了，但又在旁邊看到鮑魚，心想：「還剩一點氧氣要挖嗎？好像會有點困難。」想了一下覺得不能輕易放棄，覬覦著那顆鮑魚。這時，小月過來拍了拍英玉，抓著她的手臂往上游，英玉放棄，跟著一起往上。

＊跳接–水面上》

小月跟英玉浮上水面，英玉抓著浮球，喘著氣。

小月　　（生氣）你這樣會死掉的，你瘋了嗎？春禧大姐已經說過多少次，挖到一顆鮑魚就要上來。

英玉　　（雖然很累，仍把小月的話說完）挖到一顆就要上來，要是貪心想多挖幾顆再上來，就會死掉。

小月　　（無語）你明明知道，為什麼還貪心？你這樣真的會出事。鮑魚那麼重要嗎？比性命重要嗎？你再這樣試試看。到時候我會站在惠慈大姐那邊不讓你下海捕撈。（說完再次潛到海裡捕撈）

英玉　　（笑著再次使力〔嚴肅的〕往水裡潛去）

＊跳接–海中》

英玉認真地潛水。

第13幕　往加波島的船，白天。

英玉（戴著墨鏡）與定俊搭上船，英玉用手機播歌，（像是唱著〈Bonfire〉副歌的部分）看著歌詞，誇張地跟著唱，然後用眼神跟手勢叫定俊一起唱。定俊看著這樣的英玉，覺得好笑又有點尷尬，看著手機上的歌詞開始跟著唱，兩人看著彼此笑著也覺得彼此可愛，定俊旁邊堆滿露營的用品。

第14幕　島，白天。

英玉跟定俊騎著腳踏車像是在比賽，定俊先過了折返點。

定俊　　　七！（說完繼續騎）
英玉　　　（雖然很累，仍倔強地繼續繞著小島）五！（說完快要不行的樣子，騎到定俊旁邊）船長你二十圈！我十圈！
定俊　　　（在旁邊騎著，覺得荒唐）你十圈，我十五圈！
英玉　　　什麼？我十圈，你十六圈。
定俊　　　你說什麼？你剛才明明說你十圈，我十五圈的。
英玉　　　唉唷，好啦，知道了！我十圈，船長十七圈，可以了吧？
定俊　　　（騎著停下來，開玩笑地鬧脾氣）我，不，騎，了。（說完從腳踏車上下來，把腳踏車舉在頭上往海邊走去）
英玉　　　（開心地騎著）唉唷，船長生氣了嗎？好啦，好啦，船長十五圈，我十圈，是我讓你喔！
定俊　　　（開心，再次騎上車，繼續衝刺要跟上英玉）耶！
英玉　　　（停止笑容，拚命地跟上）

第15幕　海裡＋海邊，白天。

撲通一聲，有什麼掉進水裡發出很大的聲響，英玉與定俊穿著平常的衣服跳進水裡。好像是要打賭誰能潛得更深，對看著並各自捏著鼻子開始比賽。

英玉直線沉下去，定俊也直線往下。

兩人都把手機放到塑膠袋裡，給對方看彼此的手機畫面，計時器計算著時間。英玉跟定俊看著，笑著繼續往下，英玉往更深的地方潛下去，定俊想要再忍耐但氣已經不夠（1分30秒左右），開始往上調節呼吸，浮到水面上。這時再看手機已經超過兩分鐘，定俊開始有點緊張，說：「英玉姐！我輸了，你上來吧！」但英玉沒有出現。瞬間定俊眼前一片黑，趕緊吸一口氣再往海裡去，這時英玉從下面浮上來。

英玉	（笑著，興奮）我這次贏了吧？（看手機）我的紀錄是2分20秒！今天船長請客！（說完離開水裡往外走）
定俊	（無語地看著這樣的英玉）

＊跳接》
外送員提著外送箱跑往海邊。

＊跳接》
英玉和定俊坐在定俊準備的小帳篷裡的漂亮涼蓆上，肚子餓極了，兩人大口吃著外送來的炸醬麵及糖醋肉。定俊要吃糖醋肉的時候，英玉就會搶來吃。接著兩人也互相搶著炸醬麵吃，就這邊搶來搶去玩著。

英玉	（吃著停了下來，可惜的樣子）啊……
定俊	（邊吃邊打開旁邊的野餐籃，拿出紅酒）要喝這個嗎？（說完打開紅酒，開始倒）
英玉	（嘴裡塞了很多食物，開心地伸出手）
定俊	（抓住英玉的手十指交扣）不要放開。

定俊和英玉抓著彼此的手，用另一隻手在杯子裡倒酒，邊乾杯邊喝，用一隻手吃東西。

＊跳接－時間經過》
英玉和定俊坐在露營椅上，幫彼此倒酒、喝著，看著海。

定俊　　你能不當海女嗎？

英玉　　（輕鬆地看著）為什麼？因為惠慈大姐討厭我？

定俊　　（淡淡地看著）對。

英玉　　（輕鬆）不行。濟州島、大海和捕撈，我都很喜歡。

定俊　　（輕鬆）你為什麼那麼喜歡大海？

英玉　　（看著海）進到海裡，只有我一個人的感覺很好。沒有煩人的東西，只有大海與我，鮑魚與我，海帶與我。（喝酒）我喜歡那樣簡單的感覺。

定俊　　那……你在海裡不要那麼貪心。

英玉　　（看著定俊）不行，我需要錢，而且需要很多。

定俊　　（輕鬆地看著英玉的眼睛）如果需要，我可以給你錢……

英玉　　（直直地看著定俊的眼睛，感到無語）欸，船長！男女之間不能有錢的往來，身為姐姐，我告訴你，以後要是有交往不到一年的女生跟你要錢，那段關係絕對不能繼續下去，要頭也不回地跟她斷絕往來！另外，要是你跟我借錢，我可以當場立刻跟你分手！立刻，馬上！（說完喝了一口酒）

定俊　　（笑著喝酒）

英玉　　可是我真的無法理解海女大姐們，她們叫我在海裡絕對不能貪心，每天都訓斥我，自己卻貪心地保密那些抓得到鮑魚的地方，不願意告訴我，這到底是怎樣？煩死了。嘴上說海女們要團結一心，實際上卻丟下我，因為我是本島人就欺負我。

定俊　　（直直地看著英玉）如果你要繼續當海女，那就答應我一件事。

英玉　　（看著定俊）？

定俊	（愣愣地看著英玉）絕對不要自己一個人待在海裡，要待在春禧大姐和其他海女身邊。
英玉	我喜歡自己一個人。
定俊	（真摯地看著英玉的眼睛）不行。在海裡，海女大姐跟春禧大姐的話是法律，她們是老大。當你進到海裡時，我再怎麼愛你，也沒辦法在危急時刻幫你，只有海女們跟春禧大姐能幫你。所以其他的就算了，這點你一定要答應我。
英玉	（看著定俊的眼睛，微微笑著）
定俊	為什麼不回答？
英玉	（感受到定俊的真心，溫暖地笑著）你，（小聲地靠近定俊耳邊說）剛剛說你愛我？不自覺地告白了？對吧？
定俊	（看著）……
英玉	（喝酒）要還給你嗎？要我當作沒聽到嗎？
定俊	（淡淡）不用，反正我本來就要說了。（說完喝酒）
英玉	（笑著喝酒，看了一下時間嚇一跳）唉唷，船的時間要到了！
定俊	（看時間）要跑嗎？
英玉	（看著海喝酒）唉唷，也沒必要啦。（說完認真地看著定俊）要跑嗎？
定俊	（尷尬，看著遠處的民宿，像在隱藏害羞的心）唉唷，也沒必要啦……
英玉／定俊	（相視而笑，乾杯，繼續喝酒）

這時，放在地上的英玉手機響了。
定俊看著只有號碼但沒有來電者名字的畫面。
英玉拿起手機掛掉。

定俊	（覺得哪裡奇怪，但裝作沒事）怎麼不接？
英玉	（沒事貌）會打擾到我們。（說完，停下來看著晚霞驚嘆）哇，是晚霞耶。（說完靠在定俊肩膀）
定俊	（摟著英玉肩膀，親了英玉的額頭，放鬆地看著晚霞）

第16幕　民宿內，晚上。

定俊坐在廚房的桌邊喝燒酒，看著浴室的方向，心癢癢的又有點尷尬。聽到英玉洗完澡出來的聲音，更覺得尷尬了，用手機放音樂，周邊的一切顯得悠遊自在。定俊看著窗外風景喝著酒，過了一會兒，英玉洗完澡出來，有點尷尬的樣子，害羞地無法看對方，但還是假裝沒事。

英玉　　船長，你也去洗澡吧。（說完站著又喝了啤酒）
定俊　　（尷尬害羞）好。（說著站起來走進浴室）
英玉　　（尷尬地坐下，吸了一大口氣，繼續倒著啤酒喝，看著時鐘快十二點了，緊張地深呼吸，又繼續喝酒）

＊跳接－浴室》
定俊洗著澡，心裡小鹿亂撞，大口吐著氣，拍自己的臉，繼續洗頭。

＊跳接－廚房，過了一段時間》
英玉跟定俊邊乾杯邊喝。

英玉　　（有點醉了）那我們今天說好了喔，什麼都不做，只喝酒。
定俊　　（有點醉了但沒有很醉，有點失望但平靜地說）好。
英玉　　要是喝了酒發生了什麼事……
定俊　　（再次乾杯，平靜地說）我們的愛會變成酒後一時衝動。
英玉　　要是早上起來我完全記不得前一天我做了什麼，還有船長跟我說過什麼，那就太糟了。
定俊　　沒錯，所以我們今天只喝酒就好。
英玉　　我們真合得來。（說完再喝一口酒）
定俊　　簡直是天生一對。（說完再喝一口酒）
英玉　　（笑著說）不過你進去洗澡的時候看起來還好好的，為什麼走出來卻像是醉了？我是因為船長去洗澡之後一直在喝酒。

定俊	（悲傷的樣子，淡淡地說）那個⋯⋯你剛才洗澡時我有點尷尬，所以喝了點酒，但換我洗的時候，酒勁一直湧上來。為了醒酒，我還打自己巴掌，用冷水沖澡，但酒勁還是一直湧上來。
英玉	（覺得好笑，哈哈笑著）
定俊	好笑嗎？⋯⋯我很難過。（說完喝酒）你希望我以後怎麼做？
英玉	（看著定俊的眼睛）就算交往也要繼續叫我姐姐，不能只叫「欸！」，我討厭沒有尊重的關係。
定俊	（點頭）還有呢？
英玉	別想著要對我好，只要不做我討厭的事情就行了。還有，繼續像現在一樣保持單純，一直！
定俊	那你不要跟別的男人來往。
英玉	OK！
定俊	不要抽菸，對身體不好。
英玉	我現在又沒抽。
定俊	酒只能跟我一起喝到醉。
英玉	你也是。
定俊	那當然。
英玉	然後最重要的一點，（強調）不要太認真，像現在這樣，開心又有趣地在一起就好。
定俊	我也喜歡這樣。（說完跟英玉乾杯，喝酒，暖暖地看著英玉，放鬆）但你為什麼都不談你父母的事？
英玉	（看著定俊，像是想到了什麼，不難受，露出懷念的微笑）我的父母？我的父母曾經都是畫家，不對，是他們說他們是畫家。（看著窗外，想念，露出淺淺的笑）我沒看過他們的畫，只有長大後聽他們說過，他們怕看到畫之後會想重拾畫筆。
定俊	？
英玉	在我⋯⋯還有災難（英希的事）出生之後，他們就在院子裡生火，把那些超過一卡車的畫全都燒掉了。

定俊	……（以為自己聽錯了什麼）災難？
英玉	（不想說，立刻站起來）我去個廁所。（說完走開）
定俊	（看著走掉的英玉，喝著酒看著英玉放在桌上的手機，又是跟剛剛一樣的號碼。看著響起的電話，想再倒酒但酒沒了，往冰箱走去，英玉的手機掉到地上，因為撞擊，電話被接通了。還不知道的定俊從冰箱再拿出一瓶酒，走回座位才看到電話已經接通，撿起來放到桌上，看著畫面，想著對方為什麼沒說話，想著對方應該會自己掛斷吧？看著通話時間一分一秒過去，再看看浴室那邊，英玉還沒出來，有點緊張，小心，假裝冷靜地接起來）喂？……英玉姐現在不在這裡，不好意思，請問你是哪位？

說完在這裡結束。

第十二集　　　　　　美蘭與恩喜1

我們不搭嗎？我們是最佳拍檔！
公主旁邊的婢女！
再也沒有比我們更好的組合了！

第1幕　　民宿內，晚上（接續上一集的結尾）。

定俊　　（看著手機通話時間一分一秒過去，再往廁所方向看，英玉
　　　　還沒出來，有點緊張，小心，假裝平靜地接起來）喂？……
　　　　英玉姐現在不在這裡，不好意思，請問你是哪位？
英希　　……
定俊　　（覺得奇怪，小心）喂？……喂？（說完，看了看手機畫面，
　　　　確認電話是否掛斷）喂？

　　　　這時，從廁所出來的英玉從定俊手裡搶過手機，沒有很霸
　　　　道或是很大力，平靜的。

定俊　　（看著英玉）？
英玉　　（接起電話，打開客廳的玻璃門往前院走出去，看起來稀鬆
　　　　平常但身體有點僵硬）幹嘛又這麼晚打來？（走到前院，坐
　　　　在一邊的椅子上，平靜）很累怎麼會睡不著？（無語，放
　　　　鬆）又在騙人了，你又沒有畫多少畫，怎麼會累？（不耐煩
　　　　地聽著英希講了一段時間）你覺得我會相信你是在畫畫嗎？
　　　　好啦好啦，你是畫家。（覺得好笑卻說不出口，輕鬆）好
　　　　啦，去當作家，對、對，去當作家。（說完看著在客廳的定
　　　　俊）……我男朋友。（不耐煩，但盡量保持冷靜地說）我已

經跟哲雄分手了，我已經講過幾百萬遍了。

定俊　　　（看著前院一邊的英玉，想知道打電話的人是誰，有點擔心）……

英玉　　　（再次不看定俊，只看著前面淡淡地說）欸，你打呵欠了，去睡吧，先這樣吧。

這時，定俊拿著兩瓶啤酒走出來，在英玉旁邊的椅子坐下。

英玉　　　（不看定俊，像平常一樣講話，有點不耐煩但還是想安撫對方，不沉重，輕鬆）好，知道了，我下個月會過去……對，我會去，我答應你。對，約好了，好，晚安。（說完掛掉電話）

定俊　　　（給英玉一瓶啤酒，一派輕鬆地說）誰啊？

英玉　　　（看著天空假裝沒聽到，但也沒有覺得尷尬）……

定俊　　　……

英玉　　　我知道有很多我的傳言……也知道有很多人好奇是誰打電話給我，從男人開始，或是認為我在本島有孩子。

定俊　　　（溫暖地看著，打算不管英玉怎麼說都相信她）

英玉　　　（暖暖地看著定俊，淡然地說）但兩者都不是。

定俊　　　（看著英玉）……

英玉　　　（看著定俊）

定俊　　　（拿自己的啤酒瓶去敲英玉的啤酒瓶，輕鬆，假裝開朗豪爽）這樣就好，不用說了！只要不是那兩種狀況，其他不管是什麼我都接受，（用手指算著，有點開玩笑，輕鬆地強調）讓人操心的父母、兄弟姊妹、親戚，死纏爛打的前男友、跟蹤狂、債主，我全都接受。我來處理，因為姐是我的女人。（說完喝口啤酒）。

英玉　　　（看著這樣的定俊，喜歡地看著，微笑）你怎麼這麼可愛？（說完看著天空，突然不笑了）天啊……我酒醒了。

定俊　　　（喝著啤酒放下瓶子，趕緊進去客廳）

英玉	（看著進去的定俊）？
定俊	（站在客廳裡，看著英玉，尷尬）……我也酒醒了，我想說去鋪棉被……（說完，尷尬地看著英玉）你知道這裡只有一間房間吧？（邊說邊看著英玉，害羞地進去房間）
英玉	（淡淡地笑著，看著天空，想到英希有點不自在，想著下個月去就好了，不沉重）

第2幕　海上，定俊的船內，隔天早晨。

定俊跟基俊載著要去捕撈的海女們，在定點放下她們之後就撤退。定俊船開得比較快，很興奮的樣子，大聲放著音樂，不顧形象地跟著唱，船越開越快，很享受的樣子。

基俊	（站不穩）幹嘛開得這麼猛？到底什麼事讓你這麼興奮？
定俊	（邊開船邊笑，猛地回答）我沒有興奮啊！
基俊	（無語）你們去加波島玩，最後睡了吧？
定俊	（笑著繼續開）
基俊	（無語）看來你們睡了？肯定睡了！
定俊	（指著遠方一棟像是新蓋好的別墅）基俊，我打算買一棟那個！
基俊	（嚇一跳，看向定俊指著的那棟別墅）那個？
定俊	（只看著前方）我也該準備結婚了，哥要去跟銀行貸款。
基俊	也買一棟給我！
定俊	你聽話的話，等你結婚時買給你。
基俊	（開心）天啊，我哥說要買房子給我！（摟著定俊的脖子，親他的臉，開心）哥最棒了！
定俊	（笑著推開）噁心！（說完再推開）可是你什麼時候才要跟小月告白？

第3幕　海裡，白天。

英玉無所顧忌地往海裡潛去，挖了鮑魚正準備上來，看到海螺又撿起準備回去海面。慢慢往上游，跟要往下潛的小月擦身，小月挖著鮑魚。

＊跳接》
春禧挖了一顆鮑魚，雖然旁邊還有，但她只是看著，就往水面上游；惠慈挖了海帶，來到春禧旁邊一起往上游。

＊跳接》
春禧跟惠慈回到水面吹出磯笛＊換氣。

＊跳接–水面上，與春禧和惠慈稍微有點距離的地方》
英玉上到水面，不是吹磯笛，只是一般地吐氣，看著吹磯笛回來的春禧和惠慈。

英玉　　　（覺得羨慕，因為自己做不到而悶悶不樂）那種口哨聲到底是怎麼吹的？要是我會的話，應該就能在海裡待久一點……（說完再次潛入海裡）

＊跳接》
英玉深深地潛入水裡找漁獲，但是沒找著，又潛到更深的地方。這時，她在海帶跟水草之間看到鮑魚，準備要挖，但不太好挖，花了好大力氣才挖起來，旁邊的鮑魚也很難挖，她用力皺著臉憋氣。這時，挖鮑魚的工具突然斷掉，她感到無奈，為了把斷掉的工具找回來，抬頭看了一下水面（抬起頭往水面的方向看，陽光微微地閃著，她在很深的海裡）。終於挖到鮑魚，想說終於成功了，準備回去水

＊　海女獨門的換氣法，可在短暫浮出水面的時間裡，吸進最多的新鮮空氣。

面，卻突然發現上不去，轉頭往下看，發現腳被海帶跟水草纏住了。英玉瞬間很緊張，丟掉鮑魚，不停地踢著腳想要掙脫但沒辦法。這時，小月手上拿著挖到的海膽準備往上游，看到英玉嚇一跳，但氣已經快用完無法幫忙，用快哭的表情丟掉海膽，急忙往水面游去。

＊跳接》
小月出現在水面上。

小月　　　（吐一口氣，用快哭的表情說）請幫幫忙！幫幫忙！英玉姐的腳被海帶纏住了！

＊跳接》
惠慈和旁邊兩、三位海女把從海裡挖上來的漁獲放進網裡，看到小月也嚇到，趕緊進入水裡，小月也再次進到水裡。

＊跳接》
裴船長經過，聽到小月的聲音，把船停下來，看看發生什麼事。

＊跳接－海裡》
英玉用盡所有力氣踢著腳，但憋不住氣，喝了很多水。這時，春禧靠近英玉，用鐮刀割開海帶，惠慈、小月以及其他海女們游下來，惠慈幫著春禧一起割開海帶。
小月跟其他海女抓著英玉，急忙往水面游去，惠慈也打算往水面游上去，但被海帶纏住。這時春禧雖然已經很累，但仍冷靜地再次用鐮刀切開海帶，然後如往常一般，兩人一起往水面游去，吃力。

小月　　　（E）裴船長！請幫忙載一下人！有海女溺水了！

第4幕　定置網作業區，白天。

定俊、基俊與其他漁夫認真地工作，流著汗，準備把定置網拉回。

第5幕　海女之家前，白天。

英玉坐在地板上吐著，小月跟星星在一旁很擔心，拍著英玉的背，拿水給她喝。這時，突然聽到有東西摔到地板上的聲音。

英玉、小月和星星嚇到，看著，海女們每個人都把自己的漁網丟在英玉面前。

海女1　（生氣地大吼）我的東西，你都拿去吧！（說完進去海女之家）

英玉（悲慘）／小月（難過，眼眶紅）／星星（心裡很難過）……

海女2、3　（生氣，把漁網全部丟到英玉面前）我的也都拿去吧！

惠慈　（生氣地走過來，把兩袋漁網都丟過來）這是我的，（另外再丟了一個）這是春禧大姐的，你都拿去吧！東西全都給你，你高興了吧？這樣你高興嗎？真是的！（進去海女之家，又走出來生氣地說）你到底是什麼人？為什麼要從本島來這裡折磨我們？你這個壞女人！因為你的關係，我們今天本來要捕撈四小時，結果不到一小時就得收工！到底是怎樣？

這時，其他海女勸著惠慈，把她拉回海女之家。

其他海女　不要來往了，不要來往了！

惠慈　（掙扎著，難過地突然說）我和春禧大姐也差點沒命！（對其他海女說）春禧大姐看起來很有力氣，但她已經超過70歲了。春禧大姐為了救你，不停憋氣又憋氣，要是她因此過

世，誰要負責？（看著英玉生氣）你要負責嗎？你要怎麼負責？

海女1	（從海女之家走出來，難過，生氣地說）英玉，春禧大姐叫你進來！惠慈，你也進來！
英玉	（難過，眼眶紅，咬著牙不洩氣，站起來走進去）
小月	（雖然難過也站起來，跟著進去）
海女們	（對惠慈說）我們進去吧，進去吧！
惠慈	（看著走進去的英玉和小月）壞女人……害死人的臭女人！（說完掙扎著擺脫海女們，一起走了進去）

第6幕　海女之家裡面，白天。

英玉跟小月在春禧前面跪坐著，春禧換著衣服（手臂下面有寫著「一心」的刺青），其他海女也在換衣服。

惠慈	（邊換衣服邊生氣地說）我啊，要是她留下來，明天開始就不捕撈了。（說完對著英玉）她差點害死人，卻連句道歉都沒有，我們救了她，她也不道謝，這女人到底怎麼回事？
英玉	（很憔悴但真心小聲地說）對不起。
惠慈	閉嘴！知道抱歉還會做這種事嗎？（說完走開）
小月	（對走開的惠慈說）對不起……
惠慈	（離開，再看英玉，生氣地說）明天起不要來了！（說完再次走開）
海女1	（對春禧說）我也是，她在我就不下海捕撈了。（說完離開）
海女2	（覺得荒唐，生氣地說）我們為什麼要為了她不捕撈？把她趕走就好了！我要繼續捕撈，把她趕走。（說完離開）
海女3	（看著換衣服的春禧）我會無條件聽大姐的話，年輕時是大姐救了我一命，我一定會照大姐說的去做。（說完倒水給春禧，對小月說）你又沒做錯事，幹嘛跪著？（說完離開）

其他海女難過又生氣地說：「大姐，明天見！」接著都離開了。

春禧	（喝口水靠著牆壁，看著小月）你走吧。
小月	（想哭）春禧大姐，我送你回家。
英玉	（憔悴但不洩氣，冷靜地說）你走吧，我送大姐回去。
小月	（擦了眼淚走出去）
春禧	（看著英玉，不好受，但沒有退縮，冷靜地看著英玉）從明天起，你不要來了。你來了，其他海女們就沒辦法捕撈。
英玉	（眼眶紅，真心）我知錯了，春禧大姐。
春禧	（淡淡，不好受又無力地說）你要是死了也不需要道歉了，玉冬大姐的女兒也是下海捕撈時死的，玉冬、惠慈的媽媽也在海裡喪命，我也有好幾個朋友死在海裡。
英玉	（心裡很難受，真心覺得抱歉，流下眼淚又擦掉，但依然不喪氣）
春禧	在大海裡，太貪心的話就會死，只有你死還好，但問題是大家都會死。
英玉	（流淚又擦去）對不起，不會再有這種事發生了。
春禧	當然不會再有這種事，反正你今天就不幹了。
英玉	（難過地覺得抱歉，沒看春禧）我想要繼續下海捕撈，請告訴我要怎麼做，才能再次下海，（看著春禧）大姐。
春禧	（打斷，難受，生氣地說）你……到底想害死誰啊？瘋子……（無語，大口呼吸，難過）我跟你講過多少次了？海女要同生共死、團結一心，今天要不是有其他海女在旁邊，你早就死了。你不懂得感激一起工作的海女，看到鮑魚和海參就像看到錢一樣，連死都不怕，只顧著捕漁獲，糟糕透了。
英玉	我知錯了。
春禧	（生氣又不耐煩）你要我怎麼相信你？這個到處說謊的女人。
英玉	（打斷春禧，覺得抱歉又坦然地說）我沒有說過謊。
春禧	（打斷英玉，生氣地想說她到底在說什麼？不耐煩，生氣地

	說）你怎麼沒說過謊？（喝水，大口呼吸，難過）你要我找人來對質嗎？你一下說父母是畫家，又說他們在東大門做生意，說詞反反覆覆，你父母到底是死是活？
英玉	（很難過，仍坦白地說）他們在我12歲的時候過世了。
春禧	（頭腦瞬間空白）……？！
英玉	（很憔悴，但依著事實陳述，不看任何人，心裡想著連這些都要說嗎？難過又委屈）他們本來是畫家，由於生活困難，所以改去東大門賣衣服，後來因為過勞出了車禍……（繼續看著春禧，心裡難過但仍冷靜地繼續說）我沒有跟別人說他們不在了，因為沒人像你這樣問我他們是否還健在？大家沒問，我也不覺得有必要說，我不想聽到別人說我是沒有父母的孩子……（心痛，仍好強）我發誓，我真的一次都沒有說過謊，只是回答別人問的問題而已。
春禧	（有點相信了，心痛，喝著一旁的水，故作冷靜，但突然眼神強烈地問）你在本島有男人嗎？還是有孩子？
英玉	我沒有男人，也沒有孩子。
春禧	（認真，冷靜地看著）如果只有你一個人的話，為什麼在海裡那麼貪心？還有，每天打電話給你的人是誰？
英玉	……
春禧	……（看著英玉）你不說的話，明天就不要來了。（說完準備起身）
英玉	（心痛）那個人是……那個人是……
春禧	（再次坐下，看著英玉）
英玉	我唯一的……（說了但像被消音一樣，可憐，心痛，很困難但還是看著春禧說出來）她是我身心障礙的雙胞胎姊姊，唐氏症……話說得不太好，心智年齡7歲左右。
春禧	（聽著覺得惋惜，心裡很難過，但還是看著英玉的眼睛繼續聽）
英玉	（靜音處理，流著淚，冷靜地說）她在身心障礙者的照護機構裡，很多錢都花在她身上，也很常生病，所以很花錢。但我不會再這樣任性地捕撈了，如果再這樣，我會自己離開，

請你接受我,我很喜歡海,真的很喜歡。

英玉繼續說,春禧繼續聽著英玉這些令人心痛的過去。F.
I.

字幕:美蘭與恩喜1

第7幕　　蒙太奇。

1. 首爾百貨公司內,試衣間裡,白天。
大聲放著輕快的音樂。
美蘭流著汗,聽著音樂,靠著意志力在教練的協助下,認
真地使用器材做重量訓練。旁邊有個弱男子,自己躺著做
槓鈴,羨慕地看著屬害的美蘭。

美蘭　　（看著那個男人,一派輕鬆地說）看前面,一直盯著我看,
　　　　你會受傷的。
弱男子　（嚇一跳,放開槓鈴,槓鈴壓住脖子）

旁邊的教練來幫助這個弱男子。

美蘭　　（輕鬆）看吧,受傷了吧。（說完繼續認真運動）

2. 百貨公司內的登山用品店,白天。
美蘭從試衣間裡穿著衣服出來,走到一邊的帽子區試戴。
照著鏡子,用手機拍下自己的模樣,問老闆。

美蘭　　我看起來可以嗎?
老闆　　（笑著）高社長不管穿什麼都好看啊。（看著美蘭的眼睛）你
　　　　在巴黎的女兒是第幾任丈夫的孩子?第一任?第二任?第三

任？

美蘭　（換穿其他羽絨外套，不看老闆，不在乎地說）她都要大學畢業了，當然是第一任，才不會是跟我結婚三個月、一年前離婚的第三任。（說完照著鏡子，再次拍著鏡子裡發光的自己）

老闆　（輕鬆地笑）真可惜，這個社區要有高社長在才有趣……

美蘭　（挑著其他衣服）對你老婆好一點吧！

美蘭　（微笑著冷靜地說，E）我照你的意思，幫你預約了下週四傍晚六點。啊，然後──

3. 美容店（百貨公司裡），櫃台前，白天。
客人1（女子，坐在一邊的椅子上），美蘭站在櫃台處理電腦預約。

美蘭　雖然我不做了，（朝旁邊的孫室長）但我們的孫室長會接手經營，請你不要換別家，今天由我特別為你服務。

客人1　（失望）高社長，我是為了你才來這裡的耶……

美蘭　（笑著對旁邊的男職員說）請帶張代表到貴賓室。（對走進來的客人開朗地說）歡迎！

4. 按摩室內，白天。
客人1趴著，美蘭（穿著制服）從旁邊微波爐裡拿出熱毛巾，打開降溫，蓋在客人背上幫之擦背，手勢非常熟練。接著爬上按摩床，手上抹著精油，開始幫客人認真地按摩背部。

美蘭　（冷靜，擔心貌）你的肩膀很緊繃喔……

客人　話說，你只要去巴黎參加女兒的畢業典禮就好了，為什麼要把這間店賣掉？

美蘭　（認真地按摩，放鬆地說）參加完女兒的畢業典禮，我們打算從巴黎南部開始，到歐洲和南美、北美去環遊世界。我女

兒的心願就是環遊世界，她之前忙著念書，沒時間去旅行，三個月後進入律師事務所工作，又要開始忙了……所以我打算趁這段時間陪陪她。

客人	你可以去旅行就好啊，為什麼要關店？
美蘭	我離婚之後，她是爸爸帶大的……我沒能為她做些什麼，如果不把這間店賣掉，出國後應該還是會操心這裡的事。我也打算趁這個機會休息一下。
客人	的確，你一直都在工作，應該很想休息吧！什麼時候要出發？
美蘭	（笑著再次專注在按摩上）明晚的飛機……

5. 百貨公司內的旅行社外面，晚上。
攝影機從窗外拍，可以看到美蘭正在跟職員諮詢旅遊的事，收下宣傳小冊，打過招呼後開心地走出來，男職員也走出來，興奮地大聲跟美蘭說。

| 職員 | 高社長，你去冰島看到極光的話，要拍影片傳給我喔！ |
| 美蘭 | 好！（轉過頭回答，跑著離開，又轉過頭，開心） |

6. 奔馳的美蘭的跑車＋馬路，晚上。
美蘭播著音樂吹著風，邊唱歌邊搖著肩膀，非常開心的樣子，後座堆滿禮物。

7. 高級大樓全景＋室內，晚上。
播著音樂，亂成一團，看不出行李整理到哪裡了。前面有孫室長跟第二任丈夫在幫忙打包，旁邊有外帶的食物跟滾來滾去的啤酒瓶。兩人心情很好，偶爾喝著啤酒，用像是要移民般的大行李箱打包著。客廳另一邊，可以看到美蘭跟智允在巴黎與首爾拍的合照，兩人抱得緊緊的（一旁放著智允小時候的照片、國高中的照片，按照年度擺放），也擺著美蘭與恩喜從國中、高中到成年後的合照，其中有

打鬧著的照片，也有抱得緊緊的照片，看起來很要好的樣子。美蘭拿著好多衣服從房間走出來。

前夫　　　（長相帥氣健康，邊整理行李邊喝紅酒，看著美蘭）美蘭，你是要移民嗎？為什麼把四季的衣服都帶去？而且幹嘛買那麼多禮物？

美蘭　　　（整理好衣服，放進行李箱）每個國家的季節不一樣啊，所以四季的衣服都要帶。至於禮物，因為她是我女兒啊，這些我還嫌少呢！

前夫　　　你愛女兒愛得要命，開口閉口都是女兒……（對孫室長說）她跟我在一起時也老是只想著女兒，所以我們才會分開。

美蘭　　　（無語地看著）喂，話要講清楚，是你偷拿我的錢，然後經商失敗我們才分開的。哪是因為我女兒？你這個壞傢伙！

前夫　　　錢我還了。

美蘭　　　還沒。

前夫　　　我會還。

孫室長　　（笑著說）你們倆別再見面了，每次見面就要吵架。

美蘭　　　（當作沒聽到繼續整理，看著前夫擔心地說）欸，你老婆知道你在玩股票嗎？

前夫　　　只要你不說，她就不會知道？

美蘭　　　（擔心貌）你們很快就會分開囉……（這時電話響起，從口袋拿出手機看，驚嚇）喔，是你老婆打來的！

前夫　　　（驚嚇，打算把電話搶過來）

美蘭　　　（笑著，把手機握好）是我前夫。

前夫　　　第一任還第三任？

美蘭　　　（從容）我從不跟第三任聯絡，其實也不該跟你這個第二任前夫來往才對。是第一任，智允的爸爸。（說完拿著一瓶啤酒走向陽台，打開窗戶接電話，放鬆輕快地說）喂？智允爸爸，什麼事？我？明天要出發，正在打包行李，你的聲音怎麼了？

第8幕　濟州拍賣場內，早上。

地上擺滿裝著白帶魚的箱子，拍賣員快速喊著拍賣號碼。

＊跳接》

拍賣員　15號十八萬韓元，56號二十萬，（說完看著恩喜旁邊的批發
　　　　商）4號二十一萬，4號二十一萬。（說完看著其他批發商）

恩喜與負責的批發商覺得緊張。

拍賣員　（看了其他批發商）91號，二十一萬五千韓元得標！（說完看
　　　　著恩喜旁邊負責的批發商）
批發商　（悶悶地看著恩喜，叫她不要買，低著頭）
恩喜　　（悶悶地往回走，畫面上聽見聲音）
拍賣員　（E）91號，二十一萬五千韓元得標！接下來是鯛魚！

第9幕　大興水協，早上。

定俊不太開心地從水協裡走出來，打電話給恩喜。

定俊　　（心悶，看似想了很多，有點緊張）白帶魚、鯖魚、魷魚和
　　　　銀鱈都買齊了，不過在大興水協這裡也買不到鮑魚，今天鮑
　　　　魚的漁獲量很少，有錢也買不到。

第10幕　西歸浦每日市集，恩喜店前，與定俊的鏡頭交錯，
　　　　早上。

民君與梁君把漁獲排列在檯面，很忙碌。恩喜悶悶不樂，

　　　　　一隻手叉在腰上，一隻手搔著頭，跟定俊通電話。

恩喜　　　（煩躁）真是要瘋了⋯⋯要是跟超市老闆說我們買不到鮑
　　　　　魚，他會抓狂的。
定俊　　　（煩躁地踱步）乾脆趁這個機會，別跟蔚藍超市的老闆做生
　　　　　意了。你又沒有讓他們專賣鮑魚，是他們自己堅持，還掛橫
　　　　　布條招攬客人，然後再來逼我們。
恩喜　　　（心煩）你要跟他們說嗎？
定俊　　　（心煩但還是冷靜地說）我會處理，你忙吧。（說完掛掉電
　　　　　話）
恩喜　　　（掛掉電話後又有電話，顯示是叔叔打來的，覺得厭煩，看
　　　　　著前面的客人說）不好意思，請晚點再來，現在還沒開始營
　　　　　業。（說完看著叔叔的來電，有點煩，沒接電話，就這樣擺
　　　　　著，開始處理漁獲）這個老頭子，又來煩人了。（邊說邊工
　　　　　作）

　　　　　這時，印權過來，看到恩喜的手機，把它遞給恩喜。

印權　　　喂，接電話啊，你叔叔打來的？
恩喜　　　（搶走電話放到一邊，整理旁邊裝魚的箱子）你要說的都說
　　　　　完了就走吧。
印權　　　（突然問）你什麼時候要去接美蘭？（說完看著手錶）
恩喜　　　（心煩，又不是她的事，別人只對美蘭的事情感興趣，覺得
　　　　　難過，看著旁邊）
明寶　　　（正在工作的樣子，不知道是什麼時候來的，在旁邊指著印
　　　　　權，小心地問〔因為喜歡美蘭〕）美蘭的班機十一點抵達，
　　　　　現在是不是要出發了？

　　　　　＊跳接－前方其他商店》

成裝　　　（整理眼前的貨品）恩喜，你不去接美蘭嗎？

民君	（看著恩喜）美蘭是誰啊？
梁君	為什麼大家都在說美蘭？
浩息	（推著冰塊走向恩喜的店，不耐煩）怎麼連你們也一直叨唸著美蘭？（看著印權、明寶和成裴）你們這些傢伙，去找你們死去的爸媽吧！都有老婆了還在那邊找美蘭。
印權	喂，我哪裡有老婆？（用手指）他們這些傢伙才有！
浩息	（把冰塊放到檯面）閉嘴！喂，恩喜是美蘭的下人嗎？你們想知道美蘭什麼時候來，自己打電話問她就好了，幹嘛對一早就忙著做生意的人一直問美蘭美蘭的……（說完解開圍裙換了上衣，生氣地看著恩喜，不是想念美蘭而是心煩地問）所以美蘭什麼時候會來？
恩喜	（打斷，打了浩息一下就走）
印權	喂，用跑的！婢女去接公主還慢吞吞地走？
恩喜	（突然對被形容是婢女感到很生氣，停下來慢慢轉過身，瞪著印權）？！
印權	我有說錯嗎？美蘭是公主，你是婢女，我是奴才，（指著旁邊的明寶）這個是奴才，（指著成裴）那個也是奴才！（說完看著浩息）
浩息	（發脾氣）不要把我算進去！（說完不悅地看著恩喜，繼續在檯面上鋪冰塊）
成裴／明寶	（咯咯笑著）
印權	（看著恩喜）好好安全護送我們的公主到西歸浦中山間，不要讓她受傷，之後由我來侍奉她。
恩喜	（感覺不好，但忍著走開）

第11幕　濟州機場旅客中心停車場，白天。

恩喜流著汗，使力地搬著兩、三個比自己還大的行李箱，蹣跚地走過來。美蘭拿著一個登機箱走過來。

美蘭	（擔心地跟辛苦拿著行李、走在前面的恩喜說）欸，恩喜，我們一起拿吧，很重的！
恩喜	（雖然辛苦）過來，快來！

恩喜把行李放到貨車上，接過美蘭手上的登機箱也放上去。
恩喜幫忙把副駕駛座的門打開。

美蘭	（眼眶紅，開心又懊悔，笑著，像姊姊一樣地說）唉唷，我的恩喜，抱一個。
恩喜	（開朗地笑）我身上有魚腥味啦。
美蘭	那又怎樣？（說完張開雙臂）
恩喜	（抱住，放鬆）有香水味耶……
美蘭	（沒讓恩喜看到自己想哭的樣子，緊緊抱著恩喜可靠又像媽媽一樣的身軀，放開後趕緊恢復開朗說）我們是不是三年沒見了？
恩喜	一年前我去首爾找過你啊！是你三年沒來濟州了，上車吧！（幫忙打開副駕駛座的門，輕鬆地說）公主，請上車！
美蘭	（笑著坐上車）
恩喜	（幫忙關門，坐回駕駛座，輕鬆地說）你變更漂亮了？

美蘭跟恩喜一瞬間像是回到了小時候，各自手臂交叉成 X 型喊著「義氣」後笑了。手放下後各自繫上安全帶。

美蘭	（開心地看著恩喜，很想她，摸著她的頭髮笑著）我好想你喔，我最好的朋友。
恩喜	（開懷地笑）我也是！（說完開著車）
美蘭／恩喜	（再次對看，開玩笑地說）義氣！

第12幕　恩喜的卡車內＋濟州市區，白天。

聽到車裡放的音樂聲。
美蘭把頭伸出車外，看著濟州的每個角落，很懷念濟州的樣子。稍後定在美蘭臉上，聽到對話。

恩喜　唉唷，首爾有的東西這裡也都有啊！（從後照鏡看到卡車上的行李）何必大包小包帶這麼多，很累耶……

美蘭　好久沒回來了，還得去拜訪村裡的長輩們，怎麼能空手來？（看著恩喜）話說，你過得好吧？

恩喜　（這時，置物架上的手機響起，畫面顯示是叔叔的來電）唉，這老頭子真煩人。

美蘭　怎麼了？

恩喜　我叔叔說我爸託夢跟他說祖墳的地點錯了，要做法事之類的，早晚都打來跟我要錢……害我頭痛死了。

美蘭　（無語，站在恩喜這邊）要是你爸託夢跟他說那種話，他應該跟你爸說，他大女兒恩喜生活很辛苦，工作做到褲子都磨破了，沒辦法幫他做法事。不然，（做出睜開眼睛的樣子）就像這樣用力睜開眼睛醒過來，媽的，做什麼法事？那是什麼東西！

恩喜　（咯咯笑著）喂，對年過90歲的叔叔罵髒話也誇張了！

美蘭　（精確）我不是在罵他，是在罵做法事這一點！（生氣）這種電話直接掛斷就好，（說完把電話拿過來按掉）呵呵呵呵。

恩喜　（無語，嘻嘻地笑，專心開車）話說你不是要去巴黎，跟智允環遊世界嗎？怎麼會跑來這裡？

美蘭　（心悶，難過）那個啊……

這時，置物架上的手機又響了，畫面顯示是正植。

恩喜　（看著置物架）唉唷，煩死人了！

美蘭　（說話被打斷有點不高興，但還是看著手機）正植為什麼要

打給你？

恩喜　（繼續開車，不開心）他想跟我拿錢買車，說他開五年的車很破爛，那我開了十年的車呢？要報廢嗎？他還沒清醒過來，真是的！

美蘭　（不捨恩喜，不開心）大家為什麼都要這樣折磨你啊？（按下恩喜手機的畫面接起，打開擴音，開朗地看著有點茫然的恩喜，眨了一下眼睛）正植，猜猜我是誰？

正植　（開心，E）啊，是美蘭姐嗎？

美蘭　（笑著）喂，我聽恩喜說你要換新車？

正植　（E）沒有，不是那樣啦……

恩喜　（生氣）不是？難道是我在說謊嗎？

美蘭　（用手勢加上眨眼要恩喜忍忍，開朗）正植，我有一輛之前在開的車，租約快要到期了，你要嗎？

正植　（開心，E）真……真的嗎？

美蘭　我保養得很好，那輛車還很新，是跑車，你可以租，用買的也不貴。

恩喜　（嚇一跳，看著美蘭，生氣）喂，他開什麼跑車啊！

美蘭　（抓著恩喜的手，小聲地說）那是中古車，可以用租的，很便宜。（一邊通話）但你不可以跟你姊借錢，要租要買，你自己解決！

正植　（聽話，E）知道、我知道了！（說完對恩喜表示生氣）姊，你聽到了吧？我不需要你的錢了，如果美蘭姐是我姊就好了。

恩喜　（不耐煩地掛掉電話）這傢伙真是……

美蘭　（正植打給美蘭，美蘭按掉電話看著恩喜）正植還是個孩子啊。

恩喜　（不滿意，生氣）有兩個小孩的傢伙還是孩子，那他何時才會變大人？

美蘭　（有點擔心恩喜很敏感）？

恩喜　（忍著繼續開車，從後照鏡看著後面的車，煩悶，心不在焉地問）所以，你剛才說你為什麼無法去環遊世界？

美蘭	（再次試圖冷靜地說）那個啊……智允她……

這時，蔚藍超市的老闆來電。

恩喜	（不悅地接起電話說）直接照定俊說的生意不要做就好了，幹嘛還打給我？
美蘭	（心煩，不捨恩喜看起來很累）
恩喜	知道了，知道了，我忙完就會過去，對、對，等等就過去。（說完掛掉電話，透過後照鏡看著後方的車，心不在焉地對美蘭說）別管這些，你說吧，你說要幫智允實現環遊世界的心願，怎麼不去了？
美蘭	（覺得恩喜現在無法好好地聽，決定先不說）只是……因為我工作的關係……
恩喜	（對從旁邊超車的車子按喇叭）喂，沒禮貌的傢伙。（專心開車）聽說西方人很重視畢業典禮，媽媽不去，她在朋友面前不會很沒面子嗎？你的工作有什麼重要的？
美蘭	（對恩喜說的話有點在意，但告訴自己要忍住，往海的方向看，努力讓自己輕鬆地說話，惆悵）對啊……反正就變成這樣了……
恩喜	（邊開車邊瞄美蘭，不太滿意，低著頭）

第13幕　海岸邊一隅，白天。

印權穿著西裝繫上領帶，打開車子的門站在一邊，看著時間，焦躁不安。
這時，恩喜的卡車開了過來，印權趕緊跑到卡車旁邊，打開副駕駛座的門，美蘭開心地下車。

美蘭	印權！我聽說你當爺爺了，恭喜啊！
印權	美蘭啊，謝謝！（說完抱著美蘭轉圈）

這之間，恩喜下車，吃力地從卡車上把行李搬下來，放到印權車上。

恩喜	（搬行李很累，對印權說）這輛車是怎樣？
印權	這是明寶的車。明寶要工作沒辦法來看美蘭，他很難過，所以說要用他的車來載美蘭。
恩喜	（無語）那你這身衣服又是？
印權	喂，我的初戀時隔三年沒回來這裡，我總不能穿著工作服來吧？
美蘭	（笑著輕拍印權的臉）印權最好了！
印權	（笑著打開副駕駛座的門，笑著對美蘭說）美蘭也最好了！
恩喜	（無語）
美蘭	（上車看著恩喜）恩喜，我去向大姐們問個好再打給你，我們一起吃晚餐。
恩喜	我會準備好生魚片！
印權	（上車打開音樂開走）
美蘭	（離開，從車窗內揮著手，開朗地對恩喜說）晚上見！
恩喜	（輕鬆）好！（說完揮著手，手放下後，瞬間臉色一沉，覺得很累。上了車喝口水，忍住火氣，用很漠然的表情繼續開車）自私到骨子裡的女人，她離婚後，女兒也是由她前夫撫養，她有為女兒做過什麼嗎？離了兩、三次婚，傷了女兒的心，還不參加她一輩子只有一次的畢業典禮，說什麼因為工作沒辦法去？那她怎麼還有時間來玩？怎麼有臉跟女兒說要工作不能去？真是自私的女人。

第14幕　玉冬的家裡，白天。

玉冬和春禧坐著，印權開心地坐在旁邊。美蘭從包包裡拿出許多高級餅乾、糖果、紅蔘還有給長輩們的毛衣。

美蘭	（開朗，把禮物平均分給玉冬跟春禧）這是清潭洞的手工餅乾，這是我做的糖果，這是要給你們補身體的，還有這個是毛衣、襪子還有襪袋，還有，（拿出兩個錢袋）這是給你們的紅包。
印權	（開心）哎呀！真棒，真棒啊！我們美蘭！
玉冬	（抱歉貌）唉唷，你來看我們老人家就夠了，（把錢袋交還美蘭）這你拿回去啦。
印權	（把錢袋又放進玉冬的口袋裡）你就收下吧，收下吧！
春禧	你不要想太多，就收下吧！（說完把旁邊的袋子、盒子都給出去）這些是濟州蕨菜、南瓜和牛蒡，是我們春天曬的，放進行李吧！
美蘭	（打開袋子，鼻子靠近聞了一下，眼眶紅）啊，有媽媽的味道！（說完放進包包裡，看著天花板上的污漬）嗯？那是什麼？

第15幕　玉冬家的屋頂，白天。

印權和浩息敲著新的屋瓦，邊流汗邊工作，喝著冰咖啡吃著煎餅。

春禧	（E，擔心）你們能不能修好啊？

第16幕　玉冬的家裡，白天。

春禧在房裡煎著南瓜餅、韭菜餅，美蘭躺在玉冬的膝蓋上，玉冬撥著美蘭的頭髮，充滿愛。美蘭躺著邊吃煎餅邊說話，有時會聽到一點屋頂施工的聲音。

春禧	（擔心地看著美蘭，難過）智允的學費都是你付的，國外的

	房子也是你買給她的，會離婚也是因為她爸外遇，你有做錯什麼嗎？她為什麼叫你不要參加畢業典禮？
美蘭	（放鬆地吃著煎餅）她的繼母……是指導過她的教授。
玉冬	（摸著美蘭的頭髮）要細嚼慢嚥……
春禧	（對美蘭說的話有反應，好奇她到底說了什麼，仔細地聽）？
美蘭	她現在的男朋友也是繼母介紹的，所以他們那些彼此認識的人想要自己去旅行，我去好像是硬要加入。我可以理解，只是她怎麼不自己告訴我？為什麼要叫她爸說？我想……（這時再次理解到）她應該是不想讓我失望？應該是這樣的！（看著玉冬）她很善良。
玉冬	（摸著美蘭的頭）她像你，一定很善良的。
春禧	（難過）坐起來吃啦，你這樣會不消化。
玉冬	你爸媽和哥哥在美國過得好嗎？
美蘭	他們非常好，我們家只要沒有我就很完美。（說完，看著牆的一側貼著泛黃的、月曆大小的，上面印有韓文字的字卡，破掉的地方被整齊地拼貼好，看向玉冬）那是我買給你們的耶，我三年前來這裡的時候……字都有學起來嗎？
春禧	（笑著）玉冬姐頭腦不太好。
美蘭	（責備般的對春禧說）大姐！
玉冬	（尷尬地笑）我頭腦的確不太好……
春禧／美蘭／玉冬	（笑著）
春禧	（這時有訊息提醒的聲音，看了手機，有影片傳來，十分開心，呵呵笑）
美蘭	為什麼笑？
玉冬	（看了一下春禧的手機）這是萬秀的孩子，恩奇。（說完把手機搶過來給美蘭看）
美蘭	（看著）

＊跳接－影片》
可以看到萬秀和恩奇開心地唱著有趣的兒歌（像是〈帥氣的番茄〉或是〈小水壺〉）的影片，是用海善的手機拍的。

＊跳接》

美蘭	（看著手機裡的影片）天啊……她好可愛喔。
春禧	（很開心但假裝不喜歡）哪裡可愛了？她是個搗蛋鬼！
玉冬	（羨慕，開心地對美蘭說）萬秀他……今年冬天或明年初會帶家人搬來這裡。
美蘭	（感動開心地看著春禧）萬秀這傢伙終於清醒了！唉唷，你不用再辛苦了！
春禧	之後又要開始另一種辛苦了。
玉冬	（看著春禧，拍她一下，叫她不要說這種話）
美蘭	（看著恩奇開朗地說）唉唷，她真的好可愛，讓人好想咬一口。

這時，浩息跟印權大聲說話的聲音傳來。

浩息	（無語，E）臭小子，美蘭哪裡好了？怎樣？你喜歡美蘭她就會跟你在一起嗎？
印權	（做事，覺得荒唐，看著浩息，E）喂，你幹嘛老是那麼討厭美蘭？
浩息	（E）她是隻狐狸精！
春禧	（尷尬）這些人在外面搞什麼啊？（說完準備站起來）
美蘭	（抓著春禧讓她坐下）沒關係，大姐，很有趣啊。噓！我們來聽聽他們在說什麼。（說完，躺在玉冬腿上，聽著天花板方向傳來的聲音）
春禧／玉冬	（有點擔心地聽著天花板上的聲音）

第17幕　玉冬家的屋頂上，白天。

| 浩息 | （做事）小時候老是叫恩喜幫她揹包包，現在也動不動就使喚恩喜。今天也是，為什麼要恩喜工作到一半去機場接她？ |

叫計程車就好啦！

印權　　（做事）喂，朋友三年沒見了，怎麼能叫她搭計程車？而且
　　　　恩喜有車啊，如果我是恩喜，我不會去機場接美蘭，連美
　　　　蘭的內褲都會幫她洗，臭小子！而且恩喜從美蘭那裡得到的
　　　　好處不只一、兩個。

浩息　　（難過又生氣，打斷）美蘭就沒從恩喜那裡得到過什麼嗎？
　　　　美蘭的父母跟哥哥都移民去美國，她結婚三次，恩喜幫她準
　　　　備嫁妝，還幫她照顧剛出生的女兒。恩喜放下這裡的工作去
　　　　首爾什麼都幫她做！

美蘭　　（E，生氣）我有說什麼嗎？

印權／浩息（驚嚇，往下看到美蘭）啊！

＊跳接-玉冬家的前院》

美蘭　　我都聽到了，（不耐煩地對浩息說）吵死了，好好修你們的
　　　　屋頂吧！恩喜和我是一體的，我們對彼此付出全部互相幫
　　　　忙，講求義氣，你們幹嘛老是插進來說這些，離間我們的關
　　　　係？真倒胃口！快做事啦！（說完進屋子，想著朋友都是這
　　　　樣啦，都是這樣玩的，笑著）

＊跳接-屋頂上》

浩息　　（看著美蘭走掉，邊工作邊嘟囔）她跟恩喜是一體的？……
　　　　義氣？恩喜是很講義氣，但她懂什麼叫義氣嗎？壞丫頭。

印權　　（無語，看著，叫他不要這樣）喂，你幹嘛講得那麼過分？

浩息　　（做事）你不知道美蘭對恩喜做了什麼，少在那邊多嘴。

第18幕　恩喜的房間裡，白天。

　　　　放著音樂，溫馨的房間裡擺了滿滿的食材。

英玉、小月和星星做著炒冬粉、排骨還有煎餅等食物，互相餵食試味道，說著：「太淡了，多加一點鹽巴。」
恩喜（流很多汗）坐在一旁切生魚片，明寶走進來。

明寶	我們恩喜在切生魚片啊。
英玉／小月／星星	您好！（說完點頭）
恩喜	（想著這個人為什麼過來）？
小月	要喝茶嗎？
明寶	（用手勢表示不用）
恩喜	（不開心地看著）幹嘛？美蘭不在，她去玉冬和春禧大姐家了。
明寶	（失望地點頭）這樣啊……（看著恩喜切生魚片）這是活魚嗎？
恩喜	當然是活魚啊！我難道會切死掉或壞掉的魚嗎？
明寶	（推著生魚片的盒子說）這是石鯛，美蘭喜歡吃的。
恩喜	（拿魚晃著）這也是石鯛，美蘭喜歡吃的！
英玉	（笑著）姐……奇怪，你怎麼那麼敏感？
恩喜	（難過）更年期到了。
英玉／小月	（笑著）
明寶	呵呵……
恩喜	（煩躁地切著生魚片）你走啦，美蘭又不在，別在這裡吵！你跟銀行說要見客戶，其實是蹺班嗎？
明寶	（尷尬地笑）我很認真工作。（看著周遭的臉色，小心地對恩喜說）恩喜啊，明天我們同學會見面的時候……
恩喜	（無語地瞪著他，打斷他說）你別想背著你老婆仁靜來跟美蘭見面，剛才仁靜打電話給我，我都說了，明天要在多蘭KTV聚會。
明寶	（失望）啊，好……那明天見，我走了。（說完離開）
恩喜	（靠在門邊，不開心）有老婆的人就要像有老婆的樣子！他們只要看到美蘭，就忘了自己是誰，搞不清楚狀況，一群神經病！

英玉	（笑著繼續做事，沒想太多）看來美蘭真的是像女王一樣的存在。不過你們怎麼會變成好朋友？從照片上看來（看著放在一忙的美蘭與恩喜笑著很開心的照片），你們很不搭耶？
小月	（繼續做事，沒看恩喜）我也很好奇，她們風格完全不同，超級不搭。（說完看到恩喜的臉沉下來，有點慌張，趕緊拍了英玉一下）
英玉	（轉過頭看）
恩喜	（沉著臉，放下切完生魚片的刀，淡淡地說）不搭嗎？我們哪裡不搭了？我們……
英玉／小月／星星	？
恩喜	我們超搭的！公主配婢女，沒有人比我們更搭了！（再次把刀拿起來切生魚片，這時電話響了，接起，氣稍微消了一點）嗯，美蘭，你怎麼還不來？飯都煮好了，什麼？
英玉／小月／星星	（看著恩喜的臉色，繼續認真準備食物）
恩喜	（生氣）你要在那裡吃飯就早點說啊！我以為你只是去打個招呼。（忍著，心悶，低聲說）知道了，別說了，去玩吧，我等下去接你。（說完掛掉電話，不開心地抓著切好的生魚片）你們把這些吃的帶走吧！（說完進去房裡）
英玉	什麼啊？我們都準備好了，才說吃完再來……
小月	就是說啊。

第19幕　恩喜的房間內，白天。

恩喜打開窗戶，手扠腰深吸一口氣，想消消氣。

小月	（E）星星，我們快收一收吧！
英玉	（E）再怎麼好的朋友也不能不先說一聲吧……太沒禮貌了。
恩喜	（吸一口氣，把插在書堆中的日記本拿出來〔從國中開始累積大概有十本，三到五年左右換一本〕，坐在椅子上開始寫日記，E）蔚藍村永遠的明星，我的死黨，高美蘭時隔三年

再次來到了蔚藍村。

第20幕　玉冬的家裡，白天。

飯桌被推到一邊，印權、明寶和美蘭正在玩花牌，旁邊擺著啤酒，印權和明寶沒喝，玉冬、春禧跟美蘭喝著啤酒。玉冬和春禧笑著看他們打花牌，啤酒只有稍微沾一點，美蘭喝了很多，累積了很多牌。浩息在旁邊看著。

印權　　（把牌翻開，發現不能成對）哎呀，要省著用！

明寶　　（笑著，知道換自己了，打出了牌但拿回不好的牌，覺得可惜）

美蘭　　（喝了酒後放下）來，現在換姐姐我了！

浩息　　（嘟囔）她哪是什麼姐姐？

春禧　　（聽到這句話，看著浩息）

浩息　　（靠近春禧耳邊）我討厭美蘭。

春禧　　（拍了一下，眼神示意他不要這樣，靠近浩息耳邊小聲說）她是可憐的孩子，對她好一點……

浩息　　（看著在想要出什麼的美蘭）快點出啦！

印權　　關你什麼事？玩的是我們！

玉冬　　（小聲地笑）明寶，你不回家啊？仁靜沒在等你嗎？

明寶　　（看著花牌，用手表示不要）沒關係，沒關係。

美蘭　　好，我要出牌了。（說完出了牌，再翻開其他牌發現有加分卡出現，開心）天啊！加分！

印權／明寶　（開心地拍手）加分！

浩息　　（看著印權和明寶，覺得討厭又無語）

美蘭　　皮*各一張，皮各一張。（說完又拿到一樣的牌）我又有了，對吧？（說完再次翻牌，又是加分牌，把牌貼在額頭上，開心地站起來手舞足蹈）啊！好開心啊！（說完喝著酒，邊唱歌邊跳舞）

玉冬／春禧／印權／明寶　　（覺得美蘭很可愛，笑著）
浩息　　　　（討厭美蘭）

＊跳接－時間經過》

美蘭　　　　（打著印權的額頭，很快地打著）七，八，九，（說完的當下
　　　　　　打得又快又大力）十！
玉冬／春禧（笑著）
印權　　　　（很痛，兩隻腳發抖）
美蘭　　　　（看著明寶）我贏了，來，打額頭，二十下！
明寶　　　　（露出額頭，笑著但又擔心）打小力一點……
春禧　　　　（開玩笑地說）小力什麼？用力打下去。
玉冬　　　　（笑著）小力一點。
印權　　　　用力，用力，用力！
美蘭　　　　（敲了明寶的額頭，用盡全力，又快又狠地數著，最後第
　　　　　　二十下的時候特別用力）

　　　　　　明寶一副快死了的樣子，大叫一聲「啊！」，在地板上滾
　　　　　　來滾去。
　　　　　　玉冬、春禧和印權笑到不行，美蘭向明寶的額頭吹著氣。

美蘭　　　　唉唷，一定很痛吧！我們明寶……
恩喜　　　　（E）每次美蘭回來，蔚藍村裡的人都很興奮，開心得要命，
　　　　　　（玉冬與春禧笑著的臉，E）玉冬大姐看到美蘭，就把她當成
　　　　　　死去的東伊一樣疼愛她；春禧大姐那個20歲時喝醉掉進田溝
　　　　　　裡死掉的小兒子萬英曾經愛過美蘭，所以她把美蘭當成自己
　　　　　　媳婦一樣憐惜她……（印權和明寶笑著的樣子，E）印權和
　　　　　　明寶……看到美蘭就年輕了30歲，回到單戀她的時候，心
　　　　　　裡充滿了悸動。大家都很開心。

＊ 花牌遊戲中的一種牌的名稱。

浩息　　　　（不喜歡美蘭，走了出去）

第21幕　　恩喜的房間內，朦朧的夜晚。

　　　　　　恩喜房間整理得很乾淨，美蘭蓋好棉被躺在床上，恩喜則
　　　　　　躺在旁邊的地板上鋪好的床。

恩喜　　　　（E）但是我呢？……如同美蘭說的一樣，我是美蘭的死黨，
　　　　　　因此很想她、很開心見到她嗎？（拿著外套走出房間）

第22幕　　恩喜家前，朦朧的夜晚。

　　　　　　恩喜心情冷靜，但表情悶悶不樂地走著。

恩喜　　　　（E）以前是這樣沒錯，一看到美蘭就很高興。

第23幕　　路上，白天，回想。

　　　　　　恩喜（國中三年級）揹著書包走著。這時，有台巴士經
　　　　　　過，車裡的同學看著恩喜。

朋友們　　　（開玩笑）你幹嘛用走的？今天也沒有公車錢啊？
恩喜　　　　（難過，瞪著他們）
朋友們　　　快點走吧！別被那些老頭抓到你遲到！
恩喜　　　　（難過）

　　　　　　這時，迎面響起車子的喇叭聲，一台轎車停了下來，車窗
　　　　　　搖下，美蘭笑著。

| 美蘭 | （對恩喜說）欸，上車！ |
| 恩喜 | （開心地上車） |

*跳接–美蘭的車裡，回想》
美蘭對恩喜暖暖地笑著，給她三明治，恩喜吃得津津有味，車子經過巴士時，恩喜把三明治拿出車窗外揮舞，向巴士裡其他同學炫耀。

| 恩喜 | （E）美蘭這個有錢的朋友是我這個貧窮小孩最踏實的靠山，好多次都因為有她在，我才不丟臉。 |

第24幕　山坡上的無人倉庫，回想。

美蘭拿著裝滿水的杯子，旁邊放著農藥。

美蘭	喝吧，我只加了一滴，喝下去就沒事了！
恩喜	（難過）你要快點回來喔。
美蘭	好。（說完跑走）
恩喜	（害怕，瑟縮地喝著）

*跳接–路邊，白天，回想》
恩喜父親邊哭邊揹著恩喜跑。
美蘭哭著跟在旁邊一起跑。

美蘭	如果恩喜死了，都是叔叔害的！現在哪有人不上高中？都是叔叔的錯！
恩喜父親	（哭著跑）恩喜，恩喜！對不起，爸爸會讓你去讀高中，你不要死，不要死！
恩喜	（從恩喜父親背後看著美蘭偷笑）
美蘭	（哭著，看向恩喜後也偷笑）

恩喜	（Ｅ）要是當時美蘭沒那麼做，我就上不了高中，只有國中畢業。
恩喜	（不讓恩喜父親聽到，在美蘭耳邊小聲說）我永遠不會忘了今天的事，義氣！
美蘭	（偷偷笑著）義氣！
恩喜	（Ｅ）當時我是真心發誓要講義氣的。

第25幕　偌大的美蘭家，回想。

美蘭讀著書，看到讀到一半睡著的恩喜，一副無所謂的樣子拿起旁邊的水杯往恩喜潑去，恩喜嚇醒，美蘭沒事般的繼續看書。

恩喜	（Ｅ）之後家境困難，從高中輟學，之後再考學力鑑定考試，拿到高中文憑，這一切都要感謝成績好的美蘭。

第26幕　通往春禧家的路，朦朧的夜晚，現在。

恩喜走在路上。

恩喜	（Ｅ）只要想到這個，現在我對美蘭感到的種種不舒服，都明顯是種背叛。

這時，聽到浩息的聲音。

浩息	（不開心）你怎麼會來這裡？
恩喜	（慘澹）美蘭說大家都喝了酒，要我來開車。
浩息	大家哪有喝酒？只有她自己喝了！

這時，聽到「砰砰」的聲音，轉過頭看。

印權（開著車）、明寶跟美蘭在車上，音樂放得很大聲，
車停下來。

印權	喂，上車！
美蘭	（微醺，開朗地對恩喜說）上車，我的死黨！
浩息	你們走吧，位子很擠。
美蘭	（耍賴，開朗地坐在車裡，拉著恩喜的手）恩喜，上車啦！
恩喜	（上車，煩悶）你酒少喝一點，我明天還要工作。
美蘭	（心情很好）喂，賣魚那種事有什麼大不了的？我全都買下來，我們來玩嘛！
恩喜	（忍著氣）
浩息	（上車，對美蘭說）欸，你怎麼可以這樣說話？賣魚沒什麼大不了？你看不起賣魚的人啊？
印權／明寶	好了啦，她只是想找她一起玩啊！
美蘭	（毫不在意地對恩喜說）抱歉抱歉！
恩喜	（忍住氣）
浩息	（難過，對恩喜說悄悄話）要不是你在這裡，我早就跟她打起來了。
恩喜	（忍著不開心）
美蘭／印權／明寶	（唱著歌離開）

第27幕　海邊，晚上。

印權的車停了下來，車裡播著很熱鬧的音樂，美蘭醉著從
車上下來，跳著舞往海邊去。
印權的車頭燈照著美蘭的方向，印權和明寶喊叫著往美蘭
走去，像小時候一樣，開心地跳著團體舞。浩息（無語）
跟恩喜（冷靜無感）從車上下來，靠著車子，看著那樣的
美蘭跟其他人，畫面插入聲音。

恩喜	（E）我以為我會永遠愛著美蘭，因為我從她那邊得到了很多，義氣對我來說很重要，因此美蘭三次結婚，我都欣然去幫忙。關店不做生意，去首爾幫她坐月子，也視為理所當然，一點也不覺得累，但是……
美蘭	恩喜，音樂開大聲一點！
恩喜	（冷淡地往車裡走去，調高音量，再次靠著車子，冷冷地看著美蘭）
浩息	（對美蘭說）你自己去開啊！恩喜是你的下人嗎？每次都使喚她！
美蘭	（沒聽到，繼續跳舞）
恩喜	（只看著美蘭）……
浩息	你怎麼肚量這麼大？你忘了以前那件事嗎？
恩喜	（冷冷地看著美蘭）
美蘭	（E）沒有香腸？那你就不要吃！

第28幕　教室裡，白天，回想。

恩喜準備要吃美蘭帶來的便當，美蘭說「不要吃我的便當」後把便當搶走，旁邊浩息、印權和漢修都在，看著美蘭。

恩喜	（嘴裡塞進一口飯後，便當就被搶走了，O. L）喂，我只是……只是說沒有香腸而已……不是不想吃……
美蘭	（站起來，拿著便當盒丟到後面的垃圾桶，繼續吃自己的便當）
恩喜	（難過又覺得荒唐）？
其他旁邊的人	（無語）
浩息	（生氣地對美蘭說）喂，你在做什麼？她連早餐都沒吃，你幹嘛把她的便當丟掉？
恩喜	（看著美蘭，難過地走出去）

美蘭	（不滿意地看著走出去的恩喜）每次都吃我帶來的便當還抱怨菜色？白吃白喝還敢嫌……（說完吃著飯）
浩息	（E，生氣）當時我就看清美蘭是怎樣的人了，什麼白吃白喝？

第29幕　海邊，晚上，現在。

浩息	（難過又生氣）對朋友說什麼白吃白喝？
恩喜	（看著前面）那不算什麼。
浩息	那沒什麼？還有更過分的事情嗎？唉，氣死人了！（說完離開）
恩喜	（淡然，看著跳完舞開始跟印權、明寶玩水的美蘭，E）那種小事我真的無所謂，我可以忍耐，因為我們之間還有更多回憶和情義。但是一年前，美蘭第三次離婚後發生的那件事，實在讓我忍不下去。

聽到手機鈴聲，後續轉到語音信箱，之後——

恩喜	（E，著急）美蘭，你為什麼不接電話？

第30幕　首爾金浦機場，晚上，回想。

恩喜緊張地跑出來，邊打電話邊上了計程車。

恩喜	（想哭）喂，你這傢伙！只傳了訊息說想死和想我，現在卻不接電話，你要我怎麼辦？美蘭！聽到留言後跟我聯絡，要打給我啊，美蘭！

＊跳接-美蘭的大樓前＋內部，晚上，回想》

恩喜從計程車下來，再次打電話，上氣不接下氣地跑往美蘭的家，搭電梯，開始留言。

恩喜　　美蘭，我到你家這裡了。收到你的訊息後，我就從濟州島死命衝過來找你。美蘭啊，離婚三次有什麼大不了的？對吧？你還有我啊……（悲傷）美蘭，你不要死，你不要死……（說完到美蘭家門前，掛掉電話按下大門密碼，打開大門進入客廳，一片黑，又驚又怕，難過）美蘭啊……美蘭……

這時，燈打開，拍手和拉炮的聲音響起。
恩喜嚇了一跳，瞬間呆住。
美蘭和朋友們在客廳裡，有男有女，看起來喝得很醉的樣子。
這時，有點醉的美蘭笑著走向恩喜，把手搭到她的肩膀上。

美蘭　　哈哈哈！喂，你們看到了吧？我朋友從濟州趕過來了。
恩喜　　　？
前夫　　（酒醉）我們剛才在打賭，看哪個講義氣的朋友會一通電話就從外地跑來首爾？結果那個人就是你，恩喜！
恩喜　　（生氣，無語地看著美蘭）
美蘭　　（酒醉）喂，你安靜點！有人不認識她，我來為你們介紹，她是我呼之即來、揮之即去，人生中最好欺負的朋友，鄭恩喜。
朋友們　（拍手）哇！
恩喜　　（茫然地看著美蘭，那句充滿自信的呼之即來、喚之即去，讓人有種受騙的感覺）？

第31幕　海邊，晚上，現在。

恩喜看著美蘭，美蘭喝醉了走到旁邊，放鬆地跟那時一樣和恩喜搭著肩膀。

美蘭	（E）她是我呼之即來、揮之即去，人生中最好欺負的……她是我呼之即來、揮之即去，人生中最好欺負的……鄭恩喜。
美蘭	（恩喜靠著車子，美蘭的頭靠在恩喜的肩膀，眼眶紅，真心地說）恩喜，我真的覺得有你在實在太好了。
恩喜	（冷冷地看著這樣的美蘭，E）那時候我明白了，我不是美蘭的朋友，我是她呼之即來、揮之即去，最好欺負的下人、跑腿的、婢女……壞女人，自私的女人，明明把我當下人，還假裝跟我是朋友、假裝跟我很要好，有雙重人格的女人。（看著天空）

帶著不同想法與表情的美蘭與恩喜，本集在此結束。

第十三集　　　　　　　　美蘭與恩喜2

如果你真的講義氣……
就應該跟我說你很難過、很受傷，説出來。
這才叫做講義氣。
像不認識的人一樣，把怨氣都埋在心裡根本不是義氣。

字幕：美蘭與恩喜2

第1幕　　恩喜的家全景，晚上。

　　　　　印權、明寶開著車，放著音樂開心地唱歌。

第2幕　　恩喜的房裡，晚上。

　　　　　恩喜與英玉把喝醉的美蘭從客廳帶到臥室，可以聽到開門
　　　　　的聲音。

恩喜　　　（E）喂，美蘭，好好走路！
英玉　　　（E）這姐姐怎麼喝這麼多？
恩喜　　　（E）小心腳，腳！美蘭，腳！
英玉　　　（E）怎麼喝這麼多酒？
恩喜　　　（E）把門打開。
英玉　　　（穿著睡衣，打開房門跟燈，把被子掀開）

　　　　　恩喜扶著喝醉的美蘭進來，讓她躺在床上。

美蘭倒在床上，突然發出嗚咽啜泣的聲音。

英玉　　（瞬間嚇一跳，覺得奇怪看著恩喜，小聲說）怎麼了？

恩喜　　（不太高興，但不當一回事，小聲說）她喝了酒就會這樣，
　　　　發酒瘋，幫我拿條濕毛巾來。（說完靠在牆邊，看著美蘭）

英玉　　（覺得美蘭讓人無語，走出去）

恩喜　　（看著美蘭，淡然，小聲地唱著像是催眠曲的歌）

這時，英玉再次進來，遞給恩喜濕毛巾。

英玉　　（覺得誇張）搞什麼？還要唱搖籃曲給她聽嗎？

恩喜　　（斷續唱著歌）……你睡了嗎？睡著了嗎？

美蘭　　（睡著貌）……

恩喜　　（站起來，把美蘭的外衣跟襪子脫掉，用毛巾擦著她的手跟
　　　　臉）真是的，哭完、笑完就睡著了，不曉得在搞什麼……

英玉　　（看著這景象，無語地笑了）我覺得你更奇怪，居然把朋友
　　　　當父母和上司一樣侍奉，隨便就好了啦。

恩喜　　（不看英玉，從容）你快去睡吧。

英玉　　（看著地上鋪的棉被，不滿意地說）你真的很像婢女。（說完
　　　　走出去）

恩喜　　（看著英玉走出去，默默地幫美蘭從頭到腳擦過，蓋上棉
　　　　被，從書桌上拿了日記之後走出去）

第3幕　　恩喜的客廳，晚上。

恩喜在東西很多的客廳裡，坐在亂亂的餐桌前，開始寫日
記。

恩喜　　（E）鄭恩喜，就算高美蘭不把你當朋友，而是把你當作呼之
　　　　即來、揮之即去，又最好欺負的小嘍囉，即使她是這種壞女

人、自私的女人，還有雙重人格……

美蘭　　（E，很睏，吵鬧著說）水！我要喝水！

恩喜　　（起來幫忙倒水）

第4幕　　恩喜的房內，晚上。

恩喜把美蘭扶坐起來，給她水喝。美蘭閉著眼睛喝水。

恩喜　　（E）但鄭恩喜，你還是要對高美蘭講義氣到最後，別表現出不高興或受傷的樣子，盡你所能去做吧！這樣才是償還以前欠美蘭的人情，絕對不要像高美蘭那樣，不要變得像她一樣自私又雙重人格。

美蘭　　（喝醉，想睡）謝謝……（說完再次倒下睡著）

恩喜　　（把水杯放在旁邊，幫美蘭蓋好被子，從容地走出去）

第5幕　　恩喜的客廳，晚上。

恩喜換了衣服隨意放著，日記本夾在餐桌上一堆書跟信件之中，蓋上棉被就睡了，打呼。

第6幕　　浩息的房內＋客廳，半夜。

浩息睡到一半聽到聲音，是英珠跟阿顯的笑聲，小聲地在講話。

英珠說：「要好好煮喔，我喜歡麵煮軟一點，加兩顆蛋。」阿顯照做說著：「來吃吧！」「很好吃。」「我煮得很棒吧。」然後不小心把碗掉到地上，「喂，小聲點！」英珠大吼，阿顯說：「抱歉，抱歉。」說完傳來整理的聲

音。

浩息（穿著背心跟短褲）睡到一半突然坐起來，被吵得不能睡但忍住氣，大概坐了三秒之後打開門走出去。

*跳接-浩息的客廳，半夜》

英珠跟阿顯坐在餐桌前，互相餵對方吃泡麵，噗哧笑著開著玩笑，聽到開門的聲音便往浩息房間的方向看去，兩人覺得抱歉。

浩息　　　（忍住氣，盡量維持平靜）你們凌晨三點吃泡麵啊？
英珠　　　（看著浩息的臉色，撒嬌）嗯，肚子裡的寶寶說想吃。
浩息　　　（努力保持冷靜，忍住氣看著阿顯）你現在根本是住在這裡了吧？
英珠　　　（抱歉地笑）寶寶說想見爸爸，很特別吧？
浩息　　　（無語）
阿顯　　　（尷尬地笑，覺得抱歉）叔叔，啊，不是……爸好像被我們吵醒了。（對英珠說）我們要不要去房裡吃？
英珠　　　好。

英珠跟阿顯起身進去房間，關上門，又發出咯咯的笑聲。英珠說：「太好吃了，阿顯，你應該去賣泡麵！」阿顯說：「真的嗎？你慢慢吃。」兩人繼續對話。

*跳接》

浩息　　　（關上門，覺得快受不了了，想了一下，打開衣櫥拿了幾件衣服，穿著睡衣就走出去，砰的一聲關上大門）
英珠　　　（E）爸，你要去哪裡？
浩息　　　（E，難過地說）你就跟你老公吃泡麵吧！

第7幕　印權的客廳＋阿顯的房內＋印權的房內，半夜。

印權穿著睡衣，一臉睏意，無語地呆看著浩息，沒有生氣，大概知道怎麼了。浩息穿著睡衣，拿著包包走進來，跟印權說話。

浩息　　（很累，半夢半醒地問）阿顯的房間在哪裡？
印權　　（很睏地站著，一會兒後指向一邊）
浩息　　（打開阿顯的房門走進去，放下包包就直接躺在床上開始打呼）
印權　　（睡眼惺忪地看著浩息，回到自己房間，蓋上棉被後也開始打呼）

第8幕　恩喜的房內，早上。

美蘭打開恩喜房間的窗戶，看著大海，像要運動般開始活動身體，轉著脖子，想起來濟州之前跟第一任丈夫通話的內容，有些嚴肅而沉重。

智允爸爸　（E）抱歉，美蘭，這次智允的畢業旅行……智允、智允的男朋友大衛，還有我和智允媽媽……
美蘭　　　（E，不太高興但不是生氣的語氣，盡量冷靜地說）智允媽媽是我，你搞清楚。
智允爸爸　（E）好，那我們和智允的繼母蘇菲四個人去就好。
美蘭　　　（悲傷但冷靜，E）這是智允要的嗎？還是你的計畫？
智允爸爸　（E）這是智允的想法，她不好意思跟你說，要我轉告你，其實把智允養大的是蘇菲啊。
美蘭　　　（E，難過）到國中畢業為止都是我在養的，蘇菲是從高中才開始照顧她，不過七年而已，你要算清楚。
美蘭　　　（伸展雙手，拿起手機，按下通話轉到語音信箱，忍住氣，

盡量冷靜地說）智允，我是媽媽……我聽你爸爸說了，不
過你還是跟我一起去冰島看極光吧！其他我都可以退讓，但
這點不行，你是我的女兒，我非常想帶你……（忍住難過，
盡量冷靜）去看美麗的極光，別跟你爸爸、蘇菲還有你男朋
友去，跟我兩個人去吧！你再傳訊息告訴我什麼時候去冰島
喔！（說完掛掉電話，再次走向窗邊，看著大海打起精神，
喊著）濟州！濟州！濟州！高美蘭來了！你過得好嗎？好久
不見！（瞬間心裡很亂，但覺得必須收心，轉頭看著屋內，
窗簾已經又舊又破，棉被套也感覺用很久了，想到恩喜微微
地笑）唉唷，我的恩喜……這是我十年前送她的，她用到現
在，我就知道會這樣，所以早就準備好了，這傢伙。（說完
拆下窗簾）

＊跳接》
美蘭拆下被套跟枕頭套，抱著窗簾、被套跟枕頭套走出
去。

第9幕　蒙太奇。

1. 恩喜的客廳內，早上。
美蘭抱著窗簾跟被套走出來，環顧客廳，棉被跟一堆雜物
都沒有整理，很亂。接著看到客廳桌子上有飯糰跟昨天做
的食物，也有白飯跟湯，美蘭心裡感到溫暖，這時，注意
到旁邊恩喜留的紙條。

恩喜　　（E）睡得好嗎？我的死黨，我去競標了，抱歉沒能跟你一起
　　　　吃早餐，不過午餐應該可以一起吃，待會兒見，義氣！
美蘭　　（覺得感激，拿起旁邊的飯糰咬著）

＊跳接-恩喜開車的畫面，車內，早上》

恩喜吃著飯糰，競標剛結束，認真地往市場去。

2. 恩喜的客廳＋廁所內，早上。
美蘭吃著飯糰，打開廁所的門，洗衣機內外堆滿了髒衣服，咬著飯糰一邊搖頭，開始處理。

＊跳接－時間經過》
洗衣機正在運作。
美蘭捲起褲管，用沾了肥皂的菜瓜布開始刷洗廁所的鏡子。

3. 恩喜的客廳＋房內，白天。
美蘭用吸塵器打掃客廳地板。

＊跳接－流理台》
美蘭俐落地洗著碗，非常熟練，洗得很乾淨。

＊跳接》
美蘭整理餐桌上散落的文件、書籍與恩喜的日記（無心，不知道是恩喜的日記），用抹布擦得乾乾淨淨，整個家裡煥然一新。

＊跳接》
美蘭打開自己的行李箱，裡面有窗簾布、被套跟桌巾等。

＊跳接－房間內》
美蘭掛上房間的窗簾。

＊跳接－房間內》
美蘭換著恩喜的被套，套上，弄平，心情很好。看著亂糟糟的書架，打算來整理，這時看到上面放的幾本日記。

美蘭	（看到日記覺得恩喜很可愛，整理完想要走出去，但忍不住好奇，打開一本，自言自語地說）我們之間沒有祕密吧？
年輕恩喜	（E）今天美蘭又讓沒錢坐公車的我上了她的車，同學都超級羨慕我，雖然有人取笑我是幫美蘭提包包的下人。
美蘭	（看著，嘟囔）這傢伙是誰？竟然對我的恩喜……
年輕恩喜	（E）雖然有同學說美蘭像使喚婢女一樣使喚我……
美蘭	（不甘心地小聲說）哎呀，真氣人。
年輕恩喜	（E）不過我知道他們都是嫉妒我跟美蘭很要好才會那樣，不管怎樣，美蘭都覺得我是世界上最可愛、最有趣的人，而且非常喜歡我。
美蘭	（覺得恩喜很可愛，溫暖地笑著，放下日記本，用抹布把旁邊也都擦一擦，看著窗外美麗盛開的野花，走了出去）

第10幕　海邊，白天。

美蘭走出去看著野花，摘了一些。

美蘭	你也是為了活著才開花的吧……跟恩喜好像，不好意思選了你……（說完摘下花，拿著離開）

第11幕　恩喜的房內＋客廳，白天。

美蘭把摘來的花插到飲料瓶裡，在恩喜的書櫃前面也放了一個。

＊跳接》
美蘭把插著花的瓶子放在餐桌上，看到一旁有茶葉，想泡茶來喝。將水壺裝滿水後放到瓦斯爐上，開火後坐回餐桌前，看著窗外享受微風吹拂。這時，瞥見整理好的文件堆

裡（美蘭整理過）的日記，隨意地翻開來看。

美蘭	這本也是日記嗎？（說完看了一下，笑著開始讀）今天的白帶魚非常新鮮，上午就賣完了，白帶魚賣得好，銀鱈和白姑魚也跟著賣得很好，就算貴也要買品質好的魚，再次下定決心。呵呵呵……（笑著繼續翻頁）
恩喜	（E）今天和印權大吵了一架，他像個瘋子一樣一直問美蘭何時要來，我已經因為鯖魚賣不出去難過得要命了，結果連這個傢伙也來煩我。
美蘭	（自在地繼續翻著日記）這天看來白帶魚賣得很好，這天則是鮟魚，呵呵，這是日記還是漁獲交易日誌？總之她真的很認真在過生活的樣子，真棒，我的恩喜……（繼續翻頁）
恩喜	（E）蔚藍村永遠的明星，我的死黨，高美蘭時隔三年再次來到了蔚藍村。
美蘭	（笑著，覺得期待）這是昨天的……

＊跳接–瓦斯爐上煮著水》

＊跳接》

美蘭	（讀著日記）每次美蘭回來，蔚藍村裡的人都很興奮，開心得要命。玉冬大姐看到美蘭，就把她當成死去的東伊一樣疼愛她；春禧大姐那個20歲時喝醉掉進田溝裡死掉的小兒子萬英曾經愛過美蘭，所以她把美蘭當成自己媳婦一樣憐惜她……（心裡懊悔，讀著，內心起了漣漪）
恩喜	（E）但是我呢？……如同美蘭說的一樣，我是美蘭的死黨，因此很想她、很開心見到她嗎？
美蘭	（感覺變得奇怪，有點嚇到也有點難過）

第12幕　明寶上班的銀行停車場，白天。

　　　　　恩喜忙完開車過來，明寶跑出來看著恩喜。

明寶　　　恩喜，今天在島上的聚會是下午五點吧？
恩喜　　　（不太開心地轉頭看）
明寶　　　如果你工作忙的話，要不要我下班之後去接美蘭？

　　　　　這時，仁靜停好車，突然走到明寶旁邊。

仁靜　　　（對明寶不開心，生氣，感覺個性強悍）美蘭為什麼要你去
　　　　　接？找你去買我媽的衣服你還說沒空陪我……
恩喜　　　（對仁靜說）仁靜，帶你老公去買你媽的衣服。（看著明寶）
　　　　　你明明在老婆面前一聲都不敢吭，找死啊！
明寶　　　（看著仁靜，氣餒）
恩喜　　　（開車離開）仁靜，待會兒見。

第13幕　往恩喜家的路上，白天。

　　　　　恩喜輕鬆地開著車，在家附近遇到英玉的車。

恩喜　　　你要去哪裡？
英玉　　　我下午要出海捕撈！（說完開車離開）
恩喜　　　這樣啊，下午出海很辛苦，小心點！（說完離開）
恩喜　　　（E）鄭恩喜，就算高美蘭不把你當朋友，而是把你當作呼之
　　　　　即來、揮之即去，又最好欺負的小嘍囉，即使她是這種壞女
　　　　　人、自私的女人，還有雙重人格。

第14幕　恩喜的客廳，白天。

瓦斯爐上水壺裡的水都乾了，越燒越紅。

＊跳接》

美蘭	（愣住看著日記本，想說這到底是什麼？眼眶紅，難過，感覺被背叛，心痛。忍著繼續讀日記，嚴肅）

恩喜　　（E）但鄭恩喜，你還是要對高美蘭講義氣到最後，別表現出不高興或受傷的樣子，盡你所能去做吧！這樣才是償還以前欠美蘭的人情，絕對不要像高美蘭那樣，不要變得像她一樣自私又雙重人格。這就是你鄭恩喜現在該做的事。

這時，開門的聲音傳來，恩喜走了進來。

恩喜　　（輕鬆地脫掉鞋子，沒看美蘭）我回來了。

美蘭　　（趕緊把日記塞進文件堆裡，擦了一下眼睛周圍，盡量表現得跟平常一樣）喔，你回來啦？

恩喜　　（聞到味道）這是什麼味道……

美蘭　　（這才想到，看了瓦斯爐上的水壺，嚇了一跳，起身去把火關掉，用抹布包著水壺的握把，提著放到水槽，把水龍頭打開）

恩喜　　（煩悶）唉唷，你忘了在煮水嗎？沒關係，沒關係，沒受傷就好……（說完環顧四周，驚訝貌）這些是什麼，都是你做的嗎？

美蘭　　（隱藏難過，盡力表現自然）高興嗎？

恩喜　　（開朗）當然高興啊！（說完往房間走去）哇！你連房間也打掃啦！（開心地看著美蘭）不會連廁所也？（也打開廁所看）簡直就像飯店一樣！

美蘭　　（看著在每個房間開心穿梭的恩喜，心裡很難過，痛苦，盡力想忍住）

恩喜　　（關上廁所的門，走向美蘭，用雙手捧著美蘭的臉貼著額頭，摩擦）唉唷，你真可愛。（抬起頭看著美蘭）義氣！

美蘭	（尷尬地笑）義氣。（安定心情，裝做沒事）快去洗澡吧，我來準備午餐。（說完往流理台走去，拿出煮湯的鍋子放到瓦斯爐上）
恩喜	好。（說完走進廁所，唱著歌）
美蘭	（看著廁所的方向，笑容消失，心情慢慢冷靜下來，忍著繼續準備午餐，但忍不住淚水，咬牙忍著，擦乾淚水繼續煮飯）

第15幕　廁所內，白天。

恩喜準備洗澡，脫掉外衣，看著鏡子裡只穿著內衣的自己，心情稍微冷靜下來。看著自己的臉，想著現在這複雜的情況。

恩喜	跟都上了年紀的朋友……這是在幹嘛呢……維持現在這樣不要表現出來，就這樣度過這段時間吧。（說完，在牙刷上擠牙膏，用力地刷牙）

第16幕　路邊，白天。

英玉把車開過來，路邊只看到蹲坐著的惠慈一人。

惠慈	（斜眼看著英玉，語氣平平）下車吧。
英玉	（看著時間）捕撈的時間到了。
惠慈	（不滿意地看著，指著旁邊的石頭）
英玉	（不開心地下車，坐在石頭上）春禧大姐和其他大姐呢？
惠慈	（看著其他地方，不客氣地說）小月已經帶她們過去了。
英玉	（尷尬）好……我已經提早十分鐘來了……沒想到大家更早來。

惠慈	（不開心地僵著臉，沒看英玉）春禧大姐前幾天說……就算其他海女不知道，我也該知道這件事，然後就把你的事都跟我說了。
英玉	（冷靜但也有些慘澹）是……
惠慈	（從包包裡拿出飲料給英玉，粗聲說）喝吧。
英玉	（不開心，一次喝完整瓶）
惠慈	（尷尬，沒看英玉，看著遠方的路，粗聲說）我和春禧大姐之間的義氣，連黑道兄弟都比不上（吐口水到地上）。春禧大姐叮嚀我，如果你沒說的話，就別把你的事告訴其他海女和船長。
英玉	（總覺得有些懊悔，雖然也感激，但尷尬地直摸著瓶子）……
惠慈	（不舒服，沒好氣地說）其他海女都會二話不說聽我和春禧大姐的話，（理解英玉的口氣）如果是你這種情況，當然會想拚命賺錢。我的孫子……（看著英玉心裡難過，盡量表現平淡）也是那樣。
英玉	（看著惠慈，懊悔）……
惠慈	（站起來，打開副駕駛座的門上車）別人只是沒說而已，不是只有你家和我家這樣，這種家庭不少，沒什麼大不了。
英玉	（平靜地整理心情，走向駕駛座，繫上安全帶）
惠慈	（繫上安全帶，看著英玉，語氣還是不太客氣，但已經感受得到有感情了）從今天開始，你和我一組；小月和春禧大姐一組。從現在起，照我說的去做，挖到一顆鮑魚就換氣一次，挖到一顆海膽也換氣一次，要是你挖到兩顆才換氣，你就會死在我手上！
英玉	（感激地笑）好。
惠慈	（不客氣地說）笑什麼？我把性命交給你了，你皮繃緊一點！
英玉	（感激）好。
惠慈	（玩笑般恐嚇）別以為你有春禧大姐當靠山，從現在起，我是你的老大，知道嗎？
英玉	是，惠慈大姐！（說完開車，心裡浮現暖意，放鬆）

第17幕　恩喜的房內，下午。

恩喜坐在床上，美蘭坐在對面。
恩喜跟美蘭穿得美美的，美蘭幫恩喜化妝。

恩喜　　（閉上眼，等著化妝）喂，我化了妝也只是像在南瓜上畫線而已。

美蘭　　（輕鬆地上妝，放鬆但總感覺冷冷的）是啊……你還知道自己是南瓜啊。

恩喜　　（睜開眼，舉起拳頭要打人的樣子，當然是開玩笑）你欠揍啊！

美蘭　　（微微地笑，輕鬆）閉眼睛。

恩喜　　（閉上眼）

美蘭　　（愉快地上著妝，就像姊姊一樣冷靜、真心地說）所以啊，你幹嘛說自己是南瓜？明明比西瓜好看，而且比愛文芒果性感。

恩喜　　別開玩笑！

美蘭　　（忍著難過）我沒開玩笑啊……

恩喜　　（E，中間省略）鄭恩喜，絕對不要像高美蘭一樣變得自私又有雙重人格，絕對不要；不要像高美蘭一樣變得自私又有雙重人格，絕對不要。

恩喜　　（閉著眼）我……怎樣？你說啊。

美蘭　　（上著妝）恩喜啊……

恩喜　　（閉著眼被上妝）嗯。

美蘭　　（盡量說得雲淡風輕）你對我有什麼不滿嗎？

恩喜　　（閉著眼自然地說）沒有啊。

美蘭　　（不帶感情，就像日常般幫恩喜化妝）你說說看嘛，我有點任性，有時候會做出比較自私的行為，昨天我還說你賣魚有什麼了不起，要把魚全部買下來，這話沒有傷到你嗎？

恩喜　　……（閉著眼不想說，大概打發一下）喂，朋友之間哪來受不受傷？

美蘭	（感覺到對方不想說，但還是冷靜地說）朋友也會傷害到彼此啊，但我是覺得你一直都在工作，想要你盡情玩一天才會那麼說的。要是那句話讓你不高興，我向你道歉。
恩喜	（不耐煩，不想說，不想被發現自己的想法，不自在）好啦，我知道了，你快點幫我化妝吧。
美蘭	恩喜啊，我這個人不完美，有時候可能會說出違背內心的話，會不經意傷害到你，但我很喜歡你。（邊化妝邊平靜地說）恩喜，真的……我沒有讓你覺得受傷的時候嗎？你跟我講的話，不管是什麼事，我都會跟你道歉。
恩喜	（閉著眼有點悶，但還是明快地用手勢表示）沒有啦，沒有。
美蘭	（化著妝，把手放下，仔細看著閉眼的恩喜，知道她不想說，覺得難過又生氣，心裡受傷，眼眶紅著看著恩喜）
恩喜	好了嗎？可以睜開眼睛了嗎？
美蘭	……可以。（說完，把自己脖子上的項鍊解開〔項鍊上是兩個女子重疊的側臉〕）
恩喜	（睜開眼，拿起旁邊的鏡子看自己的臉，覺得滿意）天啊，這是誰啊？我是鄭恩喜，但這個人不是耶！呵呵呵！
美蘭	（拿下項鍊，掛到恩喜脖子上）這條項鍊是智允送我的，這兩個女生的側面就是你和我，這對我來說很重要，之後一定要還我喔，今天先借你戴。
恩喜	（看了項鍊再看看鏡子）哇，好漂亮。（看了時鐘站起來）我們走吧，要遲到了！（說完穿上外套）
美蘭	（站起來，幫忙恩喜把外套穿上，輕鬆）恩喜啊，我愛你。
恩喜	（敷衍）我也是。
美蘭	（假裝輕鬆）我們就當今天是人生的最後一天，開心地玩吧！喝到不省人事，像以前一樣合唱，一起大叫。
恩喜	義氣！（說完，開心地伸出手）
美蘭	義氣！（說完，玩笑般的舉起手，但心裡酸酸的）

第18幕　KTV內，昏暗的夜晚。

很多同學（漢修那集出現過的同學們），明寶（因為仁靜在而覺得不自在）跟仁靜坐在桌子的一邊，美蘭坐在明寶旁邊。仁靜喝了很多酒。

印權、浩息跟恩喜開心地在舞台上唱歌跳舞，同學們也跟著一起唱跳。

美蘭拍著手，笑著喝啤酒，明寶在旁邊勸說：「美蘭，不要喝太多！」仁靜在桌子底下用高跟鞋的跟用力踩在明寶的皮鞋上，使勁地踩，明寶雖然很痛但不敢發出聲音。美蘭喝著酒看了一下明寶。

美蘭	明寶，你怎麼了？
明寶	（笑著）沒事沒事。
仁靜	（喝酒，沒來由地用另一隻手用力捏明寶的腰）
明寶	（忍住快要流出的眼淚，但太痛忍不下去，突然站起來）
美蘭	又怎麼了？
明寶	啊……我……去廁所……（說完走出去）
仁靜	（酒醉）……你膀胱無力啊？動不動就去廁所……（說完幫美蘭倒酒）姐，你不要打我老公的主意。
美蘭	（沒當作一回事，跟仁靜敬酒，開玩笑地說）拜託，我眼光很高的好嗎？你當我是什麼水準啊？你放一百萬顆心吧，把你老公送我，我都不要。（說完繼續喝酒）

這時，印權拿起麥克風。

印權	來來來，放音樂！美蘭！（恩喜從舞台走下來）跟以前一樣來合唱吧！
恩喜	（興奮地大聲說）高美蘭，來吧！
朋友們	（興奮）高美蘭，上台！
印權	上台！上台！上台！（說完把麥克風丟向美蘭）

美蘭　　　　（接住麥克風站起來，愉快地邊跳舞邊走出去）

＊跳接》
美蘭跟恩喜賣力地像小時候一樣熱舞。

＊跳接–海邊，回想》
1. 年輕的恩喜跟美蘭，用卡帶播著音樂，開心地跳著雙
人舞。
2. 第2集有出現在漢修的回想裡，朋友們一起在海邊奔
跑玩耍的場景，這次以恩喜跟美蘭為主。
3. 第3集裡的回想，在木浦奔跑遊玩的場景，以美蘭和
恩喜為主。

＊跳接–現在》
美蘭跟恩喜看著對方，像以前一樣很有默契地跳舞，非常
開心。恩喜認真地跳著，美蘭雖然笑著，但有些瞬間只要
想到恩喜，心裡就很痛。

＊跳接》
印權很開心，說著：「太讚了，太讚了！」另一邊把鎂光
燈聚焦在美蘭身上，其他朋友也站到桌子上，所有的燈都
聚集到美蘭身上，恩喜這邊變暗了。美蘭沒有注意到，繼
續唱歌，印權跟其他朋友在美蘭前面跳舞。這時，恩喜從
舞台下來，浩息在一邊喝著水看著，討厭美蘭，覺得恩喜
很可憐。
恩喜原本打算跟美蘭多合唱幾次，但因為被聚集在舞台前
的朋友擋住了，沒辦法再次上台，只好放棄，坐在仁靜旁
邊。

恩喜　　　　（喝酒，看著美蘭跳舞玩著）
仁靜　　　　（酒醉）你終於不當婢女啦？

恩喜	（倒酒，不太開心，半威脅地說）別再跟我開這種玩笑！
仁靜	姐，你是覺得自己不如美蘭姐，為了不被發現才對她這麼好吧？
恩喜	（無語，覺得仁靜很不像樣）？
仁靜	姐，你一輩子都是公主身邊陪襯的婢女，你知道美蘭姐……不是，這個狐狸精剛剛說什麼嗎？我叫她別打我老公明寶的主意，她居然說他是什麼水準，把明寶送她她都不要。
恩喜	（無語地看著）？
仁靜	你知道這是什麼意思嗎？代表在美蘭那個人眼裡，姐姐你、明寶、印權、我，我們通通都不到她的水準。她看不起我們，把我們踩在腳下，就是這個意思！今天我們又全部都是她的陪襯！明寶很好，對我來說是很棒的老公，我真的對美蘭很失望。
恩喜	（附和仁靜的話，雖不想跟仁靜一起罵美蘭，但希望她不要再講）再怎麼樣美蘭年紀都比你大……還是要叫她姐姐，而且你不知道美蘭原本就是這樣嗎？有什麼好失望的，沒有期望哪來的失望？明天美蘭就要走了，（乾杯）喝吧，喝吧！（說完喝酒）

＊跳接》

仁靜、恩喜和朋友們開心地唱歌。

第19幕　社區文具店，晚上。

美蘭挑著韓文字的字卡，拿了走到櫃台結帳，結完帳拿著東西走出去。喝完酒有點疲憊，但還是謹慎裝作沒事。

第20幕　KTY外（不是停車場那邊），晚上。

美蘭走了過來，明寶縮坐在一邊，拿著燒酒喝。

美蘭　　（看著明寶，走到他旁邊坐下，開朗地說）這麼感性啊？

明寶　　（悲傷地看著美蘭）

美蘭　　（看著字卡，開朗地說）這是要給玉冬大姐的，我要是再喝
　　　　下去可能就沒辦法買了。（說完把燒酒搶過來喝光，再把瓶
　　　　子還給明寶，放鬆地說）你幹嘛自己在這裡喝酒？（看著明
　　　　寶沉下來的臉，覺得有點奇怪）明寶，你怎麼了？

明寶　　（喝一口酒，慘澹地說）美蘭，我在考慮跟仁靜離婚。

美蘭　　（笑著）喂，仁靜這麼好的老婆哪裡找？對你爸媽也很好，
　　　　還很認真地把孩子教到第一名進大學。你瘋了吧，離什麼
　　　　婚？身為離過婚的前輩，我給你一點真心的建議，可以的話
　　　　就盡量說開來，不要離婚。

明寶　　（難過地喝一口酒，把上衣拉起來給美蘭看腰的部分，呈現
　　　　暗紅色）

美蘭　　（想著為什麼，看了明寶的腰，沒覺得特別怎麼樣）這是怎
　　　　樣？有點紅耶？

明寶　　（心情複雜）你看看我的背。

美蘭　　（覺得奇怪，再看了背，上頭有指甲的痕跡，又深又明顯，
　　　　心裡沉了一下）

明寶　　（脫掉左邊的襪子，有兩隻腳趾沒有趾甲）

美蘭　　（看著）這是怎麼回事？

明寶　　（悲傷，脫掉右邊襪子，可以看到正在流血，腳趾甲快要脫
　　　　落）左腳是她之前用高跟鞋踩的……這個……是因為我看
　　　　了你，仁靜疑心病很重……

美蘭　　（嚇一跳，心痛）

明寶　　（忍住悲傷，冷靜地說）我……常常被仁靜打，一直以來都
　　　　默默忍受，（心痛激動地說）但我受不了了。

美蘭　　（難過，想掉淚，覺得明寶太可憐而抱了他一下）天啊，我
　　　　的朋友。

這時，喝醉的仁靜出來找明寶，看到這兩人，眼睛瞬間冒火。

＊跳接》
美蘭沒注意到仁靜出來，用手幫難過而掉淚的明寶擦眼淚，可憐他。

美蘭　　哎呀，怎麼辦，怎麼辦，我們明寶。

瞬間，仁靜非常生氣地跑過來，抓起美蘭的頭髮扯著。

仁靜　　喂，你搞什麼？
美蘭　　啊！（疼痛貌）
明寶　　（嚇到，生氣，不畏縮的樣子）喂，放手！（說完抓住仁靜的手，要她鬆開）你這女人，放開！
美蘭　　（抓著頭髮）喂，喂，仁靜，你先放手再說，仁靜啊，仁靜啊！
仁靜　　你這個髒東西，只要看到男人就貼上去！
美蘭　　（雖然生氣仍鎮定地說）喂，你這話太過分了，給我放手，放手！
仁靜　　我不放，賤人！本島的男人不夠多嗎？居然來島上勾引後輩的老公？你這個瘋女人！（說完兩手繼續拉著美蘭的頭髮）
明寶　　（大喊）仁靜！不要再拉了！

仁靜瞬間用頭去撞明寶的嘴，明寶用手摀著嘴，太痛了，兩人暫時分開，明寶嘴裡流出血來。

美蘭　　（被抓著頭髮）啊！（瞬間很生氣，抓住仁靜手腕拗著，像是將不開心的事都紓解了，抓著仁靜的頭髮，難過地說）我都叫你放手了！
仁靜　　（不想輸，再次抓住美蘭的頭髮）

明寶	（抱住仁靜拉開她）到此為止！

這時，出來找美蘭的恩喜看到這個景象，跑了過來。

恩喜	欸欸欸，你們在幹嘛？（說完跑過來）放手！（邊說邊用力打了幾下美蘭的背，拉她背後的衣領）放開！放開！
明寶	（努力地把仁靜拉開）
美蘭	（瞬間跟仁靜分開，轉身打了拉開自己的恩喜一個大巴掌）
恩喜	（愣住）
美蘭	（對恩喜感到生氣，難過地看著，眼眶紅但眼神銳利）……
恩喜	（想著這是什麼眼神）

仁靜再次要抓美蘭的頭髮，美蘭一瞬間就把仁靜的手反折，用腳踢她的小腿。仁靜跌坐在地，很痛，哭著說：「老公，明寶，美蘭她踹我！明寶，老公！她踢我小腿！」明寶對仁靜感到生氣，離開，美蘭也生氣，瞪著恩喜（挨巴掌後還愣著），之後跟明寶從另一條路離開。恩喜杵著看著美蘭，摸著被打的臉。

第21幕　路邊＋浩息的車內，晚上。

美蘭悶悶不樂地走著，很難過，一直流淚，邊擦邊走。
這時，卡車的聲音傳來，有人按喇叭，一看是浩息。

浩息	（不開心地看著美蘭，不知道發生了吵架的事）怎樣？我還想說你跑去哪裡了，你要回恩喜家嗎？上車。
美蘭	（看了一下路，評估用走的太遠，便上了副駕駛座，繫上安全帶，隱藏複雜的心情，輕鬆地說）怎麼不多玩一會兒？你沒喝酒嗎？
浩息	（開車）我明天凌晨還要工作，沒時間跟他們玩耍喝酒，你

以為我像你這麼好命啊？

美蘭　（看著前面，心情複雜，突然說）你⋯⋯為什麼討厭我？

浩息　（開車，不自在，不想說）我哪有討厭你？

美蘭　（看著前面）明明就討厭，都寫在臉上了，從小時候就是，
　　　一直。

浩息　（不看美蘭，粗聲說）其他人都很喜歡你啊，這樣夠了吧？
　　　難道一定要所有人都關注你、喜歡你嗎？你是公主病嗎？

美蘭　（看著前面，心情複雜）你開始討厭我的原因是什麼？如果
　　　你對我還有一點朋友的情分，就把原因告訴我。

浩息　（開車，心裡不太舒服，但冷靜一下開始說）那我就看在朋
　　　友的情分上告訴你，我確實討厭你很久了，從高中就開始。

美蘭　（心裡覺得慘淡，冷靜地看著浩息）？

浩息　（看著前面，粗聲說）有一次恩喜沒帶便當，所以她跟平常
　　　一樣吃你帶來的便當，但那天她可能突然特別想吃香腸⋯⋯

美蘭　（不太記得了，為了要想起來，很認真仔細地聽）

第22幕　明寶的大樓附近，晚上。

　　　恩喜從計程車上把喝醉的仁靜帶下車。

恩喜　（敷衍，為了表示站在仁靜這邊而幫她罵）好啦好啦，美蘭
　　　是壞女人。你很重，拜託你站好！

仁靜　（生氣）她抱著我老公，還摸他臉頰！（說完摸著恩喜的臉
　　　頰）像這樣，像這樣！用眼神勾引他。

恩喜　（無語）欸，美蘭怎麼會這樣摸明寶？

仁靜　（打斷，生氣）姐，你覺得我在說謊嗎？

恩喜　（覺得不對勁，要安撫她）沒有，我不是這個意思啦。

仁靜　美蘭這人有病！很愛隨便挑逗別人，結三次婚可不是人人都
　　　做得到。

恩喜　（不開心）喂！她一個老公外遇，一個瞞著她做生意，一個

	甚至逼更年期的她生小孩，難道要讓她繼續跟他們過活嗎？
仁靜	（固執地說）當然啊！既然結婚了，就要走到最後不是嗎？美蘭本來就愛到處挑逗男人，她就是這種人，不是嗎？
恩喜	（輸給她的樣子）好啦，你說得都對，她就是那種人，走吧！
仁靜	姐姐你也同意美蘭是壞女人囉！
恩喜	（扶著仁靜，一邊抽電子菸，看著明寶）喂，你在幹嘛？還不快來扶你老婆？
明寶	（走回家，對仁靜感到灰心）
仁靜	（看著離開的明寶跟上去，搖搖晃晃地說）喂，你剛剛為什麼走了，是跟美蘭走了嗎？喂，你沒聽到我在說話嗎？喂！瑞香爸爸！喂！喂！我喝醉了，揹我回去。喂，喂！
恩喜	（看著兩人，轉頭離開，疲累）欸，這些傢伙，累死我了，真是……

第23幕　恩喜的家前，晚上。

　　　　浩息的車開過來停著。
　　　　美蘭鬆開安全帶，強烈自嘲著說。

美蘭	（邊下車邊說）瘋女人，膚淺的女人！（說完，難過地快步走進恩喜的家）
浩息	（心悶地看著美蘭，知道美蘭在自責，對這個情況感到煩悶，駛離）

第24幕　恩喜的客廳內＋恩喜的房內，晚上。

　　　　美蘭心情複雜又不舒服，喝著燒酒，想起浩息說的往事，
　　　　以及恩喜對自己生氣的事，但心情沒有掉到谷底。

這時，恩喜洗好澡從廁所出來，用毛巾擦頭，不太滿意地看著美蘭。

恩喜　　（不自在但忍住氣，覺得美蘭是故意打自己巴掌）怎麼又在喝酒……

美蘭　　（忍住不自在的心情）要喝一杯嗎？

恩喜　　（擦頭髮）我沒那個好心情，你喝吧。

美蘭　　（被恩喜的話激怒但忍著，喝酒，用比較尖銳的方式問）你是賺錢賺上癮了嗎？

恩喜　　（被這句話激怒，坐在椅子上瞪著美蘭，生氣，告訴自己忍耐，深吸一口氣，撇開頭不看美蘭）

美蘭　　（喝著酒看著恩禧，想要說實話了）生活過得去就好，你每天錢錢錢、工作工作工作，這樣已經不叫腳踏實地認真生活，根本工作成癮了。

恩喜　　（忍住氣，瞪著）總比酒精成癮好吧。

美蘭　　（冷靜地看著恩喜，心情沒有很差）我沒喝那麼多酒，我只是對男人成癮，你應該也知道吧。

恩喜　　（無語地看著）你胡說什麼？

美蘭　　（拿出手機準備放出錄音，從容地說）剛才仁靜打給我，我的手機有自動錄音的功能，你要不要聽聽看？（從錄音的中段開始放）前半部分基本上就是她在破口大罵……應該是從這邊開始……你聽內容……（說完開始播放錄音）

恩喜　　（不喜歡這種狀況，不開心）……

美蘭　　（E）你老公怎麼會跟我在一起？

仁靜　　（喝醉生氣，難過地說，E）明寶沒去找你的話，他會去哪裡？我老公這麼愛家，現在這麼晚離家出走，不是去找你的話還能找誰？瘋女人，不只有我覺得你到處挑逗男人，恩喜姐也這樣覺得，離婚三次這種事不是人人都做得到，只有你這種人才有辦法，她說你本來就是這樣，根本對男人成癮！

恩喜　　（不開心地拿起手機按下暫停，生氣又難過，不哀怨，比較接近生氣）你覺得……我有可能說這種話嗎？你不相信我

嗎?這只是仁靜……

美蘭　（打斷恩喜，冷靜地說）嗯，我知道，這一定是仁靜亂講的，你怎麼可能這樣?我相信你。

恩喜　（打斷，難過地說）但明寶……還不是你沒事抱別人老公，還摸他，才會惹出這種麻煩!

美蘭　（冷靜地看著恩喜）我為什麼不能摸明寶?我們是朋友耶!

恩喜　（無語，生氣）但他結婚了啊!你就是這樣才會被罵，搞不清楚做人的道理。

美蘭　（冷靜，心痛，淡淡地說）看到朋友被妻子打，看到這麼可憐的朋友，我為什麼不能抱抱他?

恩喜　（不高興）明寶哪有被打!（不高興）他們夫妻感情很好!明寶不會被打，仁靜不是那種人。

美蘭　但我親眼看到了，明寶身上到處是傷。

恩喜　（不開心）你在胡說八道什麼……

美蘭　（冷淡，平靜）所以現在是我在說謊嗎?我相信你，你卻不相信我?

恩喜　（生氣）現在為什麼要說這個?

美蘭　（看著恩喜，眼神不迴避，平靜，不激動）如果你相信我，你只要問我為什麼會這麼想，跟原因是什麼，這樣我就會告訴你明寶在 KTV 外面，讓我看了他背上和身上的傷，還有掉了趾甲的腳趾，我們根本不需要講這麼久。

恩喜　（難過想逃避，不耐煩）知道了，知道了，你說得都對!快去睡覺，明天就回去吧，我也累了。（說完準備站起來）

美蘭　（看著恩喜，冷靜地說）雙重人格。

恩喜　（站起來，看著美蘭，想說她在講什麼）?

美蘭　（冷靜地看著恩喜）壞女人，自私的女人。

恩喜　（無話可說，坐下，做好要吵架的心理準備，但還是冷靜地說）你說什麼?發酒瘋啊?

美蘭　（拿出旁邊的日記本，丟向恩喜）這就是你眼中的我。

恩喜　（看到日記，內心沉了一下）?（嚇到但不慌張，尷尬地拿著日記，走向垃圾桶丟掉，再走向美蘭，站著，兩手叉腰，想

	要忍耐但忍不住，想大吵一架地說）你瘋啦？幹嘛看別人的日記？
美蘭	（坐在椅子上，頭靠著牆，抬頭看著恩喜，難過但沒有矮人一截，冷靜地說）電影《BJ單身日記》裡有一段跟現在一樣的情節，女生在日記本裡寫了一堆男生的壞話，被男生看到了，而女生知道後說，我在日記裡罵你（強調）是幾個月前我還不太了解你的時候，但現在的我，很愛你。
恩喜	（看著美蘭，心裡難過，但又不高興，心情複雜）……
美蘭	男生聽完她的話後馬上就跟她和好了，為什麼呢？（強調）不論是誰，都有可能在不夠認識自己的時候罵他……（眼眶變紅）如果是那些不了解我的人，罵我壞、罵我自私或有雙重人格，我當然也會一笑置之，所以仁靜那樣罵我，我也只是笑著帶過。（心痛，眼眶變紅，聲音仍維持冷靜，聽起來很理性，但可以聽出心痛的感覺）但……世界上最了解我的你這樣說我，我無法笑著帶過。如果你罵我壞、罵我自私和有雙重人格，就代表我真的是那樣。你告訴我，我哪裡壞？哪裡自私？哪裡有雙重人格？
恩喜	（忍住氣，不開心）
美蘭	怎麼？太多了說不完嗎？
恩喜	（瞬間很難過，生氣地說）對！
美蘭	（看著，無望，但不動搖）……
恩喜	（難過地把頭抬起來，倒了酒繼續喝）你回去吧！事情都過去就不要再說了，都一把年紀了還說這些幹嘛？只會顯得自己難堪又小心眼而已……（不耐煩）以後有空去首爾的時候再說。
美蘭	（打斷，冷靜地看著恩喜）如果我有雙重人格，那你就有多重人格。
恩喜	（難過又生氣地看著美蘭，眼眶紅，看起來很埋怨）
美蘭	（不閃躲地看著恩喜）幾十年來明明討厭卻裝著喜歡我，不過也對，我可以理解，因為世界上對你來說最重要的就是義氣。你應該希望所有人都認為你很有義氣，是個很好的人

吧？但身為世界上最了解你的朋友要告訴你，你其實沒有那麼有義氣。

恩喜　（生氣地瞪著美蘭，再次忍住，喝酒）

美蘭　（這時叫的計程車打來，接電話）嗯，我出去。（說完掛掉電話）就這樣把我丟了嗎？辦不到嗎？只要沒了義氣就什麼都不是的鄭恩喜？那我來幫你丟，反正我連孩子的爸，還有同床共枕的男人都能兩次、三次拋棄……（很難過，仍故意說得很惡毒）……何況是你？（心痛地對自己說）這段沒有未來、沒有意義又不重要的友情，我們就把它丟掉吧，像你把日記丟到垃圾桶一樣。（說完拿起旁邊的包包走出去）

恩喜　（喝酒，又倒酒繼續喝，難過又心痛，不知為何流下眼淚。進到房裡躺在床上，繼續流淚，仍生著氣，大口喘氣）……

第25幕　蒙太奇。

1. 濟州市區，奔馳的計程車中，半夜。
美蘭搖下車窗，看著濟州的景色，內心難過，擦著流下的淚，冷靜。

2. 每日市集，白天。
恩喜喊著：「白帶魚、白帶魚、銀鱈、馬頭魚！」把魚肉切塊，裝起來給客人，避免客人隊伍越排越長。暫時用毛巾擦著脖子上的汗，美蘭給的項鍊突然掉下來，把它撿起來時，心裡覺得不舒坦，痛心又難過，立刻走了出去。

民君／梁君　老闆，你要去哪裡？現在很忙耶！

恩喜　（沒回答，默默離開）

第26幕　防波堤，白天。

恩喜坐著看海，想起美蘭說的話，覺得很難過又生氣。
恩喜站起來，走向卡車。

恩喜　　（難過地咬著牙，小聲說）這個壞女人，什麼我不是那麼有
　　　　義氣的女人？真是……

第27幕　　玉冬的家裡，白天。

恩喜拿下貼在牆壁上很久的字卡，剪了膠帶，把美蘭留下
的大字卡貼到牆壁上。心裡不太舒服，有點生氣。
玉冬跟春禧看著這樣的恩喜。

玉冬　　（冷靜）我還以為她會打個招呼再走……
恩喜　　（沒看她，繼續做事）可能工作很忙吧……
春禧　　（對玉冬說）探望一次就行了……我們這種老人幹嘛探望兩
　　　　次……（對恩喜說）美蘭是個可憐的孩子，你要對她好一點。
恩喜　　（不高興，沒看對方，繼續做事）她哪裡可憐？男人換來換
　　　　去，連女兒都是孩子的爸爸在養。
玉冬　　（淡淡）就是因為男人換來換去，才說她可憐。
恩喜　　（看著玉冬，瞬間洩氣，感到理解，用抱歉的眼神看著）
玉冬　　……（看著庭院，淡淡地說）她沒有感情的歸屬，連女兒都
　　　　不能自己養，一定很難受。
春禧　　（用旁邊的抹布擦著房間）她沒有孩子，所以不懂。美蘭結
　　　　婚好幾次的事，智允都不好意思告訴她未婚夫……
玉冬　　（對恩喜說）她好像更喜歡當教授的繼母……
春禧　　她叫美蘭別去環遊世界，美蘭一定很傷心。唉，她應該等心
　　　　情平復了再回去。
恩喜　　（繼續做事，心裡不舒服，沒看對方）智允叫她別去環遊世
　　　　界嗎？不是因為她工作太忙才沒去？
玉冬　　（冷靜地看著恩喜）她哪裡忙了？她為了跟女兒一起去玩，

連店都賣了，你不知道嗎？

恩喜　　　　（做事，心裡不舒坦）……

第28幕　　路邊，白天。

　　　　　　恩喜走在路上。

春禧　　　　（E）美蘭她啊……恩喜，美蘭看到你這麼忙又辛苦，才會不說一聲就離開，她怕跟你說，會讓你這個大忙人更傷腦筋，所以也叫我們別告訴你，說著眼淚也掉了好幾次，到時候……

　　　　　　這時，印權的車來了，停下來，從駕駛座探出頭，看著恩喜。

印權　　　　（看似很開心）喂，恩喜，明寶離家出走了！

恩喜　　　　（疑惑地看著印權）？

印權　　　　他回去老家了，我聽說仁靜都會揍明寶，就連女兒都看不下去，站在明寶這邊勸他離婚，很驚訝吧？更驚訝的是我打給明寶，他說他非常幸福，說美蘭拯救了他的人生。

恩喜　　　　（想到美蘭，不太開心地繼續走）

印權　　　　（把車往後倒退，停在恩喜旁邊）美蘭在你家嗎？

恩喜　　　　（走著）她回去了。

印權　　　　唉唷，太好了，回去得好……

恩喜　　　　（想著怎麼會有人說這種話，轉過頭看）？

印權　　　　老實說，她回來也是一件讓人很累的事情，一、兩天就算了，超過三天就讓人受不了。你也自在多了吧？

恩喜　　　　（有點難過，看著印權）如果是我不在你也會這樣說吧？

印權　　　　臭丫頭，你跟她不一樣！要是你一天不在這裡，我、浩息、明寶、成斐、玉冬大姐、春禧大姐、英玉、小月、星星、定

俊，甚至是東昔，大家都會亂成一團。美蘭就像一陣來了又走的涼風而已，但你是我們的支柱。美蘭只是我們路上的停靠站，而你是我們的終點站。（說完眨個眼，離開）

恩喜　　（繼續走，心情沉重）

第29幕　恩喜的家裡，白天。

恩喜翻著垃圾桶，拿出日記本，坐到餐桌前，動筆寫日記。

恩喜　　（E）美蘭徹底離開了我的人生。但是，我卻感覺……

恩喜突然看到旁邊的花瓶，想起美蘭，抬頭環顧四周，看到美蘭把屋子打掃得這麼乾淨（想像畫面，需要拍攝），就像看到她一個人辛苦地掛著窗簾。想起美蘭，恩喜覺得悶悶不樂，拿起旁邊的電話，在通訊錄裡找美蘭，一直看著。

美蘭　　（E）身為世界上最了解你的朋友要告訴你，你其實沒有那麼有義氣。

恩喜　　（丟開手機，難過，深吸一口氣，突然站起來進去房間）

＊跳接–時間經過，另一天的清晨》
恩喜從房裡走出來，喝水，跟前一幕不一樣，依然是亂糟糟的家裡。

第30幕　奔馳中的恩喜的卡車，白天。

恩喜悶悶不樂地開車。

恩喜　　　　（難過又生氣，嘟囔）什麼……我不是……那麼有義氣的女人？

*跳接》
恩喜生氣地把車停在路邊，喘了幾口氣之後，越想越氣。

恩喜　　　　（嘟囔）她怎麼敢這樣說我？（說完拿起電話打給美蘭，美蘭沒接，再打，轉進語音信箱。掛掉電話，把車開往機場的方向，打電話說）民君，我要去首爾一趟，店裡就交給你顧了。

第31幕　　美蘭的大樓全景，白天。

第32幕　　美蘭的大樓前，白天。

恩喜從電梯出來，走到美蘭的住處前面，看了看四周，按下門鈴。
按了幾次，但沒聽到任何聲音，用拳頭敲了幾下門，即使如此也沒有人出來。恩喜心情煩悶地打電話給美蘭，還是沒人接。恩喜突然想到，打給按摩店。

第33幕　　按摩店，白天。

孫室長在櫃台前幫客戶刷卡結帳，開朗。

孫室長　　謝謝，請到五號房。
客人　　　（往房間走去）

這時，美蘭從房裡按摩完走出來，進到茶水間，拿著飲料走出來，一邊喝著。

孫室長　你回來以後一切才恢復正軌，你不在之後又要亂掉了，你再把這間店買回去吧？

美蘭　（喝著飲料）我都說不要了，我只想暫時在你底下當高薪工讀生，兩個月後我就要去冰島看極光。（對孫室長說）老闆，現在為了營收都快擔心死啦？（說完笑著）

孫室長　（看著預約單）對了，你去一下七號房。

美蘭　我可是幹部，不接 VVIP 以外的客人，你叫其他員工去。

孫室長　她是 VVVVVIP，可以了吧？（說完笑著走向別處）

美蘭　誰啊……（孫室長已不見人影）這……真是的……（說完走向七號房）

第34幕　房間裡，白天。

美蘭進入房間，看到恩喜趴在按摩床上，身體蓋著毛巾。

美蘭　客人，真抱歉，我來晚了。（說完拿出蒸熱的毛巾）這個會有點燙喔。（說完把客人背上蓋著的毛巾拿起來，看到恩喜後背的瞬間覺得有點奇怪，再看看腳跟手，心想是不是恩喜，有點難過，收起心情，認真地按摩恩喜的身體）

　　　　＊跳接》
　　　　攝影機架在按摩床前方的露臉孔下面。（或是放在客人的脖子旁邊）

恩喜　（不分青紅皂白，生氣，難過，眼眶紅）我怎麼會是不講義氣的女人？

美蘭　（擦著背，溫暖、從容地說）你是來找我追究的嗎？

恩喜	（難過又生氣，眼眶紅，準備要爬起來說）我還要還你項鍊。
美蘭	（壓住不讓她起來，難過）你就追究吧，嘴巴不是張著嗎？
恩喜	（難過地流淚，忍住）不講義氣的人是你，臭丫頭！你總是覺得我很好欺負……把我當成婢女。一年前也是這樣！第三次離婚的時候，我聯絡不上你，擔心得要命，拚命從濟州趕來首爾。（難過）你……喝了酒在你朋友面前……
美蘭	（對恩喜願意說出來感到感謝，仔細地按摩她的背、手及腳，冷靜地說）……我在我朋友面前說了什麼？
恩喜	（眼眶紅，難過地說）你說我是你呼之即來、揮之即去，最好欺負的人。
美蘭	……
恩喜	你怎麼可以把我當成下人、婢女還有侍女……
美蘭	（眼眶紅，冷靜）你不是下人、婢女或侍女……但你確實很好欺負。
恩喜	（再次想爬起來）你說什麼？
美蘭	（再次壓住，冷靜，溫暖，不好受地說）喂，你這傢伙……在這世上……（忍住激動的情緒）能讓我覺得好欺負的除了你還能有誰？（爬到床上，按摩她的背）我的父母跟兄弟姊妹都因為離婚的事討厭我，覺得我丟人現眼，就連我女兒都把我當成冷淡的婆婆般疏遠我，難道我不能把你當成這世上最好欺負、最自在相處的對象嗎？臭傢伙……（說完眼淚滴到恩喜背上）
恩喜	（感覺到眼淚，難過又心痛）……
美蘭	（用手背擦去眼淚，在恩喜背上抹油，繼續按摩，不洩氣地說）浩息跟我說了小時候我對你做過的事，說我說你白吃白喝。我跟他說，當時我還小，記不清楚了，但如果我真的說了那種話，那我一定是個膚淺的瘋女人。
恩喜	（心裡稍微舒坦一點，但還是難過，眼淚滴到地上，心痛地問）那我為什麼是不講義氣的女人？
美蘭	你就是不講義氣啊。
恩喜	（又想爬起來）

美蘭	（壓住，用力地按摩，心痛）如果你真的講義氣……就應該跟我說你很難過、很受傷，像今天這樣跑來找我追究。如果我不認錯，也不道歉的話，你就要像仁靜那樣扯我頭髮啊！這才叫做講義氣。臭傢伙，像不認識的人一樣，把怨氣都埋在心裡根本不叫義氣。
恩喜	（覺得認同）……
美蘭	我說得對吧？你確實不講義氣。
恩喜	（心結解開）神經……我光是討生活就夠忙了，還為了扯你頭髮跑來首爾？
美蘭	那你今天來幹嘛？
恩喜	（氣勢減弱）就算把我們的友情丟進垃圾桶裡，我還是覺得心裡不舒坦所以才來的，臭傢伙。
美蘭	（心裡不是滋味，笑著，用力以手肘按摩恩喜肩膀）講義氣的女人。
恩喜	喂！
美蘭	（再次專心按摩，淡淡地說）你身體硬得像石頭一樣……這個身體……（忍著心痛，盡量表現輕鬆）客人，您這樣會中風的，腦部也有可能出問題。您今天的行程怎麼樣？馬上就要回濟州嗎？
恩喜	（氣勢減弱，粗聲說）喂，要化解我對你的埋怨，要花上三天兩夜才夠，今天怎麼能回去濟州？我後天才回去，你做好心理準備，接收我所有的抱怨。
美蘭	（真心感謝，繼續按摩，心情沒有不好）是，是……既然您時間很多，不如就做全套按摩吧？（忍著心痛，盡量表現輕鬆）客人您的身體實在太僵硬了，就算您說要離開，我也不能讓您走……
恩喜	（感受到美蘭的心意，也感覺到她的手勁很厲害，有點難過地說）我還以為你每天只要舒舒服服地顧櫃台。
美蘭	（流汗，專心按摩）大學畢業還做這種工作，我心裡會舒服嗎？開玩笑……
恩喜	（難過）你的手很有力耶……

美蘭	你應該有看到我扯仁靜頭髮的樣子吧……啊，對了，你被打巴掌不痛嗎？
恩喜	（不笑，開玩笑地說）被你打巴掌的仇我一定會報！
美蘭	（溫暖地笑）別說話了，你先睡一下。（慎重地按摩，覺得恩喜這麼僵硬的身體實在不行，溫柔地按揉）……
恩喜	（E）其實，我對美蘭沒有話要說了。當她美麗而有力的手放到我僵硬的背上時，我就什麼都知道了。即使她的父母、手足都健在，即使有三個有過肌膚之親的前夫，即使有世上最珍貴又寶貝的女兒，但是對美蘭來說，在這險惡的世界上，能讓她覺得好欺負又自在的人只有我一個。沒有父母、丈夫和子女的我，能夠完全了解我的人，也就只有美蘭一個。那天晚上，我們創造了比以前更加深厚的回憶。

第35幕 　路邊的大頭貼拍照機（像自助照相館那樣？）裡，另一天，白天。

美蘭（脖子上戴著項鍊），拉著恩喜走進機器。

美蘭	（纏著）拍吧！有感情一點啦！
恩喜	（不樂意地坐著）唉，真是的，你長得漂亮所以愛拍照，但我不是。
美蘭	（搗著她的嘴）好了！義氣！
恩喜	（拉下美蘭的手）好啦，我會錯過班機的，趕快拍！
美蘭	（從自己的包包裡拿出一個裝項鍊的盒子，把項鍊拿出來，戴到恩喜的脖子上）這條是跟我一樣的項鍊。
恩喜	（看著項鍊）但我很常流汗，不愛戴這個。
美蘭	（伸出手臂）義氣。
恩喜	（伸出手臂跟美蘭的手臂相碰）義氣。
美蘭	來，為了我們再次見面的那天，來拍照吧！（說完準備要拍，看著恩喜）對了，你會不會又因為我自作主張而受傷？

恩喜　　　（開玩笑要脅著，一副要打人的樣子）很好笑嗎？

美蘭　　　（開朗）呵呵，到時候你不要忍，一定要來扯我頭髮！（看著螢幕）要拍囉！

恩喜和美蘭拍了一堆搞笑的照片，結束在一張張閃過的快照畫面裡。

英玉與定俊以及英希1

人怎麼可能每天都笑嘻嘻？
有好的時候，也有壞的時候。
這樣才正常，人就是這樣活著的。

字幕：英玉與定俊以及英希1

第1幕　　有溫馨感的恩惠之家（身心障礙福利機構，京畿道），走廊，早上。

英希（唐氏症，發展障礙2級*）穿著打掃時用的圍裙，流汗，拿著大塊抹布在擦地板。看到地上有衛生紙，撿起來放進圍裙前面的口袋。不知是否很吃力，流著大把的汗，但仍然很認真地打掃。這時，機構裡幾名孩子從2樓跑出來，好像沒看到英希般的奔跑著。

英希　　（看著那些孩子，生氣地說）會跌倒，不要跑！（說著又覺得孩子們很可愛，噗哧笑了，繼續認真打掃）

這時，張老師穿著外出的服裝站在玄關前。

張老師　　英希，出來！

---

* 根據韓國分類，智能發展障礙2級為智力指數35-49，日常簡單的行動無礙，若搭配一定的協助與照護，可以維持一般日常生活。

第2幕　保母車內＋路邊（京畿道市區），早上。

　　　　英希（身上掛著包包，還提著另一個包）跟發展障礙孩子
　　　　1、2一起搭車。
　　　　張老師開著車，車裡傳出陣陣音樂聲。

英希　　（用手機連續拍下窗外的景色，放下手機，從提袋裡拿出打
　　　　毛線的工具開始打毛線，同時也繼續跟著唱歌，很投入感
　　　　情）
發展障礙孩子1、2（一起跟著唱或是玩著手機裡的遊戲）
張老師　（開車，放鬆地一起唱歌）

第3幕　麵包咖啡廳（京畿道市區），早上。

　　　　英希穿著制服站在櫃台跟客戶對話（有點結巴），張老師
　　　　在後面洗碗，看著英希跟客人互動。職員1沖著咖啡，遠
　　　　處後方廚房裡有非身心障礙及身心障礙員工1、2在烤麵
　　　　包。

英希　　（在收銀機上打入餐點內容）冰咖啡兩⋯⋯兩杯，還有起
　　　　司蛋⋯⋯蛋糕一個⋯⋯（看到螢幕上的金額小計）十⋯⋯
　　　　十八千韓元。
張老師　（笑著）先生，總共一萬八千韓元。
英希　　（對客人說）一⋯⋯一萬八千韓元。
客人　　（笑著遞出信用卡）
英希　　（慎重地接下信用卡，刷卡結帳後看著客人）
客人　　（笑著）請把信用卡給我。
英希　　（這才想到，交還卡片）謝⋯⋯謝謝。（對後面的客人說）
　　　　請⋯⋯請問你要點什麼？
張老師　（笑著，對廚房裡烤麵包的人說）吳老師，辛苦了！（說完脫

下圍裙，拿起旁邊的包包走出去，對英希說）兩小時後換班時我再來接你。（說完走出去）

英希　　　（點頭，幫客人點餐）

客人　　　我要一杯摩卡拿鐵跟核桃派⋯⋯

英希　　　（認真地看著客人的眼睛，聽完跟著覆述）摩卡拿鐵跟核⋯⋯

客人　　　摩卡拿鐵跟核桃派。

英希　　　（看著客人的眼睛，慎重地說）摩卡拿鐵跟核桃派。

＊跳接–時間經過》
英希在櫃台等客人，用手機拍著窗外的行人與風景，認真地拍了好幾張。

第4幕　　大海＋海裡，白天。

英玉的浮球裡一直傳來訊息的聲音。
英玉浮出水面，把鮑魚放進網子，確認手機，看完照片後打字。

英希　　　（E）今天是某月某日，你明明說要來看我，為什麼沒來？晚上才會來嗎？

英玉　　　（淡然地打字，E）工作很忙，下個月第一個星期天再去。

英玉把手機放回浮球的袋子裡，再次小心地潛進水裡。

＊跳接》
英玉潛入海裡。

第5幕　　咖啡廳前＋車道，白天。

攝影機朝窗內拍攝咖啡廳，換班後由其他非身心障礙人士繼續工作。

英希揹著包包，坐在咖啡廳前的椅子上，手裡提著裝毛線的袋子，邊看手機邊等張老師。

英希　　（看到英玉說下個月再來的簡訊有點難過，結巴地嘟囔 O. L）下個月……下個月……每次都說下個月……1……1月說2月……6月說7……7月……（說完抬起頭，計程車在等候區排成一列，看著這些計程車，突然想到什麼然後說）你如果不來……我……我……我就過去。（說完起身走向計程車，上車，搖下窗戶開心地叫著）喔耶！

攝影機拍著英希搭計程車的樣子，後方則有張老師開的保母車，裡面的張老師看不到英希搭的計程車，坐在駕駛座上準備開向咖啡廳，放著音樂，很開心放鬆的樣子。

第6幕　　計程車內，白天。

英希搖下車窗吹著風，開心地唱歌，大叫著，司機覺得奇怪。

司機　　（覺得沒說要去哪裡，只顧著大叫、唱歌的英希有點奇怪）客人你要去哪裡？客人？

英希　　（心情很好，唱著歌）

司機　　（大聲說）小姐！

英希　　（停住不唱，看著司機）

司機　　（悶悶地看著後視鏡）我已經問很多次你要去哪裡了？目的地是哪裡？

英希　　（認真地說）濟州！西……西歸浦！蔚……蔚藍。英……英玉家。（說完從包包裡掏出皮夾，給司機看現金，又放回

去，看著窗外繼續唱歌）

司機　　（從後視鏡呆看著英希，不知道她在說什麼，繼續開車，覺得英希很奇怪）

第7幕　　路邊，白天。

　　　　張老師擔心地跑來，進入派出所。

第8幕　　派出所內，白天。

　　　　派出所內，一邊的椅子上有喝醉的人睡著。
　　　　離那邊很遠的位子上坐著英希，認真地打著毛線，看了警察工作的樣子，又繼續打毛線。聽到開門的聲音，往出入口的方向看去，張老師氣喘吁吁地四處張望，正在找英希。

英希　　（不經意地抬起頭，淡然地看著張老師，有點抱歉，撇過頭，只看著打毛線的工具，繼續打毛線）

第9幕　　整齊又乾淨的旅館全景，晚上。

　　　　傳出定俊哈哈大笑、十分愉快的笑聲。
　　　　電影裡傳出歌曲的聲音。（像是《變身舞后》裡〈I Will Survive〉*般的歌曲，開心的歌）

＊《變身舞后》（*Dancing Queens*）是2021年的瑞典電影，插入曲為Gloria Gaynor的〈I Will Survive〉。

第10幕　非常寬敞的旅館房內，晚上。

電視開著。

定俊穿著睡衣躺在床上，吃著啤酒跟披薩，看著英玉。英玉穿著T恤跟短褲也拿著披薩吃，跟著電影裡歌手唱的歌（《變身舞后》或是其他電影，其他歌曲也可以）一起唱，跳著舞，從床上跳下來，又站到椅子上唱歌，可愛又有趣地笑著。英玉模仿電影裡的歌跟著唱，看著定俊，叫他站起來。穿著睡衣的定俊從床上站起來跟著一起唱，和英玉開心玩著，接著呈現跳接畫面。

定俊抱住英玉的腰轉圈圈，倒到床上。定俊來到汽車旅館的房間，像開玩笑般用半夢半醒的腳步跑來，以椅子作為支撐旋轉，踩上去後大字形地倒到床上。英玉閃到一旁，發出開心的叫聲：「啊！」定俊從英玉背後抱住她，兩人大笑，英玉邊笑還繼續唱著歌。

第11幕　定俊的卡車裡＋空無一人的路上，晚上。

定俊開著車，心情很好，放著〈LALALA〉*這首歌（或是開心的求婚歌曲），搖下車窗非常開心地唱著，就像是在對著英玉唱那樣興奮。這時，後方英玉的車加速超車，用警示燈打招呼，心情很好地開走了。為了不讓村裡的人看到兩人共乘一部車，因此分開。

定俊笑著開車，也往前跟上超車，打開警示燈，就這樣前後玩鬧般的開著車。接著，定俊先抵達自己的巴士前，把卡車停好。英玉搖下車窗伸出手，開朗地向定俊揮手後，往家的方向駛去。定俊下了卡車，看著離去的英玉，心情

---

*　韓國團體SG Wannabe的歌曲〈LALALA〉。歌詞中有稱頌愛及感謝愛人來到身邊的內容。

很好，溫暖地笑著進入巴士。

第12幕　定俊的巴士內，晚上。

燈開著，定俊刷著牙，心情非常好，很愉快。

第13幕　英玉的家前＋英玉的車內，晚上。

英玉放鬆地開車，放在置物架上的手機顯示張老師來電。
英玉把車開到家門口停好，看著電話，不想接（沒有很沉
重，這件事很平常，只是覺得有點煩），接著電話斷了，
覺得慶幸，準備不帶手機就下車。這時，看到訊息跳出來
寫著。

張老師　（E，平靜）明天下午英希會搭兩點的飛機去濟州，你三點左
　　　　右去接她。

英玉　　（瞬間想說這是什麼？有點慌張又不高興，邊回撥邊走進家
　　　　裡，盡量用輕鬆並希望對方多包涵的語氣）張老師，您有打
　　　　給我嗎？今天路邊攤的工作比較晚結束，所以沒接到電話。
　　　　不過您說英希要來濟州是什麼意思？英希吵著要來這裡嗎？

第14幕　身心障礙機構宿舍（像一般公寓的構造）全景＋客
　　　　廳內，晚上。

客廳裡，英希（穿著睡衣）和身心障礙孩子1、2、3（穿
著睡衣）準備要返家的行李，唱著歌打包著。英希熟練地
把衣服拿出來整齊地摺好。

英玉	（E）這樣不行，我要出海捕撈，她來了我沒辦法照顧她，這裡也沒有地方讓她睡。
張老師	（對英希說，也讓大家知道）樓下的說你很吵，所以我才上來，安靜一點。
英希	（看向老師，但還是心情很好繼續小聲唱著歌，將衣服整齊地放到包包裡）
身心障礙孩子1、2、3	（笑著，停止唱歌，整理好行李，拉上拉鍊）
張老師	（開朗）你們打包得很好呢，現在各自回房吧，晚安！（伸出手一起擊掌）
身心障礙孩子1、2、3	老－師－晚－安。（說完，按照順序跟張老師擊掌後，各自回到自己的房裡）
英玉	（E）張老師，麻煩換英希來聽電話，我會好好說服她的。
張老師	（其他人都進房了，看著英希）問題不在英希，我們這裡要重新整修，房間要刷油漆跟鋪地板，所有人都必須暫時回家一個禮拜，我也是。（看著打包完、注視著自己的英希，輕鬆地說）晚安！（伸出手擊掌）
英希	（站起來跟老師擊掌，把行李放到房門前，笑了一下，進到房裡）

第15幕　英希的房間裡，晚上（開著檯燈）。

整齊沒有雜物的房間（英希跟身心障礙同學1一起使用）。英希進入房間，用手機拍下正在睡覺的同學的臉，然後從書桌抽屜拿出素描本，拿起鉛筆坐在書桌前，打開手機裡英玉的照片（小時候英希和英玉的照片），看著照片開始畫畫，非常投入，在這個畫面插入聲音。

英玉	（E，心裡很急，拜託道）張老師，很不好意思每次都麻煩您，但我真的連一天都沒辦法照顧英希，海女的工作不像一般的上班族可以請假，我們一次必須好幾個人同時行動，而

且最近潮汐時間也變了，清晨就必須出門……

張老師　　（E，默默地打斷英玉，和藹地說）英玉啊，我也理解你的處境。

第16幕　英玉的家裡＋客廳，交錯，晚上。

英玉　　　（坐在床尾，有點為難又慌張，不太開心但努力讓心裡平靜，講著電話）老師，您母親可以像之前一樣暫時照顧英希嗎？英希很喜歡您母親，您母親也很疼愛英希啊。

張老師　　（打斷）我媽媽已經得失智症很久了。

英玉　　　（尷尬，想說怎麼會這樣）？

張老師　　她待在我全州的哥哥家，我也很久沒見到她了，所以想趁這次機會去看看她。英玉，英希跟以前不一樣了，她學了很多，社會化程度也提升不少，她現在可以自己搭地鐵，思覺失調症也已經痊癒了。

英玉　　　（努力冷靜）我知道她思覺失調症都好了。（不知道該怎麼辦，想了很多，心悶）還是我去首爾吧，（看著旁邊的月曆，對照出海日誌）下週一我不用出海捕撈，今天是週四，大概三天後……

張老師　　班機明天下午三點抵達，你一定要去接她，要是你不出現的話，照顧她的空服員會很為難，英希也會失望，就先這樣了。（說完掛掉電話，往英希房間走去）

英玉　　　（回撥電話過去，張老師沒接）

＊跳接-英希的房裡》
張老師來到英希房間，打開門。

張老師　　（和藹）英希。

英希　　　（生怕被發現在畫畫般，用身體抱住素描本）

張老師　　我也想看看你的畫。

| 英希 | （低著頭）…… |

這時，英希的手機顯示英玉來電。

英希	（原本想接起來）
張老師	不要接。
英希	（看著張老師）？
張老師	（笑著）直接到濟州見面，這樣會更開心啊，你繼續畫畫。
英希	（噗哧一笑，點頭，把手機放在桌上，繼續畫畫）
張老師	晚安，李大師。
英希	（不開心般的迴避視線，又看向張老師更正她的說法）我是李畫家。
張老師	（笑著）好，李畫家，晚安，不要畫到太晚。（說完走出去）
英希	（繼續畫畫，慎重）

＊跳接》
英希的手機一直顯示英玉的來電，英希毫不在意的樣子。

第17幕　英玉的房內，晚上。

英玉難過又不太高興，生氣地掛上電話，把手機放到一邊，走到廚房打開冰箱，拿出冰塊放入杯子，把水倒滿，咕嚕咕嚕大口地喝。這時，有訊息進來的聲音，英玉感覺是英希，趕緊跑過去打開手機，結果是定俊傳來的影片，打開看到。

＊跳接–影片》
定俊唱著〈LALALA〉裡「我愛你……」的部分，然後停下來，打開房屋傳單給英玉看。

定俊	以我目前的狀況,如果貸款一億韓元左右,買得起的房子大概是20坪,有兩個房間、一間廁所,而且附送大部分的家電,面向大海,後面還看得到漢拏山。
英玉	(有點緊張、難過又慌張,心情複雜,咬著下唇)
定俊	(溫馨地笑,不沉重)我想買這間房子,你幫我看看吧,看你喜不喜歡。我們也不是小孩了,未來誰也說不準,或許我們會結婚。我絕對不是在對你施壓要你馬上跟我結婚,只是想讓你知道我是以結婚為前提跟你交往的,而且我的心意很真誠。(掛著讓人心動又暖心的微笑)對了,我跟父母說我有女朋友了,他們想見見你,簡單吃頓飯就好,等你不用出海時。晚安,我愛你,(開玩笑貌)忠誠!(說完關掉錄影)
英玉	(尷尬,悶悶不樂,眼眶紅著再次點開影片,難過地把手機放到一邊。打開客廳的窗戶,手叉腰,吹著海風,流著淚想該怎麼辦?這種狀況比起開心更令人難受又生氣,以手心擦乾眼淚,整理心情。比起沉重,更像是要下定決心不要感情用事,認真思考,咬著嘴唇,「要處理掉,要處理乾淨!」要堅定,已經沒有阻擋英希來的方法了,必須在此結束跟定俊的關係)

第18幕　蒙太奇。

　　1. 停船處,定俊的船內,天濛濛亮的早晨。
　　定俊唱著歌,海水潑濕船上甲板,用拖把拖(從這個模樣切到跳接畫面,輕快),動作十分輕快。這時,裴船長從船上看到正在打掃的定俊。

裴船長	(奇怪地看著定俊)基俊不在嗎?
定俊	(做事,心情很好)基俊去弄定置網了。
裴船長	你有什麼好事嗎?
定俊	(笑著)有!(說完繼續哼歌)

裴船長　　（笑著邊打掃船隻）看來你們交往得很順利！真羨慕！
定俊　　　（聽著歌打掃，看起來簡直像在跳舞般愉快）

2. 海女之家，早上。
星星把咖啡電動推車固定好。這時，小月（穿著海女服）出現在海女之家，開心地看著星星走來（推著電動推車），一起邊聊天邊走到停船處。

小月　　　（對英玉說）姐，快過來！

英玉拿著浮球走過來，看到小月跟星星的模樣覺得羨慕，又有點不自在，往船的方向走去，心情複雜但不沉重，冷靜，打起精神，心想按照決定好的去做吧，後面海女們慢慢出現在海女之家。

3. 停船處，早上。
基俊和定俊牽著海女1、2及惠慈等人的手，協助她們上船，問候著「您睡得好嗎？」「有睡好嗎？」等。
定俊看到英玉走來，向她伸出手。英玉（沒有表情，比起沉重是漠然）沒抓住定俊的手就上船，定俊心想她會不會是怕被別人看到才這樣，沒有想太多。定俊接著爽朗地扶著春禧和其他海女的手上船，繼續說「您昨天睡得好吧？」，一一打招呼。

4. 海上，早上。
海女們全部上船後，基俊向海女們喊著「注意安全！」。
定俊看著要進入水裡戴著蛙鏡的英玉，英玉不經意地抬起頭，剛好跟定俊對到眼，兩人對看了一陣子，接著定俊在大家都沒注意到的時候跟英玉眨了一下眼睛。英玉放鬆地（？）在手機裡輸入簡訊後就進入水裡，定俊笑著，這時有訊息進來。

定俊	（對旁邊的基俊說）開走吧。（說完走到外面，有點期待，想要裝得冷靜，拿出手機確認訊息）
基俊	去漁場囉！
定俊	（看著手機）
英玉	（E，不沉重，平淡，但因此更覺得冷漠）我說過不想讓我們的關係變得認真……不是不跟你，是我不打算跟任何人結婚。
定俊	（瞬間內心沉了一下，表情僵硬，想說到底發生什麼事？認真地看著簡訊）
英玉	（E）這樣我就不用和你父母見面了吧，以結婚為前提去見面讓我很有壓力，我們……就當作沒交往過，像之前一樣以船長和海女的關係相處吧！然後先說清楚，我很討厭死纏爛打的人。
定俊	（臉色暗了下來，僵硬，心臟跳得很快，就算如此工作還是要做，深呼吸，決定工作結束之後再問。走向基俊，有點沉重地換手駕駛，不是孩子氣的不安，只是下定決心想問到底為什麼）
基俊	（看著定俊）你怎麼突然怪怪的？剛才還很開心不是嗎？
定俊	（沉重地開著船，難過又生氣，默默不語繼續駕駛）

第19幕　海底，早上。

英玉跟惠慈往海裡深處潛去。
英玉進到大海裡，冷靜再冷靜，已經把所有思緒都理清，不再不安，決定要果斷。

第20幕　定置網作業區，白天。

定俊（沉著臉想著英玉的事，更投入在工作上）、基俊

跟其他漁夫用力地把漁網拉上來，「一二三、一二三！」
（現場若有其他口號可更換）定俊喊著口號，注入所有力
氣，專注在工作上，暫時撇開英玉的事。工作很辛苦，但
很認真地做。

第21幕　金浦機場，白天。

張老師跟英希（揹著包包，拿著打毛線的提袋）坐在椅子
上等著，英希看著機場牆上掛著的時鐘。

張老師　（無語，好氣又好笑）還要等很久，我就說不用這麼早來了。
英希　（挖著鼻子看向其他地方，拿出手帕擦手指）
張老師　（覺得她很可愛，咯咯笑著）還裝蒜……

第22幕　船內，白天。

基俊（拿著鑰匙）跟定俊把海女從水裡拉起來，協助她們
上船。
英玉往船這邊走來，定俊繃著臉伸出手，瞪著英玉看。英
玉看著定俊，默默地抓住定俊的手上船，之後定俊也幫忙
春禧跟其他海女上船。

＊跳接–時間經過，船內》
基俊開船，定俊站在船的一邊，表情僵硬地看著英玉。

春禧　（看著英玉的網子）你的漁獲怎麼那麼少？
惠慈　（輕鬆）哪裡少了？以她的能力，再捕多一點就會死掉啦。
海女1　（笑著看惠慈的網子）唉唷，你自己捕了那麼多，英玉那麼
　　　　辛苦才二十公斤。（對英玉說）你要跟我一組嗎？

英玉	（笑著從容地說）惠慈大姐很好。
海女2	英玉已經被惠慈收服了……哈哈哈。
惠慈	她從現在起是我的手下了，（看著英玉）對不對？
英玉	（點頭笑著）對。

英玉、春禧、小月、惠慈和海女們一起笑著。
繃著臉的定俊看著正在笑的英玉，心很痛，不開心，想生氣。轉頭看了一下停船的地方，想說之後再講就好，先收心不去想。

第23幕　金浦機場登機口前，白天。

英希（揹著裝畫具的提袋，提著打毛線的包包）牽著空服員（拿著英希的大包包）的手走到登機門前，後面的張老師滿足地看著英希離開的樣子。

張老師	麻煩你了！
空服員	（溫暖和氣）好！
英希	（對空服員說）我……我……要去見雙胞胎妹妹，她叫英玉。
空服員	（看著英希，開朗）好。

英希跟空服員往登機口走去。
張老師滿足地看著英希，離開。

第24幕　飛機內，白天。

英希（拿著手提袋）牽著空服員（提著大行李）的手，走到最前面的座位坐下。

空服員	（幫忙把行李放上去，指著廁所的方向，親切地說）廁所在那邊，有需要幫忙的時候（指著按鈴）按這個按鈕就可以了。
旁邊座位的男子	（不高興地樣子走到其他座位）
英希	（不在乎）這⋯⋯這架飛機什麼時候會飛上天呢？
空服員	大概再過20分鐘左右⋯⋯等飛機要起飛時，我會再過來。
英希	（點頭）好。
空服員	我幫你繫上安全帶。（說完幫忙繫上安全帶後離開）
英希	（看著窗外，想起張老師的話）
張老師	（E）不要把身心障礙證件藏起來，要掛在脖子上讓別人看到。
英希	（拿下脖子上的身心障礙證件，擺到別人可以看到的位置，跟空服員說）謝謝。
空服員	（笑著離開）
英希	（往窗外看，嘻嘻笑著，心情很好）

第25幕　海女之家裡面，白天。

英玉穿著衣服淋浴，從熱水池出來，準備換衣服，看到傳來的訊息。

定俊	（E，冷靜，生氣但忍住，低聲說）我把東西交給工會之後就去海女之家，等我，我們見面聊。
英玉	（默默〔已經下定決心〕，放下手機換衣服，跟在旁邊穿衣服的小月說）今天你載大姐們回去，我有事。
小月	（不在意地說）她們今天要醃魚，不用送她們回去。
英玉	（穿衣服，放鬆，沒多想地說）那太好了。

第26幕　車道＋定俊的車內，白天。

定俊表情僵硬，但仍輕鬆地開車，打電話給英玉，置物台上的手機一直顯示撥出中，但英玉沒有接。基俊坐在副駕駛座，拉著窗戶上的把手說。

基俊　　你今天怎麼整天心情都不好啊？在村裡還開得這麼快。
定俊　　（沒說話，繼續開車，超過前面的車繼續開）

這時，英玉的車從旁邊開過去。

基俊　　（看到英玉的車）那是英玉姐的車耶。
定俊　　（用僵硬的表情繼續開車，從後照鏡看著英玉的車，迴轉，追著英玉的車，不激動，冷靜忍住怒氣的表情）
基俊　　（被緊急迴轉嚇了一跳）喂喂喂，哥，哥！

＊跳接－英玉的車內》
英玉不知道剛剛經過的是定俊的車，冷靜專心地開車。這時，後面傳來很大的喇叭聲，英玉看著後車，不知不覺定俊的車已經擋在英玉前面。英玉停下車，定俊繃著臉下車，大步走到英玉車前。

定俊　　（冷靜低聲說）我不是叫你在海女之家等我嗎？
英玉　　（冷靜〔無法漠視英希的存在，下定決心要用自己的方式解決〕，稍微搖下車窗，看著定俊，打斷他）我有事要去機場，之後再說。
定俊　　之後是什麼時候？
英玉　　（沒感情的樣子）嗯……一個禮拜後？
定俊　　（生氣，悶悶不樂，忍耐，下了決定）那現在我跟你一起去機場，在路上說也可以吧。（說完準備打開車門，但打不開，覺得奇怪，心痛、難過又生氣地看著英玉）
英玉　　（冷靜〔所以感覺更冷漠〕）好，你開你的車跟著我。我要開了，讓開，小心受傷。（說完開車離開）

定俊	（嚇一跳，鬆開握住門把的手，生氣，對英玉感到失望，難過三秒後壓下怒氣，盡量冷靜，走向卡車，坐上駕駛座，低聲對基俊說）下車。
基俊	（無語）在這裡？
定俊	（邊忍著怒氣邊思考，沒看基俊）……
基俊	（無語又荒唐）你如果有話要跟英玉姐說，之後也可以吧？又沒有發生戰爭，你們住同個村裡，以後再說就好了，幹嘛叫我在這裡下車？（低下頭）離譜到我方言都跑出來了……
定俊	（從駕駛座走出來，打開副駕駛座的門，表情恐怖地看著基俊，威脅貌）下車！
基俊	（看著定俊的眼睛，不開心）哥……直接走啦！
定俊	（抓住基俊的衣領把他拉出來，關上副駕駛座的門。嚴肅地把車開走，沉著臉）

基俊覺得荒唐，嘟囔著：「喂，就這麼喜歡女人嗎？竟然把弟弟丟在路上……」邊說邊看著開走的定俊的卡車，轉過身，星星推著電動推車，小月走在旁邊。

| 基俊 | （追著咖啡推車）小月！小月啊！ |

＊跳接》
星星推著電動推車來到稍微旁邊一點的地方，對基俊跟小月站在一邊講話的樣子有點不是滋味。

| 小月 | （不高興，無法理解）我不懂，有什麼事情不能在星星面前說的？ |
| 基俊 | （著急）只要半小時就好，半小時就好，聽我說一下嘛！ |

這時，星星生氣地出現，跟小月比手語，字幕出現。

| 星星 | （手語字幕）我先走了，你們兩個玩吧。 |

小月	（手語＋說話）我們兩個玩？我跟他有什麼好玩的？
星星	（不看基俊，生氣，推著推車走了）
小月	（跟著星星離開）星星，星星！
基俊	（靠近，抓住小月手腕，不高興地說）星星又聽不到，幹嘛叫？
小月	（甩開手）你抓哪裡啊？
基俊	（放開手）去咖啡廳吧！（說完跟星星走往不同方向）
小月	（生氣地跟著走）你！如果不是要說什麼重要的事情就死－定－了！竟然敢惹我妹妹生氣，好大膽子……

第27幕　車道＋駕駛中的英玉車內，白天。

英玉板著臉開車，看起來下定決心，心情都整理好了，沒有很沉重，冷靜地想要度過這個狀況。

英玉	（N）我媽媽跟爸爸都曾經是畫家。

＊跳接－照片1，回想》
英玉的父母20多歲，作畫到一半時被拍下的照片。很開心，在彼此的臉頰上親吻，像是要印上顏料一般。

＊跳接－照片2，回想》
英玉爸爸穿著西裝，英玉媽媽穿著手縫的婚紗，戴著花冠，開心拍下的照片。

英玉	（N）他們在大一當志工時相遇，對彼此一見鍾情，後來結婚了，兩個人都是孤兒，身為畫家前途無量，覺得沒錢也沒關係，祈禱只要兩人一生平安幸福就好。

＊跳接－影片1，回想》

英玉父母在首爾近郊小小的房子庭院裡。

英玉父母哭著從房子裡把畫作都拿出來，丟到庭院的火堆裡，畫作著了火，猛烈地燃燒著。英玉爸爸心痛地抱著哭泣的英玉媽媽。

英玉　　　（Ｎ）然而他們的祈禱沒有實現，不好的事情發生了。我和災難同時出生，接著不幸就開始了，但是……

＊跳接－照片3，回想》
英玉父母抱著剛出生的英玉和英希，看起來很開心的照片。

英玉　　　（Ｎ）善良的爸媽很快就振作起來，放棄不賺錢的畫家工作，為了照顧小病不斷的英希而開始賣衣服。他們總是真心地說，我的雙胞胎姊姊英希會來到我們家，是因為我們家通過了找尋良善之人的神的審查。

＊跳接－濟州車道＋英玉的車內，現在》
英玉冷靜，平淡，但心裡總有一塊不舒服，心酸，車開得很快。

英玉　　　（Ｎ）神把有病痛和特別的孩子送到世上的時候，會選擇善良又大氣、足以承受這份特別禮物的人，因此我們家才會被選中。簡直是胡說八道，如果是真的，那麼神一定失誤了。

＊跳接－濟州車道＋定俊的卡車內，現在》
定俊找著英玉的車，沒看到，生氣又難過地繼續開車。看到號誌轉紅燈時急煞下來，努力地要冷靜、鎮定。

＊跳接－影片2，回想》
學校教室，白天。

老師寫著板書，英希跟英玉（兩人都是12歲）在同一個班級上課。同學1開玩笑地搶走英希的筆記本，向英希吐舌頭。英希拿出另一本筆記，又被搶走，複習到一半的英玉看到，難過，眼睛瞪得大大的，生氣地站起來，走到同學1的座位，把他的書桌掀翻，慢動作。

英玉　　（N）我爸媽確實是善良的人，但我一點也不善良，肚量也沒有大到可以承受一切，我認為神所賜予的這個特別禮物讓人負擔沉重又討厭。

＊跳接–照片4，回想》
意外現場，白天。
英玉父母車禍的照片數張，英玉父母的麵包車和大卡車相撞，車內英玉父母死去的照片。路上都是血，麵包車翻覆，從市場批來的各種衣服散得到處都是，以及警察在事故現場拍攝的種種場景。

英玉　　（N）英希跟我12歲的時候，我們的父母過世了，這也是神的失誤和蠻橫。

＊跳接–影片3，回想》
阿姨的家裡，英希（約13歲）的房間內＋客廳，白天。
英希（穿著睡衣）看著鏡子（思覺失調症發作），大吼道：「就是你不對啊！是你先笑我是傻瓜的！如果我是傻瓜，那你也是傻瓜！你說啊，為什麼要這樣？為什麼要這樣？」聲音透過敞開的房門傳了出來，在客廳裡的阿姨、姨丈、同齡的表哥跟英玉正在吃飯，聽到聲音，姨丈跟表哥都覺得很不舒服，英希難過地吃著飯，接著站起來關上英希的房門，繼續吃飯。

表哥　　（用力放下湯匙，不耐煩）好煩，她瘋了吧！（說完回去自己

房間）

英玉　　（難過，但裝沒事，繼續吃飯）

姨丈　　（站起來）唉……都吃不下飯了。（對阿姨說）她不只有唐
　　　　氏症，還有思覺失調症……她有吃藥嗎？

阿姨　　（難過）有，但那種病不可能一夕之間就痊癒，需要一段時
　　　　間。

姨丈　　我去上班了，好煩……我們要這樣生活到什麼時候？（說完
　　　　站起來）

英玉　　（難過，把餐桌翻了）

慢動作呈現看到這樣的英玉而嚇到的姨丈跟阿姨。

英玉　　（N）我們住在阿姨家好一陣子，和我媽媽一樣善良的阿姨，
　　　　但我們只住在阿姨家一年。英希的確很特別，英希特別奇
　　　　怪、特別醜陋，讓我特別辛苦。

＊跳接－影片4，回想》
地鐵內＋外，白天（跟以上同一天）。
英希（13歲，跟上面穿著一樣的衣服）坐著看書，英玉
僵著臉難過地看著前方。過了一會兒，地鐵到站，英玉站
起來下了車。英希看著書，車子快開走了才發現英玉不見
了，在地鐵上到處都找不到。車子要離站了，英玉看著地
鐵跟裡面的英希，心痛得要哭了，但還是文風不動地站
著，就這樣看著駛離的地鐵。

英玉　　（N）當時我是不是該丟下她？我明明一點也不善良，但不曉
　　　　得為什麼，我無法丟下她。

＊跳接－影片5，回想》
路邊，恩惠之家前（跟上述地鐵那幕是同一天），白天。
英玉牽著英希的手邊走邊唱歌，開心（英玉為了安撫再

次見到的英希），接著兩人停了下來，英玉親吻英希的臉頰，英希也親吻英玉的臉頰，兩人互看笑著說：「鬼臉（吐舌頭）！」再次牽著手，邊唱歌邊走著。英玉跟英希偶然看到路上經過的照護機構，裡面有發展障礙的學生們跑來跑去，開心地跟張老師玩（二十五年前，年輕）。跟學生們玩著的張老師，看到遠遠站著的英玉和英希。

張老師　　　（輕鬆）你們為什麼站在這裡？

英希　　　　我……我是姊姊，英希。（看著英玉）她是妹妹，英……英玉！（說完再次看著張老師）

英玉　　　　（不安地看著張老師，站著）

＊跳接－影片6，回想》
市外巴士轉運站＋巴士內，白天。
張老師和英希（22、23歲）、英玉（22、23歲，提著行李）站著。巴士抵達，英玉坐上巴士，打開窗戶。

英玉　　　　（笑著揮手）英希，我去賺錢買麵包給你吃，也會幫你買衣服！

英希　　　　（笑著揮手）你要賺很多錢讓我整型喔！要……變得跟你一樣！

英玉　　　　（開懷）好！我會賺很多錢，讓你整得很漂亮，愛你！

張老師　　　英玉，保重身體！

英玉　　　　（巴士開走）好！

英希　　　　（對英玉說）愛你！

英玉　　　　（開朗）我會常來看你的！

英希　　　　（興奮地蹦蹦跳跳）一定喔！一定要喔！

＊跳接－巴士內，回想》
英玉笑著關上窗戶，看著蹦蹦跳跳揮著手的英希，依然微笑但眼眶紅了，看著前方，嘴角的笑容彷彿變得舒坦。

英玉	（N）22、23歲左右的時候，我說要到外縣市賺錢是藉口，其實只是想遠離英希。我把工作地點從京畿換到忠清道，從忠清換到江陵、統營跟濟州，越遠越好。我也違背了約定，只有寄錢給她，沒有常回去看她。一開始，我兩個月去看她一次，後來找了一堆藉口，等過了半年、一年才去看她。最近兩年來，我只和她通電話，完全沒有去看她，我以為這樣英希就會忘了我，或是等到累了，永遠不會再找我。但我太小看英希了。

第28幕　濟州機場內，入境大廳出入口前，白天。

英玉的臉有點僵（努力表現出輕鬆的樣子，想著只要一個禮拜就好），看到英希（揹著包包，提著打毛線的提袋）跟空服員走出來的瞬間，覺得有股怒氣，但盡力忍住。看著英希四處張望、在這麼多人之中找著自己的眼神覺得欣慰，但也有點心痛，就這樣看了一陣子，嘴角擠出小小的笑容，揮手。

英玉	（表現得開朗，微微笑著但也有點悲傷）英希！
英希	（放開空服員的手，開心地揮手）英玉！（說完跑過去抱住英玉，開心，用力地親吻英玉臉頰）
英玉	（見面時都會做一樣的事，用力地在英希的臉頰上親下去，再次緊緊抱住，對眼看著）吐舌頭！
英希	（四眼相對）吐舌頭！
英玉	（忍著要流出的眼淚，眼角擠出笑容）
英希	（用手捎著英玉的臉頰看著，心情很好）你……你長大好多，我的英玉。
英玉	（笑著撥著英希的頭髮）你怎麼變這麼胖？（再次親吻她的臉頰，接過空服員給的行李，致謝）謝謝。
空服員	（笑著跟英玉點頭，對英希說）祝您玩得愉快喔。（說完離

開）

＊跳接》
英玉牽著英希的手離開。

英玉	（裝得放鬆、滿足，也盡力表現開朗）你怎麼帶這麼多行李？
英希	畫畫工具跟編織用品。
英玉	你哪會畫畫？
英希	（斜眼瞪著）我……我會畫！
英玉	（笑著）要我幫你揹包包嗎？
英希	不要碰，我自己揹。
英玉	（順著她的意思，笑著）唉唷，這脾氣……不過你還真厲害，居然能自己來這裡……
英希	（笑著）嘻嘻嘻……我……我很厲害吧？
英玉	（提著行李走著，笑著說）長大了。
英希	（笑）我長大了啊！我是成人，是大人……我現在也已經超過3……30歲了。
英玉	（開玩笑地說）你還不會算術吧？我們38歲了，我們前年見面的時候是36歲。
英希	（笑著看著英玉的臉，轉移話題）你……你變得更漂亮了！
英玉	（無語，笑著，繼續走）不要轉移話題，要學算術啊，你這個老油條。你已經學會認字了，算術應該也可以吧？你沒有放棄學算術吧？

第29幕　機場停車場，白天。

英玉提著行李跟英希走向車子，用自動鎖把車門打開。英希放下行李後打開副駕駛座，從後方可以看到定俊的卡車開過來停下。定俊看著英玉（沒看到英希），跑向英玉，

英玉要坐上駕駛座準備離開，定俊抓住英玉的手。

英玉　　　？

定俊　　（放開手，調整呼吸，忍住怒氣跟難過，盡量不感情用事、理性地說，但心很痛，努力冷靜地說）我知道你不喜歡死纏爛打，我也不喜歡這樣，但我實在無法什麼都不做。

英玉　　（打斷，一副沒事的模樣，微微地笑著，但不帶感情，語氣很溫柔，可是有種冷漠的感覺）我姊從本島過來，你要跟她打個招呼嗎？

定俊　　（覺得奇怪地看著英玉，往副駕駛座看去）

英希　　（搖下車窗看著定俊，再看向英玉）成……成俊？

定俊　　（看著英希，搞不清楚狀況，想著現在該怎麼辦）……

英玉　　（坐上駕駛座，繫上安全帶）我跟成俊三年前已經分手了。

英希　　（看著英玉）不然是……哲雄嗎？

英玉　　哲雄十年前就分手了。

英希　　（看著定俊）那這是誰？我……我是英玉的雙胞胎姊……姊姊，英希。

定俊　　（暈頭轉向地打著招呼）……那個……那個……你好，我叫朴定俊。

英玉　　（看著不知如何是好的定俊，心裡涼了一截，但裝作沒事地幫英希繫上安全帶，往副駕駛座窗外的定俊看去）你好像嚇了一大跳？她是我的雙胞胎姊姊，英希，她有唐氏症。

英希　　（默默地看著定俊，拿出身心障礙手冊給他看）發展障礙二級。

定俊　　（不知道這個情況該怎麼辦，看著英希，又整個人愣住地看著英玉）

英玉　　（冷靜，不帶感情）不知道唐氏症是什麼就上網自己查，我先走了。（說完離開）

定俊　　（看著開走的車，愣著，拿出手機搜尋唐氏症，嚴肅認真但並不討厭）

＊跳接-英玉的車內，白天》

英玉　　　（看著後照鏡發呆，看著這樣的定俊，更冷靜下來，開車離開）

英希　　　（看著窗外）你……你不要跟那個男人交往。

英玉　　　（看著後照鏡，開車，輕鬆地說）為什麼？你不是喜歡帥哥嗎？他長得很帥耶！比成俊還有哲雄都帥很多。

英希　　　（難過地看著窗外）他看……看到我就嚇到，還……還不歡迎我。

英玉　　　（冷靜，心痛但忍住，裝作沒事）好，我不會跟他交往。對了，你要尿布嗎？

英希　　　（生氣地瞪著英玉）我……我自己會處理！

＊跳接-停車場，白天》
定俊讀完所有跟唐氏症相關的資訊，慢慢地走著，整理心情。比起不開心，反而覺得有那樣的姊姊也沒關係，上車，準備和英玉認真地談一下。開車，沒有氣餒的樣子。

第30幕　咖啡廳內，白天。

小月跟基俊喝著茶，小月驚訝地看著基俊。

小月　　　（O.L，驚訝地說）天啊，天啊！

基俊　　　（害羞地喝著飲料）

小月　　　我的天啊！

基俊　　　（安撫）你不要這樣啦。

四周的人都看向小月。

小月　　　（心情無法平靜）天啊，我的天啊！（看著四周，跑出咖啡廳

外，對著遠處大喊）我的天啊！

經過的人都嚇了一跳，看著小月。
小月再次回到咖啡廳，用力敲了基俊的頭，心情很好地坐下來，喝飲料。

小月　　喂，你還真有眼光！出來，我晚餐請你吃一頓好的。（說完走到櫃台）
基俊　　（笑著走到小月旁邊）欸，所以你是答應了對吧？
小月　　當然。（說完，把手放到基俊的肩膀跟頭上說）我允許你們兩人的愛！嘻嘻嘻⋯⋯（對店員說）這裡總共多少錢？

第31幕　恩喜的海產倉庫前，白天。

恩喜、春禧、玉冬、惠慈和星星處理著漁獲，也吃著冰棒，便利商店的老闆也坐在一旁的椅子，吃著冰棒看著他們做事。
這時，英玉的車停了下來。

英希　　（搖下車窗，沒有笑容地打招呼）大姐們好！
春禧／玉冬／惠慈　　（看著點頭）
老闆　　（不喜歡英玉，不滿意地看著）
英玉　　（像平常一樣地說）姐，我借一下廁所？
恩喜　　（做事）好，你用吧。

英玉從駕駛座出來，打開副駕駛座的門，叫英希下車。英希可能是想上大號，難受地用手扶著屁股。
恩喜、春禧、玉冬、惠慈、星星和商店老闆看著英希，各自在不同的層面被嚇到。
英玉忽略人們的視線，帶英希到海鮮倉庫後面的廁所去。

英玉	（冷靜，但擔心英希會忍不住上出來）她是我的雙胞胎姊姊英希！她突然急著上廁所。

恩喜跟商店老闆搞不清楚狀況，直直地看著英玉的方向。春禧、玉冬、惠慈跟星星則是不看了，轉過頭繼續做事。

春禧	（做事，責備恩喜跟老闆）不要再看了。
恩喜	（清醒過來，繼續處理漁獲，想著發生什麼事）
老闆	（非常驚訝）天啊，天啊……（對恩喜跟大姐們說）英玉剛才說那是她的雙胞胎姊姊，對吧？唉唷，她父母是畫家，孩子怎麼會那樣？
春禧／玉冬	（厭惡地看著老闆）
惠慈	父母是畫家跟小孩生病有什麼關係？
老闆	（看著惠慈）英玉的姊姊看起來好像有點智能不足。
星星	（看了老闆的嘴型，生氣地說）她不是智能不足，（咬字清楚地說）是唐氏症。
老闆	（看著星星，覺得有點奇怪）嗯？她說什麼？
玉冬	（生氣又難過）你怎麼會聽不懂？唐氏……（搞不清楚地看著春禧）
春禧	（看著惠慈）
惠慈	（接收到求救，生氣地說）唐氏症！你聾啦？
老闆	（有點不知所措）不是啦，我聽不太懂星星說的話。
惠慈	（生氣，對老闆不滿意）我看智能不足的人是你，耳朵好好的卻聽不懂人話！星星明明把唐氏症說得很清楚，還在那邊亂說，你走開！不要妨礙別人工作！
老闆	（難過地離開）幹嘛這樣對我……（說完離開）
春禧	（看著老闆難過走開的樣子，繼續做事）她只會對別人的事說三道四……真的。（說完看著恩喜）
恩喜	（感受到眼神，不好意思地說）我只是有點嚇到，我不曉得英玉有個生病的姊姊，我沒有惡意。
玉冬	（冷靜地做事）之後看到她們就當作沒事吧。

| 惠慈 | （做著事看著恩喜）這樣才有禮貌。（看著星星，難過地說）
我孫女也有自閉症，好像只有你不知道，所以我才說的。 |
| 星星 | （握住惠慈的手，溫暖地笑，繼續做事） |

這時，英玉和英希從廁所的方向走回來。
英玉牽著英希的手走過來，英希歪著頭看著春禧跟玉冬在
吃冰棒。

英玉	（平常地對英希說）不行，走吧！不要這樣看別人吃東西， 家裡就有冰淇淋了。
恩喜	（有點尷尬但開朗地對英希說）您好！我和英玉住在一起， 啊，你年紀比我小，我跟她一起住。
英希	（轉過頭看著恩喜，彎著脖子打招呼，盯著玉冬手上的冰棒 看）
玉冬	（笑著拿錢給星星）去買一個給她吧。
星星	（馬上站起來，拿錢去買冰棒）
英玉	（尷尬）請不要這樣。
春禧	你不要管大人怎麼做，（挪出旁邊的位子，笑著跟英希說） 坐下吧。
英希	（笑著坐下，看著魚）這個⋯⋯這個要怎麼用？
玉冬	（笑著）需要幫你嗎？
英希	（點頭）
玉冬	洗一洗。（給她看怎麼做）像這樣⋯⋯
英希	（洗著魚）
恩喜	唉唷，做得很好耶！
英玉	（感謝又覺得尷尬，用手撥著頭髮）

＊跳接》
定俊的車開過來，看到英玉的車再看到英玉，車子停了下
來。
定俊下定決心，搖下車窗，僵著臉，冷靜地說。

定俊	英玉，跟我談談吧！
英玉	（看著，難過又難堪）

＊跳接》

恩喜、春禧、玉冬和惠慈看著定俊，英希繼續處理著魚。

惠慈	（沒看英玉，邊做事邊對英玉說）你在做什麼？船長找你，過去吧！
春禧	去吧，我們會照顧英希。

這時，星星拿著冰棒回來，遞給英希。

星星	（說著）吃吧！我是聾人。
英希	啊……（笑著）那我們是朋友囉！（說完，為了擊掌，開心地把手舉起來）
星星	（笑著擊掌）
英玉	（看著英希與星星兩人，拿兩人沒辦法）
定俊	（下定決心的樣子，冷靜地從車上下來，走向英希，稍微蹲下來，眼神與英希同高度，有點緊張但盡量維持從容）我叫做朴定俊，我和你妹妹在交往，請多多指教。

英玉跟其他人都有點嚇到，看著定俊。

英希	（瞪著定俊看，又看看英玉，不知道該怎麼辦，用眼神問著該怎麼做）
恩喜	（看著大姐們，再看英玉跟英希，尷尬地笑）天啊，我們居然是因為這樣才知道你們在交往……
惠慈	只有你現在才知道，我們早就知道了！
玉冬／春禧	（邊笑邊做事）
英玉	（尷尬地撥了一下頭髮，對英希說）你和大姐們待在這裡一下，你知道你不能吃太多冰棒吧？你的括約肌很弱，一不小

心會出事。

英希	（斜眼看英玉）才不會呢！
英玉	（對大姐們覺得不好意思，盡力淡定地說）我馬上就回來。（走著）跟我來，船長。
定俊	（慎重地對大姐們說）不好意思。（說完跟著走）
英希	（對英玉說）快點回來！（說完吃著冰棒，對星星說）那⋯⋯那個男人，我不⋯⋯不滿意。
星星	他是好人。
英希	（不開心）他不是。
星星	（笑著）他是好人。

星星跟英希反覆地開著玩笑，玩在一起。

| 恩喜 | （笑著）你們已經變成好朋友啦？ |
| 春禧／玉冬 | （笑著看星星跟英希） |

第32幕　海邊路一隅，白天。

英玉生氣地走在前面，悶悶不樂。
定俊跟在後面，一副悲壯下定決心的樣子。

英玉	（停下來，打起精神轉過頭看定俊，裝作冷靜，不激動）你為什麼要這樣亂來？
定俊	（心痛又緊張，盡力想保持冷靜，看著英玉的眼睛，不激動但強而有力，不沉重）我們為什麼要分手？
英玉	我說過我們在一起開心就好，不要太認真，可是你為什麼要提結婚？
定俊	（心痛但下定決心把要說的都說了）我是很真心地跟你提結婚的事。
英玉	我跟你在一起是因為在一起好玩，可是現在不有趣了，你現

	在覺得有趣嗎？沒意思吧？我們別再做彼此都覺得無趣的事情了。你去平復你看到英希的心情吧。（說完準備離開）
定俊	（抓住英玉手腕，把她拉回來）
英玉	（馬上甩開手，從容冷淡地說）不要碰我。
定俊	（很生氣，但深呼吸忍住，擋住要離開的英玉。看著英玉，心痛但真摯地說，不激動，清楚地表達）不是立刻就要結婚，只是以結婚為前提……
英玉	那還不是一樣。
定俊	（忍住火氣，冷靜）好吧。
英玉	（看著）
定俊	（不避開英玉的眼神，真摯地說）買房子跟結婚，如果讓你覺得有壓力，我不會再提，不想見我父母也可以不見，但我們又不是小孩子，有趣有那麼重要嗎？活著也可能有不有趣的時候，也有可能像今天一樣嚴肅，那有什麼大不了的？人怎麼可能每天都笑嘻嘻？這樣才正常，人就是這樣活著的。有好的時候，也有壞的時候。
英玉	（不太開心地看著定俊，不沉重）喂，船長……
定俊	（對於英玉不懂自己的心覺得難過，真心委屈又難過，稍微提高音量說）對，沒錯，我看到英希姐之後嚇到了，但這情有可原啊，我從沒看過唐氏症的人，會嚇到也是有可能的吧？如果這樣錯了，那我道歉！看到身心障礙人士的時候要怎麼反應，在學校、家裡或其他地方都沒有教，我不知道遇到這種情況該怎麼做，所以才會那樣。（眼眶泛紅，忍住，下定決心）不會再有那種事了，所以你不要提分手，我們明明相愛，為什麼要分手？
英玉	（心痛，眼眶紅了，看著定俊轉過頭，用手掌拭去眼淚，打起精神，裝作沒事，冷靜地說）你看到英希，還想繼續跟我在一起？
定俊	（裝得冷靜，一字一字清楚地說）對，雖然我看到姊姊嚇了一跳，但過一段時間就會適應了，和她變熟就好了，她不該是我們分手的原因。

英玉	（盡力裝作冷淡）還有一件事會讓你對我更倒胃口，你聽聽看……我的父母在我和英希12歲的時候就過世了，也就是說我得扶養英希到死為止。
定俊	（覺得英玉很可憐，忍住心痛的淚水，咬牙繼續聽，點著頭）
英玉	（心痛地看著這樣的定俊，盡力裝得冷漠）這次你沒嚇到，坦然接受了呢，真棒！大家都這樣說，但是……
定俊	（傷心難過，看著）？
英玉	……（看了定俊一陣子，離開）
定俊	（跟在英玉旁邊走著，抱著一定要留在英玉身邊的決心）
英玉	（看著前面一直走，默默地說）哲雄、在德、敏豪、成俊……一開始都像你一樣。在和我睡之前，不對，有人跟我上床後還是跟我在一起，不過最後他們都對我，尤其是對英希感到厭煩……
定俊	（生氣地走著，沒看英玉，心裡很痛。打起精神，看起來變得強大，小聲但有力地說）不要再提那些傢伙了，拜託你。
英玉	（走著）每當那種時候，我都很受傷……所以這次我把英希死命藏著，不想讓你看到，沒想到還是變成這樣。不要為了耍帥而意氣用事，我讓你走的時候就走吧。
定俊	（走著，很痛心但下定決心）我說過我不會走。
英玉	（走著，心痛，混著一絲厭惡，看著定俊）為什麼？你以為你會和他們不一樣嗎？你有辦法不在意家人和其他人的眼光，像現在一樣愛我，永遠把我姊英希視為家人和朋友嗎？
定俊	（走在旁邊真摯地說）對，我和他們不一樣。
英玉	（無心地走著，想要相信但忍著，假裝輕鬆）哪裡不一樣？
定俊	（生氣地走著，強調地說）我不會離開你，也不會讓你走，就算死了也是。有一天你肯定會後悔這樣對我，你太小看我了，把我想得太糟糕了。（說完抓住英玉的手）
英玉	（走著）放手！
定俊	我不要，反正村裡的人都知道了，我們沒必要隱瞞，我也不想再隱瞞了。
英玉	（流下眼淚，想要相信，沒讓定俊看到，擦乾眼淚，故作冷

淡地說）好，我就看你能撐幾天……

定俊　　　好，你要看清楚，看我有多愛你……（說完緊緊牽著英玉的
　　　　　手）

結束在兩個人走路離去的樣子。

第十五集

英玉與定俊
以及英希2

我好委屈，為什麼我會有這種姊姊？
不過……我都覺得這麼委屈了，
一出生就這樣的英希一定更加委屈。

字幕：英玉與定俊以及英希2

第1幕　生魚片店前景＋生魚片店裡，白天。

定俊看著老闆整齊快速地切著生魚片。
想著對英希怎麼做才是為她好，不知道有什麼方法，悶悶不樂，想了很多，心裡也有奇妙的緊張感，但不沉重。

＊跳接－時間經過》
老闆包好生魚片遞給定俊，定俊拿出信用卡。

老闆　你就拿去吧。
定俊　（揮手認真地說）唉唷，不要這樣。
老闆　真是的，拿去吧！你下次釣兩條魴魚過來就好！
定俊　（拒絕）哎呀！（說完從錢包裡拿出現金放了就走，上了卡車離開）
老闆　（心想幹嘛這樣，感謝貌）唉唷……

第2幕　東昔的廢屋外，白天。

定俊在有露營道具的地方，煮要給東昔吃的泡麵，打入雞蛋，對東昔說。

定俊　　哥，吃飯了！還有海苔包飯！

＊跳接–廢屋玄關前》
東昔急忙地吃著泡麵跟海苔包飯。
定俊看著東昔手機訊息裡，宣亞笑著慢跑的自拍影片，然後又打開其他影片，是宣亞跟小烈笑著一起散步的樣子，整排都是宣亞日常生活的影片。

東昔　　（吃著泡麵跟海苔包飯，不經意地說）她幾乎每天都不傳文字，只傳日常影片給我，這是什麼意思？
定俊　　（無語，看著東昔，覺得有點好笑）幹嘛明知故問？
東昔　　（看著定俊，無法理解）知道什麼？我腦筋不好。
定俊　　（平淡）她知道你在擔心她，而且她喜歡你……她過得很好，想問你過得怎麼樣？（接著看向手機）但你都沒有傳東西給她耶。
東昔　　（吃泡麵）我沒傳。
定俊　　（覺得奇怪）為什麼？欲擒故縱？
東昔　　神經。（吃著）
定俊　　（微微地笑，站起來，往卡車走去）我要走了。
東昔　　（吃泡麵）喂，你沒事的話就幫我一下吧。
定俊　　（悶悶地上了車）我得走了。英玉的姊姊來了，她說想吃生魚片，我只是買完生魚片順便過來一下。
東昔　　（生硬地問）你跟英玉還好吧？
定俊　　很好！（說完發動車子，看著東昔，心裡有點沉重，但有力地說）哥？
東昔　　（吃著，看向定俊）？
定俊　　（沒有太沉重，但想要跟東昔討論的樣子）英玉的姊姊身體不太好，她有唐氏症……有點像小孩子。

東昔	（吃著東西看著定俊，沒有太沉重，默默地吃著餃子，聽定俊說）我知道唐氏症，在電影裡看過。
定俊	（沉重，但還是淡然地說）而且她的父母不在了，這點小事我可以接受，但不知道要怎麼跟父母和基俊解釋，你給我一點建議吧，哥。
東昔	（吃泡麵）我這種處境能給你什麼建議？要是你父母或基俊叫你跟她分手，你會分嗎？
定俊	（真摯，意志堅定）不會。
東昔	那你已經有答案啦，你想怎樣就怎樣，像我一樣，臭小子。我喜歡的女生爸爸自殺，媽媽再婚，她自己離婚，甚至還有小孩……我們也沒經常見面，但我還是喜歡她啊，不要管別人怎麼說。媽的，這是我的人生。你不也沒從你父母那裡得到過什麼嗎？你沒上大學，沒花到學費，船也是你工作賺錢買的。這種時候像我們這種沒得到父母恩惠的人比較自在，不然他們能怎樣？又沒為我們做過什麼，只是把我們生下來而已，這樣能說些什麼？
定俊	（認真，但想裝得輕鬆）雖然我沒從他們那裡得到什麼，但是他們生下我，沒有父母我要怎麼認識英玉？
東昔	（尷尬地直看著定俊）……你這樣說得我什麼都不是了，臭小子……你們不是睡了嗎？你們睡了，你喜歡她，她信任你，難道你要不認帳？關係已經這麼穩固了，去跟你爸媽說：「爸、媽，生米已經煮成熟飯。」就這樣。要是你爸打你，你就讓他打幾下，基俊那小子你自己處理就好。
定俊	（按照目前的事實說，下定決心，認真，比起沉重更是堅強）的確，你說得沒錯。沒有可以同時滿足我和我爸媽的方法，不管我爸媽說什麼，我都該任他們打罵。謝啦，哥！我的思路清晰多了。
東昔	快走吧，生魚片要壞了。
定俊	（笑著，開車離開）
東昔	（吃著泡麵拿起手機，拍下房子裡的照片傳給宣亞，繼續吃，宣亞打電話來，接起電話）

宣亞	（E，溫馨，開朗）房子看起來好棒。
東昔	（尷尬但開心，帶著笑容但忍著，馬上說）我……只是想……告訴你房子蓋得怎麼樣了……還有我比一般木工做得還好，不是要你來看的意思。孩子還好嗎？
宣亞	（E，帶著溫暖笑容的聲音）謝謝你還記得問小烈的狀況。
東昔	你也過得好嗎？
宣亞	（E）當然，我有乖乖聽你的話，每天運動……偶爾會想你。
東昔	（粗聲說）你還是只把我當鄰居哥哥？
宣亞	（E，笑著）我正在工作，在公司裡，之後再打給你，後輩在叫我了。
東昔	好，好，再見。（說完掛掉電話，吃完泡麵繼續做事）

第3幕　英玉的客廳，白天。

英希（剛洗完澡的樣子，穿著一件式的家居服，頭髮濕濕的）拿著手機在幫自己的照片認真修圖，坐著。英玉（還沒洗澡，要照顧英希，流汗）站著幫英希吹頭髮，之後幫英希擦乳液在臉上。

＊跳接》
英玉幫英希（用手機把自己變得更漂亮，認真地修圖）背上和手上的褥瘡擦藥。

英玉	（仔細地幫英希擦藥，流汗，輕鬆）不要再討厭他了，雖然船長第一次看到你的時候有點嚇到，但他是不錯的人啦。
英希	（斜眼看）你們睡了吧？
英玉	（笑）這種問題不能問。
英希	你……和他脫光光睡在一起了吧？
英玉	（笑著，無所謂的樣子）你居然還知道這些事，還有什麼？
英希	（拉起裙子露出膝蓋，那裡也有褥瘡）你要跟他結婚嗎？要

生孩子嗎？

英玉　（用藥擦膝蓋上的褥瘡，心情不太好，擔心）好了。（說完講別的話題）你是因為年紀大了，血液循環不順嗎？褥瘡怎麼比以前多？（擦著藥看著英希說）一定是因為你吃了冰棒才會這樣！

英希　（大聲，不開心地看著英玉）才……才不是！

英玉　一定是，那種東西你吃了沒辦法消化！你剛剛也是吃了冰棒就拉肚子，衣服都髒了。你的腸胃不好，消化不好，這個年紀還大在褲子上？

英希　（在英玉說更多之前遮住她的嘴巴往後走，笑著說）不……不要……不要再說了，不要講大便的事。

英玉笑著，用力把英希的手拉開，但沒辦法，跟英希像是在摔角般打鬧著。英玉爬到英希的肚子上，笑著說：「哇，看看你的力氣有多大？」說完繼續玩鬧。

第4幕　海邊，白天。

星星遞咖啡給來玩的旅客們，用手指比兩千韓元，收下錢，旁邊的基俊站著看著星星。客人離開後，星星準備推電動咖啡車，基俊拉住星星的手。

星星　（甩開基俊的手說）幹嘛？

基俊　（不熟練地比著手語）我們談談！

星星　（難過地比手語，手語字幕）你幹嘛突然比手語？手語是聾人說的話！

基俊　　？

星星　（難過地說）比手語你又看不懂，為什麼要比手語？手語是聾人說的！（說完再次要把電動推車推走）

基俊　（不讓星星推車）交往吧！我們交往吧！我喜歡你！

星星	（難過，不高興）你喜歡我，我就要喜歡你嗎？為什麼？因為我是身心障礙者就要這樣嗎？
基俊	（瞬間愣住）？
星星	我清楚告訴你，我不喜歡你。（說完離開）
基俊	（難過地看著走開的星星，快哭的樣子）

第5幕　　　恩喜的家裡，晚上。

恩喜、小月、定俊、英玉跟英希玩疊疊樂遊戲，英希、英玉和定俊一組，恩喜跟小月一組，大家吃著生魚片跟晚餐，廚房亂糟糟的。遊戲進行到很後面，積木快要倒了。

小月專心地玩遊戲，慎重地抽出一塊積木，大叫一聲「呀！」。

恩喜拍手，開心地跟小月手舞足蹈。

恩喜	贏了，贏了，我們贏定了！
英希	（厭惡地看著兩人，認真地跟定俊說）成……成俊，換你。
英玉	船長。
英希	成……成俊，換你。
恩喜	（看到臉色，有點不知所措）成……成俊……
小月	（沒想太多）成俊是誰？
英玉	（沒事般地對小月說）跟我交往最久，不久前才分手的人。（看著定俊，淡淡地說）她是不喜歡船長才故意這樣叫的。
恩喜	（覺得英希很可愛）呵呵呵……喂，你很懂她耶！
定俊	（只專心在積木上，這邊看看那邊看看）沒關係，跟那個成俊還是什麼的比起來，她最後肯定會更喜歡我。（說完發現一塊積木）我要這個！（說完小心地把積木抽出來）
英希	（開心地叫出來）啊！
英玉	（覺得好笑）不要叫，會倒！
英希	（用手摀住嘴笑著）

恩喜	這次換我。（說完抽出積木）
英希	（對積木吹了一下，倒了）

積木倒了。定俊說：「做得好，英希姐！」英希舉起雙手，很開心地說：「贏了！」

小月跟恩喜把積木擺好說：「喂，這是犯規吧？重來，重來！」英玉無語地笑著，「什麼重來？我姊姊贏了耶！（看著英希）對吧？」說完捧著英希的臉頰親了一下。

英希	（笑著對英玉說）現在來喝啤酒！
定俊／恩喜／小月	（嚇一跳，想說這樣可以嗎？看著英希再看英玉）
英玉	（輕鬆）你們幹嘛這麼驚訝？她是成人，喝杯酒沒什麼吧？而且有那麼多人可以顧她。喝吧！（說完站起來走向廚房）
恩喜／小月	（互看一眼，有點驚訝）對啊，喝一杯沒什麼。
定俊	（看著英希，輕鬆）你喜歡什麼啤酒？
英希	（心情很好，笑著，看著定俊）什－麼－啤－酒！（說完伸出拳頭）
定俊	（放鬆地笑，也伸出拳頭互擊）喔，你喜歡什－麼－啤－酒－啊！

第6幕　恩喜的前院，日常，晚上。

小月、恩喜和英希看著星星，躺著聊天。

恩喜	（教英希星座的名字）那邊的星星叫做北斗七星。
英希	（認真地看著）北……北斗七星？
小月	那邊的叫做仙－后－座。
英希	（看著）
小月	太難了嗎？
英希	（笑著說）仙－后－座。

恩喜／小月　（拍著手說）你好棒喔！

小月　　　接下來，那邊那顆星星叫金星。

英希　　　金……金星？

　　　　　這時，英玉和定俊帶著酒跟下酒菜出現，英希立刻站起
　　　　　來。

英希　　　啤酒來了！

英玉　　　（幫英希把酒瓶打開）

英希　　　（準備要喝）

英玉　　　（阻止）要一起乾杯啊！（舉杯）敬英希！

　　　　　定俊、英玉、恩喜和小月向英希撞著酒杯說：「我們敬英
　　　　　希一杯！」

　　　　　＊跳接》

　　　　　手機接上電腦喇叭，放出音樂，英希拿著啤酒陶醉地跳
　　　　　舞，小月和恩喜也配合著英希一起跳。
　　　　　定俊和英玉像平常一樣地坐著，看著英希。
　　　　　英玉笑著看英希跳舞，但心裡有一點難過。

英希　　　（沉醉在舞蹈中，跳舞）喂，英玉，跟我跳舞。

英玉　　　（看著）我喜歡你現在這樣的舞！

英希　　　（繼續沉浸在自己的舞裡）

　　　　　鏡頭繼續拍著跳舞的英希臉龐。

英玉　　　（對定俊說，E）你不要對她太好。

定俊　　　（看著英希覺得很可愛，再看向英玉）

英玉　　　（轉過頭看著定俊，心痛但冷靜）你應該記得你7歲時的事
　　　　　吧？也許不是全部，但應該記得關鍵的事情吧？她也都記

得。

定俊　（溫暖，默默看著英玉，點頭）

英玉　雖然她的智商只有7歲，不會算數，缺乏社交能力，但不代
　　　表她什麼都不知道。她懂得愛人和被愛的喜悅、背叛和厭
　　　惡、沒有父母的辛酸、作為身心障礙者的悲哀，這些她都知
　　　道。所以你不要對她太好，也不要用那種溫柔的眼神看她，
　　　她知道自己被愛，如果不想離開的話，你要負責嗎？

定俊　（了解英玉的想法，慢慢握緊英玉的手，看著英玉）

英玉　（看著英希，忍住難過，盡量表現淡然）不要對她太好，我
　　　也只是大概應付她而已，讓她回去照護機構之後，可以忘記
　　　我的那種程度就好。讓她不會因為太想念我，又萌生想來這
　　　裡的念頭。讓她喜歡社福的張老師勝過我……就是這樣應
　　　付她，不是因為我不想對她更好，而是為了減少她受到的傷
　　　害。英希明天會跟星星待在一起，你去忙你的事就好。

定俊　（暖暖地看著英希）我已經說好這一週都不會進行定置網作
　　　業了。

英玉　（看著，有點心煩，淡淡地說）好吧，隨便你，我看你能撐
　　　到什麼時候。（看著英希）英希，好了！（說完站起來）

＊跳接》
恩喜、小月和定俊並肩坐著。
英希喝醉了，想要拍照，慎重地拍著照。
有點緩慢但拍了很多，想幫每個人都拍，英玉在旁邊有些
不耐煩。

英玉　拍得差不多就好了。

英希　（喝醉，拍照，突然說）你不要管！這……這樣我會拍不
　　　好！

英玉　（不高興，用比平常大聲的音量）你喝醉了身體在晃，所以
　　　抓不好角度，喝一罐就好，你幹嘛喝三罐讓自己醉醺醺的，
　　　還叫有事要忙的人坐在那裡一直給你拍？搞什麼？別再拍

	了。
英希	（難過地看著英玉）我……我要有這些照片，才能畫畫。
小月	（開朗地對英玉說）英玉姐，我們沒關係。（看著英希）英希姐，你拍吧。
恩喜	（幫英希說話）如果想得到畫家的畫作，至少得努力擺姿勢讓她拍啊。
定俊	英希姐，你拍吧。
英玉	（想把手機搶過來）好了啦，我幫你拍。
英希	（拿得緊緊的）我……我要拍！
英玉	（不高興）你哪會畫畫……（想把手機拿走）放手，放開，夠了。
英希	（把手機丟出去，碎裂，看著英玉）壞女人！壞女人！你不相信我吧？你……你不相信我跟爸爸媽媽一樣會畫畫，不相信我是畫家，（生氣）你……你拋棄了我吧？在地鐵上。

＊跳接-英希，英玉的回想（第14集）》
英玉從地鐵站的月台走出來。地鐵上的英希四處張望，找著英玉。（畫面放慢）

＊跳接–現在》

英玉	（看著英希，裝作不記得，心痛也假裝沒事，更生氣地說）別胡說八道，我什麼時候拋棄過你？
英希	（打斷，大聲說）媽媽跟爸爸……明明就叫你對我好一點！可是你為什麼要拋棄我？為……為什麼？（說完往英玉家的方向走去）
恩喜／小月／定俊	（有點嚇到）
英玉	（淡淡地看著走開的英希，想著原來她都記得，平復心情）
英希	（走著，轉過頭看）壞女人！（說完進去英玉家）
英玉	不准罵人！我會生氣！
英希	（就這樣走了）

恩喜／小月（僵著）

定俊 （有點悶，但想要處理這個狀況，裝得一派輕鬆，撿起手機
說）她的手機很舊了，該買新的給她了。

英玉 （對恩喜和小月說）她以前不會這樣，但最近老是說謊。她
不會畫畫，你們不要太期待。（說完看著定俊，慘澹地說）
這種事不算什麼，已經是很輕微的了，你放棄吧！（說完離
開）

定俊 （看著離開的英玉，心裡很受傷，難過）

恩喜 （站起來拍拍定俊肩膀，開朗地說）來，來收拾吧。（對小月
說）不過英希比我想像的還要開朗很多，而且也很能溝通。

小月 對啊，她很可愛。

定俊 （整理四周，心裡有很多想法，不沉重，想著一定要跟她們
相處得更好）

第7幕　英玉的房內，晚上。

英希生氣地躺在床上，英玉洗完澡從浴室出來，躺在她旁
邊。

英玉 你為什麼生那麼大的氣？因為我叫你不要再拍了所以生氣
嗎？還是……

英希 （坐起來，瞪著英玉）你……你拋棄我，對吧？

英玉 （像是聽到毫無根據的說詞一般，裝生氣）你不要亂說，我
們一起生活到22歲啊，不是嗎？我們跟張老師和其他朋友們
都生活在一起，之前住在育幼院，後來住在寄宿家庭。

英希 （看著英玉，瞬間有點混淆）？

英玉 （感覺英希好像相信了，把話題轉到其他事情上）別再耍脾
氣了，讓我看你的畫吧？我來看看你是不是真的會畫畫。
（說完指著英希放在一邊的包包）是那個嗎？（說完，站起來
往包包的方向走去，拿起包包）

英希站起來，搶過英玉拿的包包抱住，走到床上躺著，英玉覺得很好笑，走到後面抱住她。

英玉	（開玩笑地說）天啊，你很豐滿耶？
英希	（閉上眼）我睏了。
英玉	（站起來，輕鬆地說）不過，你真的會畫畫嗎？
英希	我……我很會畫。
英玉	張老師說你很會畫嗎？
英希	（閉著眼）沒……沒有，是我自己覺得。張老師沒有看過。
英玉	（無語，笑著）你也沒看過爸媽畫畫啊，只有聽說他們是畫家，你有去學畫畫嗎？沒有吧？那你怎麼會畫畫？
英希	（睏了）小……小時候，我跟爸爸媽媽學……學過怎麼畫畫。
英玉	（看著英希的背）你是天才嗎？你還記得爸媽小時候教你怎麼畫畫？
英希	……
英玉	（看著英希）喂，你還記得爸爸媽媽嗎？
英希	（睡著了）……
英玉	（站起來，很好奇，偷偷把英希的包包拿過來）
英希	（突然站起來，咬了英玉的手）
英玉	（閃開，打她的手背）你怎麼可以咬妹妹？
英希	你再……再這樣，我就咬你。（說完把包包抱得緊緊的，再次躺下）
英玉	（覺得英希很可愛，笑著）唉唷，好可怕喔……（說完從背後緊抱著英希，心裡平靜下來，泫然欲泣）……晚安……姊姊，（小聲說）還有在地鐵發生的事，很抱歉……

＊跳接–時間經過，深夜》

英希睡到一半爬起來，拿著包包走到客廳一邊的小桌子，打開檯燈，拿出包包裡的素描本，打開（鏡頭不要拍到畫作）。接著把桌子搬到睡著的英玉旁邊，畫著入睡的英

玉，畫畫的手勢和眼神很仔細認真，可能太努力了，額頭還冒汗，拿著鉛筆的手可能很痠，好幾次甩了甩手後又繼續作畫，就這樣迎來清晨。英希把畫放回包包裡，倒下來大字形地睡在地版上。

第8幕　　停船處＋往大海去的定俊船內，早上。

　　　　定俊的船駛離岸邊。
　　　　定俊、春禧、惠慈、英玉、小月及其他海女們，向岸邊的英希（揹著包包，提著打毛線的袋子）還有星星揮手，大家心情都很好，基俊開著船，心情不太好，看著星星（英希託給她照顧，牽著英希的手）和英希，有點難過的樣子。

英希　　　（揮手）喂，英玉，多賺點錢回來喔，讓我動整……整型手術！

英玉　　　（開心也揮著手）好！

　　　　春禧以外的人也心情很好地笑著。

英希　　　讓我像星星、小月，還有你一樣漂……漂亮！

英玉　　　（開朗）好！

　　　　船駛離。

　　　　＊跳接–船內》

海女1　　　（笑著對英玉說）她也想讓臉蛋變漂亮耶，但如果要整得像你一樣，要花很多很多錢喔。

英玉　　　（笑著，不是滋味地開玩笑）就是說啊，我再怎麼存也存不

夠。

海女2	這樣就好了，動什麼手術？她那樣還可以啊，不要累死人了。
惠慈	（生氣又難過地說）辛苦的是英玉，又不是你。
海女2	（無語地看著，想說為什麼要生氣？）
惠慈	都是大家用奇怪的眼光看她（用手指著遠處的英希），她才會那麼想，要是大家看到她都稱讚她，說她很漂亮的話，誰會想在自己臉上動刀？她應該也知道動手術會很痛！
海女3	（心悶）惠慈說得沒錯，這樣就好了。
春禧	（默默地從浮球裡拿出一顆糖給英玉，自己也往嘴裡放了一顆）
英玉	（明白春禧的想法，想幫她說話，用力地咬碎糖果吃著）
春禧	你牙口還真好……（說完笑了，含著糖果，開心地看著揮著手的英希）

＊跳接–船長室內》
定俊看著基俊，沉著臉。

基俊	（生氣，難過）看什麼？就叫你跟英玉姐分手啊！
定俊	（沉著臉，看著前方，開船，半帶威脅但並不很嚴肅）你找死啊……
基俊	（難過地大聲說）我喜歡身心障礙者，哥喜歡有身心障礙者姊姊的英玉姐，這樣爸媽會怎麼說？
定俊	（無語，看著基俊）？
基俊	（看著定俊很難過，快哭的樣子）我喜歡的不是小月，是星星，而且喜歡很久了，我沒有辦法放棄！
定俊	（用有點心酸又覺得很驕傲的笑容看著基俊，硬是撥著基俊的頭髮）這都是爸媽的錯，把兩個兒子生得這麼善良又帥氣。下午你開船，我要去陪英希姐玩。
基俊	（難過）真是的……（看著大海）

＊跳接－海裡》

英玉潛入水中，無比自由，獨自在空無一人的大海裡，突然覺得有些悲傷。

第9幕　　手機店內，白天。

定俊和英希各自看著手機。
定俊挑了一支最好的給英希看。

定俊　　（輕鬆）英希姐，這個。
英希　　（放下剛剛看的，接過定俊給的，仔細地看著）
定俊　　你喜歡嗎？
英希　　你付錢！我⋯⋯我有錢，我有在育幼院打掃、在咖啡廳賣摩⋯⋯摩卡拿鐵跟冰咖啡賺的錢，但是我以後要整型變⋯⋯變漂亮，所以你來付錢。
定俊　　（輕鬆）哇，原來姊姊你在咖啡廳工作啊？真厲害，好，這個我買給你。（對老闆說）我要這個，（說完從口袋裡拿出摔壞的手機）這個。
英希　　照片。
定俊　　（對老闆說）老闆，這裡面的照片可以傳到新手機裡吧？

第10幕　　便利商店一隅，白天。

定俊和英希（手上一邊打著毛線）喝著啤酒，聊天。

定俊　　英希姐，慢慢喝，不能像昨天那樣喝那麼多，慢慢喝，喝完這瓶就好了。
英希　　（痛快地喝著啤酒）真棒！（放下啤酒，打毛線，看著定俊，不笑，認真地說）你⋯⋯你說，你是因為英玉漂亮才喜歡她

的吧？

定俊　（笑著，輕鬆地說）唉唷，不是那樣，該怎麼說呢？她很善良。

英希　別……別開玩笑了，英玉性……性感又漂亮，所以你才喜歡她。只看臉蛋跟外表喜歡一個人的傢伙都是壞蛋。

定俊　（放鬆地笑）英希姐，我不是那種人，比起長相，我更重視內心，英玉的心很美。

英希　那你也……也喜歡我嗎？

定俊　（笑著，像朋友一樣）我也喜歡姊姊啊，你很可愛。

英希　我……我的內心也很美，為什麼我沒有男朋友？

定俊　你以後一定也會遇到像我一樣好的男生，一定。

英希　我……我遇不到的，因……因為……男人都喜歡漂亮的女人。

定俊　（笑著但覺得有點難過，努力表現泰然，淡淡地問）姊姊也想談戀愛嗎？

英希　（打著毛線淡淡地說）當……當然啊，我也想化妝化得美美的，看起來很有魅力，也想跟人家甜甜蜜蜜地接吻，但……但是我沒有對象啊。

定俊　（暖暖地看著英希，像朋友一般的說）男人都是傻瓜，你這麼漂亮。

英希　你……你也是。

定俊　對，我也是，只看外表就喜歡一個人，我這個壞蛋。我得再多喝點酒才行，你的給我喝！（說完喝著英希的酒）

英希　（打毛線）英玉……的確很漂亮。

定俊　（看著英希）？

英希　她讓我很驕傲。我的妹妹不像我，她很有魅力，又很性感。我很害怕海，但她可以撲……撲通就跳進海裡，英玉一百分！又很漂亮。（說完想擊掌，伸出手）

定俊　（笑著跟著擊掌）

英希　你……你很善良，還……還會陪我玩……（說完打著毛線）

定俊　（溫暖又覺得英希很可愛地看著她）你那個織完就送我吧。

英希　　　（厭惡地看著，認真地說）不可以，這……這是英玉的。
　　　　　（說完繼續打毛線）

定俊　　　（看著英希，覺得她很可愛，但又有點心酸，喝酒，看著其
　　　　　他地方）

音樂繼續撥放。

第11幕　蒙太奇。

　　　1. 海裡，其他天，白天。
　　　英玉撲通地跳進海裡，默默。

　　　2. 英玉的家裡，其他天，白天。
　　　英希看著手機裡的照片，吃著麵包，認真地在桌子前畫
　　　畫，用鉛筆一邊畫又用橡皮擦擦，擦出好多橡皮擦屑，又
　　　繼續畫。額頭上冒出一顆顆汗，突然往廚房看去，瓦斯爐
　　　上正在煮泡麵，站起來往廚房走去。

　　　3. 英玉的店，白天。
　　　英玉在廚房裡做料理，小月跟星星接待客人，外帶的客人
　　　很多，忙碌。

　　　4. 英玉家，白天。
　　　英希打開爐子上泡麵鍋的鍋蓋，燒焦了。

英希　　　（默默地看著）關火……（說完關掉瓦斯，自言自語）
　　　　　燒……燒焦的食物不要吃。（說完轉身走開，繼續畫畫，很
　　　　　認真的模樣）

　　　這時，門打開，恩喜探出頭看著英希。

恩喜	一切都還好嗎？
英希	（看了一下）
恩喜	（抱歉貌）我不是來監視你的……
英希	（畫畫）
恩喜	（距離英希有點遠，看不清楚畫）你需要什麼就跟我說。（說完關上門離開）
英希	（繼續畫畫）

5. 繪畫用品店，白天。
英玉不懂為什麼要特地來買顏料，不開心。
定俊跟老闆問了以後，買了不錯的顏料。

6. 市區，白天。
英玉和定俊兩人牽著手走著，吃著冰淇淋。

英玉	放手。
定俊	（手握得更緊）
英玉	我跟你交往的事情都傳到西歸浦了，適可而止就好，要是我們分手了，你會被罵得比我還慘。分手的過程有多煎熬人們都不會感興趣，只會說你是拋棄有身心障礙姊姊的女人的壞蛋。人們雖然討厭有身心障礙姊姊的女人，但更討厭拋棄那種女人的傢伙。

定俊在英玉說完話之前，把手上的冰淇淋塞到英玉嘴裡，冰淇淋沾得嘴角到處都是。

英玉	（斜眼瞪著）……
定俊	對啊，你為什麼總是說這麼恐怖的話呢？……你不要把我甩掉喔。
英玉	（假裝要用手背擦嘴，結果把定俊的冰淇淋搶過來塗在他臉上，笑著逃跑）

定俊	（笑著看著離開的英玉，覺得英玉很可愛，很開心）

7. 英玉的家，其他天，晚上。
英玉睡著，英希爬起來往書桌走去，拿出定俊買的顏料跟調色盤，擠出顏料，用筆沾了顏料後開始幫素描本上的畫上色，認真。

8. 海女之家前面，英玉的攤子換到定俊的巴士旁，日期也改成其他天。
英希（認真）坐在一邊的椅子，旁邊是玉冬、春禧、惠慈以及其他海女一個個坐著，拍著照（部分的人穿著海女服），拍完照片的人換位子（跳接）。拍著照片，小月和星星抱著的樣子，印權、浩息、英珠與阿顯（開心地抱著，表情滑稽），還有恩喜，從這裡跳接，然後就到了其他天。

＊跳接–海邊，其他天》
遠遠的，英希和定俊抱著，星星和小月拍下他們的模樣。

英玉	（E）大姐……英希不會畫畫……

＊跳接–在後面看得到定俊和英希拍照的地方》
英玉站著，春禧和玉冬坐著，一起看著英希。

英玉	（接過春禧的手機，看著萬秀、海善與恩奇的照片，擔心地看著春禧）英希只是在說謊而已，如果說自己會畫畫，就能吸引別人關注，所以她才會那樣說。（說完把手機遞回去）
春禧	（難過地接過手機）？
玉冬	（找著手機裡東昔和東伊的照片〔在玉冬家，東昔15歲，東伊19歲，彼此抱著，表情滑稽〕）這是東昔跟東伊，畫得不好也沒關係，就讓她畫畫看吧。

英玉　　　（難過又不好意思）

春禧　　　（再把自己的手機給英玉，拜託貌）讓她畫畫看吧。

英玉　　　（把兩人手機裡的照片傳給英希，心情不太好，再把手機遞回去）我傳照片給她了，你們不要太期待，就算她畫的臉沒有五官，像雞蛋鬼那樣只畫了個圓圈，你們也別失望。（說完走向英希，傷心）英希，走吧！

春禧／玉冬　（站起來，兩人牽著手離開）

春禧　　　期待是什麼？……（看著玉冬）我們也沒期盼過什麼？就這樣過日子而已。

玉冬　　　（點頭走著，從容，默默）

＊跳接》

英希認真地拍著照片，英玉（想趕緊離開，沒有太沉重）和定俊（放鬆，盡量表現開朗）在海邊抱在一起，星星跟小月看著兩人，基俊從遠處看著星星。

小月　　　（開朗）英玉姐，你笑一個嘛！你們吵架了嗎？

星星　　　（開朗）姐，笑一個！

定俊　　　（為了呼應小月說的，把英玉抱得更緊，笑著）

英玉　　　（輕輕地推開，對定俊說）別鬧了。（對英希說）隨便拍就好！

這時，基俊來到星星旁邊。

基俊　　　（鼓著掌）親一個！親一個！

小月／星星　（看著）

基俊　　　親一個！

小月／星星／基俊　親一個！

＊跳接》

定俊抱著英玉，親了她的臉頰，英玉臉皺了一下，笑著。

英希認真地拍照。

＊跳接》
英希和英玉緊緊抱著，幸福的模樣，定俊幫忙拍下照片。
小月、星星和基俊在遠方玩著水。

＊跳接》
英希、基俊和小月在海邊跑著玩，英希玩著看向英玉。
定俊用手機拍下英希這個模樣（以後畫畫要用的素材）。

＊跳接－時間經過》
英玉坐在一邊，看著開心玩水的英希，心裡很難過。

＊跳接》
星星玩得差不多準備離開，這時，基俊走到她旁邊。

星星	（看著）我不喜歡你。
基俊	（看著前方走著）我叫做朴基俊。
星星	（看著基俊）
基俊	（放鬆，開朗，大聲說）我從國小就喜歡你了。
星星	（無語，停下來）為什麼喜歡我？我……我連話都說不清楚。
基俊	如果要跟你說話，就必須看你的眼睛。我喜歡你的眼睛，喜歡你盯著我說話的樣子，明天見囉！（說完繼續走）
星星	（看著走開的基俊，心情有點低落）我……我不喜歡在海上工作的男人。
基俊	（再次走過來看著星星）如果你不喜歡，我就不做了，只要你願意跟我交往。（說完笑著走開）
星星	（看著走開的基俊）

＊跳接》
定俊和小月玩著水。

英希走向英玉，拍下正在看海的英玉，坐下來。

英希　　你……你為什麼不去玩？

英玉　　（看海）我喜歡自己待著。

英希　　你……你喜歡孤獨嗎？

英玉　　（無語地笑，看著海說）孤獨這個詞你又是從哪裡學來的？

英希　　我……我不喜歡孤獨……我……我喜歡跟你在一起……

英玉　　（看海）

英希　　你……你喜歡進到水裡？

英玉　　（看海）對……因為在海裡時就只有我一個人。

英希　　因為海裡沒……沒有我，你才喜歡嗎？

英玉　　（看著英希，難過，但裝作沒事）……你別胡說八道，我們去
　　　　吃你愛吃的牛排吧。（說完站起來）船長，別玩了，我們走
　　　　吧！（說完離開海邊）

英希　　（看著離開的英玉，站起來跟著走，心情不好，繃著臉）

第12幕　高級餐廳全景＋內部，白天。

英希把餐巾圍在脖子上，拿起叉子，心急地吃著開胃菜。
英玉和定俊也吃著，英希吃得很急，嘴角沾滿了食物，英
玉用手帕幫她擦嘴。定俊看著這場景，更喜歡英玉了，也
覺得英希很可愛。

＊跳接》
英玉、定俊、英希隔壁桌的父母（30多歲）以及男孩（7
歲左右）也在用餐，三人都討厭英希的感覺，男孩看著英
希，學英希吃飯的樣子，取笑她，其他桌的客人沒有太在
意地用著餐。英希吃完前菜，英玉幫她擦嘴巴，服務生端
著牛排出來。

英希	（看到牛排很開心，大聲說）來了！來了！來了！

這時，所有人都看向英希，其他人沒有特別的表情，只有一桌的情侶，還有另一桌的父母與男孩用厭惡的眼神看著。

英玉	（從桌下抓住英希的手，小聲但明確地說）安靜。
英希	（小聲說，開玩笑地低聲道）……來……來了。
服務生	（送上食物，輕鬆地說）請慢用。
定俊	謝謝。
服務生	（離開）
定俊	（把英希的盤子拿過來幫忙切肉，再遞給英希）
英希	（急著吃牛排，和男孩目光相對）
男孩	（模仿英希吃飯，盯著她看，開玩笑）
英希	（吃著，對男孩說）不……不要看。
男孩	（模仿）不……不要看，笨蛋。
定俊	（有點不高興但忍住，盡量小聲親切地對男孩說）請不要這樣。
英玉	（忍住不開心，不看男孩，盡量輕鬆地對英希說）你想換位子嗎？
英希	（搖頭繼續吃，看著模仿自己的男孩，小聲訓誡貌）不……不要這樣。
媽媽／爸爸	（粗聲向男孩說，覺得英希讓人不舒服，不喜歡）你乖乖吃飯。
男孩	（不在乎地繼續吃，再次看著英希，繼續模仿她）
英希	（難過地大聲說）就叫你不要這樣！

全部人都看向英希。

英玉	（忍著，吃著放下叉子，盡量冷靜地對隔壁桌的媽媽爸爸說）您的小孩在嘲笑我姊姊，請你們制止他，告訴他不可以嘲

笑，或盯著身心障礙者看。

定俊	（安慰般的抓著英玉的手，但不是阻止她）
英玉	（輕輕甩開定俊的手，鄭重地向對方父母說）麻煩你們。（說完站起來換位子，換到男孩看不見英希的位子，從容地對英希說）要細嚼慢嚥。
媽媽	（不悅地看著英玉，生氣地對孩子說〔但感覺是對英希生氣〕）你不要這樣！為什麼要嘲笑身心障礙者？
英玉	（忍住怒氣）
定俊	（忍著，把自己的牛肉分給英希）

＊跳接》

男孩	（瞪著媽媽看，大聲說）媽媽討厭！（丟下叉子）我不吃了。（說完走去洗手間）
服務生	（看到，趕緊過來撿起叉子，再遞上新叉子）
媽媽	（嘟囔）難得出來吃飯，真是煩死了。
爸爸	（邊吃邊生氣，用餐巾擦嘴，覺得為什麼要把這種人帶來餐廳，大口喝紅酒）
英希	（好好地吃飯）我要去廁所。
英玉	（用手指方向）在那裡，要我陪你去嗎？
英希	（搖頭，走掉）
爸爸	（雖然是向小孩跟媽媽說，但用英玉可以聽到的音量）喂，我們走吧，真倒胃口，我都沒食慾了。
英玉	（吃著更生氣了，忍不住看向對方）
爸爸	看什麼看？我們都說要走了，倒胃口！

大家都看著。

英玉	（難過但忍著）孩子嘲笑身心障礙者，我請你們叫他不要這樣做，這是很倒胃口的事情嗎？
媽媽	（生氣）我都已經罵過孩子了！叫他不可以嘲笑身心障礙

者！

英玉　（想忍住但爆發出來）你連禮貌都不懂嗎？在身心障礙者面前一直說她是身心障礙者，到底是在做什麼？

爸爸　真是的！（說完生氣地站起來，身高不高）

定俊　（生氣地放下叉子，站起來看著爸爸，冷靜，用力地說）夠了……請不要再說了。

爸爸　（看到定俊的身高跟塊頭，瞬間氣勢滅了一些）

　　　服務生走過來對爸爸說：「先生，請不要這樣。」接著對定俊說：「先生，請您忍一忍。」周圍的客人看著爸爸，露出厭惡的表情，吃著飯的媽媽看到人們的眼神，叫爸爸冷靜下來。

媽媽　你忍忍，忍忍，繼續吃。

爸爸　（坐下，為了紓解心情大口喝酒）

英玉　（忍住，對周圍的人說）不好意思。（說完繼續用餐，不太開心）

定俊　（坐著切著肉，心裡很難過）

第13幕　廁所內，白天。

　　　男孩上完廁所，擦乾手走出來，看到英希嚇了一跳，英希生氣地看著男孩。
　　　男孩嚇得腿軟，看了英希好一陣子。

英希　（一直盯著男孩看）你……你喜歡我……我這樣盯著你看嗎？

男孩　（害怕地看著，快哭出來似的看著英希）

英希　（看著男孩，伸出手）……你手伸出來。

男孩很害怕，比起哭，更擔心如果不回應，英希會更生氣，於是害怕地伸出了手。英希抓住他的手扶他起來，拍拍男孩褲子上的灰塵，淡淡地說。

英希　　　你不可以嘲笑大人，知道嗎？不可以嘲笑身心障礙者，也不可以一直盯著別人看。我盯著你看，你高興嗎？你會被懲罰，會被罵的。（說完沒有表情地離開）

男孩　　　（看著走開的英希，覺得抱歉）

第14幕　路上，日落時刻。

英玉難過地走在前面，英希（揹著畫畫的包包，手上提著打毛線的袋子）跟定俊牽著手走著，英希心情也不好，英玉想闖紅燈過馬路。

英希　　　（厭惡地看著英玉）現在是紅……紅燈，你要等綠……綠燈才能過馬路啊。

英玉　　　（看著紅綠燈，停下來，心情複雜）

三個人就這樣等著紅綠燈，變成綠燈後才往前走。

英希　　　我明……明天不要走，住……住在這裡好了，船長。

定俊　　　（想說這是什麼話，看著英希）？

英玉　　　（走著停了下來，看著英希，難過但冷淡地說）不要胡說八道，你要照約定好的明天搭白天的飛機回去恩惠之家。（說完離開）

英希　　　（不悅地看著英玉）

定俊　　　（牽著英希的手過斑馬線，心裡不太舒服，覺得英希很可憐）

第15幕　恩喜的院子，晚上。

英希披著毛毯，把平常用的小桌子拿出來，開始幫畫上色。

有時候往後看，確認有沒有人過來，再繼續作畫。恩喜打開窗戶，吃著玉米看著英希。

恩喜	英希啊。
英希	（不讓別人看到畫，用大張的圖畫紙蓋著）
恩喜	來我家畫吧，外面很冷。
英希	（搖頭）
恩喜	會冷就進來吧。
英希	好。
恩喜	（關上窗戶）
英希	（在大張的圖畫紙上上色）

＊跳接》

現在鏡頭可以稍微帶到上色的畫作了。

定俊　（E）你不要這樣，就讓英希姐再多待兩、三天再走嘛。

第16幕　英玉的家裡，晚上。

英玉生氣地洗著碗，定俊坐在一邊，看著英玉說話。

定俊　（輕鬆地說）要不要去旅行？我們三個人一起？

英玉　（把洗著的碗重重放下，看著定俊，難過但強硬地說）怎麼？才照顧她一個禮拜，你就覺得能照顧她一輩子嗎？別誤會了，我就是怕會這樣，才叫你別對她太好！

定俊　（看起來心裡有點難過）

英玉	你可能會覺得不得已，我為什麼要跟你這麼好的男人提分手？但今天的事還算輕微，你看到的都還只是很小的事情。（說完繼續洗碗，忍住想哭的心情，生氣，難過）比這誇張的事情多得是，在餐廳跟街上扯頭髮吵架，掀桌子被趕出來。我能理解，因為大家很少見到像英希那樣的人，覺得奇怪，所以才會不自覺一直盯著她看。但你知道為什麼（說完轉過身，看著靠在水槽的定俊，很痛心但堅強地說）她這種人在街上很少見嗎？因為其他身心障礙者的家人也像我一樣……把她這樣的孩子送去照護機構了。
定俊	（心痛地看著，不閃避，只專注在英玉身上）
英玉	（心痛但沒有太激動）我也曾經想過跟她一起住，但找不到適合的房子，也無法出去工作！英希如果在普通學校繼續讀書，狀況說不定會比現在好。但普通學校拒絕讓她入學，特殊學校又太遠，因為特殊學校不能蓋在市區，這樣要怎麼辦？如果送她去機構，人們會指責我，不送她去的話，今天這種事就會變成家常便飯。（忍不住激動起來）我到底能怎麼做？！
定俊	（心痛地看著，但不閃避）
英玉	（流淚，生氣又心痛）英希也都知道！狗跟貓都有感情了……英希當然也知道人們覺得她奇怪！也知道我二十多年前試圖把她拋棄在地鐵上的事情！她都記得！也知道我現在所有的心情！她知道自己對我而言是個怎樣的負擔，所以天氣這麼冷，她還待在外面！她知道不出現在我面前，我就會少發點脾氣！

第17幕　恩喜的前院，晚上。

英希披著毛毯畫著畫，聽到英玉的聲音，默默地繼續作畫。

英玉　　　（E）現在我說的話，英希也都聽在耳裡！但我要裝作不知道，我要告訴自己英希沒有感情，而且是個傻瓜，我說的話她都無法理解。

第18幕　英玉的廚房，晚上。

英玉　　　我只能相信她是那種叫她吃飯就吃、睡覺就睡的孩子。只有這樣，我送她回機構的時候，心裡才不會那麼難受，因為這個社會不容許我跟有缺陷的人生活在一起。

定俊　　　（心痛地站起來，走向英玉想抱抱她）

英玉　　　（心痛地推開，擦乾眼淚，堅強，冷靜）你知道我剛才看到那些人，心裡有什麼想法嗎？拜託上天讓他們生下英希這種孩子！不然就是讓他們的頭被雷劈中、出意外，變成身心障礙者。

定俊　　　（眼眶泛紅，心痛，打斷英玉，抱著她，就這樣過了一下，邊哭邊用雙手捧著英玉的臉，用一隻拇指放在嘴唇上擋著）別用這麼漂亮的嘴說出這麼恐怖的話，（說完再次溫暖地抱住英玉，心痛）你別這樣。

英玉　　　（心痛地推開定俊，走到冰箱拿水喝，看著定俊）我好委屈，為什麼我會有這種姊姊？我真的好委屈，為什麼爸媽要把這種孩子丟給一點都不善良的我？（坐在椅子上哭，心痛但極力想忍住）

定俊　　　（抱著英玉的頭，拍拍她的背，忍著心痛沉穩地說）你已經夠善良了，還能更善良嗎？我就是喜歡你這麼善良，你無法丟下英希姐不管，所以我才喜歡你。

英玉　　　（從定俊的懷中掙脫，繼續洗碗，盡力裝作沒事）不過……不過……我都覺得這麼委屈了……英希從一出生就這樣，她一定更委屈。（邊流淚邊洗著碗）

定俊　　　（坐在椅子上溫暖地看著英玉，心裡很難受）

第19幕　恩喜的家前，晚上。

　　　　　定俊和英希（揹著裝繪畫用品的包包，手提著打毛線的袋子）牽著手邊笑邊走，英玉走在後面看著兩人。

英玉　　　你們各喝完一罐啤酒就回來！不可以多喝！
英希　　　（笑著走掉）
定俊　　　（走著看著英玉）我們只會各喝一罐！不會多喝的。（說完笑著離開）
英玉　　　英希，你知道你是明天早上第一班飛機吧？
英希　　　（轉過頭看著）我不走！（說完再次看向定俊，唱著歌走開了）
定俊　　　（笑著，也唱著歌走開）
英玉　　　（看著走開的英希說）由不得你……（邊說也看向定俊，覺得感謝又抱歉，心情稍微平復下來，進屋）

第20幕　定俊的巴士全景，晚上。

　　　　　英希走到巴士的窗邊看海，嚇了一跳。

英希　　　哇哇哇！
定俊　　　（準備了啤酒跟下酒菜，笑著）

第21幕　巴士內，晚上。

　　　　　英希看著海，再看向定俊。

英希　　　哇，大海好可怕。
定俊　　　那我把窗戶關起來可以嗎？（說完關上巴士的窗戶，也拉上

窗簾）

英希　　你……你好善良。

定俊　　（笑著，輕鬆）當然囉。（說完幫她開瓶）這給你。

英希　　（喝啤酒）

定俊　　你什麼時候學會喝酒的？

英希　　英……英玉成年，跟哲雄分手後……我們去喝酒的時候，
　　　　她教我的，清涼又好喝。有時候會跟英玉……英玉、張老師
　　　　還有朋友貞淑一起喝，還有……現在是跟船長。

定俊　　（笑著）

英希　　（從包包裡拿出素描本與畫，遞給定俊）

定俊　　？

英希　　（喝啤酒）給你看，我的畫！英……英玉會喜歡嗎？

定俊　　（接過素描本，大概翻了一下，嚇了一跳，不敢相信英希畫
　　　　得這麼好，翻頁再翻頁，泫然欲泣，覺得英希可能什麼都懂
　　　　〔鏡頭還沒有拍到畫作內容〕。看著英希，眼眶泛紅，覺得欣
　　　　慰又了不起，再看還是覺得不敢相信）

英希　　（喝啤酒，笑著說）我……我畫得好嗎？

定俊　　（看看畫再看英希，盡量表現輕鬆）畫得非常好！但……你
　　　　什麼時候畫了這麼多？

英希　　（喝一口啤酒）我覺……覺得孤單的時候就會畫，想念英玉
　　　　的時候也會畫。

定俊　　（淚水在眼眶打轉，心想英希到底多麼想見英玉、多麼孤
　　　　單，畫畫的實力才能累積到這樣？看著畫，喝著啤酒，偷偷
　　　　拭去不自覺流下的眼淚，看著英希再看畫作）大姐們……
　　　　不，奶奶們看到一定會很高興，她們應該從沒看過這種畫。

英希　　要英……英玉喜歡才行，她……她是我漂亮的妹妹。

定俊　　（溫暖地看著英希，安心地說）妹妹生氣，你還是喜歡她
　　　　嗎？

英希　　她……她本來就那樣。（笑）嘻嘻，但……但她很善良，她
　　　　本來……想把我丟掉，最……最後卻沒有，還……還讓我
　　　　來濟州島……

定俊	（溫暖的眼神）英玉一定也會很喜歡你的畫，會非常喜歡！但是這些畫作沒有名字。
英希	（從包包裡拿出筆）當然要寫，在……在這裡，不可以讓英玉知道，以……以後讓她嚇一跳。
定俊	（拿出一張畫給英希）這個是春禧大姐。
英希	（在畫上寫字，寫上春禧大姐還有自己的名字）
定俊	你的字真好看……（突然想到什麼）等一下。（說完從英希的筆筒裡拿出一個橡皮擦，用刀雕刻）
英希	？
定俊	（雕刻）畫家要在畫作上落款才行。（說完在橡皮擦上刻出一隻鳥）

＊跳接》

英希接過定俊刻好的橡皮擦，在畫上落款蓋章說：「是鳥。」

英希笑著看定俊。

英希	還是小雞？
定俊	（溫暖地看著英希）是鳥，即將展翅、自由自在飛翔的鳥。

＊跳接》

英希在畫上寫下題目，大部分是人名。

英玉和定俊的畫上（沒有讓鏡頭拍到），寫著《英玉和定俊戀愛中》。

英希寫著字，定俊在巴士裡貼著畫，用全景呈現。

定俊就這樣在巴士裡貼滿英希的作品。

英希認真地寫上畫的標題並蓋章。

第22幕　英玉的廁所內＋屋內，白天。

英玉盥洗完畢，化著妝。

英玉　　英希，你行李收好了嗎？班機時間快到了，快點準備！你知道怎麼自己收行李不是嗎？（說完化好妝走出去，沒看到英希，覺得奇怪也有點嚇到，走到外面）

第23幕　恩喜的庭院，白天。

英玉走出來喊著：「英希，英希！」找著英希，突然停住。
英希揹著包包、提著打毛線的袋子站在門口，行李也放在前面。
英玉瞬間有點想哭。

英希　　（對英玉不滿意）你怎麼這麼慢？我們該走了……已……已經十點了，我會錯過班機的！張老師正在恩……恩惠之家等我，快點穿好衣服出來！
英玉　　（忍住想哭的心情）等我一分鐘就好。（說完進到屋裡）
英希　　（有點不悅地看著英玉，拿出手機開始修自己的照片）

這時定俊來了。
跟英希擊掌，給她看自己的手機。
桌面背景是定俊親英玉臉頰的照片。
英希繼續認真地用手機修圖。
定俊覺得英希很可愛地看著她。

第24幕　機場內，白天。

英玉牽著英希的手站著，定俊也提著行李站著。

這時空服員過來，定俊把行李交給她。

定俊　　　拜託你了！
空服員　　好的。
英玉　　　（緊緊抱住英希，心裡很難過，但盡量表現自然）不要太常
　　　　　打給我，我要工作，好好吃飯，也要好好大便。不舒服就去
　　　　　看醫生，不要怕打針，我們冬天再見。
英希　　　（從英玉的懷裡掙脫，從打毛線的袋子裡拿出一條圍巾給英
　　　　　玉）你要多賺點錢，讓我動手術。
英玉　　　（辛酸地笑，淡淡地說）走吧。
英希　　　（開朗地對定俊說）再見。（說完牽著空服員的手離開）
定俊　　　（看著離開的英希）英希姐，一路順風。
英希　　　（轉過頭揮手）再見！船長，我的妹妹！（說完離開，用慢動
　　　　　作呈現英希的畫面）

第25幕　海岸道路，白天。

　　　　　定俊開著英玉的車。
　　　　　英玉默默地看著窗外，摸著脖子上英希織給自己的圍巾。
　　　　　定俊看著這樣的英玉，伸出手牽她，安心地繼續開車。

第26幕　定俊的巴士前，白天。

　　　　　定俊開著英玉的車抵達。
　　　　　英玉下車。
　　　　　定俊在車內把巴士的鑰匙給英玉。

定俊　　　你先進去，我去買好喝的咖啡過來。
英玉　　　知道了。（說完用鑰匙打開巴士的門）

定俊　　　　（把車開走，遠遠地繞了一圈之後回來停在巴士前，說要去買咖啡是謊話，其實是要讓英玉看英希的作品）

第27幕　定俊的巴士內，白天。

英玉進到車內，看著車的內部，因為拉上了厚厚的窗簾所以很暗，看得到有畫，但不清楚。

英玉　　　　（不經意）燈在哪裡？（說完拉開一扇窗廉〔看得到外面〕，打開旁邊的開關，轉過頭，看到英希的畫，瞬間僵住）
英希的鉛筆素描上寫著春禧大姐、玉冬大姐、恩喜、印權、浩息、英珠、阿顯、小月、星星、基俊以及惠慈大姐的名字。英玉知道英希的筆跡，還在想這些是什麼？接著看下去，就看到了媽媽、爸爸、英玉和英希小時候的畫，上面寫著《媽媽、爸爸、英玉和英希》，接著再看其他畫，英玉12歲、英玉18歲、英玉24歲、英玉24歲（看其他照片畫的畫）、英玉26歲、英玉27歲、英玉28歲、英玉31歲、英玉32歲、英玉34歲和英玉36歲，全部都是畫了英玉的畫。英玉的眼淚湧出，努力忍住，看著大張圖畫紙上用顏料上色的畫。

＊跳接》
可以看到英希和英玉在海邊抱在一起的照片，那幅畫上標題寫著《英希和英玉愛著彼此》，英玉忍住眼淚，流下來就擦去，再次振作起來看向旁邊的畫。接下來看到定俊和英玉抱在一起的照片，標題是《英玉和定俊戀愛中》。
英玉看著那幅畫，驚嘆於英希的實力，心痛，搭配著英玉的聲音。

英玉　　　　（E）之後我問了英希……你怎麼這麼會畫畫？……英希告

訴我……每當她想念我或孤單的時候，就會提筆畫畫，因此就越畫越好……

＊跳接－巴士外》
定俊靠著巴士（窗簾打開的那邊），看著大海。

英玉　　（Ｅ）當時我一句話都說不出口，到底有多孤單、有多想念，才能讓英希這種孩子變得這麼會畫畫呢？我……不想知道。

＊跳接》
英玉看到最下面一幅，是英玉自己坐在海邊的畫，標題寫著《英玉，喜歡沒有英希的孤獨》，英玉很痛心，眼淚再也忍不住，看著旁邊的畫，是英希坐在海邊看著英玉，標題是《姊姊英希很愛我妹妹英玉》。

＊跳接》
英玉癱坐在巴士一邊，眼睛始終盯著畫（獨自一人的英玉和看著她的英希）嚎啕大哭。

英玉就這樣在巴士裡哭著，定俊很痛心，結束在這樣溫情的場面。

春禧與恩奇 1

奶奶應該是跟我同一邊的啊，為什麼不幫我說話？
她的奶奶也罵我！
我又沒有做錯事……為什麼要這樣對我？壞蛋！

第1幕　序幕。

1. 露營場，白天。
萬秀、恩奇、海善和幼兒園其他兩組家長一起來露營，用臉盆裝水，父母和小孩們把臉埋進去，看誰可以忍得更久，正在玩憋氣遊戲。
畫面從黑暗裡可以聽到吹口哨的聲音，小音響播放著兒歌〈帥氣的番茄〉（也可以是其他兒歌），聽到拍手的聲音，攝影機從埋在水盆裡萬秀的臉開始拍攝。

＊跳接》
拍到臉盆裡海善的臉。

＊跳接》
恩奇（穿著長袖泳衣）把臉埋進臉盆，憋著氣，然後馬上就把臉抬起來了，緊張地看著四周，其他同學和爸媽都仍憋著氣。
稍後，家長們和恩奇的同學們憋不住，陸續抬起頭來，比賽輸的人覺得可惜，邊唱著〈帥氣的番茄〉。恩奇擔心媽

媽和爸爸會輸，緊張地看著他們，海善和萬秀繼續憋著氣，參加遊戲的其他人大部分都抬起頭來了。爸爸1（同學燦成的爸爸）繼續撐著，把臉埋在臉盆裡，恩奇和同學們跳著舞，大聲唱著〈帥氣的番茄〉幫忙加油打氣，其他家長們也拍手喊著：「恩奇媽媽，恩奇爸爸，加油！」「燦成爸爸加油！」開心地繼續加油，唱著歌。

稍後，海善忍不住了，抬起頭來，說很辛苦，四周的大人說：「喂，你太強了。」一邊拿毛巾給她。海善笑著用毛巾擦臉，牽著恩奇的手唱著〈帥氣的番茄〉，看著萬秀繼續幫他加油。氣氛越來越熱烈，爸爸1忍不住，把臉從水盆裡抬起來，燦成哭著說：「爸爸輸了，為什麼輸了，為什麼？」爸爸1抱著燦成，吃力地說：「下次再贏回來！恩奇爸爸太厲害了！」說完安撫著燦成。恩奇看著燦成有點緊張，再看著憋氣的萬秀，繼續唱著加油的歌，海善拍拍萬秀的背，笑著又有點擔心地說：「老公、老公，你贏了！可以起來了！」但萬秀還是繼續憋著氣，其他家長也說：「恩奇爸爸，好了，已經贏了！不用再憋了！這根本不是人，是海豚了啊！怎麼這麼厲害？」說完，萬秀抬起頭來，一把抱起旁邊的恩奇，讓她坐到自己肩膀上，在露營場裡跑著。

萬秀　　（開心）恩奇，爸爸贏了！
恩奇　　（開心）我爸爸贏了！恩奇贏了！
海善　　（笑著，無語，看著兩人）好啦，我們去吃飯吧！

＊跳接》
萬秀讓恩奇坐在自己肩膀上，開心，慢動作畫面。

萬秀　　（開心）恩奇，爸爸贏了！
恩奇　　（開心）我爸爸贏了！恩奇贏了！

2. 露營帳外，晚上。

海善很睏，在帳篷裡打哈欠，準備要睡覺。

萬秀抱著恩奇，坐在露營椅子上，看著天上的星星。

恩奇	（看著大顆的星星）那顆星星真的是波波嗎？
萬秀	（平淡，像對朋友說話一般，不太像對小孩說話的樣子）對啊，那顆星星是不久前被車子撞到，上了天堂的我們的小狗波波。還有，（指著很遠的星星）那是去年死掉的金魚小紅，那是你上上個月在路邊看到的黑色貓咪。
恩奇	（認真地看著星星）……那以後爸爸、媽媽還有恩奇死了，也會變成星星嗎？
萬秀	（笑著看著恩奇，靜靜地說）會啊，一閃一閃的！恩奇，（指著星星）那些星星是爸爸的哥哥們，那些星星是在爸爸小時候得了麻疹去世的雙胞胎大哥、二哥還有三哥，然後那一顆星星是爸爸的爸爸，也就是你的爺爺。
恩奇	（看著星星）死掉後變成星星，我就不會傷心了。（看著萬秀）他們變成了漂亮的星星，每天都看得到。
萬秀	（笑）對啊。
恩奇	那波波死掉我也不用傷心了？（看著星星）只要看著那顆星星就好？
萬秀	（笑）呵呵呵，沒錯！（說完親了恩奇的臉頰）
恩奇	（看著星星，再看月亮）爸爸，那死掉變成月亮的是誰呢？
萬秀	（看著滿月，平鋪直敘地說）月亮啊……月亮不是誰死掉變成的，月亮就是月亮。它會守護星星，還會實現人們的願望。
海善	（想睡，走到萬秀旁邊坐下，沒笑，在萬秀的耳邊說）別再對孩子說謊了。
萬秀	（像朋友般對海善說）你別管啦。（對恩奇說）明年春天花開的時候，爸爸說要去濟州的哪裡？
恩奇	有一百個月亮的地方。
萬秀	為什麼會有一百個？

恩奇	因為十乘十。
萬秀	呵呵呵,答對了!
海善	(看著萬秀,無語地笑著)喂!(對恩奇說)恩奇,你不要相信爸爸,月亮只有一個。
萬秀	(對恩奇說)爸爸會說謊嗎?
恩奇	(笑著)不會,你說要露營所以我們就來露營了。
萬秀	(捏著恩奇的臉頰笑著)對吧?爸爸不會說謊吧?
海善	(靠在萬秀的肩膀上看著月亮)我們真的要去濟州嗎?我喜歡木浦這裡耶。
萬秀	(沒有理會,對恩奇說)爸爸說過對著一百個月亮許願的話,會發生什麼事?
恩奇	(看著月亮)一百個願望會一次實現,恩奇會變得很會游泳,還能看到我喜歡的海豚;爸爸不用去很遠的地方工作,可以每天陪我玩……媽媽不會罵恩奇,也不會發脾氣;外婆的腰也不會痛。

＊跳接－恩奇的幻想1》
恩奇看著月亮,一個月亮旁邊排得長長的,變成一百個月亮。

＊跳接－現實》
恩奇入迷地盯著月亮看(沒有笑)。

萬秀	(在月亮的畫面上搭上台詞)然後濟州住著這世上力氣最大的恩奇的奶奶,春禧奶奶。你知道濟州的奶奶吧?還記得我們前年去過那裡吧?
恩奇	(看著萬秀,搖頭)
萬秀	你常常在手機上看到她啊,不記得了嗎?
恩奇	(點頭)記得,但是濟州奶奶的力氣真的比爸爸大嗎?
萬秀	對啊,爸爸完全贏不了她。
恩奇	(覺得神奇)哇!

＊跳接－海裡，恩奇的幻想2》
1）春禧救了一個男人，游著泳從水裡起來的樣子。

萬秀　　（E）力氣比爸爸還大的濟州春禧奶奶，在海裡救了很多像爸爸這樣強壯的男生，救了很多很多。

2）春禧用魚鉤勾住一條大章魚，從水裡出來。

萬秀　　（E）還可以一手抓住比爸爸還大的章魚。

3）海豚在水裡游著，看到遠方春禧和海豚一起游泳的樣子，笑著一起在旁邊游泳。

萬秀　　（E）她跟海豚是朋友，所以每天都會跟海豚一起游泳一起玩。

＊跳接－帳篷內，晚上，現實》
海善睡著，恩奇跟萬秀躺著。

恩奇　　（不想睡，對萬秀說）嗚哇……還有呢？
萬秀　　（發睏）她在水裡可以憋氣憋得比我還久很多喔。
恩奇　　（覺得神奇）還有呢？
萬秀　　春禧奶奶會每天讓你坐在肩膀上，她在濟州跟海裡都是老大……
恩奇　　老大？好厲害！
萬秀　　（發睏，有一搭沒一搭地說）所以媽媽、爸爸都絕對贏不了春禧奶奶……打架都會輸……春禧奶奶每次都贏……還有爸爸去濟州的時候，要搭能實現人們願望的月亮船……
恩奇　　還有呢？
萬秀　　（睡著）
恩奇　　爸爸，還有呢？

萬秀	（睡著了）
恩奇	（看著睡著的萬秀，可以看到萬秀手臂上用漢字寫的「一心」二字，看著又摸摸看，轉過頭看著帳篷頂，小聲說）濟州⋯⋯我想去濟州⋯⋯爸爸搭月亮船，我看一百個月亮⋯⋯還要見春禧奶奶⋯⋯

＊跳接》

將躺著的恩奇和帳篷頂游著泳的春禧拍在同一個畫面裡。

字幕：春禧與恩奇1

3. 小小的房子前，另一天，白天。
恩奇（穿著睡衣，頭髮亂糟糟的）讓海善抱著，陽台的窗戶打開，恩奇喊著。

恩奇	（哭著）爸爸不要走！爸爸不要走！

＊跳接》

萬秀坐在大卡車的駕駛座，看著恩奇，大聲說。

萬秀	（笑著）恩奇，你只要睡三十個晚上，爸爸就回來了！十個晚上，數三次！
恩奇	（哭著）爸爸不要走！爸爸！
海善	（想要安撫恩奇，難過地說）你就直接走吧！不要跟她說話了！路上小心，不要受傷！你是我跟恩奇的全部，一切小心！
萬秀	（笑著）好，海善！恩奇，你要乖乖的！爸爸會賺很多錢回來！之後一起去濟州搭月亮船！（說完，車裡〔貼著恩奇、海善和萬秀開心的照片，以及春禧穿著海女服開懷笑著的照片〕用手機放著讓人起勁的演歌，揮著手離開，唱著歌，開心）

| 恩奇 | （哭著）爸爸、爸爸！ |

4. 馬路，白天。
萬秀唱著歌，認真地開車，車開過一個小坡後，聽到「砰」的一聲。

5. 超市內，白天。
海善（穿著制服）哭著（接到萬秀出意外的電話），從手扶梯上跑下來。

6. 幼兒園，白天。
恩奇和同學們跳舞唱歌，很開心的樣子。

7. 急診室內，白天。
萬秀失去意識，血流得到處都是，躺在床上，醫生用心臟去顫器做心肺復甦，萬秀的身體從床上彈起。

8. 海裡＋水面上，白天。
春禧摘取海帶浮出水面，在水面上換氣，辛苦地大口喘氣，再進入水裡。

9. 加護病房內，另一天，白天。
萬秀全身包著繃帶躺著。
恩奇躲在海善後面，害怕又悲傷地看著萬秀，海善眼眶紅，用很慘澹的心情以濕毛巾幫萬秀擦手指。

恩奇	（悲傷，覺得爸爸很奇怪，害怕小聲問）媽媽……爸爸……為什麼不起來？
海善	（擰著濕毛巾）爸爸生病了啊。你只要睡十個晚上，睡三次，爸爸就會醒來了。
恩奇	可是已經十個晚上了……

海善	（難過地撐著毛巾，無奈地說）已經十個晚上了沒錯，但還沒有三次啊。
恩奇	（看著萬秀）三次了……
海善	（難過地用毛巾擦著，繼續說）十個晚上三次是三十個晚上，你還不會算術，不要哭。
恩奇	（快哭了的樣子，難過，抿著嘴）……媽媽……討厭。
海善	（難過地掉下眼淚，擦著萬秀的身體）
海善母親	（難過，E）你瘋了嗎？

10.萬秀的家裡，晚上。
海善母親（戴著護腰，看起來腰很不舒服的樣子）洗著碗。海善準備著恩奇的行李。

海善母親	（洗了一會兒碗停下來，難過地追問）原本聽你說辭掉超市的工作我還很開心，為什麼現在又要去餐廳跟超商打工？
海善	（準備行李，淡淡地說）超市要工作一整天，這樣我早晚根本沒時間去醫院看萬秀，但是又必須賺錢，只好白天去餐廳，晚上去超商短暫打點零工。
海善母親	把房子賣了付醫藥費啊。
海善	等萬秀醒來，我們就會賣掉房子去濟州，要買他喜歡的船。
海善母親	（極度傷心，坐在廚房的椅子上看著海善，盡力打起精神）多帶一點恩奇的行李，（心裡難過但堅強）不要只讓恩奇去兩週，在你老公醒來以前，都讓她留在濟州。
海善	我只會讓她去兩週，兩週後我適應新工作了，就會帶她回來。
海善母親	你該不會到現在都還沒告訴你婆婆他出意外受傷的事吧？
海善	（站起來往廚房走去，拿出恩奇的餐具跟有圖案的塑膠餐盤，一起放進行李，難過但忍住眼淚，堅決地說）我要怎麼開口？

11.春禧的家，晚上。

春禧直直地躺著，看著手機裡萬秀、恩奇和海善一起玩的
影片。看到萬秀認真過活的模樣覺得滿足又欣慰，對萬秀
一家人感到自豪，很想念他們。

春禧家的牆壁上掛著大小不一的相框，春禧的父母跟公
婆，春禧的結婚照，春禧和春禧老公、萬德、萬吉小學一
年級時的合照，萬英笑著裝模作樣的照片，以及萬秀高中
的畢業照，萬秀和海善的結婚照，還有春禧抱著恩奇在周
歲時拍的照片，以及海女們拿著寫著「濟州的愛，蔚藍的
愛」布條的團體照（按照年代擺放，很多張，黑白彩色的
都有），以及英希畫的春禧肖像畫和萬秀、恩奇和海善的
全家福。

春禧反覆看著影片，沒有睡意，起來打開電視，隨意地轉
台。看時鐘，已經超過晚上十一點半，瞬間想起什麼似
的，吃了旁邊放的藥，拿出貼布，貼在腰跟腳痠痛的地方
後躺下來，關掉電視，再次打開手機看著恩奇，沒有說
話，但嘴角微微上揚微笑著，在這個畫面插入聲音。

海善　　　（E）她說等我們到濟州之後，就要買船給我們，還有房子
　　　　　跟車子。她都一把年紀了，還要進入冰冷的海裡捕撈。我公
　　　　　公、萬秀的兄弟們都離開了，只剩下她一個人，傷心了一輩
　　　　　子。好不容易僅剩一個懂事的小兒子，現在還發生意外，一
　　　　　個多月了還醒不過來，我要怎麼跟她說這件事？

12.萬秀的家前，晚上。
海善母親和海善從房子裡走出來。

海善母親　（轉過頭看）兩個禮拜後如果你老公沒醒來，就不要把恩奇
　　　　　帶回來，醫生也沒保證一定會活下來。
海善　　　（難過但果斷冷靜地說）萬秀旁邊的病人，醫生說他沒有希
　　　　　望了，但兩個月後奇蹟般的恢復意識醒來了，萬秀也會那樣

的。（說完進去屋子，心裡很難過）

海善母親　（靠在要離去的海善背後說）醒來如果四肢不能動的話，就不要把恩奇帶回來，你也要活啊！

13.海上，看到往濟州開的船景＋船內，另一天，白天。

＊跳接－船內》

恩奇（脖子上掛著手機）坐在位子上看海，看著海鷗（或是抓魚的海鷗）覺得很神奇，發出「哇！哇！」的驚嘆聲。海善坐在旁邊拿出牛奶給恩奇，恩奇從包包最裡面拿出自己的吸管，插到吸管洞裡開始喝。

海善　　（心裡五味雜陳，但盡量維持平靜，沒有太悲傷洩氣地說）春禧奶奶如果問你「爸爸在哪裡？」，你要怎麼回答？

恩奇　　（喝著牛奶看著大海，淡淡地說）要買東西給恩奇，所以去工作了……

海善　　去哪裡？

恩奇　　（看著海善，想了一下但露出不知道的表情）

海善　　西海的白翎島。

恩奇　　（看著大海）西海，白……（想了一下）翎島。

海善　　（摸摸頭）你好棒，但是你要對長輩說敬語。

恩奇　　（看著大海）好。

海善　　再來一次。

恩奇　　（看著海善）好。

海善　　你可以說爸爸生病的事情嗎？

恩奇　　（岔開話題）媽媽，我們一起去濟州島吧。

海善　　那爸爸呢？要讓他自己留在可怕的醫院嗎？你之前肚子痛去醫院的時候，爸爸跟媽媽都陪著你吧？這次你要留爸爸一個人嗎？（說完再把恩奇的頭髮綁好）你好好聽奶奶的話，只要跟奶奶睡十四個晚上就好，到時候（忍住心痛，裝著沒事的樣子，淡淡地說）爸爸媽媽就會去濟州接你。這樣你就可

以跟爸爸媽媽一起看能實現願望的一百個月亮，還可以搭爸爸開的月亮船。所以你可不可以告訴濟州的奶奶爸爸生病的事？

恩奇　　不可以。

海善　　為什麼？

恩奇　　（喝牛奶，無所謂的樣子）她會像外婆一樣嚇到暈倒，傷到腰，因為她老了。

海善　　對，奶奶太老了，可能會暈倒。這樣爸爸會很難過，所以不可以說，對吧？要是奶奶叫你打電話去白翎島你要怎麼說？

恩奇　　去山裡砍柴……

海善　　伐木。

恩奇　　爸爸去山上伐木了，所以不能接電話。

海善　　（難過地抱著恩奇的頭）只要睡十四個晚上就好。到時候媽媽……（忍住心痛）會跟爸爸一起來接你。

第2幕　　海女之家裡面，白天。

春禧（身體不舒服）、英玉、小月和海女們在淋浴。

＊跳接－時間經過》

海女們換著衣服，幫彼此貼痠痛貼布。英玉從春禧身上撕下舊貼布再貼上新的，手臂、手腕、腰以及腳都貼上。小月幫惠慈撕下身上的舊貼布，再貼上新的。

惠慈　　（貼著貼布，看著春禧，難過地說）身上都貼滿了痠痛貼布，這樣你會害死自己的，不要太貪心，你今天還勉強自己搬那麼重的東西，比較年輕的我們都搬不動六十公斤了，你一個老人居然搬七十公斤？

小月　　（在惠慈背上貼貼布，看著春禧，擔心地說）沒錯，大姐，你不要做這麼多工作。

英玉	（在春禧背上貼貼布，看著惠慈，開玩笑地說）我跟春禧大姐一組的話，她就沒辦法工作了，因為她要忙著看著我。惠慈大姐，我和小月交換，跟春禧大姐下海捕撈怎麼樣？你就跟小月一組？
惠慈	（開玩笑，假裝要打她的樣子）少胡說八道，你要死也要死在我身邊。
春禧	（放鬆，對英玉開玩笑般的說）你聽見了吧？
小月	（好笑）嘻嘻嘻……英玉耍小聰明被逮個正著！

海女們說著「唉唷，英玉！」，全部笑成一團。

海女1	（穿著衣服對春禧說）你孫女不是要來嗎？
海女們	大姐一定很開心吧？
惠慈	（突然說）大姐，叫她們待一天就走！你兒子忙到沒時間回來，來的只有媳婦跟孫女，你那個媳婦是本島人，來了也幫不上忙，只會惹人煩。
海女們	就算是這樣，來了也很好啊。
惠慈	有什麼好？來了只會花錢，要給孫女零用錢，還要煮飯給她們吃。
小月	（開心）惠慈大姐，你很羨慕吧！
惠慈	（笑著說）對，我很羨慕，我的孫子都不來看我！
春禧	（看著惠慈，了解她心裡在想什麼，不捨地笑）
惠慈	（從口袋裡拿出錢遞給春禧）這給你去買孫女的零食。
春禧	（心裡很感謝但拒絕）喂……！
海女們	（各拿出一萬韓元給春禧）你收下啦，收下啦！
春禧	不用啦！

小月和英玉把錢湊好，放進春禧的衣服口袋，讓她收下的意思，說著：「哎呀！你就收下吧。」春禧覺得感謝但又有點負擔，說著：「哎呀，你們幹嘛這樣。」「哎呀哎呀！」大家都笑了。

第3幕　　村裡小路，白天。

　　　　　　春禧和玉冬牽著手走在路上。
　　　　　　玉冬看到一邊堆著的石頭塔，撿起一顆路邊的石頭，疊到
　　　　　　塔上。

春禧　　　　（難過，不高興地說）你這個連得了癌症都不願意去醫院的
　　　　　　人……現在是想求神讓你康復嗎？
玉冬　　　　（放鬆地笑）我想求神早點帶我走……你也一起求吧……
春禧　　　　（難過地繼續走著）我求了這麼多願望沒一個實現，還求什
　　　　　　麼？你跟我都失去了孩子、丈夫……祈求根本沒用。
玉冬　　　　（走著，淡淡地問）恩奇要在這裡待幾天？
春禧　　　　（走著，淡淡地說）不曉得，我媳婦很忙……
玉冬　　　　看來你就是注定老了才能享福。
春禧　　　　（停下來，不捨地看著玉冬）
玉冬　　　　（停下來看著春禧）萬秀很善良，媳婦也很善良，孫女還來
　　　　　　探望你。
春禧　　　　（心裡不捨地看著）你羨慕嗎？
玉冬　　　　（喜歡春禧開心的樣子，有點心酸，但輕鬆地用手畫出一個
　　　　　　大圓）很羨慕啊！（說完牽著春禧的手繼續走）笑吧！別因
　　　　　　為我的關係連開心都不能表現出來，至少……你要過上好日
　　　　　　子。
春禧　　　　（開玩笑地故意要逗玉冬笑，露出牙齒）嘻！
玉冬　　　　（看著春禧笑了，牽著手繼續走）

　　　　　　春禧不捨玉冬，整理好心情，往前看到家前面的庭院，恩
　　　　　　奇坐在那裡。
　　　　　　恩奇看到春禧，瞬間僵住，春禧看到恩奇立刻很開心地放
　　　　　　開玉冬的手跑過去，用兩隻手摸著恩奇的臉。

春禧　　　　哎呀，你是誰？

恩奇	（愣住，覺得春禧很陌生又有點害怕）孫－恩－奇。
春禧	（開朗）叫恩奇啊！哈哈哈！（說完抱著恩奇搖擺）
玉冬	（看到恩奇覺得很可愛，笑著）

第4幕　春禧的房間內，白天。

恩奇（穿著睡褲，上半身穿著長袖泳衣，脖子上掛著手機，之後恩奇大部分時間脖子上都掛著手機）睡著，玉冬坐著，一直看著躺在枕頭上的恩奇。
春禧坐著吃橘子，看著海善（熟練地洗碗），叫她休息。

春禧	你別忙了，鄉下人房子本來就不太乾淨，放著吧，就讓我過這種日子到死。
海善	（專心地洗碗，盡量表現輕鬆）媽你為什麼會死？你要跟我、萬秀、恩奇一起開心地活得長長久久啊。我快好了，（說完從廚房出來，拿起地板上的抹布開始擦房間）我再把房間擦一擦就好。
春禧	過來吃點橘子。（說完把橘子塞進正在擦地的海善嘴裡）
海善	（笑著吃，繼續做事）
玉冬	（開心地看著海善）你還真是能幹啊……
春禧	（再剝一個橘子放到海善嘴裡，看著海善就覺得開心，嘴角上揚）
海善	橘子好甜。（說完尷尬地笑，吃著橘子繼續認真地擦地板，心裡難過）

＊跳接–時間經過》
玉冬坐在一邊，看著跟春禧講話的海善。
春禧有點悶悶地看著海善，海善盡量表現開朗的模樣。

海善	十五天就好，不，我兩週後就會來接恩奇的，媽。萬秀去白

翎島伐木，要待上好幾個月，這次我在超市的表現受到肯定，終於升成期待已久的幹部。我現在是主任了，不想因為恩奇的關係拒絕這個職務。當上主任後，薪水也會變多。我希望在明年跟萬秀回濟州以前努力多賺點錢。

春禧　（沒有太沉重地看著恩奇，再看海善）只要兩週就好對吧？

海善　是啊……

春禧　（看著恩奇，有點為難）冬天快到了，我不用太常下海捕撈……但偶爾還是要出海……少了我的話，人數就不會剛好……

玉冬　（對春禧說）你就聽她的吧。

海善　（看著玉冬）？

玉冬　（看著春禧）子女們都在努力賺錢吃飯，你當然要幫忙啊。（看著恩奇，摸著她的頭，微微地笑）多虧這樣，我也能多看看這個小淘氣……

海善　（看著玉冬，抱歉地看著春禧）

春禧　（看著恩奇，下定決心地看向海善）……那你就現在回去吧！（從抽屜裡拿出錢，放進信封）趁恩奇還沒醒來……（說完把信封放進海善的包包裡）你快走吧。

海善　（泫然欲泣）您不用給我錢……

玉冬　她那些錢就是賺來給你們的，我們現在有錢也沒地方花……你就收下離開吧。

海善　（忍住眼淚，對春禧說）對不起，媽……

春禧　其他的我不管，但你一定要接恩奇的電話……

海善　我會的。

春禧　（點頭）你回去吧。

海善　（站起來離開）

春禧　（看著離開的海善，心裡難過，看著玉冬，淡淡地說）她很善良。

玉冬　真的很善良。

春禧和玉冬看著睡著的恩奇，覺得很可愛，開心地笑。

春禧	（看著心愛的恩奇）呵呵……她的嘴巴像蛤蠣一樣開開的……身體像球一樣捲在一起……
玉冬	（覺得可愛，看著，開心小聲地說）怎麼會有這麼可愛的孩子？

第5幕　村裡小路＋春禧的家前，下午＋晚上。

哭著的海善提著包包離開。
鏡頭拍下離開的海善，接著就晚上了。

恩奇	（大聲吵鬧地哭著，E）媽媽，媽媽！

第6幕　春禧的家裡＋廁所（房間裡有廁所），晚上。

恩奇穿著睡衣打開門，坐在馬桶上，邊小便邊哭。

恩奇	媽媽！媽媽！媽媽！

春禧（穿著睡衣）和玉冬看著邊尿尿邊哭的恩奇，覺得很可愛，躺著看著她。

玉冬	（可愛又好笑，和藹地說）哭得好傷心喔……哭著找媽媽做什麼？她都走了，她把你丟下來走了。
春禧	不許哭！（站起來用掃把拍牆，假裝生氣）不要哭了！媽媽叫你在這裡哭，還是叫你聽奶奶的話？
恩奇	（坐在馬桶上，停止哭泣，用袖子擦眼淚）媽媽叫我乖乖聽奶奶的話。
春禧	（覺得恩奇的回答很可愛，又笑了）呵呵呵……（看著玉冬）

你看她回答的樣子……

玉冬　　（覺得好笑又可愛）奶奶給你月亮，好不好？

第7幕　　春禧家的前院，晚上。

玉冬用碗裝水，滿月倒映在碗裡，拿給恩奇看。
恩奇看到碗裡的月亮，覺得很漂亮又很大，有點驚訝地看著玉冬。
玉冬看著可愛的恩奇，把裝水的碗放在一邊（看得到碗裡有月亮）。春禧在水龍頭下洗抹布。

玉冬　　你每天在這裡許願……祈禱爸爸媽媽趕快來帶你回家……這樣你爸媽就會很快來接你。
恩奇　　（點頭）
春禧　　（拿著洗好的抹布站起來）老人家說什麼謊啊？時間到了，媽媽就會來，不用許願也沒關係。
恩奇　　（抬起頭看，覺得春禧有點可怕）
玉冬　　（對恩奇笑）恩奇，你進去吧，奶奶要走了。（說完離開）
恩奇　　（看著離開的玉冬，也看碗裡的月亮）
春禧　　我們去睡覺吧。
恩奇　　我要……對月亮許願。
春禧　　（故意裝得很恐怖，開玩笑地把碗拿起來）
恩奇　　（看著春禧）？
春禧　　你不聽奶奶的話，奶奶就要把月亮吃掉喔！（說完把碗裡的水喝掉，把碗放到一邊就進房間去了）
恩奇　　（看著春禧進去，再看看碗，沒有水也沒有月亮，快哭了地看著春禧）
春禧　　（打開門看著恩奇）唉唷，好傷心，我們恩奇活不下去了……奶奶把月亮吃掉了！哈哈哈，你抬頭看看天空。
恩奇　　（看天空）

| 春禧 | 月亮還在吧？（說完揮著手，笑著說）進來吧，進來吧，恩奇……外面很冷，快進來。 |

第8幕　春禧的房間裡，晚上。

春禧看著恩奇的行為，覺得很可愛，沒說話，坐著看。
恩奇從自己包包裡拿出牙刷跟牙膏，在牙刷上擠牙膏。

春禧	（覺得欣慰又可愛，和藹地笑，慢慢說）這些就是你的行李嗎？這些奇奇怪怪的東西，是你媽媽幫你裝了這些要你在這裡生活嗎？
恩奇	（刷著牙點著頭，進去廁所漱口）
春禧	（坐下，看著恩奇，沒說話，笑著）只刷兩、三下就漱口……那也算刷牙嗎？說完拿起水吃藥）
恩奇	（臉也只大概洗一下，用毛巾擦擦臉就出來，看著春禧）你在吃什麼？
春禧	（教導）請問你在吃什麼？
恩奇	（用敬語）請問你在吃什麼？
春禧	餅乾，你要嗎？
恩奇	（點頭）
春禧	（先給恩奇喝水）喝下去，把嘴巴打開。
恩奇	（吞下水之後打開嘴巴）
春禧	這就是你的零食。（說完將湯匙往恩奇嘴裡送）
恩奇	（咬住湯匙，難過）
春禧	（看著恩奇咬住湯匙，覺得怎麼會有這種事？好笑）哈哈哈……

＊跳接》
春禧和恩奇躺著互看，關掉燈，只剩下月光照映著。

春禧	（有點睏，和藹地看著可愛的恩奇說）你為什麼不把那件衣服脫掉？
恩奇	這是我的防寒泳衣，我要跟奶奶一起游泳，等你教我游泳以後，我再脫掉。
春禧	（無語，和藹地說）冬天都到了還游什麼泳？你喜歡奶奶嗎？
恩奇	喜歡。
春禧	為什麼喜歡？（說完摸著恩奇的頭髮）我喝掉了碗裡的月亮，還捉弄你耶。
恩奇	（有點害怕但冷靜地說）因為你力氣很大，又是老大。
春禧	（無法理解，發睏）你說什麼？
恩奇	這是爸爸說的，他說奶奶跟海豚是朋友，很會游泳，所以會教我游泳跟潛水。而且你的力氣比爸爸還大，還救了很多人，是這裡的老大。
春禧	（無語，笑著）呵呵……這是你爸爸說的嗎？你爸爸在哪裡？
恩奇	（看著春禧，想著應該要說謊）……
春禧	（看著恩奇，嘴角露出微笑）你是笨蛋嗎？連爸爸在哪裡都不知道？
恩奇	爸爸……在西海的白翎島。
春禧	（覺得恩奇說話很可愛，又笑了，摸她的頭）他去幹嘛？
恩奇	他去賺錢，開卡車載木頭。
春禧	你爸爸賺錢要做什麼？
恩奇	他要來濟州，跟恩奇、媽媽還有奶奶一起住。
春禧	（心滿意足地笑了）我們恩奇真聰明。那在爸爸來之前，你是不是要乖乖聽奶奶的話呢？
恩奇	（看著春禧）嗯……我要乖乖聽奶奶的話。
春禧	（伸出小指頭）打勾勾。
恩奇	（勾住小指頭）打勾勾。
春禧	你答應我了喔，要是你沒遵守約定，我就要叫你爸爸媽媽別過來，這樣你就不能跟爸爸媽媽在一起，得永遠跟奶奶一起

住在這裡。

恩奇	（氣餒地看著春禧）恩奇……會乖乖聽話。
春禧	也不可以像剛才那樣哭喔。
恩奇	好。（說完看到春禧手上的「一心」字樣）奶奶也有這個！我爸爸也有！我也想要有這個！
春禧	（幫忙蓋被子）唉唷，你怎麼什麼都想要？這個以前只有蔚藍海女們才有，是我們到巨濟島那種很遠的地方捕撈賺錢的時候，海女們互相約定好要團結一心的意思。你要這個幹嘛？你要去捕撈嗎？
恩奇	（喪氣貌）沒有……我不會游泳，沒有辦法捕撈。
春禧	睡吧……（說完打了哈欠，轉身閉上眼睛）
恩奇	（看著春禧的背，有點膽怯地說）奶奶……和海豚很熟嗎？
春禧	（想睡，沒看恩奇）不熟，我不喜歡海豚。
恩奇	（難過）為什麼？
春禧	（想睡）在海裡如果海豚靠過來，海女們就會受傷。牠們都冒冒失失的，老是游過來跟我們玩，很討厭。
恩奇	（失望）可是我喜歡海豚耶……奶奶，手臂讓我當枕頭睡。
春禧	（想睡，轉過頭來）你要用我的手臂當枕頭，那我叫你爸爸媽媽別來接你囉？還是你乖乖自己睡，然後讓爸爸媽媽來接你？
恩奇	（難過地看著春禧）……我要爸爸媽媽來接我，我乖乖自己睡。
春禧	（雖然很睏但還是笑了）睡吧。（說完轉身閉上眼睛，不舒服）唉唷，全身都好痠痛……

這時，從恩奇的視角看到窗戶被風吹得砰砰響，窗戶外，風吹得樹枝猛敲著窗戶。

恩奇害怕地爬起來，往牆邊的月曆走去，從包包裡拿出色鉛筆，在數字上打上叉叉（數著日期），覺得哪裡有點奇怪，看著天花板，好像有老鼠在爬，發出躂躂躂的聲音，天花板裡還有水聲。覺得恐怖又難過，走到春禧旁邊，從

背後伸手緊緊地抱住春禧，眼眶泛淚，閉上眼睛。春禧感覺恩奇在抱她，覺得很可愛，說著：「哎呀……」轉身也抱住恩奇，睡著了。鏡頭俯瞰這個場景。

第9幕　　春禧的後院，早上。

恩奇（穿著睡褲和長袖泳衣）餵雞舍裡的雞和小雞，兔子吃著白菜葉。

恩奇　　咕咕、邦尼，吃吧，吃吧。
春禧　　（E）恩奇、恩奇！
恩奇　　（對雞還有兔子說）下次見喔！（說完跑走）

第10幕　春禧的廚房，早上。

春禧在廚房裡切著準備加進湯裡的蔥。
恩奇站在春禧旁邊。

恩奇　　奶奶，你在做什麼？
春禧　　（笑著）我在煮魚湯給你喝。
恩奇　　（開心地笑）我喜歡吃魚，那我要做什麼呢？
春禧　　（指著旁邊的折疊桌）你把桌子拿過去擺好。（說完給恩奇抹布）再用這個擦一擦。
恩奇　　好。（說完吃力地把桌子拉過去放好，再用抹布擦過）
春禧　　呵呵呵……恩奇是大力士耶……（笑著，把蔥加到湯裡試味道）

＊跳接－時間經過》
桌上放著醃魚醬、泡菜和兩碗飯，還有兩碗魚湯（看得到

魚頭跟魚眼睛）。
攝影機拍到恩奇的湯碗，碗裡是一條完整的魚。

恩奇	（看著魚快哭了的樣子，不停搖頭，坐著往後一直退）……
春禧	怎麼了？
恩奇	（躲到角落）我……不敢吃魚湯，眼睛好可怕。
春禧	（難過，用手把魚頭捏起來丟掉，想說哪裡可怕）哪裡可怕？牠都死了。（說完，把魚眼睛挖出來給恩奇吃）吃吧！這是好東西，吃了眼睛會很亮，吃吃看吧？
恩奇	（哭著搖頭，起身走到角落坐下，傷心）
春禧	（難過，這次用手把醃魚的肉挑出來給恩奇）那麼……你吃這個吧？
恩奇	（舔了春禧的湯匙，覺得太鹹吐出來，哭著）啊！
春禧	（不高興又難過地看著恩奇）唉唷……不然你要吃什麼？我沒養過孫子，不曉得要給你吃什麼，我那些兒子都會乖乖吃，那你到底要吃什麼？

＊跳接－另一天，白天》
飯菜已經擺在桌上，是白帶魚湯。
恩奇難過地搖頭，看著春禧。

春禧	（不高興）這個也不要？
恩奇	（傷心地點頭）
春禧	（難過地伸出手）你把電話給我！我要跟你媽媽說你都不聽我的話，讓我很操心，叫她不要過來了。
恩奇	（抓著手機，站起來走到角落）你可以煎給我吃啊……那要用煎的，你為什麼要放在水裡煮？用煎的……煎的。

＊跳接－其他日，晚上》
白帶魚煎得焦焦的，春禧用手把魚肉剝下來給恩奇。
恩奇難過地搖頭，又站起來走到角落，傷心。

春禧	（難過，不高興）又怎麼了？
恩奇	（傷心）焦掉了……黑黑的……媽媽說不能吃那種東西……會得癌症……
春禧	（無語，難過地看著）胡鬧……再嫌下去你會餓死。
恩奇	（難過）香腸……煎荷包蛋……雞肉……
春禧	（難受，看著）
恩奇	（哭著）牛奶……麥片……
春禧	（不高興又難過）如果要買那些東西就得去市區，我又沒有車，我現在知道為什麼你爸媽再怎麼賺都沒錢了，有什麼就吃什麼，不吃就算了。（說完吃著飯，像要捉弄恩奇般的說）唉唷，真好吃！
恩奇	我要打給媽媽，叫她來接我。（說完打開手機要打電話）
春禧	打了之後給我聽，我要跟她說恩奇不聽話，叫她不要來接你。
恩奇	（本來要打又不打了，傷心）

第11幕　路邊，另一天，早上。

春禧（頭上頂著要去市場賣的野菜）牽著恩奇（一頭亂髮，沒洗臉，像人家不要的小孩）的手，走了幾步。

恩奇	（邊走邊傷心地說）好累喔。
春禧	（辛苦）繼續走，走到那裡就有車了……
恩奇	我要坐肩膀……
春禧	（停下來看著恩奇，不高興地說）應該要反過來才對吧？
恩奇	（傷心）爸爸說你力氣很大……
春禧	我力氣哪裡大了？我都老了……
恩奇	可是爸爸……
春禧	（難過）你爸爸是騙你的，奶奶老了，沒力氣！
恩奇	（無力地哭）我討厭奶奶！你這個大壞蛋！

春禧	（難過，故意威脅說）大壞蛋？……你才是大壞蛋，小心被我罵喔。
恩奇	我爸爸才不會說謊！我討厭奶奶！不讓我看海豚，也不教我游泳，討厭！
春禧	（難過）我也討厭你，我凌晨叫你起床，你為什麼不起來？我說：「恩奇、恩奇，我們去市場吧！」不管怎麼叫，你還是一直睡。要是你凌晨起來，我們就可以舒服地坐其他大姐的車去了，該有多好。你不吃飯又不走路，都已經6歲了，還像小孩子一樣鬧脾氣，難怪你爸媽不來接你，隨便你想怎樣。（說完悶悶不樂地走開）這麼不聽話，6歲已經長大了。
恩奇	（哭著）奶奶，奶奶……
春禧	（走著轉身，難過，安撫）過來，過來。
恩奇	（哭著站起來，走過去牽春禧的手）
春禧	（悶悶地走著）還剩下十天左右，這該怎麼辦呢？

第12幕　五日市集，白天。

＊跳接－市場外》
東昔賣著衣服，拍著手沒說話，踏著腳招攬客人，客人們挑著衣服。

＊跳接－恩喜的店》
恩喜、英玉、定俊、基俊和小月認真地賣東西，切著魚、清洗魚、撒鹽巴，還要包裝快遞的包裹，客人很多，很忙。

＊跳接－市場內》
浩息推著推車喊著：「冰塊，冰塊！」

＊跳接－血腸湯飯小店前》

印權勤奮地煮著血腸湯，客人過來就大聲喊著：「歡迎光臨。」

＊跳接–老奶奶市集》
春禧（難過）和玉冬賣東西給客人，把東西裝到塑膠袋裡遞給客人。

玉冬	（輕鬆）再來買喔！
春禧	三萬五千韓元，（說完收下錢）再見！（說完再把野菜跟魚乾擺出來賣）
玉冬	（對經過的客人說）這裡有蕨菜跟魚乾喔！

恩奇坐在旁邊，生氣又難過。
對面做生意的奶奶1、2看著恩奇說。

奶奶2	（看著恩奇）她要一直住在濟州嗎？
恩奇	（沒表情地看著）
奶奶1	（裝作知道）她媳婦暫時把小孩寄放在這裡。
奶奶2	（問恩奇）要待多久？
恩奇	（單純）十四個晚上。（用手指比四個）已經過四個晚上了。
奶奶2	（覺得奇怪）十四個晚上？這樣就是兩個禮拜……（說完看向一邊）

＊跳接–跟恩奇有點距離的地方》
奶奶3賣著東西，昭熙（開朗）坐在旁邊吃米香、看手機，這樣的昭熙臉龐搭著聲音。

| 奶奶1 | （E）她怎麼了？ |

＊跳接》
奶奶2看著昭熙，再看奶奶1。

奶奶2	（指著角落的昭熙說）斗蓋里奶奶的那個孫女……
奶奶1	（看著昭熙，再看奶奶2）她怎麼了？
春禧	（裝作沒聽到兩人說的，繼續工作，客人來時就問）要買什麼呢？
玉冬	（看著奶奶2，難過，整理青菜）
奶奶2	她媽媽說兩週後就會回來接她……結果已經過一年了，媽媽跟本島上一起工作的男人外遇，把自己的孩子丟給年紀大的婆婆！
恩奇	（看著奶奶2，難過又失落，用快哭的眼神看著）？
春禧	（整理東西看著奶奶2，不高興）
玉冬	（難過）不是一年，是兩年。不過你幹嘛說這個？
奶奶2	（稍微提高音量）我只是想說現在的人都這樣！媽媽動不動就拋棄小孩。
恩奇	（看著昭熙，再看奶奶2，哭著說）我媽媽才不會這樣，我媽媽不會騙人，只要睡十四個晚上，她就會來接我，跟爸爸一起。
春禧	（打斷，生氣地說）你為什麼要在小孩面前說這種話？
奶奶2	（抱歉貌，但沒意識到狀況）沒有啦，我只是隨口說說……
春禧	（難過，丟著旁邊裝著蔬菜的籃子）只是隨口說說？少發神經了，你給我走，你媳婦拋下老公、孩子跟本島的男人跑了，你會開心嗎？

＊跳接》
恩喜、英玉、定俊、基俊和小月看向聲音這邊。
經過的人也都在看。

＊跳接》

玉冬	（清理籃子，推了春禧一下）你就帶恩奇離開吧。
恩奇	（站起來抓著春禧的衣角哭著）奶奶、奶奶、不要吵架，奶奶……

春禧	（站起來難過地說）你這個賤人，居然在孩子面前口無遮攔……所以你孩子才不來看你！（說完離開）
奶奶2	（突然站起來，對走開的春禧大吼，難過）那你呢？你孩子有來看你嗎？你孩子有來看你嗎？
春禧	（邊走邊說）來了！你的孩子不會來，但我的會！
奶奶2	（氣得語無倫次，大聲地說）你的八字有夠差，老公和孩子老早就都死光了！
春禧	喂，我的孩子哪有死光？萬秀還在，我還有萬秀！
玉冬	（難過，把籃子丟向奶奶2說）夠了！夠了！（說完推著春禧，傷心地說）你走！我叫你走！
春禧	（難過，用快哭的表情把哭著的恩奇帶走）頑固的老人……
玉冬	（把散了一地的籃子跟蔬菜整理好）

＊跳接》

東昔聽到聲音往玉冬的方向看，拍著手踏著腳，沒說話但想著發生了什麼事？看起來不在意的樣子。

＊跳接》

星星賣著咖啡，覺得旁邊氣氛有點奇怪，看著離開的春禧和玉冬。

＊跳接》

恩喜、英玉、定俊和小月手邊事情太多，有點難過沒有過去春禧跟玉冬那邊。

恩喜	（擔心）大姐，大姐，發生什麼事了？
玉冬	（生氣）你去做事吧！（說完整理周遭）

＊跳接》

東昔看起來沒事一般的整理衣服，踏著腳拍著手地招攬顧客，春禧跟恩奇出現在東昔這裡，春禧難過地坐在一邊，

恩奇坐在旁邊，東昔繼續用踏腳和拍手來招攬客人，但眼睛看著春禧和恩奇。

春禧	（難過地看著恩奇，直接地說）你媽媽有別的男人嗎？除了爸爸，有別的男人去過家裡嗎？
恩奇	（哭著搖頭）……沒有，才沒有。
春禧	（難過，用手幫恩奇擦臉）那就好啦，幹嘛哭？你都不吃飯，哭到全身髒兮兮的，別人才會說那種話！才會認為你媽丟下你跑了！
恩奇	（無辜地哭著）奶奶你一大早叫醒我，又不讓我吃香腸和麥片，也不讓我看海豚，也不幫我綁頭髮，也不讓我坐在你的肩膀上。
春禧	（難過）要是我做那些事，你就不會哭了嗎？
恩奇	（哭著點頭）對。
春禧	（深吸一口氣，看著東昔，沒力氣地說）喂，過來這裡。
東昔	？（想著為什麼要叫自己，用手指著自己問）我嗎？
春禧	（累了，覺得媳婦離家很難過）讓她坐在你肩膀上吧。
東昔	（覺得無語又荒唐）我嗎？
春禧	（不高興）萬秀的女兒就是你女兒。（對恩奇說）這個叔叔會讓你坐在他肩膀上，你在這裡好好玩。（說完離開）
東昔	（尷尬地看著離開的春禧，看著盯著自己的恩奇，說不出話。這時看到浩息推著推車經過）大哥！
浩息	（看著東昔）
東昔	她是萬秀的女兒，春禧大姐叫你讓她坐在肩膀上！
浩息	（看著東昔再看恩奇，開朗地走過來）唉唷，你是萬秀的女兒嗎？
恩奇	你認識我爸爸嗎？
浩息	認識啊！我跟你爸爸很要好，我年紀比他大！你要坐在我肩膀上嗎？（說完把恩奇舉到自己的肩膀上，走向東昔）跟這個叔叔要錢。
恩奇	？

浩息	他是你爸爸的朋友，所以就等於是你爸爸，跟他拿錢。
東昔	（看著浩息再看看恩奇，粗聲說）你知道什麼是錢嗎？
恩奇	（覺得東昔有點可怕，點頭）
東昔	（從口袋裡掏出一千韓元、五千韓元、一萬韓元和五萬韓元的紙鈔給恩奇看）你要哪個？
恩奇	（指了五萬韓元的鈔票）
浩息／東昔	（哈哈笑）
浩息	哎呀，好棒喔！
東昔	（覺得很可愛，噗哧笑了）等等。（說完用水瓶裡的水把掛在脖子上的毛巾沾濕，抓著恩奇的臉來回擦了兩、三次）臉好髒……你是乞丐嗎？（說完拿了旁邊一件小孩的衣服給恩奇）拿去，我看你是萬秀女兒才給你的。我平常不會隨便送人，走吧。（說完繼續拍手攬客）

恩奇（喜歡東昔）坐在浩息肩膀上離開。

浩息	讓一讓，萬秀的女兒來了！讓一讓！
恩奇	這裡的人都認識我爸爸嗎？
浩息	當然，大家都認識，而且也都認識你奶奶……
恩奇	我奶奶是老大嗎？
浩息	誰說的？
恩奇	我爸爸說的。
浩息	你爸說得沒錯，你奶奶是老大！印權！親家！她是萬秀的女兒！
恩奇	（坐在浩息的肩膀上很開心，臉上洋溢著笑容）

＊跳接−市場》
印權讓恩奇坐在他肩膀上，恩奇吃著冰淇淋。
印權走向恩喜的店。

印權	（恩奇坐在自己肩膀上太久，有點辛苦）我快死了，誰來接

	手照顧她吧！
定俊	（抱過恩奇放到自己肩膀上）恩奇，坐叔叔肩膀上吧！
恩喜	（笑著對恩奇說）喂，這個叔叔是不是有點太高了？
恩奇	（開心地笑，吃著冰淇淋）
印權	（走向血腸湯飯小店）英珠就要生了，到時候我可揹不動。
定俊	（帶著恩奇走向英玉，開玩笑地說）英玉，跟我生個孩子吧！
英玉	（開玩笑）找死啊。
定俊	那我要找別的女人生。
英玉	？
定俊	聽到不高興嗎？不然你要我怎麼辦？（瞬間轉身，笑著離開）恩奇，要抓緊喔！（說完跑著離開）
恩喜	哈哈哈……
英玉	（說不出話，盯著定俊看）？
基俊	（對英玉說）我爸媽說想跟你見個面。
英玉	我？
恩喜	喂，你去拜訪一下吧！
小月	這樣才有禮貌。
英玉	（想逃避，摸著魚一邊對客人說）你要買什麼？今天的白帶魚跟白姑仔都很不錯喔！
恩喜／小月／基俊	當日的漁獲、當日的漁獲，白帶魚、鯖魚、岩魚、白姑仔！（說著漁獲的名字）

第13幕　市場內，廁所，白天。

玉冬跟春禧從廁所依序走出來，擦著手。

玉冬	不要把那老太婆的話放在心上。
春禧	（洗手，難過地說）我總覺得不太對勁，萬秀從來沒有超過一個月沒跟我聯絡……（累得縮著坐下，找通訊錄裡的萬

秀，撥出電話，但聽到語音說手機關機）

玉冬　　（蹲坐在旁邊）有撥通嗎？

春禧　　他手機一直沒開機……上個月也是……

玉冬　　聽說白翎島那裡沒有訊號？所以他才沒開機吧……

春禧　　（覺得奇怪，掛掉電話看著玉冬）最近這個時代哪有電話不通的地方？

玉冬　　？

春禧　　像楸子島和馬羅島那種遠島，都收得到訊號……

玉冬　　到山裡伐木就收不到訊號啊……上到漢挐山也沒訊號啊……

春禧　　把砍下來的木頭裝上卡車，載到市區時應該會通啊……但我還是一直打不通。

玉冬　　（擔心）你媳婦有接恩奇的電話嗎？

春禧　　只有晚上會接。

玉冬　　因為她要工作。

春禧　　（煩悶，想站起來又坐下）但是她工作的時候怎麼不把孩子送去幼兒園，而是送來我這裡？幾天過去，我越來越覺得奇怪。

玉冬　　你打電話問她吧。

春禧　　（難過，忍住）我要問什麼？問她是不是有別的男人？問她是不是因為這樣跟萬秀分開，所以萬秀跑去哪裡喝酒買醉嗎？

玉冬　　（擔心又不捨）有什麼不能問的？不是的話她就會說不是啊……

春禧　　（下定決心）也對，有什麼不能問的？（說完站起來走出去）

玉冬　　（站起來走出去）

第14幕　海邊，白天。

　　　　小月坐在海邊，幫恩奇綁頭髮。
　　　　星星在旁邊看著可愛的恩奇。

遠遠的，昭熙一個人在海邊玩沙。

恩奇	（對星星說）姐姐的名字真的叫星星嗎？
星星	（笑著點頭）
恩奇	（看著小月）姐姐的名字真的叫小月嗎？
小月	（笑）對啊。
恩奇	（開心）星星和月亮我都喜歡，姐姐，月亮是不是會幫人實現願望？
小月	（笑著）應該是吧？
恩奇	等我爸爸來了，我就要去看一百個月亮喔。
小月	一百個月亮？在哪裡啊？

這時，基俊買來髮夾。

基俊	（把髮夾給小月）我買來了。
小月	（接過髮夾）
基俊	（坐在星星旁邊）
星星	（只看著恩奇）
小月	（在恩奇的頭髮上別上髮夾，對星星說）喂，你別再躲了，基俊哪裡不好？
星星	（比手語）我要跟姊姊一起生活。
小月	如果你結婚的話，我會住在你隔壁。
基俊	（笑著）太好了！
星星	（向小月比手語，上字幕，難過）我不喜歡基俊！我不喜歡像你這樣的討海人！（說完離開）
基俊	（看不懂手語，轉向小月）
小月	（難過地看著星星，再看著基俊，輕鬆地說）她不是討厭你，只是擔心你跑船這件事，像我一樣是在海上工作。你快跟過去吧！
基俊	（追上星星）
恩奇	（看著離開的基俊，發現一邊的昭熙）

小月	（看著昭熙再看恩奇）你想去玩嗎？
恩奇	嗯。
小月	去玩吧！如果迷路了，就跟別人說你是春禧奶奶的孫女，大家就會帶你回來。
恩奇	（笑）好，我奶奶是老大，所以大家都認識。（跑向昭熙）喂，我們一起玩！
小月	（笑著，推著放在一旁的咖啡車離開）熱咖啡、冰咖啡、果汁、麵茶！柚子茶！

＊跳接》

恩奇和昭熙認真地在堆沙堡。

昭熙	（笑著說）你好厲害。
恩奇	（笑著堆著沙堡）嘻嘻。
昭熙	（慢慢靠過來）你是從本島來的吧？
恩奇	（開朗）本島？那是什麼？
昭熙	你是不是搭船來的？
恩奇	（單純）嗯，跟我媽媽一起。
昭熙	（笑著）我也是跟媽媽一起從本島搭船來的，你媽媽是不是把你留下就走了？
恩奇	對。
昭熙	（開心）所以你也像我一樣被媽媽拋棄了。
恩奇	（傷心地看著對方）
昭熙	剛才市場的奶奶們是這樣說的……她們說你也像我一樣被媽媽丟在這裡！
恩奇	（難過，生氣地站起來，快哭了地說）才不是！
昭熙	（站起來，天真無邪地說）哪裡不是？我媽媽丟下我走了，你媽媽也丟下你走了，所以我們當好朋友吧！
恩奇	（氣喘吁吁地說）才不是！你被拋棄了，但我沒有！
昭熙	（難過，聽起來像是不想跟她做朋友，喘著氣說）只有你不知道，大家都知道！你也像我一樣被拋棄了！

恩奇	（生氣，快哭了的樣子，抓起沙子往昭熙的臉撒去）
昭熙	（沙子進到眼睛裡）啊！（叫了一聲就哭了）
恩奇	你很壞，我不要跟你一起玩！（準備離開）
昭熙	（用力推恩奇，讓她快摔倒，抓起沙子也往恩奇撒去）
恩奇	（摔倒，哭了）啊！

這時，遠處的星星跟基俊看到恩奇哭的樣子跑過來，抱著恩奇。

基俊	（問恩奇）喂，怎麼了？怎麼了？（說完有點難過地看著昭熙）

第15幕　春禧的家全景，晚上。

恩奇	（E，哭著）恩奇沒有先做錯事！

第16幕　春禧的家裡，晚上。

玉冬看著哭著的恩奇，有點心疼又好笑。
春禧很難過，拿起掃把責備恩奇。
恩奇坐在角落，眼眶泛淚，據理力爭地說。

春禧	（難過，用掃把拍著地板，半威脅）就算是這樣，你也不能在奶奶面前這樣大小聲啊！
恩奇	（哭著）她說媽媽拋下我就走了，明明就沒有！
玉冬	那你說媽媽沒拋棄你就好了！怎麼可以朝朋友的臉丟沙子？
恩奇	（看著玉冬哭）我說了她還是一直惹我生氣，讓我很傷心啊！（看著春禧）奶奶應該是跟我同一邊的啊，為什麼不幫我說話？她的奶奶也罵我，（搥著胸口）我又沒有做錯事……為什麼要這樣對我？壞蛋！

玉冬	你是跟誰學邊哭邊搥胸的？你媽媽會這樣嗎？還是你奶奶？哈哈哈。（說完大笑）
春禧	（放下掃把，不捨，想安慰恩奇）知道了，知道了，是奶奶錯了。（用毛巾幫恩奇擦臉）不要哭，別哭了……你都沒吃飯，別哭了，會虛脫的。

第17幕　醫院，加護病房內，晚上。

海善哭著，心痛地看著醫生幫萬秀做心肺復甦術。
萬秀沒有意識，掛著呼吸器，因心臟被按壓而身體抽動。
心臟起搏器上看起來心臟好像停止的樣子。

第18幕　春禧的家裡，晚上。

玉冬和春禧躺著，恩奇（穿著睡褲跟長袖泳衣）睡在中間。春禧看著恩奇的手，心煩意亂。玉冬對春禧說。

玉冬	打給你媳婦看看吧，別再心煩了。
春禧	（煩悶）我之後再打……
玉冬	這樣恩奇會很著急的，你就打吧！直接問她是不是不要孩子了？
春禧	（想了一下，突然坐起來，拿起手機打給海善）

電話打通了，但沒有人接。

玉冬	（坐起來）她沒接嗎？
春禧	（心裡有點不安，不太開心，看了時間是九點多）
玉冬	（從恩奇的脖子上拿下手機給春禧）用這支打打看。
春禧	（用恩奇的手機打給海善，一樣電話有響，但沒人接）

玉冬	她怎麼連恩奇的電話都不接？要是她生病了怎麼辦？打去家裡呢？
春禧	（心情變得沉重，心跳加速）他們家沒有電話，我明明叫她不管怎樣都要接孩子的電話的……
玉冬	打去她工作的地方吧？她不是在開到很晚的大型超市工作嗎？
春禧	（疲憊）我不知道號碼……（說著打給恩喜）恩喜，你打電話去木浦超市，找吳海善，叫她打電話給我，嗯……嗯……現在……（說完掛掉電話，吃下旁邊的藥）

一會兒後電話來了，是恩喜。

春禧	（接起電話）嗯，恩喜……
玉冬	（擔心，想知道說了什麼）……
春禧	（瞬間心情沉重）嗯……是嗎？……什麼時候？……沒什麼事，你睡吧……（說完掛掉電話）
玉冬	恩喜怎麼說？
春禧	（疲憊的）海善……沒在那裡工作了，幾天前辭職了。（看著恩奇，很難過）那個善良的孩子……她到底丟下恩奇去哪裡了？

春禧覺得很茫然，眼眶含著淚水，結束在她悲傷的臉龐。

第十七集　　　　　春禧與恩奇2

恩奇不要許一百個願望……
我要祈求一百次讓爸爸好起來。

第1幕　　序章。

　　1. 玉冬的家全景，漆黑深夜。
房間燈火通明，玉冬醒來後忙碌的身影。
房門微開。

　　2. 玉冬的家內，漆黑深夜。
玉冬面無表情地拉開櫥櫃，將一個抽屜的衣物全倒出來，
整理要丟棄的衣服。裡頭有死去丈夫的衣服、東伊小時候
的衣服，以及東昔的衣服，將這些全部往門邊丟，神情不
悲傷，無過多情緒，又打開其他抽屜，將以前的衣物丟
出，不斷重複這個動作。

　　3. 走向田野的路，漆黑深夜。
恩喜開著貨車經過，望見玉冬在田裡燃火，覺得詫異，認
真一看，發現玉冬正在燒衣物。恩喜停下車看著玉冬，感
到困惑下車走向玉冬。

恩喜　　　大姐、大姐，你在做什麼？大半夜的，而且天還那麼冷！
玉冬　　　（看一眼恩喜，再次面無表情地望著火焰）
恩喜　　　（來到玉冬身邊，翻衣物）這些都是什麼……

玉冬	東伊、東昔的衣服，還有他們爸爸的衣服……
恩喜	伯父跟他們倆小時候的衣服，你還留著啊？
玉冬	（專注地看火）
恩喜	（望向一旁的照片，有小時候全家福的照片、東昔國中畢業照、東伊穿海女服的照片、玉冬和東昔〔高二〕合拍的照片）天哪，是我的朋友東伊……
玉冬	（無表情，拿走後丟入火中）
恩喜	（可惜）唉唷，怎麼不留下東昔跟你的照片呢？全燒掉太可惜了！
玉冬	（看著一旁的文書資料）你看看有什麼該留的……我不識字，所以留了很多東西……留了很多不重要的東西……
恩喜	（翻閱通知文書）這些……都是沒有用的東西。
玉冬	唉唷，是嗎？（起身）

恩喜發現玉冬的衣角起火，嚇得大叫，趕緊用一旁的衣物將玉冬身上的火撲滅。

恩喜	天哪，差點出大事了！你怎麼在田裡燒東西啊，這種事吩咐我做就好了！
玉冬	（再次坐下，點燃引火石丟進火中，咳了幾聲，擦拭嘴角，能見鮮血）
恩喜	（看見血漬，望著玉冬，低聲說）大姐……你的嘴巴怎麼……
玉冬	（再次擦拭嘴角，發現手上的血，起身返家）你去市場吧，去忙你的……希望你今天能買到便宜的貨……
恩喜	（呆坐，望著玉冬離去的身影，不敢置信，心痛）……

4. 島上，白天。
東昔開著雜貨貨車，能聽見東昔的錄音內容。

東昔	（E）吃過黑山島的鯎魚嗎？聽過黑山島的鯎魚嗎？離島沒

有，從本島來的秋刀魚、秋刀魚，魷魚、魷魚，雞蛋、雞蛋，豆腐、豆腐，嫩豆腐、嫩豆腐，豆渣、豆渣，菠菜、菠菜，蕨菜、蕨菜，高麗菜、高麗菜，葡萄、葡萄，養樂多、養樂多，爆米餅、爆米餅，玉米、玉米，古早味米果、古早味米果，鋁鍋、鋁鍋，不鏽鋼鍋、不鏽鋼鍋，平底鍋、平底鍋，鉗子槌子螺絲起子、鉗子槌子螺絲起子，上衣下服、上衣下服……

＊跳接》
東昔拿著包裹與蔬菜跑進巷弄中，滿身是汗、氣喘吁吁，路上的老人們望見東昔。

老人1　　你不把東西給我們嗎？
東昔　　　（丟下一包物品就走）
老人1　　把錢寄在帳上吧！
東昔　　　（離去，大聲）我要現金！
老人2　　（從對面走來，向擦身而過的東昔說）東昔，你到我家修一下門把！
東昔　　　叫你兒子幫忙修！
老人2　　（對東昔以傷心的語氣說）他說要賺錢，跑去本島了……
東昔　　　（停下轉頭，受不了，再度望向前方）等一下，我待會完幫你修！

＊跳接，農家》
東昔修理門把，疲憊。這時，老人2端著湯麵前來，東昔工作到一半呼嚕吃起湯麵，手機響起，畫面顯示是玉冬的來電，東昔無奈吃著湯麵，沒有掛斷電話，逕自接起。

東昔　　　（毫不在乎，語氣粗魯）我不是宗雨。（掛斷電話，電話再次響起，雖不想接，還是接起）

＊跳接－玉冬的房內與東昔交錯》

東昔	我不是宗澈。（想掛斷電話）
玉冬	（突然，直白）東昔，下週一……帶我去木浦。（看日曆，確認記憶）
東昔	（無語，不明白）哪裡？
玉冬	木浦……
東昔	（忍住氣，用喝的方式吃湯麵）去木浦做什麼？
玉冬	下週六是宗雨、宗澈爸爸的祭日……
東昔	（生氣，為了忍住氣將湯麵放在一邊）你瘋了嗎？還是傻了？（大聲）媽的，幹嘛打電話來叫我帶你去那兩個傢伙的家？我連我爸都沒有祭拜了，為什麼要去拜他們的爸爸！（生氣，低聲）你在搞什麼？
玉冬	（不動搖，冷淡）他也有養過你，下週六凌晨過來家裡一趟，帶我去木浦。（掛電話）
東昔	（不敢置信）喂？喂？（看著已掛斷的電話，再次撥號給玉冬，大口呼氣，想抑制怒氣）
玉冬	（手機響起卻不接，為了清洗棉被在拆被套）
東昔	（掛斷電話，嘟噥）真是的，可惡，我會被這個老太婆搞瘋……她是想跟我槓上嗎？（修理門把）

字幕：春禧與恩奇2

第2幕　　春禧的家內，白天。

　　　　春禧煮了香腸與雞蛋，盛飯，以片段畫面呈現。
　　　　還用其他的鍋子烹煮雞肉，並用筷子撕開，確認熟度。
　　　　關火，將菜端上桌。

　　　　＊跳接－時間經過》

恩奇（著睡衣，脫去潛水衣）在洗手間洗臉後走出來，坐在角落，望向餐桌，春禧在餐桌邊（上頭有香腸、雞蛋、雞肉）撕著雞肉。

春禧　　（直白）幹嘛瞪著我看？趕快過來吃飯。

恩奇　　（傷心，看著春禧，難過搖頭）我⋯⋯不吃。

春禧　　（平淡，撕肉）為什麼？

恩奇　　（一瞥，傷心）昨天⋯⋯奶奶沒有站在我這邊，還打我的背，害我很痛⋯⋯

春禧　　（無奈看著）你吃完這些，奶奶就帶你去看海豚，還會教你潛水，這樣還不吃嗎？

恩奇　　？

春禧　　唉唷，這些都要拿去丟掉了，要拿去給路上的狗吃。

恩奇　　（望著桌上的香腸，再看春禧，傷心嘟嘴）奶奶做了對不起我的事，應該要向我道歉啊⋯⋯

春禧　　（想讓恩奇開心，也覺得好笑）昨天是奶奶錯了。（笑）你打奶奶的背吧。（挪出後背）打完就過來吃飯。

恩奇　　（看著春禧，用袖子擦去眼淚，走到餐桌吃飯）

春禧　　你怎麼不打我？

恩奇　　（搖頭，吃飯）

春禧　　因為我老了，所以你就放過我嗎？

恩奇　　（點頭）

春禧　　（覺得恩奇可愛所以笑了）你還真搞笑。（給她雞肉）

恩奇　　（吃著雞肉，好吃而開心）我喜歡雞肉，很好吃，奶奶是為了恩奇買的嗎？

春禧　　怎麼可能⋯⋯我把後院的咕咕拿來煮了。

恩奇　　（難受，將嘴裡的雞肉吐出來，跑出去）

春禧　　（笑著吃雞肉）你去了也看不到牠。

第3幕　　後院，白天。

恩奇跑到雞籠處，沒看到雞隻感到傷心，一旁的兔子還在，卻不見任何雞隻，淚水就要迸出。接著聽見庭院裡有聲響，春禧從庭院抱著雞（從雞籠逃出）走過來。

春禧　　這傢伙又跑出雞籠了。
恩奇　　（直視）是咕咕！
春禧　　（將雞放回雞籠，蹲下對恩奇說）奶奶沒有抓咕咕來煮，因為牠是你的朋友，對吧？
恩奇　　（點頭）
春禧　　那你現在喜歡奶奶了吧？
恩奇　　（雀躍點頭）我要去吃飯了。（走回家）
春禧　　（看著離去的恩奇，艱難起身）這麼喜歡咕咕，就不應該吃雞肉啊……唉唷……

第4幕　　春禧的庭院＋春禧的家外，白天。

春禧用筆在恩奇的手臂上寫下漢字。

春禧　　我竟然在畫這個……
恩奇　　（喜歡「一心」）
春禧　　還要畫什麼？
恩奇　　（看著春禧笑）奶奶你知道那個地方嗎？有一百個月亮，可以實現一百個願望的地方，可以帶我去嗎？
春禧　　（無奈，麻煩）什麼一百個月亮……跟你爸小時候一樣愛亂講話……
恩奇　　奶奶也知道嗎？一百個月亮？我爸爸說他向一百個月亮許了願，才生下我的。
春禧　　（不耐煩）我知道……不過你之後跟你爸去吧，還要畫什

麼？

＊跳接》
春禧收起掛在晾衣繩上的潛水衣，替恩奇穿上。

春禧	直接開始就好了，何必穿那個……
恩奇	一定要穿潛水衣，衣服才不會濕掉。
春禧	（替她穿衣，無奈）光穿這個玩水也會濕！衣服濕掉又得洗……不懂還裝懂！

＊跳接》
播放兒歌〈帥氣的番茄〉。
春禧將臉埋進臉盆。
恩奇將臉埋進臉盆。
恩奇很快地抬起頭呼吸，春禧還在憋氣。
恩奇開心，覺得神奇，不斷高喊：「我的奶奶好棒喔！」然後又將臉埋進臉盆，幾秒後隨即抬起，但春禧仍維持不動。
恩奇開心在附近又跳又叫，「我奶奶最會潛水了！爸爸說得沒錯！奶奶是潛水高手！」昭熙在遠處畫著大海，看見她們遊玩的模樣，兩人對視，昭熙沒有笑，只是盯著恩奇看。恩奇對望一陣子後再回到院子，發現春禧還潛在水裡，恩喜在一旁唱歌跳舞，這時，恩奇放在院子裡的手機響起，她飛奔到電話旁，看著手機開心說是媽媽，春禧抬起頭，用脖子上的毛巾擦拭水滴，恩奇看著手機。

恩奇	（開心）媽媽！
春禧	（坐在恩奇旁，擔心地聽著電話）
恩奇	媽媽，我今天吃了很多飯！奶奶煎了香腸跟雞蛋給我吃。
春禧	（告訴恩奇，雖然看到海善的來電有些不安，但忍住）你跟她說還有雞肉……

恩奇	媽媽，奶奶還有煮雞肉喔！
春禧	跟她說我對你很好……
恩奇	（開朗）奶奶每天都對我很好！
春禧	（向恩奇要手機）
恩奇	媽媽，我換奶奶聽。（將手機遞給春禧，去外面左顧右盼找昭熙，望見昭熙在遠方靠著牆，走向昭熙一旁，看著昭熙，對昨日的事感到抱歉）
海善	（E）媽，抱歉，昨天我工作太忙了，沒接到恩奇的電話。

第5幕　春禧的屋內，白天。

春禧從院子走回家中坐下，因擔憂而斥責。

春禧	無論工作再忙，還是要接孩子的電話啊，你在做什麼了不起的工作，怎麼連電話也不接？身為媽媽……還這樣……如果你要這樣，就把恩奇接回去。

第6幕　醫院一角（與春禧的家交錯鏡頭），白天。

海善哭過的臉，看上去相當疲憊，講電話中。

海善	我很抱歉……
春禧	（難受，猶豫該不該說，爾後下定決心）你是因為工作的關係……才讓恩奇待在濟州的吧？
海善	當然。
春禧	是不是……萬秀那傢伙傷了你的心，你才讓恩奇住在這裡？
海善	（心痛，極力掩飾）不是的，媽……萬秀已經沒有再讓我傷心了，請你不用擔心這個。
春禧	（質疑）你……現在還在木浦超市工作吧？

海善	（望見醫生經過）媽，我得去工作了，之後再打給你。（向醫生跑去）醫生！
春禧	（掛電話，臉色一沉，喃喃自語）超市的人說她已經離職了……她卻說還在那裡工作……這是怎麼回事……（短暫思考，望向前往木浦的船班時刻表〔一旁還有通往濟州市、西歸浦市的公車時刻表〕，思考是否要親自去一趟）

第7幕　離春禧家有段距離的路邊，白天。

　　　恩奇、昭熙在地上畫畫、遊戲，恩奇畫著媽媽。

昭熙	你奶奶不知道你爸在醫院嗎？為什麼她不知道？
恩奇	（專心畫畫，開朗）我沒告訴她，奶奶老了……如果她知道會暈倒的，之前我的腳受傷，讓我的外婆嚇一跳，她在來我家的路上暈倒，結果腰受傷了，到現在還會痛，所以我才沒跟奶奶說。
昭熙	（點頭）是喔……

　　＊跳接》
　　玉冬走過來，看見恩奇與昭熙在談天，覺得可愛，在稍微有些距離處看著兩人。

恩奇	你知道能看見一百個月亮的地方嗎？
昭熙	（奇怪）月亮只有一個啊……
恩奇	我爸爸說他知道濟州有地方能看見一百個月亮，如果在那裡許願，可以實現一百個願望喔。
昭熙	（抬頭看天空，再看向恩奇）你看到一百個月亮要許什麼願望？
恩奇	我想要很會游泳，可以認得韓文字母，可以數到一百，可以看到海豚，希望媽媽不要對我生氣，也不要發脾氣，還希望

每天都可以跟爸爸媽媽一起玩……

昭熙　　（覺得奇怪）可是月亮真的只有一個……（再度看向恩奇）你爸爸真的沒有說謊嗎？

恩奇　　（怒瞪，生氣）我爸才不會說謊！我爸爸說他知道哪裡有一百個月亮！我爸說他出院後就要帶我去那裡！

＊跳接》

玉冬聽見恩奇說「爸爸出院」一詞感到詫異。

＊跳接》

昭熙　　好羨慕你。（在地上畫畫）我爸爸很會說謊……每次都說要帶我去玩，最後都失約。（看著恩奇笑）我也想看一百個月亮，我想許願爸爸可以陪我玩。

恩奇　　（笑著）等我爸爸出現，說不定可以帶你去看一百的月亮！這樣很棒吧！

昭熙奶奶的聲音傳來。

奶奶　　（E）昭熙、昭熙！

昭熙　　（起身跑去）我來了！

恩奇　　（望著離去的昭熙，發現玉冬，擔心爸爸住院的消息被聽見）？

玉冬　　（心裡難受，用手勢叫恩奇過來）

恩奇　　（走向玉冬，在身邊坐下）

玉冬　　（雖擔憂卻直白）你爸爸在醫院嗎？

這時，春禧高喊著恩奇的名字。

恩奇　　（看見春禧，覺得不能說出口，擔心）

春禧　　你們倆在路邊做什麼……（蹲坐在玉冬旁，看著臉色很差的

玉冬）你的臉色怎麼那麼蒼白？

玉冬	（冷靜地問恩奇）因為你爸在醫院，你媽才會把你丟在這裡嗎？

玉冬　（冷靜地問恩奇）因為你爸在醫院，你媽才會把你丟在這裡嗎？

春禧　（困惑）？

恩奇　（看著玉冬、春禧，想到要保密而為難，難受）

春禧　（預感不好，保持冷靜，問恩奇）你爸爸在哪裡？

恩奇　（望著春禧，難過）西海……白翎島。（害怕被識破，哭泣）他在西海的白翎島！他去山上伐樹！這樣才能買好吃的東西給我，才能買月亮船，來找濟州的奶奶……（大聲哭泣）他沒有去木浦的醫院！他的腳跟頭也沒有受傷，沒有不舒服！

春禧　（心頭一沉，但還是忍住，保持冷靜）你爸爸……頭受傷……在木浦的醫院嗎？

恩奇　（哭泣，搖頭）才不是！他在西海的白翎島！我只要再睡幾個晚上，爸爸跟媽媽……就會來接我！

玉冬　（看著恩奇，再看春禧，心痛難受）

春禧　（看著恩奇，再看玉冬，大致已猜想到，眼眶泛紅，沉重，起身拉著恩奇走）……好，我知道了，我們走。

玉冬　（看著兩人，拿起一旁的石頭起身，疊到石頭塔上，跟著走去，內心刺痛，極力表現平靜）

第8幕　春禧的屋內，白天。

春禧眼眶泛紅，心痛，忍住沉痛心情更衣，看得出強韌的意志力與堅強的個性，玉冬坐在房內靜靜看著春禧。

玉冬　小心點，你要是太著急受了傷，會帶給很多人麻煩。

春禧　（忍住心痛，表現堅強）要是我惹了麻煩，我會咬舌自盡。

玉冬　你有那個膽嗎？恩奇呢？

春禧　（傷心，直接）你去醫院拿藥吧。

玉冬　定俊和英玉會照顧恩奇，他們說要帶她去看海豚，她就乖乖

走了⋯⋯我什麼都沒跟英玉和定俊說。

春禧　　　（從抽屜內拿出存摺，流淚，擦淚，拿出印章，看起來堅強）

玉冬　　　（心疼地看著春禧）

第9幕　　海邊，白天。

　　　　　定俊、英玉、恩奇、小月、星星、基俊搭著船出海，一夥
　　　　　人開心地享受遊玩時光。

恩奇　　　（開心）啊！哇！

其他人　　哇！

英玉　　　（對定俊）喂！船長你也發洩一下啊！不要裝模作樣！

定俊　　　（大聲）啊！

恩奇　　　（看著定俊，開心地笑，大聲）啊！

第10幕　　醫院，藥局，白天。

　　　　　玉冬坐在椅子上，恩喜忍住傷心，自藥局領藥，坐在玉冬
　　　　　旁邊，將藥放進包包，低頭想哭，整頓心情。

恩喜　　　（起身）我們走吧。（先走出去）

玉冬　　　（平靜，跟著走出去）

第11幕　　醫院停車場，白天。

　　　　　恩喜打開貨車的門，攙扶玉冬坐上車，自己坐回駕駛座。

恩喜　　　（忍住心痛，對情況感到生氣）應該讓東昔那傢伙知道這件

事才對⋯⋯

玉冬　　（看著窗外）知道要做什麼？（拉下車窗）你不結婚嗎？去相親也好。

恩喜　　（心痛，粗魯地說）我自己會看著辦，大姐何必擔心這種事⋯⋯真煩。（開車離去，難受不已）

玉冬　　（看著恩喜，無奈）你什麼事都覺得煩，就是這樣才沒有男朋友。（看著天空的雲朵，覺得美麗、珍貴，直白）我活了很久⋯⋯有很多年輕的孩子早早就沒了性命，我老死有什麼大不了⋯⋯（突然，真摯地看著天空）不過那些雲真的好像羊喔⋯⋯

第12幕　開往木浦的船班，白天。

　　　　春禧在船內呆望著大海，表情呆滯。

恩奇　　（E）有海豚！

第13幕　海上，白天。

　　　　海豚躍於海面。
　　　　定俊的船在海上，所有人觀賞著海豚。

恩奇　　（開心）爸爸說得沒錯！真的有海豚！是海豚耶！海豚，我叫孫恩奇！你叫什麼名字！叫海豚嗎？哈哈哈。

　　　　定俊透過視訊電話將海豚的畫面給英希看。
　　　　英希在畫面裡也開心地發出驚呼，定俊將鏡頭轉向英玉。

英玉　　（開心地對英希說）姊，你第一次看到海豚吧！你要慶幸自

己有個好妹妹！你答應我只要給你看海豚，就不會一直打給我！

英希　　（透過畫面）我、我、我，不會打給你，我會……打給……我們家定俊。

英玉　　（笑著對英希說）我們家定俊？

英希　　哈哈哈……

定俊　　（笑著對英希）姐，你隨時可以打給我！無論何時！你再多看看海豚吧！（將鏡頭轉向海豚）

恩奇　　（對小月說）姐姐，我爸爸沒有說謊！

小月　　（笑著看恩奇）？

恩奇　　（開心）奶奶最會潛水，這裡也有海豚，爸爸說的都是真的！我爸爸從不說謊！

小月　　（笑著，雖不明白）對啊，爸爸不會說謊！

恩奇　　（開心地看著大海，大聲）爸爸！媽媽！是海豚！奶奶！

　　　　定俊抱起恩奇，更靠近海豚，海豚濺起水花，噴至恩奇身上，她開心地笑著。

第14幕　　木浦的公車站，白天。

　　　　春禧等待公車，朝著一旁看手機的男學生說。

春禧　　555號公車是在這裡搭沒錯嗎？

男學生　（盯著手機）對。

　　　　公車駛近，春禧起身，艱辛地走上車。

第15幕　　公車內，白天。

春禧在公車上，為了保持平衡緊緊抓住手把，這時，一名與萬秀年紀相仿的男子起身讓位。

春禧　　　謝謝。（坐下，看著窗外後，再問男子）這班公車會到木浦超市吧？

男子　　　（擔心）不是耶⋯⋯您要到對面搭車才對。

春禧　　　（倉皇起身，走至車門，按下車鈴）司機先生，請停車！停車！

第16幕　　木浦超市前，白天。

春禧得知海善因為照顧丈夫而辭職的事實，滿面愁容。

第17幕　　木浦醫院，夜晚。

春禧進入醫院，在櫃台詢問，極力冷靜，雖疲倦卻硬撐。

春禧　　　有一位叫孫萬秀⋯⋯是我的兒子⋯⋯可以幫我查一下他是不是在這裡⋯⋯

員工　　　好的。（用電腦查詢）他在加護病房。（用手指引加護病房的方向）請往那邊走。

春禧　　　（聽見萬秀確實在醫院的消息感到心痛，往加護病房走去）

第18幕　　木浦醫院，加護病房前，夜晚。

家屬們坐在椅子上，春禧靠著牆神情呆滯，加護病房的門打開，護理師走出來。

護理師	家屬們可以進來了，探病時間三十分鐘，請遵守時間。

春禧與家屬們走進加護病房，
這時，海善氣喘吁吁地跑來，看見春禧的背影感到驚訝。

第19幕　加護病房，夜晚。

護理師告訴春禧萬秀病床的方向，然後離去。
春禧看著萬秀（與上次不同，已經能看見臉部、手臂，現在只有頭部與腿部纏上繃帶，唯獨沒有意識）內心沉痛，保持冷靜後坐在椅上，握住萬秀的手，心痛欲絕，看著萬秀，嘴唇緊抿，忍住淚水，從口袋裡拿出手帕，走至門邊的水龍頭淋濕，再次走回萬秀身邊替他擦拭臉部，這時，海善走進來，替萬秀按摩腳部。

海善	（沒哭，心痛卻平靜）一個多月了，一輛超速的卡車衝撞萬秀的車……釀成車禍……他從一開始就失去意識……
春禧	（擦拭手部，看到手臂上「一心」的刺青，內心激動，忍住情緒繼續擦拭）
海善	（看著春禧，按摩腿部）他離開濟州去了首爾，遇見我之後下定決心來木浦時……曾說過絕不會忘記辛苦的媽媽……說要振作，因此和我一起去了刺青店……萬秀真的很在乎媽。
春禧	（忍住心痛，平靜地擦拭著刺青）
海善	（極力提起勁）他只是還沒恢復意識而已，他已經好很多了……前天他差點併發敗血症，但還是克服了……他很快就會醒來的。
春禧	（擦拭臉部，極力冷靜）這是……醫生說的……還是你說的……
海善	（啞口無言）……

春禧　　　（擦拭萬秀的身體，保持冷靜）看來是你說的……（雖難受還是輕柔地擦拭萬秀的身體、頸肩，忍住淚水，專心擦拭）

第20幕　醫院的計程車乘車處，夜晚。

春禧、海善（心疼春禧）走出來，一同坐在乘車處。

海善　　　我已經差不多適應新工作了，下週就會去接恩奇回來，媽應該很累了……今天就住我們家，明天再回去吧。

春禧　　　（心亂如麻，發呆，從包包拿出存摺與印章，不做多想，平靜）照醫生……說得去做吧。（平淡）如果醫生說要拔管……就拔吧……不要花錢受苦。（看見計程車靠近，起身上車）

海善　　　（心痛，起身）媽。

春禧　　　（透過車窗看著海善，眼眶已紅，心痛，低聲）你不用急著把恩奇接走。（對司機）出發吧，我要去碼頭。

司機　　　（駛離）

海善　　　（坐在椅子上哭泣）

＊跳接－車內》

春禧　　　（透過後照鏡看海善，再也忍不住淚水，在車上潰堤）

第21幕　船內，夜晚。

船內的人看起來相當疲憊。
春禧失神地看著大海，想起自己多舛的命運，甚至想跟萬秀一同死去，又想到恩奇該怎麼辦，覺得擔憂，毫無希望，呆望著虛空。

第22幕　恩喜的客廳，夜晚。

　　恩喜坐在廚房喝燒酒，思索事情，想著玉冬，覺得世上怎麼能有這種事。英玉與恩奇趴在地上畫畫，英玉看著恩奇的畫，圖畫紙上有船隻，船上有恩奇、媽媽、爸爸，還有奶奶，眾人呈現祈禱的姿勢。

恩奇　　（畫畫，看時鐘）

英玉　　（自在）奶奶去市區辦事，很快就會回來了，恩奇，你真的好會畫畫，我姊姊也是畫家喔，不過這些人是誰啊？

恩奇　　（上色，不看英玉）我、媽媽、爸爸、奶奶。

英玉　　那你們在幹嘛？

恩奇　　（專注於畫紙）祈禱。

英玉　　為什麼？

恩奇　　（專注畫畫）我們要向月亮許願。

英玉　　怎麼這麼多月亮？

恩奇　　（用黃色畫筆在紙上畫大大小小的月亮，相當專心畫畫，不看英玉）我爸說他知道某個地方，可以看到一百個月亮。（看英玉）他說只要去那裡，就可以一次實現一百個願望。

英玉　　（不相信）是喔？（覺得可愛）你有一百個願望嗎？怎麼那麼多願望？那你最大的願望是什麼？

恩奇　　（認真地畫月亮）我跟爸爸媽媽一起過得很幸福。

英玉　　（受不了）你懂什麼是幸福嗎？

恩奇　　（看著英玉，開心地笑）就是看著彼此笑得很開心。

英玉　　（覺得有趣）天哪，你真會說話。（看恩喜）姐，你有聽到她說什麼嗎？她說看著彼此笑得很開心就是幸福！

恩喜　　（想起玉冬，喝著悶酒，心情沉悶，不知該如何是好）

英玉　　你怎麼在小孩面前喝酒……（再次看向恩奇，選了類似黃色的蠟筆陪她一起畫）姐姐跟你一起畫。

恩奇　　（開心，認真畫月亮）

鏡頭拍著英玉、恩奇、恩喜等，朝恩奇頭上的方向而去，
在圖畫紙上拉近鏡頭。圖畫紙上的漆黑大海與夜空中，有
著一百顆大大小小的月亮。

第23幕　走向春禧家的路，夜晚。

春禧茫然地走回家，因為疲憊而用手支撐牆面片刻，再次
使勁往前走，經過玉冬的家。
坐在簷廊上的玉冬看見春禧回來，走向她。

玉冬　　　恩奇在恩喜家睡，恩喜說明天再帶她回來……（在春禧身後
　　　　　說）萬秀怎麼樣了？

春禧　　　（轉身，茫然）他要靠呼吸器才能呼吸……連我去了他也不
　　　　　知道……我這種命……還寄望跟兒子一起生活……我叫海
　　　　　善放手讓萬秀離開……（轉身回家，表情呆滯，流淚）

玉冬　　　（心痛，看著春禧離去的身影，轉身回家，走上門廊進房，
　　　　　停下痛哭）

＊跳接》
春禧流著淚進到屋內，精疲力盡，失神。

第24幕　碼頭，早上。

春禧（恍神）、恩奇、玉冬（裝作無視）牽著手站著。
恩奇朝著在定俊船上的英玉、小月、定俊、基俊揮手，星
星在碼頭向小月用手語比劃著要她小心，小月用手語表示
知道，船上的基俊用手語對星星說我愛你。

小月／英玉	恩奇！姐姐去挖好吃的鮑魚給你吃！
恩奇	還要海螺！
惠慈	（開心笑著，對恩奇開玩笑）你趕快回木浦，讓你奶奶回來工作！你害她都不能賺錢了！
海女們	（笑）唉唷，你幹嘛跟小孩子講錢啦！
海女1	（對恩奇大喊）恩奇，你什麼時候要回去？
恩奇	（笑著，開心）後天！我已經睡了十二個晚上！只要再睡兩個晚上就要回去了！
小月	你一定很開心！
恩奇	（開心地揮手）

這時，開著貨車的恩喜，看見春禧和玉冬後停下。

第25幕　海邊，白天。

恩奇和昭熙玩扮家家酒，用玩具煮飯菜，開心玩著，春禧在一旁心疼恩奇的處境，盡力笑著，有些心不在焉。
恩奇用玩具盛起沙土，遞給春禧。

恩奇	老公，吃飯吧。
春禧	（雖然疲憊卻掩飾，陪她玩，但能感受到無力）你要說敬語啊。
恩奇	不用啊，爸爸媽媽他們都不說敬語，吃飯吧。（倒海水在昭熙的玩具碗內）水要慢慢喝，你怎麼老是灑得滿地都是呢！恩奇！
昭熙	（笑）
恩奇	（用手摀著嘴，模仿母親，開心笑著）
春禧	（用玩具湯匙吃著沙子做的飯，極力掩飾心情）唉唷，真難吃……
恩喜	（心痛，小聲，E）啊……怎麼辦……真是的……

＊跳接》

玉冬、恩喜（眼眶泛紅）坐在一旁，看著春禧和恩奇。

恩喜　　（心痛，聽著萬秀的事，心疼地看著春禧，也感到氣憤，嘆氣）怎麼辦……唉……這該怎麼辦……大姐……萬秀……那個孩子……這到底……

玉冬　　（看著春禧）

恩喜　　啊……真是的！（起身，心如刀割，流淚）

玉冬　　（看著恩喜後，再看春禧）

＊跳接》

恩奇與昭熙放下家家酒的玩具，到處奔跑玩耍，開心笑著。

第26幕　定俊的公車內，隔天，凌晨。

定俊在公車內看著大海，面露憂心。
原本睡在公車內的英玉起身，包裹著棉被，來到定俊身邊，望向大海。

英玉　　海象怎麼這麼差……

定俊　　（摟住英玉的肩，擔心地盯著海面）對啊。

第27幕　印權、浩息的屋內，凌晨。

印權、浩息站著望向遠方。

印權　　啊……天氣真糟……

浩息　　（無奈，轉頭望客廳）

＊跳接》

前一天，一同與恩喜因為春禧的事喝酒澆愁，滿地酒瓶。恩喜沉沉睡去。

浩息　　（看恩喜）恩喜真的太難過了，（看印權）我們也應該去探望
　　　　萬秀……理當去一趟木浦才對，親家。
印權　　（無奈，難受）……看了我只會更想哭……我不去。
浩息　　（無奈，看著窗外，大吼）啊，真是的，這雨可以停了吧！

第28幕　玉冬家的廚房，天未亮的凌晨（能聽見簌簌風聲）。

玉冬在廚房，用魚骨頭煮著狗飼料，提著鍋子走出來。

第29幕　玉冬家的庭院，天未亮的凌晨（風雨大）。

玉冬穿著輕便的雨衣，提著鍋子走出來，院子裡無論是飼料碗還是晾乾的衣物全都被吹得凌亂在地，連晾衣繩也斷裂，貓狗全都躲起來，水缸上的水碗也東倒西歪。玉冬找到飼料碗，將狗食倒進碗中，也找到水碗，將其放在地上，難受地走出門外，走向春禧的家，經過石塔時呆望了好一陣子，然後傷心地推倒石塔後離去，不久後又再次回來，忍住淚水將石塔再次疊起。

第30幕　醫院入口＋加護病房前，早上。

海善著急地跑進醫院，經過櫃台後跑至加護病房。

＊跳接－加護病房前》

海善跑至加護病房，看見醫生走出來，眼神擔憂地看著海善，海善覺得難以呼吸，用手撐著牆，看著醫生。

第31幕　春禧的屋內，早上（外頭能聽見風雨聲）。

玉冬坐在房間角落，看著接電話的春禧。

春禧　　好……好。（安靜聽著，海善說今天是萬秀能否撐下去的關鍵時期，覺得心痛、氣憤，嘴唇緊抿，裝作若無其事，看著窗外的風雨，不想倒下而直率地說）……今天這裡風雨很大，船跟飛機一定都停駛……等明天早上雨停，我再搭飛機過去……（掛斷電話，煎香腸，心痛，氣憤，忍住情緒，忙碌手邊的事）

玉冬　　（看著春禧，大約明白事態）

春禧　　（煎香腸，對命運感到生氣，隱忍情緒，極力不倒下，直白）萬秀可能……要走了，醫生說現在是危險期……他叫家屬們準備跟他道別……

玉冬　　（沉重，極力冷靜）現在風浪很大，船跟飛機都不會啟航……

春禧　　（不斷感到氣憤，努力忍住）我可以明天早上出發……恩奇……總得見她爸最後一面……（責罵自己）我的命怎麼這麼苦……（抿唇）

玉冬　　（心痛，看著春禧）

這時，恩奇用毛巾擦臉，走出來。

恩奇　　（驕傲）奶奶，我洗好澡了！

玉冬　　（忍住心痛，對恩奇說）你過來吧。

恩奇　　（坐在玉冬身邊）

玉冬	（拿起一旁的乳液替恩奇擦拭，忍住沉痛的情緒）

第32幕　廢屋，白天（雨天）。

房屋就快裝修完成，東昔替小範圍的空間上漆，風雨聲很大，他放下油漆刷，走至窗邊發出噪音之處，找尋聲音來源，將門關緊，並拿起一邊的咖啡杯，啜了一口咖啡，望向外頭風雨交加。

東昔	（擔心，無奈）濟州的天氣還真是喜怒無常。

電話響起，東昔拿起手機，螢幕顯示為宣亞。

宣亞	（E）你在幹嘛？
東昔	（看著窗外）我在廢屋邊看暴風雨邊喝咖啡，你呢？

第33幕　宣亞位在首爾的室內設計辦公室，白天。

宣亞	（看著窗外啜飲，淺笑，直率）我在辦公室的窗邊，看著風光明媚的風景……喝咖啡。

＊跳接－交錯》

東昔	（心動卻粗魯）你有定期回診嗎？
宣亞	有。
東昔	為什麼要打給我？
宣亞	（笑，心動）因為……想你。
東昔	（雖然開心，卻不想顯露心意，粗魯）是想念鄰居哥哥，還是……我這個男人？

宣亞	（看著窗外，喝茶，短暫思考）想念你這個男人……
東昔	（心動卻裝作不在乎，盯著外頭）……
宣亞	（心動，不說話）……
東昔	（找話題）房子差不多快好了，我有時候會睡在這裡，這間房子很漂亮，我的裝修技術很不錯。
宣亞	（溫暖、開心地笑）我打算找個時間過去看看。
東昔	什麼時候？
宣亞	大概十天後？下週末。
東昔	你該不會又打算來跳海吧？喂，你會被冷死的！就算是濟州，冬天的海水還是很冷。
宣亞	我沒有其他目的……單純想去找你。
東昔	（開心卻不表現出來）……好，先這樣，我有事要忙。（掛斷電話後起身，大吼）繼續！（趕緊起身，繼續作業，邊整修邊哼歌）

＊跳接－宣亞的辦公室內，白天》
宣亞笑著拿咖啡回座位，繼續工作。

第34幕　春禧的屋內，白天。

春禧（對自己的命運感到憤恨不平，剝蒜頭，似乎隨時會爆發，心煩意亂）、玉冬（擔心祖孫兩人，心情複雜，不知該如何是好）坐在對面一同剝蒜，恩奇（不知道發生什麼事，開心）自在地躺著，在房裡滾來滾去，吃橘子，看著牆上的照片。

恩奇	（在房內滾動，望見牆上的照片，指著小恩奇與春禧的照片，明知故問）那個小寶寶是誰？
春禧	（忍住怒氣與悲傷，看著恩奇再看照片，剝著蒜頭，直白）你連自己都認不出來嗎？

恩奇	（竊笑，再看著萬秀與海善的結婚照，語氣雀躍）那是爸爸跟媽媽！（看春禧）嘻嘻嘻……（看著萬秀爸爸〔年輕時期〕自在）那個叔叔是誰？
春禧	（看著恩奇指的照片，忍住悲傷，直說）你爺爺。
恩奇	（起身，看春禧，若無其事）他看起來好年輕。
春禧	（忍住悲傷）他過世了。
玉冬	（安靜剝蒜）
恩奇	（平靜）我們家的小狗波波也過世了……那時候我很難過……
春禧	（忍住心痛，埋頭剝蒜，總是一股怒氣在心頭）
恩奇	（看著春禧，望見年輕的萬德、萬吉的照片，無心地問）那些哥哥們是誰？
春禧	（聽到「哥哥」二字，知道是指逝世的兒子，剝蒜頭，心痛，生氣）你爸的哥哥們，他們都生病過世了。
恩奇	（傷心，看著萬英的照片）那個哥哥呢？
春禧	（瞥向照片，再次剝蒜，傷心欲絕，粗魯）他也是喝醉後掉到田溝裡摔死了。
恩奇	（看著春禧，覺得奶奶很可憐，再次看著照片，直白）那他們……應該都跟波波一樣……變成星星了。
玉冬	（看著恩奇）
恩奇	（看著玉冬，直說）爸爸說過，人跟動物死掉以後都會變成星星……所以不用太難過……
玉冬	（點頭，輕撫著恩奇的頭）
春禧	（剝蒜，氣得嘟囔）亂講……什麼星星……人死後就只會化為塵土，死後就什麼都沒了……別相信你爸的話。
恩奇	（難過，眼眶泛紅）才不是……爸爸說死掉後就會變成星星……小狗波波也變成星星了……才不是土。
春禧	（聽到萬秀覺得難過，在恩奇講完話前，氣得將盛蒜的碗翻倒，以哭腔對恩奇發火）變成星星有什麼用！想碰都碰不到！想抱也抱不到！
恩奇	（無法理解奶奶為何突然如此，受到驚嚇，看著春禧覺得害

怕）？！

春禧　　（喝水，看著恩奇，即使殘忍也不想再忍，眼眶泛淚，聲音低沉）你爸都在騙人！他出不了院，最後只會變成土！別相信你爸的話！（激動地喘氣）

恩奇　　（聽到爸爸說謊、無法出院的話感到傷心，生氣想哭，起身拿起角落的包包，將房裡的繪畫用具、衣服全都裝進包包，看著春禧哭泣）我討厭奶奶！我爸爸才沒有說謊！說謊的人是奶奶！（哭著整理行李，對春禧大喊）我要叫媽媽爸爸來接我！我今天就要走，不要等到明天，我現在就要回家！現在！（哭泣，打開掛在脖子上的手機）

春禧　　（難受，以坐姿挪動身子，流淚，殘酷地說）你……（拿走恩奇的手機與包包，打開門，往下雨的院子丟去，癱軟後躺下，痛心疾首，神情恍惚）

恩奇　　（起身，看著被丟到院子的手機與包包，放聲大哭）嗚！

玉冬　　（起身，到院子拾起物品）

恩奇　　（因為雨勢無法出去，在門前跺腳哭泣）嗚！

春禧　　（失神地看著天花板，猶如自言自語，精疲力盡）你以後要跟奶奶一起住了……你爸會化為塵土……不會出院了……我會讓你媽一個人自由生活，不會綁著她，你爸跟你媽都不會來了……

恩奇　　（吵鬧）才不會！他們會來！

春禧　　（看著天花板，任眼淚流下，心痛，喃喃自語）他說要來濟州出海捕白帶魚……說要來跟我一起住，說出院後要來接你都是騙人的……全都是謊言……我這種八字……竟然還妄想跟兒子……媳婦……孫子同住……我生來就沒有這種福氣……（哽咽，痛哭）萬秀……萬秀……我的寶貝兒子，萬秀啊……

恩奇　　（蹲坐在地，哭鬧）嗚嗚！媽媽！爸爸！趕快帶我回家！媽媽爸爸……

春禧　　（流淚，恍惚，自言自語）你叫破喉嚨他也不會來。

玉冬　　（將包包撿回來，走回房間，心疼地抱著恩奇，忍住淚水，

撫摸恩奇哭泣的臉龐）

恩奇　　　（哭泣）媽媽，爸爸，快來帶恩奇回家。

第35幕　海邊，風雨交加，傍晚。

春禧　　　（無力，E）過來吃飯。

第36幕　春禧的屋內，傍晚。

恩奇（哭腫的臉）抱著包包，打電話給海善（只有撥號音，未接），坐在角落，狠瞪著桌邊的春禧。

春禧　　　（坐在餐桌邊，看著恩奇，沒有力氣責備或安慰，無力）你媽不會接的……她很忙……快來吃飯……

恩奇　　　（難受又厭惡地看著春禧，再次撥打電話）我不吃……（看到媽媽仍未接，將手機丟出去，不過度大聲，看著春禧）我也要跟爸爸一起變成星星……我不要吃飯，要像奶奶說得一樣變成土……

春禧　　　（難過得提不起勁，無力）不要亂說話……

恩奇　　　……

春禧　　　（疲憊，看著窗外的雨勢，呆望好一陣子後，再轉頭望向萬秀的結婚照，發呆）

恩奇　　　（傷心，瞪著春禧，像是要哭出來）

春禧　　　（看著萬秀的照片，忍住心痛，看著恩奇）要怎樣你才肯吃飯？

恩奇　　　（悲傷）一百個月亮……我要可以實現願望的一百個月亮……

春禧　　　（心煩意亂看著她）……

恩奇　　　（哭泣，小聲說話）我不要許一百個願望……我要祈求一百

次讓爸爸好起來……

春禧　　（看著，想替她完成）你先吃飯……然後再去看一百個月
　　　　亮，如果不吃飯，就不能看月亮。

恩奇　　（眼眶帶淚，狐疑地看著）……

春禧　　（看著恩奇，揮手要她過來餐桌）快來吃飯。

恩奇　　（小心翼翼走到餐桌邊，為了看月亮，硬是將飯塞進口中）

春禧　　（傷心，看著恩奇，無力仍叮嚀道）慢慢吃，細嚼慢嚥。（將
　　　　小菜放在恩奇的湯匙內，打電話，表情複雜）

第37幕　英玉的店內，下雨的夜。

　　　　定俊心情複雜，與船長們通話。
　　　　英玉、小月、星星處理食材，面露擔憂。

船長　　（E，覺得不像話，大聲）拜託，這種天氣開什麼船！會翻船
　　　　啦！

定俊　　大哥！

船長　　（E）我不開，不行！（掛斷）

小月　　（擔心）怎麼辦？

英玉　　（心情複雜，看著定俊）算了吧，風這麼大……怎麼可能開
　　　　船。

定俊　　（無視，撥打其他號碼，心煩）

　　　　恩喜、印權、浩息走進來。

印權　　我們要馬格利酒跟烤貝類！

恩喜　　（坐下，看見定俊）你的表情怎麼這麼凝重？

定俊　　（煩躁，看著恩喜，專心打電話）我在找人開船。（電話接
　　　　通）喂？李船長，你現在在哪裡？

恩喜　　（問英玉）什麼意思？為什麼要找人開船？

印權／浩息 ？

＊跳接》

浩息、印權表情鬱悶地喝酒，恩喜撥打電話中，從英玉的店外頭能看見定俊也正在打電話。

小月、星星表情擔憂地整理東西，看著定俊與恩喜，英玉無奈地洗碗。

恩喜	（講電話，生氣大吼）臭小子，我之前幫你那麼多次，你每次有事拜託我，我都會幫你，現在幫我一次很難嗎？（煩躁）你的船怎麼老是有問題！你這個沒用的……（掛斷電話，撥打其他號碼，對印權、浩息發火）你們在幹嘛？還不快打電話找人開船！
印權	（難受）這種天氣，我們怎麼能逼朋友去開船？
恩喜	春禧大姐說這場雨等一下就會停！
印權	（無奈）唉唷，現在的雨勢這麼大耶。
恩喜	（吵架）你那麼厲害嗎？你有比春禧大姐厲害嗎？你不知道當她那樣說，雨就真的會停嗎？她說雲很快就會散開！你看天空！（看著大海，閃電出現，再次撥打電話）那種閃電就是雨快停的預兆！快點找人開船！打電話給所有認識的人！
印權	（傷心）開船出去……難道萬秀就會好起來嗎？如果可以讓萬秀好起來，別說十艘船！一百艘我都願意幫忙找！（難過地離去）
浩息	（傷心）如果湊到船，萬秀還是沒有活下來，恩奇就會更失望，我實在不想看到那種結果發生。（喝酒）
英玉	（看著離去的印權，再看恩喜）姐，我也這麼覺得，這只是在白費力氣。
恩喜	（語氣強硬）你以為我做事之前沒想過這些嗎？
英玉	姐，我是怕恩奇之後會失望。

這時，定俊進門。

定俊	（無奈，但語氣冷靜）這種事到時候再說吧。（對恩喜說）姐，我先去開船了！朴船長說他可以來，你等一下帶他們到賞月角。（跑出去）
恩喜	（看著定俊再看浩息）好啊，你就不要白費力氣，留在這裡喝酒吧，我若是袖手旁觀，肯定會瘋掉，所以我要去白費力氣了。

這時，裴船長走進來。

浩息	（猛然起身，走向裴船長，雙手叉腰，眼神兇狠）
裴船長	（不知所措，看著小月、英玉、恩喜、浩息）怎麼了？
浩息	（抓住裴船長的後頸走出去）你跟我走，去開船！

第38幕　夜晚的濟州道路＋恩喜貨車，夜晚。

恩喜的貨車上（春禧、玉東、恩奇、恩喜搭乘），雨停了，只剩颱風。

第39幕　恩喜的貨車內，夜晚。

恩喜	（看著春禧，內心沉重）大姐，你說對了，雨真的停了。
春禧	（低聲，看著窗外，雙眼無神，嘟噥）真不知道我們在幹嘛……
玉冬	（抱著恩奇〔只看著前方〕，直白）我們都能對路邊的石頭祈禱……也能對漆黑的大海祈禱了，對著燈有什麼不行的……去祈求上天帶走你，放過萬秀吧。
春禧	（看著窗外，失神，煎熬）我已經這樣祈求過成千上萬次了，每次送走孩子時我都這樣祈求。
玉冬	（平靜）這次一定會成真，有誠摯的心一定能感動上天。

春禧	（茫然地看著窗外）……
恩喜	（即使因為春禧、玉冬的對話感到心痛，還是裝作開朗，對恩奇說）恩奇，你開心嗎？我們要去看一百個月亮了。
恩奇	（不笑，專注地看著前方，心裡只想著要對月亮許願）開心。
恩喜	（隱藏傷心）這個小鬼頭！

＊跳接》
恩喜行駛中的貨車。

第40幕　山丘，夜晚。

春禧茫然地爬坡，玉冬即使辛苦也撐著，恩喜、恩奇（雖流汗也不停歇）緊握著手，兩人走在前方，不時注意奶奶們是否跟上。
恩喜的車頭燈未關，並用手機的手電筒照亮。

恩喜	恩奇就算辛苦也還是自己走呢，要揹你嗎？
恩奇	（搖頭，流汗也努力爬著）

第41幕　漆黑的大海，夜晚。

定俊開著船，看到其他的漁船感到滿心感謝，鳴笛以示謝意。
漁船船長1看著定俊笑也鳴笛，定俊擔心是否沒有其他的漁船，焦慮地張望，這時又聽見鳴笛聲，看見遠方裴船長開船過來，浩息也在船上。

裴船長	（無奈）真不知道我們在幹嘛！
定俊	（感謝，但不嘻笑，直率）是啊！以後我一定找時間請各位

	好好喝酒！
浩息	（笑著，朝另一個方向望去，又見一艘船駛近，朝船長2說） 你也來了啊！
船長2	（笑）恩喜一直吵，要我為了春禧大姐開船，我能不開嗎？
定俊	（感謝，內心澎湃，看著遠方的山丘鳴笛）

第42幕　山丘頂，夜晚。

聽見鳴笛聲。
恩喜、恩奇站在山丘頂上，恩奇看著大海，沒有看到月亮
感到有點悲傷，想哭，但當看到海上的漁船紛紛點燈，整
片漆黑的大海上看不見漁船與人，只見燈火如月亮般在夜
空中閃爍，恩奇呆望著這片奇景。

恩奇	（啜泣，靜靜地說）爸爸……真的……有一百個月亮……爸 爸你說的是真的……真的……有一百個月亮……

恩喜心疼著恩奇，恩喜看著恩奇再望向大海，在恩喜的眼
中，未見月亮，而是漁船們。
春禧、玉東爬上山頂，她們的眼中也只見漁船，恩奇看著
月亮（？）許久，跪在地上祈禱，春禧、玉冬茫然地看著
漁船，又看向祈禱的恩奇，玉冬也跪在恩奇身邊一同祈
禱，流淚，不說話。

第43幕　山丘頂，夜晚。

恩奇	（哭著，小聲祈求）爸爸……你不要生病……爸爸……要來 接恩奇，恩奇會乖乖聽話……
恩喜	（靜靜地待在恩奇身邊祈禱，雖心痛也深信）萬秀，趕快回

來吧！

春禧　　（看著漁船，雖不明白這樣的意義，但是轉頭看著玉冬、恩喜、恩奇等人祈禱的模樣，覺得澎湃想哭，跟著緩緩、艱難地跪下，閉上雙眼，哭著祈禱）

＊跳接》
萬秀和恩奇開心玩樂的模樣以及春禧躺在房裡，看著萬秀和恩奇玩樂影片的畫面中，結束。

第十八集　　　　　　玉冬與東昔1

別說你們明白我的心情，乾脆說不懂還更好。
你們知道我最討厭聽到什麼話嗎？
就是聽到有人說懂我。

第1幕　　序章。

　　1. 東大門服飾店內，凌晨。
鬧哄哄的市場內，商人們選購衣服，議價聲此起彼落，在絡繹不絕的人潮中，東昔表情認真地挑選要販賣的衣服，片段呈現。

　　2. 市場階梯，凌晨。
東昔提著大包小包衣物，不穩地跑下樓梯，滿身是汗，遇見熟識的人，打招呼。

商人　　（高興）你批了不少貨耶，賺很多嗎？
東昔　　（邊走邊笑）要不要我分你一點？
商人　　（笑）好啊，分我一些。
東昔　　（繼續走著，開玩笑）你有我的號碼吧？把銀行帳號傳給我！
商人　　哈哈哈。（笑著離去）
東昔　　（邊走邊笑）

　　3. 餐廳，灰濛的早晨。
東昔坐在餐廳看菜單，老闆遞給他水。

老闆	我們的大醬湯很好吃。
東昔	（不悅）我不吃大醬湯，我要泡菜湯。
老闆	（笑著離去）竟然有人不喜歡吃大醬。
東昔	（喝水，聞著身上的味道，覺得身上有異味，再次喝口水，又再次聞味道，再喝水）

4. 餐廳附近的旅館，早晨。
水流聲。

5. 房間的浴室內＋房內，早晨。
東昔沐浴著，同時用腳踩踏清洗衣物。

＊跳接－房間內》
東昔（穿內衣）洗完澡的模樣，將洗完的衣服用毛巾捲起，用腳踩，除去水份，然後用吹風機吹乾。

＊跳接》
一側晾著洗好的衣物，電風扇朝衣物吹去，東昔在玄關處用濕毛巾擦拭運動鞋，用手機向宣亞發送文字訊息。

東昔	（E）如果有一天我突然出現在你面前，你會怎麼樣？會只有驚訝，還是會很開心？

不久後得到回覆。

宣亞	（E，沉著，聲音充滿笑意）我應該會很開心。

東昔看訊息，害羞笑著，用手機設定下午五點的鬧鐘，將手機放在一旁，起身將窗簾拉上，電話響起，他轉頭望向手機。

6. 玉冬的屋內（門微微敞開），白天。

屋內全是春被、夏被，似乎在整理家中。

玉冬坐在房間一角撥電話（撥給東昔），恩喜的貨車聲音駛近。

以及說話聲。

恩喜　　（E）大姐、大姐、大姐！你吃過早餐……（打開門，手上拿著裝湯容器，面露擔憂）真是的，天氣這麼冷，你怎麼把門打開？（想關門）

玉冬　　（拿著手機，聽撥號音，看著恩喜）我會熱，不要關。

恩喜　　（擔心）哪裡會熱，很冷啦！

玉冬　　（拿著手機，搖頭）

恩喜　　（不明白，有些無奈，稍微開啟一些後坐下，看著滿屋子的棉被，不解）這些是什麼？

玉冬　　（若無其事）棉被……（拿出一床乾淨棉被）這是去年印權買來給我的，你要不要？

恩喜　　（看見玉冬整理的模樣感到難受）你留著用吧，天哪，怎麼一大早就在整理棉被……（轉頭看向一旁的餐桌，桌上只有一盤醃漬物和白飯，看起來絲毫未動，拿起手上的保鮮盒）我煮了好喝的牛肉湯，你至少喝點熱湯……我去幫你熱一熱。（想起身）你在打給誰啊？

玉冬　　（轉頭，不看恩喜）東昔……我要找他去木浦祭拜宗雨的爸爸。

恩喜　　（再次坐下，傷心，難受地大聲說）大姐你真是的，你覺得他會去……（說到一半覺得別說比較好，傷心）他不接電話嗎？

玉冬　　（不看她，平靜，拿著電話聽撥號音）

＊跳接－東昔旅館房間，交錯》

東昔的手機響起，螢幕顯示「……」，表情不悅地瞥向手機，不明白為何要如此。電話掛斷後，東昔躺在床上，關

上頭頂的燈，躺下。

＊跳接》

玉冬　　（一語不發，放下手機，再將印權所送的棉被給恩喜，要她拿走）這真的很乾淨。

恩喜　　（心疼玉冬，生氣，粗魯地說）我不需要啦！我去幫你熱湯。（走向外頭的廚房，傷心地大力關上門）

玉冬　　（看著門，坐著挪動身子，將門稍微開啟，把堪用的乾淨棉被丟在一側，再掀開其他棉被，區分要丟的與要留下的，再次看手機）

＊跳接－東昔旅館房間內》
東昔熟睡中，手機響起，他煩躁地爬起來，畫面顯示為恩喜姐，東昔覺得無奈、厭煩，接起電話。

東昔　　（掩飾厭煩）喂，姐。

＊跳接－玉冬的廚房＋東昔旅館房間交錯》
恩喜一手拿著手機，另一手扠腰，忍住怒氣。

恩喜　　（壓抑傷心與無奈）你為什麼不接你媽的電話？

東昔　　（煩躁，不激動，沒有發火）我哪有媽媽？

恩喜　　（壓抑情緒）你在哪裡？馬上過來找我。

東昔　　（厭煩，難受）我來首爾批貨，忙到凌晨……我要睡了，市場見。

恩喜　　（打斷，雖然受傷，還是直率地說）你媽……得了癌症，而且已經是末期了。

東昔　　（不解，皺眉，理解情況，不過度訝異，片刻後有些不悅，無奈）……所以呢？

恩喜　　（發怒，大吼）什麼所以呢！你說這什麼話？（調整情緒，想

保持冷靜）醫生說已經治不好……放棄治療了。

東昔　　（皺眉，未動搖，靜靜聽著，心想要我怎樣？不悅，不自覺地發怒）

恩喜　　（不想退縮，難以完整地說話，使勁表達）你媽可能……也沒有打算好起來了，連醫院勸她動的手術也不做，早就錯過動手術的時機了……她的時間不多了，你就回來吧，別等到以後才後悔。

東昔　　（表情僵硬，緊抿嘴唇，不自覺地生氣，雖沒有難過，但也不是毫無感覺，想釐清現在的心情，片刻後用一如既往的粗魯語氣回答，音量不高，低聲）……我以後……再後悔。
　　　　（說完後關機，煩悶，躺回床上，將頭埋進棉被）

字幕：玉冬與東昔1

第2幕　　首爾市區道路，傍晚。

　　　　東昔表情僵硬，神情無奈地開車，想起玉冬。

東昔　　（煩悶，心情不佳，想著玉冬的事，搖頭不想再想，咬緊牙根，認為不關自己的事，只想顧好自己的人生，胡亂地開車）

第3幕　　宣亞公司內＋外，傍晚。

　　　　宣亞急忙走下樓梯。
　　　　有些著急的模樣，經過公司大廳，跑出去，電話響起，她邊接邊跑出公司外。

宣亞　　（著急，想保持冷靜，對於來電有些漫不經心，心思在別

處）喂⋯⋯哥⋯⋯我⋯⋯？現在？我剛下班，正要離開公司⋯⋯（打開公司大門，左顧右盼）

＊跳接－宣亞公司對面，東昔的貨車內》
東昔拿著手機，從貨車上看著宣亞後，放下手機。

＊跳接》

宣亞　　（通話，覺得電話怎麼無聲，感到奇怪）哥？哥？

＊跳接》
東昔按下喇叭。
這時，喇叭聲與小烈喊「媽媽」的聲音重疊。

＊跳接－東昔與宣亞的交錯鏡頭》

宣亞　　（拿著手機）喂？（回頭望見小烈，開心笑著，如孩子般開心地跑到小烈身邊）小烈⋯⋯
東昔　　（好奇宣亞怎麼不看自己，而是跑向別處，視線隨著宣亞看過去）

泰勳抱著小烈，看著宣亞，燦爛地笑。

泰勳　　（將小烈交給宣亞，替她揹皮包）包包給我。
宣亞　　（抱小烈，表情開朗，走著）你有沒有想媽媽？
小烈　　超級想。
宣亞　　（抱著孩子，晃動身體）媽媽也是。
泰勳　　（臉上掛著笑容，對宣亞說）他這個禮拜一直吵著要找你，我費了好大的勁才安撫他。
宣亞　　（看著泰勳笑，又望向小烈，燦爛笑著）原來小烈這麼想我啊？

＊跳接－東昔的車內》
東昔不明白眼前的情況，直盯著宣亞，接著轉頭望向看似很開心的泰勳。

＊跳接》

小烈	（開心）對啊。
泰勳	這孩子……（發現宣亞的頭髮落至眼睛處，替她勾到耳後）
宣亞	（看著泰勳笑著，邊走，對小烈說）今天想吃什麼？
小烈	披薩。
泰勳	（自在）不能那麼常吃披薩，披薩跟炸雞都吃太多了，今天一定要吃飯。
宣亞	（笑著看小烈）有沒有聽到爸爸說什麼？不能再吃披薩，今天要吃飯喔。

有一名男子經過，泰勳摟住宣亞的肩，不讓她與男子相撞，並說：「小心……」

＊跳接》

東昔	（在車內望見宣亞幸福的模樣，有些落寞，有些羨慕這樣的光景，同時顯得自己的處境有多悽慘）

＊跳接－第10集，回想》
宣亞在泰勳的車前，要求抱回小烈，東昔阻止她，並揮手叫泰勳離去，用閃切鏡頭呈現。

＊跳接－第6集，回想》

東昔	（不經意看著餐桌旁的照片）那張合照是什麼？
宣亞	（貼上OK繃，不在意）前男友。

東昔	既然分手了，幹嘛留著照片？丟掉啊。
宣亞	（輕鬆）因為可能會復合啊。
東昔	分手就分手了吧。（用手將合照蓋上）
宣亞	（笑，打開啤酒，神情自在）

＊跳接－現在》

東昔	（認為兩人復合，覺得他們很相配，自慚形穢，無奈中又感到生氣，看著兩人笑著談天的模樣後，看向前方，深吸一口氣，氣得連按喇叭洩憤）

＊跳接》

周遭的路人與遠處的泰勳、宣亞、小烈都聽見喇叭聲，紛紛望向東昔的貨車，東昔直接驅車離去（不知道宣亞有看見自己的車，想這樣一刀兩斷，不想再忍受這種落魄感受），宣亞望著東昔的車揚長而去，慢動作播放。

第4幕　開往濟州島的船內，夜晚。

東昔躺在椅子上，手機響起，從口袋拿出手機，是恩喜的來電。他掛斷後再次躺下，電話又響起，是宣亞的來電，東昔鬱悶地看著手機，將電源關上，皺起眉頭盯著大海。

第5幕　宣亞的屋內，夜晚。

宣亞坐在客廳的床上撥打電話，一旁的小烈正熟睡，宣亞輕撫著小烈的頭髮，聽見電話關機的提示訊息後，無奈地讓小烈躺在自己的手臂上，拿起手機看之前東昔騎馬的影片，有些思念東昔，也擔心東昔就這樣不告而別，想著他

之後應該會接電話，心情不過度沉重。

第6幕　濟州島，白天。

東昔將貨車停在一旁，搬運貨品，配送至家家戶戶，口袋裡的手機不斷響起，他絲毫不在乎，流汗繼續走著。

第7幕　濟州島一角，白天。

東昔在貨車旁，在滾燙的水裡放進泡麵後攪拌。
聽見好幾通訊息聲，自口袋裡拿出手機，面無表情。

印權　　（E，氣憤）你瘋了嗎？你還是人嗎？明知你媽時間所剩不多，還不聞不問，你是良心被狗吃了嗎……快打給她……

浩息　　（E，勸解）東昔，你在哪裡？我去找你，你在哪裡？

春禧　　（E，傷心，直率）聽說恩喜已經把你媽罹癌的事告訴你了，那你怎麼還不打給你媽？趕快打給她！

東昔　　（神情不在乎，然後點開宣亞的訊息）

宣亞　　（E，冷靜）你那天怎麼直接離開了？電話也沒接，回電話給我，哥。

東昔　　（將手機放進口袋，沒胃口地吃著泡麵，無意間想拿起鍋子喝湯，卻不小心灑在大腿上，因為熱度趕緊跳起來，痛得叫不出聲，萬般痛苦，對一切都感到無比氣憤）

第8幕　玉冬的廚房＋庭院，其他天，白天。

定俊忙進忙出，用工具修理洗手台下方的門，表情嚴肅，想著玉冬感到心痛，修完後（修理的畫面以跳接呈現）走

出去。

定俊　　　（朝玉冬）大姐，還有哪裡要修？

＊跳接－庭院》
春禧製作泡菜，玉冬雖看來沒精神，卻還是端正坐著，處
理大蔥，看著春禧。英玉、恩喜、小月、星星在一旁煎
餅、做雜菜，替玉冬準備要帶去木浦的食物。

玉冬　　　（看定俊）屋頂……上次印權跟浩息有修過，但不知道為什
麼總是有聲音……
定俊　　　（留心玉冬的身體狀況，有些無奈，大聲說）我上去看看！
（找來梯子，確認梯子狀態，釘了幾顆釘子後，往屋頂上爬
去）
玉冬　　　（望向定俊，又看著春禧）多放一點芝麻。
春禧　　　（倒芝麻，攪拌均勻，直率）叫我做東做西的，真囉嗦。
小月／星星（看著兩人的互動，微笑）
恩喜　　　（看著兩人，總是感到傷心）
玉冬　　　你試試味道。
春禧　　　（看著玉冬）我是你的跟班嗎？
玉冬　　　（淺笑）當然是。
春禧　　　（吃一口泡菜）好吃。（拿起一小塊，放進玉冬嘴裡）
玉冬　　　（嚐味，皺眉）味道太淡了。
春禧　　　太淡嗎？（再倒進魚露）這樣夠嗎？
玉冬　　　（吃力點頭）
春禧　　　（攪拌，再試味道，遞上泡菜）
玉冬　　　（搖頭不吃）應該夠了。
英玉　　　大姐，我也要吃。
春禧　　　過來拿吧。
星星　　　（來到春禧身邊，接過滿滿的泡菜，分成幾份，放在每個像
幼鳥般往上張開的嘴）

恩喜／英玉／小月／星星	（美味）好吃！真好吃！
恩喜	（看向玉冬，擔心）大姐，外面很冷，你進去吧。
英玉	（煎著餅）她說喜歡吹吹風嘛。
恩喜	（無奈地看著玉冬）你應該叫宗雨、宗澈自己準備爸爸的供品啊……為什麼你要做這麼多帶去木浦……我工作很忙，無法帶你去。
小月	（推恩喜，使眼色）好了啦，是我們自己要幫大姐，你這樣好像在邀功……（搖頭，要她別說）別說了。
恩喜	（鬱悶）……
玉冬	（對春禧說）我想再看一次。
英玉	（笑）大姐好像很想一直看，我們在這裡，她已經看三遍了。
春禧	（無奈，開玩笑）想看要付錢。
玉冬	（從口袋裡拿出一萬韓元給春禧）
小月	（笑）好貴！
春禧	（斜睨）哪裡貴？
星星／小月	（覺得兩人可愛，笑著）
春禧	（將紙鈔放進口袋，拿出手機找影片）
玉冬	（喜愛手機裡的影片，和藹地看著）

＊跳接－影片》
與恩奇視訊通話的內容，海善拿著手機。

恩奇	（開心）奶奶，我說對了吧，爸爸活下來了，奶奶錯了，恩奇對了。

海善用手機拍攝躺在病床上的萬秀。
恩奇坐在萬秀身邊，將耳朵靠在萬秀（有意識）嘴邊，聽著萬秀所說，並朝海善所拿的手機說話。

恩奇	（開心）爸爸問，濟州的風大不大？（再次靠近萬秀傾聽，再對手機說）他問奶奶身體健康嗎？（再聽萬秀所說）爸爸

說恩奇都有乖乖聽話，唱歌也很好聽！所以叫奶奶買玩具給我。

海善	（將自己的臉露於畫面中，開心）媽，買玩具那句不是真的。
恩奇	（搗嘴笑，露出手上歪七扭八的「一心」）爸爸又幫我畫了這個！
萬秀	（吃力，仍使勁說話，笑著）唱歌……你唱歌給……奶奶聽。
恩奇	（開心唱著兒歌，手舞足蹈）
玉冬	（覺得恩奇相當可愛）
春禧	（以疼愛的眼神看著恩奇與萬秀，雖然心疼玉冬但仍笑著）你開心嗎？
玉冬	（盯著手機裡的恩奇）你一直為孩子著想，心地善良，所以會有福報……（再次看著恩奇）
春禧	（明白玉冬的意思，心疼）要不要……再看一次？這次不跟你收錢。

第9幕　恩喜的倉庫內＋外，白天。

東昔將貨車內的貨物搬進倉庫內，以跳接片段呈現，當他處理完後，走出倉庫，關門，正準備坐上車。
這時，喇叭聲響，東昔轉頭，看見浩息開車停在東昔身邊。

浩息	（沉住氣，傷心）你……為什麼對我的訊息已讀不回？
東昔	（瞪著，直白）因為沒什麼好回的。（坐車）

印權開車過來，擋住東昔的車。

印權	（瞪東昔）下車。
東昔	（相當鬱悶，覺得為什麼眾人要這樣？再看向浩息，心想乾

脆聽看看他們要說什麼，將車子停好下車，一行人前往英玉的店，心情不悅）

印權、浩息將車停好，心思複雜地跟著浩息。

第10幕　英玉的店前，白天。

英玉走出店外，掛上營業準備中的牌子。

第11幕　英玉的店內，白天。

東昔、印權、浩息、恩喜、定俊坐在同一桌。
英玉、小月、星星在另一桌準備食材、處理蔬菜，氣氛凝重。
印權在杯裡倒入燒酒，將酒杯遞給東昔。

東昔　　（語氣粗魯，目光兇狠）我不喝，我還要開車。

浩息　　（斜瞪，不悅）這小子，真是的……

恩喜　　給我喝。

東昔　　（粗魯）我說我不喝，我不想喝啊。（看海的方向）有話快說，我很忙。

恩喜　　（瞪東昔，不悅）你要忙什麼？現在除了你媽的事，還有什麼好忙的？

東昔　　（瞪恩喜）……

英玉　　（看東昔，搖頭，繼續工作）

定俊　　（無奈，拿起酒杯，放在東昔旁邊）哥，待會兒我幫你開車。

東昔　　你幹嘛開我的車？（鬱悶地看恩喜）想說什麼快說。

恩喜　　（忍住怒氣看東昔，直接）帶你媽去木浦吧，我本來想空出時間帶她過去，但她說不要……一個不識字的老人家怎麼自

己去木浦？你帶她去吧。

東昔　（瞪恩喜，再看印權）都說完了嗎？

浩息　（鬱悶，傷心地看浩息）我不是不明白你的心情，我知道你也很氣！

印權　（傷心，氣憤，對浩息說）他要氣什麼！（大吼）大姐得癌症，他有什麼好氣的！（對東昔大聲）他應該要傷心、擔心才對啊！（灌燒酒，煩悶地看著東昔，生氣）如果你還是個人，如果你還有良心……臭小子……這又不是什麼小事，現在是你媽得了癌症，而且還是時日不多的末期，你就應該立刻去找她認錯！好好善盡孝道啊！你到底在幹嘛！死都不接電話！就連我們這些外人，一想到你媽這一生的命運，半夜睡覺都會想哭。

東昔　（打斷，傷心，譏諷挑釁）別人家的事你說得還真輕鬆，就像你是你媽過世後才後悔一樣，我也打算等我媽過世後再後悔，不行嗎？講完了吧？我可以走了嗎？

印權／浩息　（無奈）這傢伙真是……

英玉／小月／星星　（難受，眼神不悅地看浩息，持續手邊工作）

印權　（激動起身，雙手扠腰，不悅地瞪浩息，作勢要揍人又放下拳頭）該死，真的好想揍你一頓。

東昔　（抬頭，瞪印權，無奈）難道我會乖乖讓你揍嗎？

印權　（鬱悶，脫衣，真的想揍人）

浩息　（起身阻止印權）你幹嘛脫衣服，我們今天不是來吵架的。

恩喜　（眼神心痛，看著浩息，對印權說）你坐下。

印權　（傷心，忍住怒氣，坐下）可惡……氣死我了……（斟酒喝）

恩喜　（難受，眼眶泛紅，低聲）東昔。

東昔　（難受，忍住怒氣，看恩喜）？

恩喜　你真的覺得我們不懂你的心情，才這樣規勸你嗎？我……當你姊東伊，我的朋友過世時……

東昔　（聽見東伊覺得心痛，大口喝燒酒，直盯著大海）

恩喜　（沉痛）你媽不到一個月就打包行李，改嫁給別的男人時……我也很氣你媽，完全無法理解她的所作所為，我都有

　　　　　　這種感受了，何況是你……雖然我從沒說過，（直視東昔，
　　　　　　想哭）我很同情你的遭遇……常想到你就想哭。

東昔　　　（忍住傷痛，狠瞪恩喜，眼眶漸漸發紅）

恩喜　　　可是東昔……你媽……（忍淚，極力鎮靜）現在連飯都吃不
　　　　　　下……還會吐血……（深呼吸，心痛地看東昔）我知道你也
　　　　　　氣憤難平，但她要身體健康，你才能對她生氣啊……（心痛
　　　　　　但堅決）你退讓一步吧，成全她的願望，帶她去木浦，然後
　　　　　　等她過世後，你就乾脆地放下這段惱人的關係，她的後事我
　　　　　　們會幫忙處理。

定俊　　　（心痛，喝水，低著頭）

東昔　　　（眼角有淚，氣憤，堅決，總是說違背心意的話，看著恩喜）
　　　　　　我辦不到，我不會退讓，（不看恩喜，望向大海）我不去木
　　　　　　浦。

印權　　　（傷心，安慰）唉唷，我真的明白你的心情。

浩息　　　（傷心，想安慰）我們要是不懂，還有誰會懂你的心情？我
　　　　　　對天發誓，我真的明白你的處境！可是……

東昔　　　（打斷，轉頭望向，低聲）別說你們明白我的心情。

印權／浩息／恩喜　　　？？？

東昔　　　（打算一次傾吐，生氣）乾脆說你們不懂，（看著恩喜，眼眶
　　　　　　泛紅，想忍住氣，直白）你們知道我最討厭聽到什麼話嗎？

英玉　　　（看東昔）

定俊　　　（低頭，心痛，沒有動作）

東昔　　　就是聽到有人說懂我，（看著印權、浩息，嚴肅、強調語氣）
　　　　　　你們懂什麼？你們有親眼見過你媽跟你爸的朋友，甚至還
　　　　　　是朋友的爸爸，當著你的面進同一間房間，關上燈……（心
　　　　　　痛，忍住，譏諷）同床共枕，還不時能聽見棉被的摩擦聲
　　　　　　嗎？

恩喜／印權／浩息　　　（心痛難受）……

東昔　　　（心痛，忍住氣）沒有嘛！那你們懂什麼？

恩喜　　　（難受，對英玉大聲喊道）英玉！幫我們換大酒杯！

英玉　　　好。（拿來幾個大酒杯，傷心，將眾人的燒酒杯換成大杯後

離去）

印權／浩息　（在杯裡倒進燒酒，喝下）

東昔　　　（望向定俊〔沉痛，低頭〕）你們知道為什麼我明明交過好幾
　　　　　個女朋友，卻從沒打算要結婚嗎？因為我怕她們跟我媽（提
　　　　　及媽媽的字眼，感到萬般難受）一樣。就算碰到不錯的女
　　　　　人，只要她跟我媽有一點類似之處，我就會很反感……你們
　　　　　根本不知道她對我做了什麼。（不想再提，灌酒）

　　　　　＊跳接－東昔的回想，颱風、荒涼的山丘，白天，閃切畫面》
　　　　　年輕玉冬（雙眼無神）與年幼東昔（15歲，嘴角有傷〔英
　　　　　希畫中的年紀〕），玉冬抓著東昔的衣領，朝他呼耳光。

　　　　　＊跳接－現在》

東昔　　　（想起過往，傷心、生氣，將酒杯往地上摔，氣呼呼）

眾人　　　（被東昔嚇到，面露擔憂）

東昔　　　（起身開門，想走出去，轉頭，朝恩喜、印權、浩息生氣地
　　　　　大吼）你們懂我？到底懂了什麼？根本什麼都不懂。（從錢
　　　　　包裡掏出酒錢，快速離開，眼淚幾乎奪眶而出，為了忍住淚
　　　　　水，大口吐氣，離去）

定俊　　　（起身走向東昔）

恩喜／印權／浩息　（茫然）

英玉　　　（無奈，雖難過也忍住）東昔哥可能有些我們不知道的苦
　　　　　衷，各位也盡力了，就別逼他了吧。

小月　　　（難過拭淚，工作）

印權　　　（難過）好吧，算了，那是別人家的事，我們喝酒吧。（倒
　　　　　酒）對了，我們是不是要選下個月跟烏山里辦好友運動會的
　　　　　參賽選手？

恩喜　　　（鬱悶，喝燒酒，想著這種事為什麼要現在討論？）

浩息　　　（不悅）你還是閉嘴吧。

印權　　　（看臉色）好吧。（喝酒）

第12幕　前往廢屋的路＋東昔的車內，白天。

　　定俊開東昔的貨車。
　　東昔眼眶泛淚，表情僵硬，緊盯著窗外，忍住氣。
　　定俊心痛，不多說話，開車。

定俊　　（開車）哥……
東昔　　……
定俊　　我開去濱海公路繞一繞。
東昔　　……
定俊　　（迴轉，駛向大海）
東昔　　（看著窗外，想起往事〔宜亞戲有出現過的畫面〕心痛）

第13幕　濱海公路，日落。

　　行駛中的東昔車。

　　　＊跳接－海邊一角》
　　東昔的車停在一角，東昔、定俊看著日落，太陽緩緩落下。

定俊　　（在車內望著日落）
東昔　　（看著日落，想起那片海是帶走父親與姊姊的海洋，心痛盯著後，轉頭，望著覆雪的漢拏山〔插入〕坦承）當知道自己所埋怨的媽媽得了癌症……心情好奇怪……說不上開心也不傷心，總是有一股奇怪的怒氣……心情很糟。
定俊　　（看大海，心痛）
東昔　　（難受，平淡）……走吧。
定俊　　（開車）
東昔　　（透過後照鏡看漢拏山，手機不斷響起，但不接）

第14幕　廢屋，夜晚。

定俊將東昔（口袋裡的電話不斷響著）的車停在一旁。
未熄火，打開車頭燈，東昔下車後走往廢屋，打開燈。
定俊熄火後下車，心疼地看著東昔的背影，好一陣子後才
回去。

＊跳接》

東昔　　（將廢屋四處的燈打開，坐在一角，拿起手機，是宣亞的來
　　　　電，看了好一陣子後，接起電話）是我。

第15幕　宣亞的屋內，夜晚。

宣亞坐在椅子上，看著外頭的風景通話。

宣亞　　（平靜，語氣溫暖）你終於……接電話了，我還擔心你如果
　　　　又不接該怎麼辦。

　　　　＊跳接－交錯》

東昔　　（拿起一旁的水瓶喝水）……
宣亞　　（覺得奇怪，以為電話斷訊）哥……？哥？
東昔　　（語氣事不關己，但還是不開心）聽說我媽得了癌症。
宣亞　　？（比起訝異更多是擔心，真摯傾聽）
東昔　　（毫無感情）已經末期了，（心情複雜）但是我一點都不覺
　　　　得怎麼樣，還想說終於可以了結這段煩人的關係。（違背心
　　　　意，無奈，咬牙）好像……還有解脫的感覺，可是……（媽
　　　　媽二字難以輕易說出口，心情難受，語氣粗魯）我媽……竟
　　　　然要我去繼父……要我去祭拜宗雨、宗澈的爸爸。

宣亞	（擔心東昔）……
東昔	她明知道我不想去，根本是想跟我作對……我該不該去？
宣亞	（在乎東昔的心情，真摯）我也不知道……
東昔	（鬱悶，沉住氣）村子裡的哥哥姐姐全都叫我去，說要完成我媽離世前的最後心願，說我不去就是混帳，連稱做人也不配……可是我不想去。
宣亞	（心痛，認真傾聽，堅定）……那你就別去。（起身，自冰箱拿出啤酒喝）
東昔	（片刻思考，想起往事，冷靜、心痛地說）我爸乘船出海死了，三年後我姊因為下海捕撈死掉，那時候我只剩下我媽這個依靠……你知道當我們要去繼父家時，她對我說的第一句話是什麼嗎？

＊跳接－回想，前面一場戲的山丘場景》

畫面中人物雖開口但噤聲，只聽得見東昔的聲音。

年輕的玉冬拖著推車，轉過身，雙眼地無神看著年幼的東昔，並說：「以後不要叫我媽媽，要叫阿姨，從今以後，宗雨、宗澈的媽媽，就是你媽了。」年幼東昔不情願地說：「我不要！我怎麼能把他們的媽媽當成自己的媽媽！」拖著推車的年輕玉冬，眼神空洞地走向東昔，捉住他的衣領，呼他巴掌。（全景）

東昔	（難過，不激動，心痛，覺得遭遇可笑，E）從今以後不要叫我媽媽，要叫我阿姨……宗雨、宗澈的媽媽就是你媽了。（低聲）所以我告訴她，我做不到……我的媽媽是你，我怎麼能叫那個女人媽？然後我媽盯著我好一陣子……就賞我巴掌，而且還不是一下，她打了十幾二十下，直到我嘴角破裂為止……她把長得比別人矮小的兒子……像狗一樣，毒打了一頓……

＊跳接－現在》

東昔	（心痛，忍住氣）從那天以後我很聽話，從來不叫她媽媽，我照她吩咐的，直到現在……都叫她阿姨，呼……（呼氣，喝水）我第一次跟別人說這件事……
宣亞	（將頭髮往後梳，心痛）如果現在……你在我的身邊，我就可以抱抱你了……
東昔	（心痛，忍住怒氣）我把宗雨、宗澈家的金飾和錢都偷出來後對她說過：「媽，我們一起去首爾，一同離開這裡，這些錢是我被他們打的賠償，你不用感到愧疚，這不是壞事，所以跟我一起走吧。」可是……她又看了我好一陣子，你知道她說什麼嗎？
宣亞	（心疼東昔，認真傾聽）……
東昔	（心疼，極力掩飾，直白）她不但沒有哭著要我別走，也沒有要我留下來，她只說了一句話，（字句強調，心痛）「你這個小偷的種」。
宣亞	（痛心，閉上雙眼）
東昔	（起身，走至車邊，拿出啤酒，走回玄關喝著）你離婚之後……會覺得愧對小烈嗎？
宣亞	（心痛，卻誠實，不低落）當然覺得抱歉，因為我知道是大人的選擇……讓小孩受到了傷害。
東昔	（語氣輕鬆，但心裡沉重）那我媽怎麼老是一副理直氣壯的樣子？她憑什麼正大光明地叫我帶她去木浦，甚至不是請託，而是命令的語氣……我該去嗎？不去會顯得我很糟糕嗎？
宣亞	（心疼，真心）……照你所想的去做吧。
東昔	（眼眶泛紅，微微激動，想保持冷靜，忍住怒氣）照我所想的？那我絕對不可能坐在這裡，我會立刻去質問她，（邊講邊站起來，激動）問她為什麼要那樣對我？罹癌有什麼了不起！到底對我做過什麼了不起的事，哪裡來的臉打電話叫我帶她去木浦！（喝酒，想冷靜卻無法）我要問她，當我被宗雨、宗澈那兩個傢伙打時，她只在一旁呆呆看著……就像看別人家的狗被打一樣，她從來不曾像個媽媽那般待我！現

在卻要求我盡兒子的本分，這像話嗎？媽的！（喝酒，忍住氣，低聲，強調）照我這副脾氣，我真的很想不分青紅皂白跟她大吵一架。

宣亞　　（認同東昔的話，真摯，冷靜堅定）其實我覺得那樣也不錯。

東昔　　（皺眉，認真聽）……

宣亞　　（真摯，堅定）其實只要一想到我爸，我也想要問個清楚，我想問他怎麼能在女兒面前衝進海裡結束生命……我想問他，我的存在是不是毫無意義……可是我現在就算想追究也追究不了……就算夢到他，我也會對他胡鬧，問個清楚……但是夢很快就醒了……你不要這樣，趁她還在時去問吧，趁還來得及時去追問她，問她有沒有覺得對不起你，有沒有愛過你這個兒子，為什麼在你被打時，她沒有保護你，問她你所有的問題，直到你對她不再有疑問。

東昔　　（若有所思，主動提及有些傷自尊，難以啟齒，問道）你跟那傢伙，（搖頭）跟小烈爸爸復合了嗎？

宣亞　　（感激東昔主動提問，真心，平靜）沒有……我們沒有復合。

東昔　　（聽到意料之外的回答，表情真摯，皺起眉頭，沒有多說話）

宣亞　　你來的那天，泰勳只是因為小烈的關係才會過來……我現在交往的對象，不是他，（難以啟齒，真心，如告白，眼眶浸濕，覺得為什麼要懷疑這個）而是你……

東昔　　（眼眶泛紅，對被愛的感受感到有些生澀）……

宣亞　　（感受到東昔的心意，冷靜，語氣溫暖，哄說）謝謝你問我，本來想說如果你不過問，我就要主動告訴你的。

東昔　　（有些心痛也心動，難為情，直白）你真的……要來這裡看我嗎？

宣亞　　我本來打算這個週末過去，但我媽媽要來……我下週前幾天請假了。

東昔　　（尷尬，搔頭）你要……過夜嗎？

宣亞　　我打算待上幾天。

東昔　　（難為情，不斷搔頭，皺眉）那我等你來。

宣亞　　……那你和你媽呢？

東昔　　（鬱悶，心痛，也感到憤怒，嚴肅地喝啤酒）我要掛電話了，晚安。（掛電話）

宣亞　　（放下手機，看著窗外，無奈，心疼也想念東昔，喝啤酒）

東昔　　（走出廢屋，用砂紙打磨要給小烈玩的鞦韆〔幾乎完成〕，心煩意亂，生氣，皺眉，似乎下定決心，忙碌著）

＊跳接－回想，颱風的荒涼山丘，白天》

年輕的玉冬（眼神空洞）與年幼的東昔（15歲〔英希畫裡的模樣〕嘴角破裂），玉冬打完最後一個巴掌後（毆打時拍攝全景），年幼的東昔跌倒，嘴角滲血，氣得瞪著年輕的玉冬，年輕的玉冬跟蹌地走回推車（載滿行李）推著。

年幼東昔　（嘴角破裂，衣服骯髒，艱難地起身，盯著玉冬的身影好一陣子，跟上前）

年輕玉冬　（失神，生氣，不穩地拉著推車）

年幼東昔　（眼角帶淚，生氣，嘴角帶血，緩慢地跟在後頭，相當難過，胡鬧）媽！媽媽！媽媽！我們回家！我們回家吧！不要去宗雨、宗澈家，跟我回家吧！我會對你很好！我會去本島賺錢！我會養你！跟我回家吧！

全景拍攝兩人的畫面。

＊跳接－現在》

東昔　　（打磨，心痛，嘟噥）好啊……媽的……我就來問問……我要問完所有的問題，媽的，問她當時為什麼要這樣……問她明明兒子就在門外，（泛紅，咬牙切齒）她和別的男人在一起睡不睡得著……開不開心……當兩兄弟打我……將我打到頭破血流時，她的心情……是怎樣……為什麼我叫她媽媽，她就打我……（停下手邊工作，思索，忍住氣，咬牙，再次打磨，眼眶滿是淚水）我全部都要問她。

第16幕　五日市集，凌晨。

　　　攤商們紛紛來到空蕩的市集，準備開業。

　　　＊跳接－印權的血腸湯飯小店》
　　　印權、阿顯、阿姨們認真地顧火爐、切蔥、擦拭碗盤。

　　　＊跳接－恩喜的水產店》
　　　恩喜、英玉、小月在攤位上擺放漁獲。
　　　定俊、基俊看著帳本，忙碌於準備出貨的訂單。

　　　＊跳接－奶奶們的市集》
　　　春禧、玉冬整理籃子內的貨品。
　　　星星在旁邊沖泡咖啡，遞給春禧與玉冬。

玉冬　　（給咖啡錢）

星星　　（揮手謝絕）

玉冬　　（堅決，將錢放到星星口袋，平靜）泡一杯咖啡給東昔。

星星　　（覺得奇怪，看著東昔〔整理服飾〕）？

春禧　　（看著玉冬，再對星星說）你拿一杯咖啡給東昔。（看東昔）
　　　　東昔！東昔！

東昔　　（整理服飾，困惑，不悅地看著）

春禧　　（整理物品）過來這裡！

東昔　　（生氣，不得已，雖煩悶還是過去）

星星　　（已經將咖啡泡好）

春禧　　（平淡地示意星星手上的咖啡）喝杯咖啡吧，（整理）你媽請
　　　　你喝的。

星星　　（遞上咖啡，擔心東昔的狀態）

東昔　　（不看星星，只盯向玉冬，接過咖啡，面無表情又同時有些
　　　　瞪著玉冬）

玉冬　　（顧著整理）

春禧	（看東昔）喝啊，怎麼不喝？

浩息剛好推著推車過來，眼神擔心地看著玉冬與東昔。

東昔	（瞪玉冬，心情複雜，在原地吹了幾口咖啡後，一口氣喝光，再回到原位）
浩息	不燙嗎？
東昔	（回原位繼續工作）
浩息	（以擔憂的眼神看著東昔，心疼玉冬，打算專心工作，快速離開，大喊）推車要過喔！

＊跳接－時間經過，印權的店》
春禧、玉東、恩喜、浩息吃著飯。
這時，東昔靠近，坐在一邊。
阿顯、阿姨們洗碗。
印權正替客人們舀肉湯，看見東昔覺得鬱悶，趕緊轉頭看向玉冬。
玉冬表情無變化，猶如未見東昔般，只吃著湯飯。

印權	（看著東昔，心情煩悶）你要吃什麼？
東昔	（從餐具桶拿出湯匙）這裡除了血腸湯飯還有什麼？
印權	（無言）我們這裡最好只賣血腸湯飯，我們有血腸、白切肉、血腸湯飯、血腸湯麵，賣一大堆東西。
東昔	（看其他地方，不悅）我要湯飯，（喝水，看著洗碗的阿顯，直率地問）你都不去上學了嗎？
阿顯	（靦腆）我之後會去考學力鑑定考試。
印權	（遞湯飯給東昔）我們阿顯可是真正的男子漢，對他老婆很好，又工作養小孩，為了孝順爸爸，還來幫我顧店……還在市區的餐廳工作，比你好幾千倍。
東昔	我又沒說什麼。（看著阿顯）英珠什麼時候生？
阿顯	（靦腆）下個月。

東昔	（覺得可愛）你很開心能當爸爸嗎？
阿顯	（笑）對。（繼續洗碗）
東昔	（看著正在吃飯的恩喜）
恩喜	（遞小菜給春禧、玉冬，吃著飯，不理會東昔）
東昔	你現在直接裝不認識我啊？
恩喜	（看著，吃飯，無奈）我們很熟嗎？
東昔	（看浩息）是嗎？我們不熟嗎？
浩息	（吃飯，直接）吃你的飯。
東昔	（吃著印權給的飯，不看玉冬）什麼時候要祭拜？
春禧	（吃到一半看東昔）？
恩喜／印權／浩息	（驚訝，看著東昔與玉冬）
玉冬	（專心吃飯）
春禧	（看著玉冬，用手肘推，對東昔說）明天傍晚。
東昔	（吃飯，看著玉冬）……那得搭下午的船過去。
玉冬	（吃飯，呆望著東昔）……你要帶我去嗎？
東昔	（大口吃著）
恩喜	（對東昔說）你媽在問你話。
浩息	（看東昔，對恩喜使眼色）就是要去才會問啊，如果不去何必問！（對東昔說）對吧？
東昔	（埋頭吃飯）
印權	（不滿意東昔）你是有多餓……別吃了，回答你媽的問題，要帶她去就明確地說！這小子，你是在試探他人嗎？話幹嘛只講一半！
東昔	（大口喝湯，不說話，再次吃，看著玉冬）傍晚才要祭拜，可以搭下午的飛機過去嗎？
浩息	（看東昔）當然可以啊。（看玉冬說）大姐，你這次搭飛機吧！別搭船，搭船很累的！
春禧	（直率）她又沒坐過飛機，（對玉冬說）搭船就好，（對東昔說）搭下午兩點的船。
玉冬	（平淡）搭凌晨的船去吧。
東昔	（不看玉冬，相當不悅玉冬理直氣壯的態度，看著玉冬）……

恩喜	（感受到東昔厭惡的眼神，對玉冬說）大姐，幹嘛那麼早就出發？你在這裡吃完午餐，慢慢去就好。
春禧	（吃飯）都要去了……幹嘛慢慢去？（對東昔說）你凌晨四點來接她去搭船吧。
東昔	（拿出五萬韓元鈔票）都算我的，（起身，不看玉冬）明天凌晨四點我去家裡接你。
恩喜	（激動起身，跑向東昔摟住肩膀，大力搔動東昔的頭髮）你好棒喔，真棒。
東昔	（甩開恩喜，難受，表情煩悶地離去）
恩喜	（嬉鬧，又再度摟肩，勒脖子）你這傢伙……你不知道姐姐我很疼你吧。
東昔	（鬱悶，不看恩喜，直接離去）
恩喜	（真心被東昔感動）你真的太棒了……你這傢伙真善良，唉唷。（邊走邊說）

＊跳接》

印權	（對玉冬真心地笑）大姐的心願終於實現了，可以跟東昔一起搭船了，聽到自己的媽媽生病後，他終究還是屈服了，這個臭小子。
玉冬	（點頭，對印權說）再給我一點湯。
印權	唉唷，這是我聽過最令人高興的話了！（在碗裡加湯）吃了就會好起來，生病只要多吃點就會好起來。
阿顯	（洗碗洗到一半，看手機的訊息，臉色沉重）
春禧	（在桌子下握住玉冬的手，對她說）姐，你這樣想就對了，吃吧，這樣才有力氣跟東昔去木浦。
玉冬	（點頭應好）

阿顯著急地脫掉圍裙，跑出去。

印權	喂，你怎麼回事？

阿顯　　　（欲哭，跑著）英珠、英珠在學校上課上到一半被送去醫院
　　　　　了！

印權／浩息　你說什麼……（跑著）一起去啊！

浩息　　　（哭喪臉，跑著）要生了嗎？她的預產期不是下個月嗎？

印權　　　（哭喪臉，跑著）別說了，快過來，等我啊！

春禧／玉冬（擔心地看著阿顯、印權、浩息）？

第17幕　馬路＋行駛中的印權車子＋車內，白天

　　　　　印權的車內，印權開著車（著急）載浩息（著急）與阿顯
　　　　　（擔心地落淚，咬緊牙根，忍住淚水），車子快速奔馳。

第18幕　醫院前＋醫院停車場，夜晚。

　　　　　恩喜開著貨車駛近，停在醫院的停車場，望見印權與浩息
　　　　　在醫院外，滿臉淚水坐在一起，恩喜緊張地下車，小心翼
　　　　　翼地坐到一旁。

恩喜　　　（謹慎，擔心，小聲問）怎……怎麼樣了？

浩息　　　（啜泣）

印權　　　（拭淚）

恩喜　　　（心頭一涼，擔心）發生什麼事了……浩息。

浩息　　　英珠說很痛，她已經陣痛十個小時以上了。

恩喜　　　（小心翼翼地詢問，擔憂）她……只是陣痛而已對吧？沒有
　　　　　出什麼事對吧？

浩息／印權（心疼，點頭）

恩喜　　　（大聲，急跳腳）唉唷，嚇死我了！（打浩息與印權的背）唉
　　　　　唷！天哪！我還以為她出了什麼事，都要嚇暈了！天哪，
　　　　　我都腿軟了，（癱軟，看著天空，再看浩息）應該不會有事

吧……（看著醫院入口）要沒事才行啊……

第19幕　待產室，夜晚。

英珠（穿產婦的衣物）身體往前傾呈待產姿勢，口咬毛巾，相當痛苦，忍住呻吟，阿顯跪在旁邊，用毛巾替英珠擦汗。

阿顯　　（難受，似乎要暈倒）又在陣痛了嗎？

英珠　　（咬緊牙根，點頭）

阿顯　　（心疼，看向時鐘）現在差不多每隔三分鐘就痛一次……你再忍忍，（無法再讓英珠忍耐）英珠，如果很痛的話，要不要改成剖腹產？

英珠　　（搖頭，因為陣痛再次咬緊牙根，為了忍耐汗水不斷滴落）

阿顯　　我們剖腹吧，你太辛苦了，好不好，（祈求）我們剖腹好不好？

英珠　　（煎熬，搖頭）

護理師走進來，掀開英珠的產婦服進行診斷。

護理師　（對阿顯說）寶寶快要出來了。（對英珠說）請你躺正一些，（對外面的護理師說）請送這位產婦到分娩室！

其他護理師走進來，馬上將英珠的病床推出去。

阿顯　　（哭著哀求）請你們多注意她的狀況，好嗎？麻煩你們了！請你們好好照顧英珠。

第20幕　等候區前＋分娩室前，夜晚。

護理師們推著英珠的病床從待產室出來，浩息、印權、恩喜等人看見英珠，感到驚慌，護理師們推床從他們面前經過，阿顯哭著跟在一旁，印權、浩息、恩喜呆望幾秒後隨即跟上，慢動作播放。

＊跳接－分娩室前》
分娩室的門打開，護理師將床推進。
阿顯想要隨行，被護理師阻止（與分娩室的門有些距離），護理師們將床推進分娩室，阿顯在原地呆望著英珠，這時，分娩室的門打開，一名醫生對阿顯揮手，示意他過去。
浩息跑上前，以為在呼喊自己，想一同進去，印權、恩喜阻止他，阿顯看見醫生手勢趕緊跟上，分娩室的門關上，浩息癱坐在地，流下淚水，感到不安，不知所措，慢動作播放。

第21幕　玉冬的屋內，夜晚。

包裹好的棉被疊在一邊，玉冬整理著衣物。

＊跳接》
棉被、衣物堆疊在一邊。
玉冬用抹布仔細擦拭房間的每個角落，並且看向時鐘，時針指著凌晨兩點多，似乎已經沒事做了，她拿出筆記本，看著美蘭所買的韓文練習簿，拿起筆練習寫字……筆記本上滿是練習的痕跡，她邊寫邊唸出來練習，相當認真。

＊跳接－浴室＋房內》
玉冬洗完澡，更衣（雖然是新衣，還是有些寒酸），再抬頭看時間，已經凌晨三點半了，看見門敞開的浴室，覺得

有些髒亂，起身。

第22幕　玉冬的家前＋房間內，凌晨。

東昔開貨車過來，看著亮燈的家，下車後往屋內喊。

東昔　　　（粗魯，大聲）走吧！走了！

亮燈的房間（門微開）非常安靜。

東昔　　　（煩躁，走向房間，開門）不走嗎？（開門後未見人影，覺得奇怪）我是東昔！沒有人嗎？在睡覺嗎？

這時，玉冬的聲音自浴室傳出。

玉冬　　　（E）等一下。
東昔　　　（困惑，進到屋內，看向浴室）
玉冬　　　（穿好外出服，在浴室內用菜瓜布刷馬桶）
東昔　　　（訝異）不是要走了嗎？
玉冬　　　（專心）馬桶太髒了……等一下。（繼續忙碌）
東昔　　　（不敢置信，生氣，想出去又看著玉冬）我是宗雨？宗澈？還是東昔？
玉冬　　　（盯著他）
東昔　　　（煩躁，不悅）都沒時間了還打掃……你沒有失智吧？
玉冬　　　（看了東昔一眼繼續工作）把房間裡的包袱丟掉。
東昔　　　（看著房內的包袱，煩躁）？
玉冬　　　（忙碌）丟到後院，把東西放在那裡，恩喜之後會處理。
東昔　　　（看著包好的棉被、衣物，心情複雜，不自覺地生氣，忍住氣）幹嘛？你要整理人生嗎？你有東西可以整理嗎？那些東西活著的人會自己處理……不然就拿給春禧大姐用。

玉冬	（專注，平淡）像我這種苦命人的東西用了會倒楣，誰會用……
東昔	（無奈，拿起包袱正要出去，正好看見門邊掛著的照片與英希的畫作，照片裡的年幼東昔〔15歲〕與東伊〔19歲〕做著惡作劇的表情，又看到親生父親與玉冬的結婚照，還有英希替玉冬畫的畫作，以及宗雨、宗澈的結婚照，瞬間感到內心憤怒，忍住心痛感，提著包袱往外走）

第23幕　外面的田地，天未亮的凌晨。

東昔提著兩大袋包袱，像發洩怒氣般用力往地上丟，心想整理人生就是這回事嗎？

第24幕　玉冬的家，凌晨。

東昔從廚房拿出兩大箱小菜，將其放進貨車，不斷地感到生氣。這時玉冬走出門外，穿上破舊的鞋子，拿起一旁的鍋子，餵食院子內的貓狗。

東昔	（將行李放進貨車，走向駕駛座，不悅地看著玉冬拿飯給家畜們，滿臉無奈地坐在車上）
玉冬	（獨自艱辛地打開副駕駛座，坐上車，繫上安全帶）把涼床上的包袱也拿到車上。
東昔	（盯著玉冬，不明白為何要命令自己）……
玉冬	（面無表情地盯著前方，毫無愧疚）宗澈喜歡吃蘿蔔乾跟蕨菜，帶著吧。
東昔	（深吸一口氣，沉住氣，起身關門，走出車外，拿起涼床上的行李，放進前座，正要搭車）
玉冬	（直挺挺地看著東昔）把菜放到後面，春禧大姐也要去。

東昔	？（無語，覺得為何不先說，盯著看）
玉冬	她要去看萬秀。
東昔	（聽到萬秀而忍住怒氣，將菜放進貨車，因為生氣而亂丟，坐上駕駛座）把門關上。
玉冬	（抓住握把，看著前方）你關吧，我沒有力氣。
東昔	（深呼吸，再次下車關門，再度返回駕駛座後，發動，忍住氣，語氣僵硬）現在要去哪裡？春禧大姐家？
玉冬	（平靜，點頭）
東昔	（盯著一陣，開車離去，咬緊牙根，決定跟她拚到底）

第25幕　恩喜的冷凍庫前，灰濛的凌晨。

春禧、玉冬坐在貨車上，東昔從冷凍庫搬出大箱子，讓春禧看。

春禧	（看著東昔）還有一箱，用黃色帶子綁的箱子，那是方頭魚乾。
東昔	（將行李放進貨車，無奈地看春禧）都沒時間了，你應該一次講完啊……不能直接走嗎？我們會錯過船班。
春禧	（看著東昔，覺得不像話）去拿來吧。
玉冬	去拿來。
冬昔	（忍住氣，再次進倉庫）

＊跳接》
東昔從倉庫拿出箱子。

春禧	還有一箱。
東昔	（停下，盯著春禧，忍住氣）你應該一開始就要說有兩箱啊。

第26幕　馬路＋東昔的貨車內，灰濛的凌晨。

往濟州市的貨車。
春禧、玉冬牽緊手。
東昔面無表情，生氣，專心開車，看時間，已經五點三十五分，幾乎要錯過船班，油箱也近乎沒油，更加不耐煩，快速超車。
玉冬、春禧隨著車子的行駛方向晃動，感到害怕。

第27幕　濟州的渡輪碼頭，凌晨。

看到遠處的船駛離。

＊跳接－東昔的貨車內》
東昔忍住怒火，盯著離去的船班，玉冬、春禧也看著船。

春禧　　（看著東昔）咖啡。
東昔　　（無奈，看著春禧）
玉冬　　（對春禧）我們先吃早餐，再喝咖啡吧。
東昔　　（望著前方一陣子，想冷靜，下車後打開副駕駛座，先去餐廳）下來吧。

玉冬、春禧艱辛地下車，手牽著手跟在東昔身後。

＊跳接－餐廳前》
東昔向春禧、玉冬指示方向。

東昔　　咖啡廳在那裡，餐廳在那裡，你們去吧，（指便利商店）我要去吃飯捲。（拿出錢放進玉冬的口袋）
春禧　　（難受地看著東昔，牽起玉冬的手，要往餐廳走）我們先吃

飯吧。

玉冬　　　（揮開春禧的手，走向東昔）

春禧　　　（心疼地看著玉冬，原本想跟上，但認為讓兩人獨處比較好，隨後走往餐廳）

＊跳接》

東昔　　　（正要走進便利商店，覺得有些奇怪，往身後看，看見玉冬站在後面，不解）你幹嘛？

玉冬　　　（走進便利商店）我要吃飯捲。

東昔　　　（不像話，無奈，煩躁）得胃癌的人吃什麼飯捲。

玉冬　　　（走著）

東昔　　　（看著玉冬的身影，難受，生氣，大步走上前，抓住玉冬的手，無奈）我叫你去吃湯飯。

玉冬　　　我要吃飯捲。

東昔　　　（揮開手，傷心大吼）唉唷，真是有夠固執！一點都不聽話⋯⋯（大力搔頭，想忍住氣卻無法）好啦，隨便你！（大吼）我要去吃湯飯！（再次走向春禧所去的餐廳，傷心）

玉冬　　　（看著東昔的背影，跟上前）

在兩人分開走著的畫面，結束。

第十九集 　　　　　　　玉冬與東昔 2

你活到現在⋯⋯
為什麼從來不曾對我道歉？
你說說看⋯⋯你覺得自己愧對於我嗎？
你知道你對不起我，也讓我很受傷嗎？

第1幕　　序章。

1. 定俊的公車內＋外，早晨。
定俊播放著音樂，盥洗完後擦拭乳液，噴香水，不時隨音樂擺動身體。

＊跳接》
定俊更換外出服，整理車上環境，走出車外，正走至車上，看到英玉後感到訝異，英玉穿著整齊美麗，手提禮物，靠在自己的車邊盯著定俊。
定俊揚起微笑，看英玉。

定俊　　（開朗、訝異）哇，你穿得好漂亮！
英玉　　（遞上禮物，平淡，不過度冷酷）我不想去，這些禮物看你要自己留著，還是要轉交給你爸媽。
定俊　　（收下禮物，頓時有些錯愕，但很快平復心情，不過度沉重，走至英玉旁邊，靠在車邊）好……那我們別去了。
英玉　　（訝異地看著定俊）真的嗎？
定俊　　對啊，真的。（思考）嗯……反正我們今天不工作……也打扮好了……要不要去看電影？還是去市區逛逛？
英玉　　（認真看著，不過度冷淡，望向大海）去看電影吧。（說完坐

上自己車的駕駛座）

定俊　　（若無其事地坐上副駕駛座）

英玉　　（發動，駛離，再停下，再次望向定俊）打電話給你爸媽，不然他們會等我們的，告訴他們我不去了。

定俊　　沒出現的話，他們就會知道了。

英玉　　（熄火）打通電話吧，這樣才有禮貌。

定俊　　（看著，自在）我辦不到，因為我會覺得愧疚。

英玉　　（無語）如果他們打來呢？

定俊　　（輕鬆）我會暫時躲電話。

英玉　　（無奈看著）那當初幹嘛說要去？

定俊　　（真摯但語氣不重）是你說要去的。

英玉　　（慌張，結巴）那、那是因為我那天喝了點酒，才會糊里糊塗答應，而且你一直用深情的眼神叫我去。

定俊　　（無奈，回復平靜）好，都是我的錯，我是王八蛋，現在別談這件事了。

英玉　　（感到抱歉）什麼王八蛋……你現在討厭我吧？

定俊　　（疼愛的視線，開玩笑的語氣，用手指比出手勢）現在有一點討厭你。

英玉　　（無奈，嘆氣，望著大海，再看向定俊）你跟他們提過英希的事了嗎？

定俊　　提了。

英玉　　我爸媽過世的事情也說了？

定俊　　對。

英玉　　但他們還是歡迎我去嗎？

定俊　　（盯著不語）

英玉　　看來他們沒有很歡迎我，只是無奈讓我去而已。

定俊　　（看著，感到抱歉，但仍點頭，真誠地說）不過他們見到你之後，肯定會很喜歡你。

英玉　　（片刻思考後看著）別開你的車，開這台車去，到時候如果你爸媽擺明很討厭我的樣子，不好意思，我不會忍，我會馬上開著我的車離開，然後不會再去你家，也會跟你……

定俊	你如果說要分手，我會生氣的。
英玉	（再次發動）
定俊	即使我爸媽不同意我們結婚。
英玉	（瞪著）
定俊	（知道英玉不喜歡提及婚姻，辯駁）不是結婚，我是說即使他們不同意我們交往，我還是會跟你在一起，這一點不會改變，而要是我父母今天讓你不高興，請忍耐三次吧。（緊緊握著英玉的手，溫暖且真摯）看在我的份上，這樣要我違背他們，才不會那麼愧疚，這點你能諒解吧？
英玉	你知道我真的很愛你吧？
定俊	（笑著）我當然知道。（從副駕駛座下車，打開駕駛座的門）我來開車。
英玉	（下車）

兩人更換位置。
定俊上車後用手機播放輕快的音樂，笑著駕車。
英玉看著定俊，再看大海，陷入思緒。

2. 濟州島上道路＋行駛中的英玉車，白天。

3. 駛向定俊父母家村莊的路＋行駛中的英玉車內，白天。

英玉	（緊張）
定俊	（瞄一眼英玉，淺笑，吐氣）呼……如果緊張的話……呼呼……
英玉	呼呼……（深呼吸後看著前方）你爸媽一定會討厭我。
定俊	絕對不會。
英玉	船長，你現在這副樂觀的模樣，讓人看了很討厭，好煩。
定俊	（專心開車）我保證一定會成為一個十分悲觀的人。
英玉	（沒好氣地看著定俊，不開心地搖頭）
定俊	（望見遠處正在耕田的父母）我媽在那裡！（停車，遠處的

父母親	〔正在工作，隨後起身，平淡，有些非善意地望向定俊〕媽、爸，我來了！（解開安全帶，對英玉說）他們人真的很好，我很尊敬他們。
英玉	（看著遠處的父母，解開安全帶）你當然會認為他們是好人。
定俊	（笑著下車）你們怎麼還在做農活？都說我們要來了！
英玉	（對定俊的父母打招呼，看著定俊，低聲幾乎像是腹語）他們看到我都沒有笑，我忍一次了喔。
定俊	（笑著）知道了，（走向田間，爽朗）來吃飯吧，吃飯！

4. 定俊的屋內（普通的洋房），白天。

定俊用麻製抹布打掃房屋，定俊父親看著電視，基俊坐在沙發吃玉米，看著定俊父親再望向定俊，小聲用嘴型說：「哥，爸的心情很不好……媽的心情更不好……」定俊沒有回應，專心打掃。

5. 定俊的屋內，院子，白天。

定俊母親在院子裡打算將煮好的雞肉放進盤中，英玉在一旁尷尬地想要接過盤子。

英玉	我來拿……
定俊母親	（不發一語，揮動手勢）定俊、定俊！

這時，定俊跑過來。

定俊	嗯，媽！
定俊母親	拿著托盤。
定俊	（拿著托盤）
定俊母親	把雞放到托盤上端出來。（走進屋內）
英玉	（感覺被忽視）
定俊	（將雞肉放在托盤）
英玉	你媽連一句話都不跟我說。

定俊	她本來話就很少。
英玉	她連看都不看我一眼，總之我忍兩次了，現在只剩一次了。（講完率先走進屋內）
定俊	（無奈，夾起雞肉放在盤內）

6. 定俊家的客廳，白天。
基俊、定俊協助母親擺放菜餚。
定俊父親性格木訥，面露尷尬，盯著電視看，英玉跪坐在一旁，看上去相當不自在。
定俊、基俊、定俊母親來到桌邊，坐下。

基俊	來喔，大家來吃飯吧。（對定俊母親說）不過，你們把人家叫過來，怎麼一句話都不說？這樣讓人家多尷尬。
定俊父親	（來到桌邊，挖飯吃，不看定俊、英玉）吃飯吧。
基俊	（對定俊母親說）媽，你跟她說句話吧，如果我帶星星回來你還這樣，我就不帶她來了。
定俊	（不悅，看著母親）媽。
英玉	（不自在，在桌子底下抓住定俊的手，要他別開口多說）
定俊母親	（若無其事，對英玉說）吃吧。（用手撕雞肉給英玉）
英玉	（困惑）？
定俊母親	（不看英玉，撕著雞肉，真摯，心疼英玉）爸媽不在，你自己一個人照顧有障礙的姊姊……真的很辛苦……你辛苦了……（紅了眼眶）
定俊／基俊	（鼻酸）
英玉	（鼻酸，不知所措地用湯匙舀飯）
定俊父親	（看著定俊母親）吃飯的時候哭什麼……（對英玉說）吃點雞肉吧，（看著定俊，直率）對人家好一點……（對英玉說）要是定俊對你不好，你就跟我說。
定俊	（笑著）怎麼？你要打寶貝兒子嗎？
定俊父親	（繼續吃飯）
基俊	（開心吃飯）天哪！好好吃！哈哈哈。

定俊	（啃雞腿，大聲）好吃！
定俊母親	（撕起泡菜，給英玉）吃點泡菜，（看見英玉的跪姿，心疼）坐舒服點……輕鬆坐著就好……沒關係，真的沒關係……
英玉	好的。（調整坐姿，吃飯，面對這樣祥和的氣氛感到尷尬，也感激，同時鼻酸）
定俊	（在桌子底下，緊握英玉的手，吃著雞肉）

字幕：玉冬與東昔2

第2幕　　前往木浦的船上，白天。

　　　　　東昔從洗手間走出來，為了吹風走到欄杆邊。
　　　　　看見玉冬抓著欄杆吹風。
　　　　　東昔看見玉冬後本想走進船內，卻停下腳步，朝著她走去後說。

東昔	（看著大海，無奈，下定決心）如果你有想做的事，就告訴我吧。
玉冬	（看著東昔）
東昔	（看著大海）我會替你實現，除了去木浦，宗雨家祭拜之外，（看著玉冬）你還想做什麼？
玉冬	（看著，平靜）……去馬堂里。
東昔	（看著）什麼？
玉冬	木浦的終點，馬堂里。
東昔	（困惑）那是哪裡？（不管是哪裡都願意去一趟）好吧，我們去馬堂里，還有呢？還有什麼？
玉冬	（搖頭，看著大海）
東昔	就這樣？
玉冬	（點頭，看著大海）
東昔	（不悅，有些埋怨，看玉冬後又看大海，冷靜心情）在我們

去宗雨家和馬堂里的期間……如果你想到死前想做的事情就告訴我。

玉冬　　　（盯著）

東昔　　　（瞪著玉冬）無論是什麼，我都會替你實現……

玉冬　　　（緩慢地以掛念〔？〕的眼神看著東昔）

東昔　　　（譏諷）你很困惑我為什麼突然這樣吧？想說我是不是吃錯藥了，是不是因為媽媽（心痛，冷酷地說）要死了……才改過自新對吧？

玉冬　　　（看著）

東昔　　　（瞪著，心痛，嘲諷，生氣）你一定……（抱怨）我真的很討厭講方言，（刻意不用玉冬的方言，用首爾話）你很想知道我為什麼會有這種改變吧？……我很快就會告訴你，在你做完所有想做的事情之後……好好期待吧。

玉冬　　　（仔細端詳東昔，原來自己的孩子長得這副模樣，這一生是用什麼心境活過來的，有些難過但不憂傷，即使東昔日後要如何咒罵自己也不感到恐懼，憐愛地看著盼望許久的孩子）

東昔　　　（看著，眼眶泛紅，心痛，低聲威脅）……好好期待我會說什麼吧。（走往船內）

玉冬　　　（看著離去的東昔，望向大海）

第3幕　　船內商家，白天。

　　　　　東昔在商家買了三瓶飲料，付完錢後走至車內，抵達的廣播音響起。

＊跳接－船內，停車場》

玉冬、春禧在船上，東昔拿飲料進車裡，坐在駕駛座，然後打開飲料蓋，遞給春禧與玉冬。

春禧　　　（對於東昔的貼心感到陌生，仍開心地喝著）你明明就懂得

對別人好……

玉冬	（喝著，但飲料不小心滲出嘴角）
東昔	（喝著自己的水，看著玉冬，從口袋拿出手帕替玉冬擦拭，比起善意的舉止，更像是毫無想法的舉動）
玉冬	（知道東昔現在對自己好是因為之後的質問，不過卻不反感）……
春禧	（喜孜孜地看著兩人，在玉冬耳邊說）東昔知道你生病了，就對你很好，對吧？
玉冬	（平靜，點頭）
東昔	（語氣平淡）繫上安全帶……
春禧	（繫安全帶）
玉冬	（坐在中間位置，想要繫好安全帶，卻有困難）
東昔	（看著玉冬，忍住無可奈何的心情替她繫上安全帶，看著前方，駛出船隻）

第4幕　木浦市區＋醫院前，白天。

東昔的貨車行駛於市區，朝醫院去。

第5幕　醫院停車場，白天。

東昔自貨車下車，打開副駕駛座的門，攙扶春禧與玉冬下車。

東昔	我在這裡等你們嗎？
玉冬	春禧大姐的東西呢？
春禧	我待會兒叫恩奇媽媽來拿。
玉冬	（對春禧說）萬秀家的地址是什麼？
春禧	（有些抱歉，用手指比）醫院後面那棟夏拿大廈……

東昔	（受不了）……
玉冬	（對東昔說）把東西寄放在警衛室，說是萬秀家的東西……（握著春禧的手，走進醫院，回頭）你要去看萬秀嗎？
東昔	（厭惡玉冬的種種行為，直白）我會自己……（鎮定心情）我們已經通過電話了，約好等他痊癒後一起喝酒，我放完東西後……
玉冬	（打斷）過來這裡。（握住春禧的手，離去）
春禧	（邊走邊對玉冬說）他真是重感情……還打電話給萬秀……
玉冬	（冷靜，點頭）
東昔	（對於玉冬的使喚感到不悅，氣得想笑，瞪著玉冬離去的身影）真是的……我叫她做想做的事……她還真的全照做了……（收起笑容，生氣，既然事發至此，決定一口氣做到底，再次坐上車，下定決心，心情複雜）

第6幕　醫院，大廳，白天。

春禧與玉冬手牽著手走進醫院。
恩奇與海善坐在一旁的椅子等待兩人，看見彼此。
恩奇開心地上前迎接：「奶奶！」並擁抱春禧。
春禧近乎喜極而泣，摟著恩奇，面帶笑容。

春禧	唉唷，我的小寶貝，唉唷。
玉冬	（羨慕，摸著恩奇的頭）恩奇，還記得奶奶嗎？
恩奇	（開心笑著，擁抱玉冬）
玉冬	（疼愛恩奇的模樣）
海善	（微笑望著春禧、玉冬，感激）辛苦兩位遠道而來了。

第7幕　病房內，白天。

萬秀躺在病床上，比起先前的視訊畫面康復許多。
春禧（站著），玉冬（因不適而坐著）看著萬秀的腿部。
萬秀躺姿，移動腳趾（O.L）。
春禧握住腳趾，開心地紅了眼眶。

春禧	唉唷……真的可以動了……我的寶貝兒子……（用毛巾擦拭手部、腿部）
萬秀	（即使吃力仍笑著）我都說真的可以動了……脖子也能抬起來。（抬頭）
春禧	（擔心）唉唷，小心脖子。
萬秀	我的脊椎沒有問題……醫生也說是奇蹟，說恢復意識後能康復成這樣很不容易……
玉冬	（憐愛地看著萬秀，淺笑）
萬秀	（看著玉冬，心疼，似乎已得知病情）大姐怎麼會生病呢？
玉冬	（溫柔、疼愛地看著，淺笑）……萬秀，你要趕快好起來，等我死了，你要用走的來我的葬禮吃年糕。
萬秀	（傷心）唉唷……怎麼說這種話……
春禧	（傷心，大聲）他又不是沒地方吃年糕，幹嘛跑去你的葬禮上吃？到底在胡說八道些什麼？（替萬秀按摩）
玉冬	（看著萬秀、春禧，淺笑）等我死了，你做豆糕，還有紅豆年糕，把你喜歡的年糕全都做一遍。
春禧	（難受，瞪著）別說了……
玉冬	（看著萬秀）你再動一動腳趾吧……
萬秀	（心疼，努力露出微笑，移動腳趾）
玉冬	（撫摸腳趾，感到萬般感激）

第8幕　醫院，化妝室，白天。

春禧在洗手台不發一語，化妝間內傳來玉冬嚴重的嘔吐聲，她無可奈何地聽著，不久後，有人自其他化妝間走出

來，表情難受地忍受玉冬的嘔吐聲，趕緊洗手走出去，待玉冬的嘔吐聲停止，傳來沖水聲，玉冬隨後面無表情地走出來，洗手，裙襬被衣服夾著。

春禧　　（看著玉冬）胃還好嗎？

玉冬　　（洗手）我沒事。

春禧　　（替玉冬整理裙襬，心痛仍鎮定）你不能死在這裡，等我回濟州再說……你明天還要跟東昔去你父母的墓地，你要打起精神。

玉冬　　（洗完手，從包包拿出裝錢的信封，塞進春禧的衣服內）

春禧　　（難受，掏出信封，再次塞回玉冬包包）你自己留著。

玉冬　　（再次拿出，放進春禧的口袋，為了不讓她再次拿出來，牢牢擋著口袋）給萬秀跟恩奇吧。

春禧　　（難過，心痛）給東昔吧，萬秀的我會自己給他。

玉冬　　（雖難過卻平靜）如果你不想給萬秀或恩奇……就自己留著，拿去吧。

春禧　　（擦拭眼角，不再推辭，直白，耍賴語氣，不看玉冬）我要跟著你去。

玉冬　　（心疼地笑）等你明年看到萬秀會走路，後年等到恩奇上學後再來找我……（說完離去）

春禧　　（難受，鎮定內心，走出去）

第9幕　　醫院，停車場，白天。

東昔在車內，不耐煩，覺得自己要等到何時，望向時間，已經超過下午五點，這時，春禧與玉冬牽著手走出醫院。東昔下車，打開副駕駛座的門。

玉冬　　（朝著春禧）你進去吧。

春禧　　（鼻酸，心想不知道玉冬能否撐過今晚）再見。

玉冬	（上車）
東昔	（關上副駕駛座的門，坐上駕駛座，看著春禧）我們先走了。（駛離）
春禧	（揮手示意他們離開，不捨地看著玉冬）
玉冬	（呆望著前方，有氣無力）
春禧	（直盯著玉冬，心痛，感受到命運的無奈）
玉冬	（透過後照鏡，靜靜看著春禧，眼眶稍微泛紅）
東昔	（開車，因心情複雜，語氣總是粗魯）現在又要幹嘛？你想去哪裡？
玉冬	去買祭拜用的酒。
東昔	（不悅，忍住）好……小事一樁。

第10幕　超市前，天色昏暗的下午。

玉冬坐在東昔的貨車內，東昔拿出大罐裝的酒給玉冬看。

東昔	這種嗎？
玉冬	買好一點的酒，正宗清酒好了。
東昔	（雖不開心，還是隨即進去更換，再次出來後坐上貨車，將酒遞給玉冬，繫著安全帶）
玉冬	（端詳著清酒瓶，指著一個韓文字）這個字是「壽」吧？
東昔	（看著玉冬，不敢置信）……你還不識字嗎？姊跟我從小都教過你了……（不情願地使用方言，搖頭）我們都教那麼多次了，還不識字？是傻瓜嗎？
玉冬	（看著酒瓶，想讀出來，卻難以輕易開口，指著其中一個韓文字）這個字是「福」吧？
東昔	（看著玉冬，覺得無奈，看著酒瓶上的字樣，指著每個字，大聲朗讀）萬、和、壽、福，就是和睦、長壽的意思。
玉冬	（點頭，看著文字，心想原來這些字是這個意思）
東昔	唉唷……竟然到現在還不識字……宗雨家的地址是什麼？

（用手機開啟導航）

玉冬　　（冷靜地看著窗外）士亭友松公寓102棟1106號。

東昔　　（不可理喻地看著玉冬）地址都記得住，為什麼記不住文字
　　　　呢？真搞不懂你。（駛離）

第11幕　宗雨家公寓前，天色昏暗的下午。

　　　　玉冬站在一旁，東昔將行李自貨車卸下後說話。

東昔　　他們兩個偶爾會去濟州看你嗎？（用下巴指）

玉冬　　（不看）宗澈偶爾會過來……

東昔　　（不悅，生氣）偶爾？只有宗澈？你照顧他們生病的媽媽
　　　　十五年，也照顧他們爸爸超過十年的時間，結果一個人偶爾
　　　　才去看你，另一個傢伙（用下巴指公寓）根本沒去過？

玉冬　　（不看東昔，提著行李）我來看他們就好了啊。

東昔　　（對兄弟倆感到生氣，忍住）他們有打電話叫你……（不想用
　　　　方言，搖頭）有打電話叫你來嗎？

玉冬　　（拿著一袋行李走在前方）

東昔　　（看著玉冬的背影）人家也沒叫你……你就擅自主張過
　　　　來……而那兩個傢伙竟然也沒叫你過來……（吃力地拿起大
　　　　包小包，快速跟上，替玉冬拿東西）

玉冬　　？

東昔　　（邊走，粗魯地說）我會對你好，直到我受不了為止……我
　　　　不知道之後我會說出什麼話……你最好做點心理準備。（離
　　　　去）

玉冬　　（跟上前）

第12幕　電梯內，天色昏暗的下午。

玉冬與東昔進入電梯。

東昔　　幾樓？
玉冬　　（吃力，靠著牆，看著電梯面板）11樓。
東昔　　（按下11樓，電梯上樓）

第13幕　宗雨家前，天色昏暗的下午。

電梯抵達後，東昔提著包包走出去。
玉冬趕緊走出去，走至宗雨家門前。
東昔將行李放在家門前。
玉冬按下門鈴。
東昔直接離去。

玉冬　　（看著東昔）你也因為他才活得下來，還拿了他的錢……去
　　　　奉杯酒，向他道歉……
東昔　　（走到一半，打斷玉冬，轉身看玉冬，忍住氣，覺得不像
　　　　話，威脅語氣）你別再說了……我連自己的爸爸都沒有祭拜
　　　　了，你還要我……真是的……別太過分……（離去）

傳來開門聲，接著一個女生說話的聲音。

女子　　奶奶，請問你是哪位？
東昔　　（正要按電梯，聽見女子的話後覺得不明白，朝女子的方向
　　　　望去）
玉冬　　這裡是金宗雨的家嗎？
女子　　（奇怪）金宗雨嗎？
東昔　　（再次走向女子家，煩躁）這裡不是金宗雨的家嗎？
女子　　不是耶……啊，你們是指泡菜工廠金社長的家吧，他搬到前
　　　　面103棟809號，大概搬過去一年左右了。

玉冬	（為難）
東昔	（無語）一年嗎？
女子	對。
東昔	（拿起包袱）
玉冬	（對女子說）不好意思，打擾了。
女子	不會。（進屋）

＊跳接－電梯內》
東昔、玉冬進電梯，朝1樓而去。

東昔	（忍住氣，低聲）你最後一次跟宗雨通電話是什麼時候？
玉冬	上上個月……他去幫他媽媽掃墓。
東昔	（瞪玉冬，不可置信，回覆冷淡，盯著電梯面板）那傢伙知不知道你今天要來？
玉冬	知道，我那天有跟他說……
東昔	可是那傢伙卻沒跟你說他搬家。
玉冬	（不看，怕兩人會吵架）你等一下不要進宗雨家。
東昔	（看著玉冬，覺得她是不是真的傻了，火冒三丈，乾脆刻意讓自己冷漠，看了一陣後再看前方）就算你求我進去，我也不會去。

第14幕　809號，宗雨家前，傍晚。

東昔生氣，表情冷酷，將行李放在門前，走向電梯。

東昔	結束後來我停車的地方。

玉冬按下門鈴，東昔站在電梯前等待電梯。
宗雨妻子開門與說話的聲音傳來，語調擔心，並非歡迎的
語氣。

宗雨妻子	唉唷，媽，你怎麼帶了那麼多東西……你應該打通電話啊……這樣我們可以去接你……你沒打來，我們還以為你不會過來……（拿起行李進屋）……先進屋子吧，請進……

東昔聽見宗雨妻子的聲音，正好電梯抵達，他走進電梯內，嘴裡嘟嚷：「她可以主動打啊，一群不要臉的傢伙。」隨後按下電梯鍵下樓，玉冬則進入宗雨家。

第15幕　公寓前的停車場，傍晚。

東昔自公寓走出來，正走向車子時，貨車附近駛進宗雨的車，宗雨（穿著整齊，過著普通的生活，未繫領帶）走下車，看見東昔後瞬間表情僵硬，瞪了一陣子，明白玉冬來了，心情不悅，也想著這傢伙為什麼在這裡，一心想忽視他。東昔原先沒有看見宗雨，只覺得背後有視線盯著自己，隨後轉過頭望去，發現宗雨盯著自己看。
東昔看著宗雨，覺得他為什麼盯著自己還不打招呼，而宗雨的眼神像是看著外人一般冷漠，沒有多發一語，隨後關上車門，與東昔擦身而過。
東昔頓時感到火大。

＊跳接－第9集，回想》
宗雨絆倒東昔，二話不說就毆打的畫面。

＊跳接－現在》
東昔走向自己的車，走到一半停下來，認為自己沒必要躲躲藏藏，轉身大步邁向宗雨，而宗雨不知情。

＊跳接－電梯內，玄關》
宗雨按下電梯，進去後，正要按下關門鍵時，東昔走進電

梯，站在他旁邊。

宗雨	（看著東昔，不明所以，逐漸敏感）？
東昔	（按下8樓的按鍵，直望宗雨，輕蔑地說）我也來祭拜你爸。
宗雨	（聽到「你爸」二字感到不悅，生氣，直瞪著東昔，感到煩躁，想忍住氣因此看著前方）⋯⋯你靠什麼維生？
東昔	雜貨貨車⋯⋯聽說你經營大事業失敗⋯⋯現在開泡菜工廠⋯⋯
宗雨	（看著東昔，不悅，低聲，忍住怒氣）什麼？你不說敬語嗎？講話尊重一點。
東昔	（無奈地笑）不然呢？你難不成想要我⋯⋯叫你一聲哥？
宗雨	（看著東昔，再望向前方）我老婆和孩子都在家⋯⋯你奉完酒就離開，看在你媽的份上，我可以容忍你奉酒。
東昔	（瞪著宗雨，無語地笑）

第16幕　宗雨的屋內（30坪左右，裝潢平凡，看來並非富裕也非困苦），夜晚。

東昔雙腿張開坐在沙發上，看著結婚照（玉冬也在照片內，與玉冬家裡一同合照的照片不同），瞪著照片裡的玉冬，然後轉向看著宗雨兒女（國中左右的年紀）的照片，以及足球同好會的獎盃和家裡環境。
玉冬、宗雨妻子（對於玉冬和東昔的到訪感到不快）、宗澈妻子（似乎生活較困苦，對玉冬和東昔較友善）三人一同準備著玉冬帶來的食物，尚未放上桌子祭拜。

| 宗澈妻子 | （對玉冬友善，自在地吃起玉冬帶來的食物）今天我們餐廳有團客訂位，所以宗澈沒辦法過來，如果取消的話，損失會很大，很抱歉，媽，不過你怎麼帶這麼多食物過來⋯⋯託你的福，我們都不用特別準備祭品了。 |

玉冬	（將食物放在盤中）你有來就好了。（對宗雨妻子說）孩子們呢？
宗雨妻子	（無奈，硬笑）老大去首爾讀書了，老么今天在同學家念書後過夜……他們過不久就要考試了……如果媽想見他（硬是擠出）要不要打電話給他？
玉冬	（搖頭）不用了……不用，下次再說吧，下次。
東昔	（聞聲看向玉冬）你哪有什麼下次。
玉冬	（怕東昔會講出自己生病的事實，朝臥房說）宗雨，來擺祭品！

＊跳接》

祭品已備好，宗雨父親的相片也擺好，宗雨將酒杯放在父親相片前，行禮，東昔坐在一旁，直盯著養父的照片，玉冬靜靜坐在一邊，平靜地看著丈夫的相片。

＊跳接》

宗雨、宗澈妻子行禮。

宗澈妻子	（尷尬）小叔也來行個禮吧。

東昔搖頭謝絕，宗雨開口說話。

宗雨	把祭桌收一收吧。
宗澈妻子	（看臉色）小叔難得來一趟……向爸爸奉個酒也好。
玉冬	（看著東昔）
東昔	（坐著不動，直盯窗外）
宗雨	（不悅，對妻子說）收一收。（煩躁地解開領帶）
玉冬	（挪動坐著的身子，將桌上不需要的食物放進盤中）

＊跳接》

玉冬（只喝湯）、東昔（大口吃飯）、宗雨、宗雨妻子、

宗澈妻子吃飯。

東昔	（狼吞虎嚥）
宗澈妻子	（看玉冬）媽，你怎麼只喝湯？也吃點肉吧。
東昔	她不能吃肉，連飯都沒辦法咬了，吃什麼肉。（大口夾起肉配飯）
宗雨妻子	媽的胃不舒服嗎？
宗澈妻子	哪裡不舒服？
玉冬	（揮手謝絕）沒事的，你們快吃。
宗澈妻子	（開心吃著，對東昔說）我老公有時也會提起小叔。
玉冬	（吃飯）
東昔	（吃至一半，看著宗澈妻子）他說了什麼？說他和宗雨動不動就把我揍得鼻青臉腫，然後在一旁哈哈大笑嗎？除了那些之外，關於我的事，他應該沒什麼好說的吧。
宗雨	（生氣，大力放下湯匙，喝水）
東昔	（瞪著宗雨）
宗雨妻子	（吃到一半，不悅地看著東昔）
宗澈妻子	（啞口無言，看臉色）他只是說⋯⋯那時候大家都過得很辛苦⋯⋯
玉冬	（放下湯匙，朝東昔說）吃完了就走吧。
東昔	吃完當然要走（舀飯），難不成我要住在這裡嗎？（看宗雨）你把你爸那一大筆財產都敗光，結果只過這種生活啊？
玉冬	（不理會東昔，起身走至沙發穿外衣）我們走吧。
宗雨妻子	（不慰留的口吻，朝玉冬問）媽要走了嗎？
玉冬	（穿衣）要走了⋯⋯
宗雨	（瞪東昔，忍住氣）
東昔	（只吃著飯）難怪你爸會抑鬱而終，早早就過世了。拜託，你把他那數十艘船全部賣光、敗光，（吃飯，看宗雨）你家的房子跟田地也被徵收建馬路，（用下巴指玉冬）還把這個老太婆趕回我們破舊的老家，吞了數十億韓元的補償金⋯⋯怎麼還會把日子過成這樣？

宗雨	（生氣，好不容易忍住，打算起身）
東昔	你要去哪裡？我還在講話。
宗雨	（瞬間將湯碗倒在東昔臉上，抓起東昔的衣領，大吼）你知道我老爸為什麼會死於抑鬱嗎！是因為你偷了我們家的財產後就逃走！
東昔	（在宗雨說完前，大力甩開他的手，推倒宗雨，想要掀起飯桌，卻不忍心，只將餐桌大力往旁邊一放，跑向宗雨，想用腳踢卻也無法）臭小子，小心我揍你……
玉冬	（傷心，趕緊上前阻止東昔，拍打他的背，慌張）我們快走！
東昔	（忍住氣，抓起脫掉的外衣）真想踩死你……唉唷……
宗澈妻子	（驚嚇，害怕，慌張，收拾凌亂的餐桌）
宗雨妻子	（扶起宗雨，大聲說）你這是在做什麼！
宗雨	（看著東昔，坐起身）你踩啊，這個混帳小偷！
東昔	（聽到混帳小偷，看著宗雨）
玉冬	（擋在東昔面前，讓他打不了宗雨，即使身體難受也有力地說）東昔，我們走吧。
東昔	（想忍住氣卻無法，冷靜地推開玉冬）混帳小偷？（突然抓起餐桌上的雜菜，往宗雨頭上砸，大聲說）你再說一次啊！再說一次看看！看我怎麼對付你！
玉冬	（想抓住東昔，但力量不夠）宗澈老婆啊。
宗澈妻子	（急忙擋住東昔）小叔，別這樣了，離開吧。
東昔	（生氣，撲上，看著宗雨）混帳小偷？！講好聽一點是金銀珠寶，但我拿走的東西加起來根本還不到兩千萬韓元！我被你和宗澈揍得那麼慘……那點錢根本不夠賠償我！
宗雨	（起身，脫去外衣，想要抓住東昔揍他，但被妻子攔下，難受，氣憤）我爸原本健健康康的，都是你害他暈倒，最後四肢動彈不得就死了，你這王八蛋，混帳小偷！
宗雨妻子	（抓住宗雨往另一邊去，安撫口吻）老公……
宗雨	你竟敢來這裡撒野！臭傢伙，我們可憐你們像乞丐般生活，所以收留你們，竟然敢偷東西。

東昔	（被宗澈妻子和玉冬阻擋，走出去但還是氣憤、難受，看著宗雨）你說什麼？可憐我們像乞丐……因為同情所以收留？
玉冬	（用盡全力抵擋東昔，聽到那句話感到生氣，放開東昔，翻倒餐桌）
宗雨／東昔／宗雨妻子／宗澈妻子	（看著玉冬）？？？
玉冬	（看著宗雨，眼眶泛紅，大聲說）你爸媽怎麼會是東昔害死的？！你爸喝酒受傷……你賣了他的船跟地，事業又一塌糊塗，他才會氣死的！你怎麼能怪他！我們走！
宗雨／宗雨妻子	（訝異，啞口無言，心疼，眼眶泛紅看著玉冬）？！
玉冬	（失去理智大喊）我照顧你癱瘓的媽媽十五年……替你爸把屎把尿，換尿布十年，付我當僕人的錢啊！給我那些錢！你給我那些錢，我就把東昔拿走的錢還給你！你們來本島之後，連父母臨終時都不在，（大吼）還有什麼話好說的！
宗雨	（對玉冬說）其實他拿了更多錢吧？
東昔	（發怒）我真的應該把他揍扁。（想撲上去）
玉冬	（擋在東昔前面，心痛）我們走。
宗雨	（無語，自己也難過地坐下，脫去襪子）真是的，竟然把那種人當兒子……
玉冬	（正要離開，聞聲回頭，大聲對宗雨斥吼）他有怎樣嗎？
東昔	（忍住，拉住玉冬）我們走吧，別跟那種混蛋講話了！
宗澈妻子	（拉住玉冬，哭著）媽，我們走吧。
玉冬	（想甩開兩人卻無法，已被兩人抓住的姿勢，眼眶泛紅，大吼，對宗雨含淚地大聲斥責）這個孩子又怎樣了？！他動不動就平白無故被你們兄弟打，自己的媽媽做人家的小妾又當僕人，他……忍得已經夠多了，你要他忍受多少屈辱！當時那個年輕的孩子，沒有拿刀對你我相向，沒有自殺，好好活下來就已經值得感激了，（激動地哭）你憑什麼還這樣對他說話！
東昔	（眼眶泛紅，想就此離開，難受，拉著玉冬，大聲說）我們走了啦！（拉她出去）
玉冬	（被拖出去，難受痛哭，有些失去理智〔？〕，心痛威脅）憑

什麼，你們憑什麼罵他！憑什麼！憑什麼指責他是乞丐跟小偷！

第17幕　公寓玄關前，夜晚。

電梯裡，玉冬（重心不穩，有些顫抖，難受）、宗澈妻子（攙扶玉冬）走出來。

宗澈妻子　（擔憂）媽，小心點……小心腳步，（看向電梯）小叔，你不出來嗎？

玉冬　　　（轉頭看向電梯）？

＊跳接－電梯內》

東昔　　　（面無表情，怒火中燒，按下關門鍵，直上8樓，肢體僵硬）

第18幕　宗雨的屋內，夜晚。

宗雨脫去骯髒的衣服，樣貌落魄。
宗雨妻子難受，整理環境。
門鈴響起。
宗雨妻子打開對講機，面露擔心，看向宗雨。

宗雨　　　（坐著看向對講機，自己也相當難受，生氣，受傷）開門。

宗雨妻子　（開門）

東昔　　　（進屋，環顧，拿起玉冬的包包，想攤牌講明，語帶諷刺，對宗雨妻子不帶感情）抱歉，（對宗雨說）你就通融一下吧，今天是你最後一次看到我跟你阿姨。

宗雨／宗雨妻子　（不明白）？

東昔	之後也不要來參加葬禮。（打算離去，再回頭）你阿姨癌症末期，沒剩多少時間了。
宗雨／宗雨妻子	（些微訝異，呆滯，心痛）
東昔	所以她現在什麼都不怕，精神也恍恍惚惚的……以後你可以安心過日子了。（走出去，緊抿嘴唇，也感到心中暢快）
宗雨／宗雨妻子	（呆愣，覺得究竟為何如此，眼眶泛紅）

第19幕　木浦市區，行駛中的東昔車內，夜晚。

東昔駕車，咬緊牙根，忍住氣，停在紅燈前，轉頭看向玉冬，玉冬不知是否因為剛才情緒過度激動，以至於現在累得張開嘴巴睡去。東昔回想起玉冬對宗雨說的話，內心並非難受，也並非生氣，也不覺得事不關己，就只是盯著玉冬看。號誌切換為綠燈時，東昔踩下油門，而玉冬像彈簧般一震，咳了幾聲，作嘔想吐，模樣相當痛苦。東昔看著玉冬，再望向前方，感到百般無奈，快速行駛著。

第20幕　巷弄，晚上。

東昔將車停在一旁，玉冬扶著房屋的牆壁嘔吐。
東昔輕拍玉冬的背，忍著所有情緒，一切行為都以無表情、無感情的狀態進行。當玉冬嘔吐完調整呼吸時，東昔自口袋拿出水，打開後遞給玉冬，玉冬用水漱口清潔，將水瓶還給東昔，跟蹌、艱辛地扶著牆走回去。

東昔	（看著離去的玉冬，不自覺感到鼻酸，跟上前，極力冷靜）要不要……去醫院？打個點滴？還是打止痛針？
玉冬	（邊走邊搖頭）
東昔	（停下來，看著玉冬的身影，眼眶泛紅，即使難受也忍住，

快速走去打開副駕駛座的門，見玉冬就座後再替她關門，來到駕駛座，準備開車）

第21幕　旅館全景，夜晚。

第22幕　旅館走廊，夜晚。

東昔提著玉冬過夜會用到的物品走在前方，玉冬雖然行走吃力仍跟在後頭。
東昔用鑰匙打開房門。

第23幕　旅館房間內＋走廊，夜晚。

東昔、玉冬走進來。
東昔坐在床邊，不看玉冬。

東昔　　（平淡，內心難受）你去梳洗一下吧。
玉冬　　（放下包包，進去洗手間）
東昔　　（調整暖房溫度，朝洗手間說話）你要睡床上，還是打地鋪？
玉冬　　……
東昔　　（察覺沒有回應，擔心油然而生，冷靜地打開門，探頭）

＊跳接－浴室內》
玉冬刷著牙，看向東昔。

東昔　　（心想幸好她不是昏倒或是死了）……你要睡床上還是地上？
玉冬　　（刷牙，未看）地上，你睡床上吧。

東昔	（將化妝室的門打開，在地上鋪棉被）我幹嘛睡這裡，我要在車上過夜，如果有什麼事就打給我。（在玄關穿鞋至一半，突然看向化妝室，對玉冬說）你為什麼從來⋯⋯不跟我道歉？
玉冬	（盯著他看，心情複雜）
東昔	（不耐煩，忍住氣）聽你剛才跟宗雨說的話，你也知道我因為媽⋯⋯（搖頭）因為你過得很辛苦⋯⋯那你說說看⋯⋯你覺得自己愧對於我嗎？你真的知道你對不起我，讓我受傷了嗎？
玉冬	（以淒涼〔？〕的眼神看著，直白）⋯⋯我有什麼好對不起你的？
東昔	（沒想到竟然聽到這種回答，還認為自己是不是聽錯了，盯著玉冬，對她感到埋怨、生氣，沉住氣，決定以後再說，大力關門離去）
玉冬	（看著門的方向，冷靜地繼續刷牙）

第24幕　旅館走廊，夜晚。

東昔氣得跺腳走出去，下定決心日後要問個清楚，整個人火冒三丈。

第25幕　旅館房間內，夜晚。

玉冬躺在地上，翻身幾次後起來，探頭望向窗外的停車場。

＊跳接》
東昔在貨車內皺著眉頭睡覺，月光映照他的面孔。

＊跳接》
玉冬端詳東昔的模樣，將門稍微開啟後，再次躺回原位，
若有所思。

第26幕　宗澈的餐廳外＋內，白天。

東昔在貨車內看著手機，似乎在生氣。

＊跳接－規模較小的烤肉店內，白天》
宗澈（心疼）與宗澈妻子和玉冬（心疼宗澈）談著話，宗
澈妻子面露難受，擦拭眼淚，握著玉冬的手，看著她說
話。
兩人似乎在說經營狀況與身體狀況等問候話語。

＊跳接－餐廳外＋貨車內，白天》
宗澈從餐廳搬出箱子（肉類製品）放進貨車內。
宗澈妻子與玉冬仍在餐廳內。

東昔　　（因為昨晚的事感到憤怒，看著手機再看著宗澈）
宗澈　　（坐上車，面露無奈）我打包一些我們店裡的肉……
東昔　　（將手機放入口袋，不看他，忍住氣）你包那些肉要給誰
　　　　吃？要給得癌症的老太婆吃嗎？還是你想要我吃你給的東
　　　　西？給我下車。
宗澈　　（心疼，無奈，無法看著東昔）我昨天……有聽我哥說……
　　　　阿姨生病的事了……他也傷心得講不出話來……他說如果
　　　　早知道阿姨的病情，昨天就不會那樣了……可是阿姨……
　　　　可以這樣到處跑嗎？不是應該待在醫院嗎？
東昔　　（看著，有些瞪著）你叫她去醫院啊，看她會不會聽你的
　　　　話。（轉頭看著前方，煩躁）
宗澈　　（心痛）……之後辦喪事時，再跟我聯絡吧。

東昔	（瞪）我先跟你說清楚……葬禮時我不會跟你們聯絡。
宗澈	（難過，開門，準備下車，看著東昔）當初你我都一樣……年紀還很小……大家都過得很辛苦……
東昔	（不看，忍住氣，盯著前方）
宗澈	（離去）

第27幕　馬路，白天。

第28幕　鄉下，幽靜的鎮上，白天。

玉冬坐在貨車上，看上去很不舒服。
東昔走進房屋仲介，似乎要詢問事情，不久後走出來坐上車。

東昔	（無奈，忍住氣）房屋仲介是首爾人，不曉得以前的地名，都市更新後地名都換了。
玉冬	（不知如何是好，比起訝異更是淡然）
東昔	（看著玉冬，忍住氣）我們去村裡問老人家吧，如果問不出來，我們就去濟州，（發動）不過馬堂里……到底是什麼地方？
玉冬	我的故鄉……
東昔	（詫異）你的故鄉……不是濟州嗎？
玉冬	（搖頭）
東昔	（無奈看著，駛離，訝異聽見玉冬的故鄉並非濟州）

第29幕　鄉鎮＋貨車內，白天。

玉冬在車內，表情淡然，盯著白雲，用手靠上車內的霧

氣，書寫「滿」字。
東昔從里民活動中心走出來後上車。

東昔　　（無奈，難受）馬堂里沒了。

玉冬　　（無法理解）一個村落怎麼會沒了？

東昔　　（沉住氣，忙於講話感到疲倦）那裡變成水庫了，那個地方本來在山的另一邊，現在變成水庫了，那我們現在要去哪裡？

玉冬　　（思考）

東昔　　（煩躁，有些大聲）你說啊，要去哪裡？

玉冬　　（看著）去馬堂里。

東昔　　（不解，看著）？（望向前方後再次看玉冬）幹嘛去水庫……一磚一瓦都沒了……（用是否一定要如此的眼神看著玉冬）

玉冬　　（看著東昔，表達強烈想去的意願）

東昔　　（好不容易沉住氣，望向山的另一邊）那裡車子進不去，要用走的，我肚子餓了……先吃飽再決定要不要去……你中午要吃什麼？

玉冬　　你喜歡的大醬湯。

東昔　　（迅速）我不喜歡大醬湯了。

玉冬　　（看著）

東昔　　我已經不吃那種東西了，選其他的，不然我們分開吃。

玉冬　　（看著）那吃炸醬麵？

東昔　　（詫異）炸醬麵？

玉冬　　（點頭）

東昔　　（無奈）我們還是分開吃吧，（用下巴指玉冬）你去吃大醬湯，炸醬麵不好消化。

玉冬　　我們去吃炸醬麵……

東昔　　（說不過她）好吧……反正你現在不吃，也活不了多久了……（駛離）

玉冬　　（看著窗外，再看東昔）

第30幕　鎮上最好的中式餐廳，白天。

玉冬與餐廳對面繫著的小狗玩耍，即使吃力也很開心地逗弄小狗。

玉冬　　你叫什麼名字？奶奶叫姜玉冬，你叫什麼？還是就叫小狗？小黑？還是黑黑？

這時，東昔走出店外，尋找玉冬，在轉角看見玉冬開心逗狗的模樣，對玉冬溫柔的一面感到陌生。

玉冬　　（對小狗說話）你媽媽去哪裡了？怎麼會自己在這裡？
東昔　　（不喜歡看到玉冬對動物友愛的模樣，不耐煩）她看到狗還會笑啊……（提高音量）進來吧，有位置了！我點好炸醬麵了！
玉冬　　（這才望向東昔，再回頭看小狗）奶奶要走了。（放下小狗，過馬路時差點被行駛中的車輛撞到）
東昔　　（嚇得趕緊抓住玉冬的手臂，自危險中救她，對車子大吼）搞什麼！（隨後對玉冬大吼）你過馬路怎麼不注意一點！要是出車禍怎麼辦！
玉冬　　（感到抱歉，放開東昔的手，獨自走向中式餐廳）
東昔　　（不悅地瞪著，生氣）她這輩子都不肯正眼看自己的兒子……卻看著狗笑得那麼開心……（跟上前，生氣）

第31幕　中式餐廳內＋外，白天。

客人很多，相當吵鬧，只有兩名服務員在現場忙進忙出。東昔、玉冬坐在角落，東昔將竹筷分開，用雙手磨去多餘纖維，然後看向玉冬，玉冬力氣過小，難以將竹筷分開。東昔一臉不悅地拿走玉冬的筷子，替她完成，然後望向老

閬（與東昔差不多年紀）自廚房拿出兩碗三鮮炸醬麵，急急忙忙地放在其他客人（穿著乾淨、整齊）的桌上。

東昔　　不好意思，我們先來的！

老闆　　（看著東昔）？

東昔　　（無奈）我們先來的，他們比較晚來，（用手勢要他端回來）麻煩先給我們。

玉冬　　（不明白情況）？

客人　　（不顧，直接將筷子插進碗內）

老闆　　（看著客人，再對東昔笑）唉唷，是我搞錯了。

客人　　（毫不在乎，吃起麵條）

東昔　　（對客人感到不悅）媽的……

客人　　（吃到一半，聽到髒話，望向東昔）

老闆　　（對客人說）很抱歉，孫老闆，很抱歉。（對東昔感到不舒服）我會再多招待你一份餐點。

東昔　　（聽到半語感到不悅，生氣）誰要你招待餐點？我只要我點的三鮮炸醬麵。

玉冬　　（用手勢示意東昔別鬧事）

東昔　　（甩開玉冬的手，忍住氣，語氣粗魯）是你先不說敬語的，請，快點拿來我們的餐點。

＊跳接》

老闆將炸醬麵送上，不客氣地大力放在東昔與玉冬面前，招待一盤餃子。

東昔對於老闆不禮貌的態度相當不悅，玉冬窺探東昔的臉色。

老闆直接一走了之。

東昔　　（用竹筷大力攪拌，爾後看著老闆）這只是一般的炸醬麵，我點的是三鮮炸醬麵。

玉冬　　（害怕又要吵架，急忙吃著）

老闆	（轉身，不悅）喔……等一下。（靠上前，將玉冬正在吃的麵粗魯地收到托盤上，發出聲響）
東昔	（瞬間發怒，將炸醬麵倒在桌上，也把自己的麵倒在桌上，起身，掏出兩萬韓元後離去）
老闆	（忍住）啊，這是……你怎麼……（清理）
玉冬	（覺得抱歉，點頭鞠躬）抱歉……真的很抱歉……（已經走到門外仍在致歉）真的很抱歉，抱歉喔……

＊跳接》

東昔走著，聽見玉冬在後面道歉，馬上停下來，深吸一口氣後轉頭。

東昔	（大吼）你有什麼好抱歉的！我們又沒有做錯事！
玉冬	（不回話，著急地走回東昔的貨車）
東昔	（大聲，煩躁）你要去哪裡！不吃炸醬麵了嗎？
玉冬	走就是了。（想打開副駕駛座的門卻無法）
東昔	（難受，怒視玉冬，深深忍住氣，大步走上前，用鑰匙打開車門，替她開門）
玉冬	（吃力地坐上車）
東昔	（難以忍住怒氣，傷心難受）你的手！
玉冬	（將手放上膝蓋）
東昔	（使勁關上副駕駛座的門，坐上駕駛座，繫安全帶，不看玉冬）繫上安全帶。
玉冬	（難以繫好安全帶）
東昔	（瞪著玉冬，忍住氣）你看到路邊的狗就笑容滿面，但這輩子就對兒子這麼冷漠……即使沒有做對不起人家的事，卻低聲下氣地道歉……然後說沒有對不起我？（眼眶泛紅，咬牙切齒，忍住氣，低聲）為什麼你不覺得愧對於我？為什麼從不覺得對不起我？
玉冬	（不發一語，失神地看著）
東昔	（眼眶泛淚，忍住，低聲）好，我們去馬堂里，去到那裡之

後，我替媽……（搖頭，忍住心痛）我替你做的事情就結束了，接下來就換我了，好好期待吧！（生氣打檔，粗魯迴轉，駕車而去）

玉冬呆望著窗外，在兩人的畫面結束。

第二十集　　　　　　玉冬與東昔3

我抱著她的遺體痛哭，那一刻我才明白。
我這輩子……其實從來都不怨恨她。
而是希望能抱著她，與她和解。
我一直希望能像現在這樣久久地抱著她，盡情放聲大哭。

字幕：玉冬與東昔3

第1幕　住家或商家，施工現場，白天。

宣亞看著工人們，低頭確認設計圖，走向工地主任。

宣亞　　（淡然）林主任，今天吳班長過來後，請告訴他這裡的木工
　　　　請照設計圖做……你知道他上次擅作主張，不照設計圖隨便
　　　　做，導致我們重新施工，造成施工費增加吧？這次要避免那
　　　　種事。

主任　　（笑）這個吳班長也真是的……我會注意他。（走至稍遠
　　　　處，繼續忙碌手邊工作）

宣亞　　（略為不悅地看著林主任，走向他，鬱悶）不要只是口頭答
　　　　應，明天我休假，無法來工地監工……

主任　　（笑）知道了，知道了啦，組長。

宣亞　　（停頓，認真）不要再敷衍我了，我是認真的，如果你再照
　　　　這種態度做事，以後我不會發包給你了。

第2幕　工地一角，白天。

宣亞靠在工地一角，用手機購買前往濟州島的機票，付款
成功後，以訊息告訴東昔，露出淺笑，有些期待。

宣亞　　（E）哥，我媽說這週她沒辦法過來，她要跟朋友去旅行……
　　　　所以我打算明天早上去濟州，明天見。（笑著走出去，接聽
　　　　電話）喂？泰勳。

第3幕　　工地外，白天。

宣亞面露擔憂，自工地跑出去，坐上車，聽見小烈受傷的
消息，不過度驚慌，只想趕緊確認小烈的狀況，嚴肅、堅
定地開車。

第4幕　　道路＋行駛中的東昔貨車內，白天。

東昔開著車，生氣，表情僵硬。
玉冬發呆，看著天上的雲朵，烏雲漸增。

第5幕　　前往水庫的山路＋貨車內＋入口，白天。

東昔（生氣）粗魯地開車，聽見訊息音。
東昔不管訊息，將車停在水庫入口。
再次響起訊息音，他拿起來看。

恩喜　　（E）東昔，你有好好陪著你媽嗎？

這時，玉冬的電話響起。

東昔	（看著玉冬）
玉冬	（接起春禧的來電，想說是誰，聽見春禧的聲音）喂？…… 我很好……不用擔心我。
春禧	（E）東昔有好好對你嗎？
玉冬	（看著東昔，再望向他處）有……
東昔	（看著玉冬，不悅，總是不自覺地感到悲傷）……

＊跳接－醫院一角，交錯》
春禧靠在牆上與玉冬通話，雖心痛還是隱藏，無奈。

春禧	這幾天……他有叫你一聲媽嗎？
玉冬	……
春禧	沒有嗎？（雖難過，但還是正向）不過你得癌症也算是種福 氣，要不是得了癌症，你也不可能跟東昔一起到處去玩…… 去過故鄉了嗎？
玉冬	正要去……
春禧	我要搭下午三點的船回濟州……你就和東昔去父母的基地看 看……再慢慢回來，我會去你家把火生好。
玉冬	你多待三、四天再走吧，多陪陪萬秀跟恩奇。
春禧	什麼三、四天……我要回去見你。（掛上電話，走向病房）

＊跳接－東昔的車內》

玉冬	（明白春禧的心思，心酸，關上手機）
東昔	（忍住氣，難過，有些譏諷）下車吧……去水庫那邊，雖然 我不能保證我們兩人能安全抵達那裡，但媽（不想稱呼媽） 你想做什麼，就去做吧……你能走吧？我無法揹你過去。
玉冬	（點頭）
東昔	（下車，走至貨車後方，拿出一瓶水，來到副駕駛座，握住 她的手〔總覺得碰觸玉冬的手很生疏、奇怪〕協助她下車， 然後率先大步走往山上）

玉冬	（下車，跟在後頭）

第6幕　走向水庫的半山腰，白天。

玉冬艱辛地爬山，因為鞋子早已磨損嚴重而扭到腳，雖然感到疼痛，卻沒有發出聲音，獨自承受痛苦，再次往前走，忍著腳疼，裝作自然地走著。

＊跳接》
東昔不知道玉冬的狀況，忍著怒氣，走到前方後，喝了一口水，回頭時沒有看見玉冬。
等待片刻，望見玉冬流著汗辛苦地走過來，看了好一陣子後，將水瓶放在原地繼續往前走，代表玉冬可以喝，展現他特有的體諒方式。
玉冬走上前看見水瓶，扭開後喝水，再拿著水瓶繼續走。

第7幕　水庫前，白天。

東昔率先抵達，坐在一旁看著水庫，玉冬來後坐在離東昔稍遠之處，行動有些困難，靜靜看著水庫，又東張西望，心想不知道哪裡是家、哪裡是墓地，面對全然改變的環境感到不知所措。

東昔	（看著水庫，忍住氣，粗魯）你家……在哪裡？（看玉冬）
玉冬	（呆愣，左顧右盼）……
東昔	（不耐煩，盯著水庫，粗魯）看來你不知道，你最後一次來這裡是什麼時候？
玉冬	（搖頭）生了東伊之後來過一次……
東昔	（無奈，看著玉冬，再望著水庫）你怎麼都不回故鄉看看？

	你應該有兄弟姊妹吧？
玉冬	（輕輕搖頭）沒有……
東昔	（無奈看著）外公、外婆是什麼時候過世的？
玉冬	（呆望著水庫）好像是我6歲還是7歲的時候……他們相隔一年相繼過世的……
東昔	（看著，無奈，語氣直接）為什麼過世？
玉冬	應該是生了什麼病吧……
東昔	（看著）真是的……（心想怎麼有這種人生，看著水庫，無奈）我記得……好像有一個阿姨……我小時候她曾經來過濟州，（用下巴指玉冬）是你姊姊？還是大姊？她個子很小……長得很漂亮……
玉冬	（盯著水庫）三年前……死了。
東昔	（不過度驚訝，無奈，起身，走近玉冬，站著喝水，看著水庫）在這裡過世的嗎？
玉冬	（搖頭）在合判邑……她兒子家……
東昔	（無奈，不想多問）你有參加……她的葬禮嗎？
玉冬	（搖頭，呆愣，盯著水庫）我是後來……才聽說她……火葬了……她的孩子沒有聯絡我……
東昔	（無奈，看著水庫）那你為什麼要來這裡？想來看外公、外婆的墓地嗎？
玉冬	還有我哥的墓地……
東昔	（看著，無奈，首次得知）你還有哥哥啊？
玉冬	（盯著水庫，點頭）
東昔	（看著水庫，無奈）他年紀多大……應該過世很久了吧？
玉冬	（淡然）他很早就走了……在我13、14歲時……（直盯水庫）他跟朋友玩耍時被蛇咬……後來埋在我爸媽的墓地旁邊……（起身）
東昔	（無可奈何，看著玉冬，無話可說，傷心）現在……都看完了嗎？
玉冬	（點頭）
東昔	那我們走吧。（率先大步走在前方，內心鬱悶）

第8幕　　下山路，白天。

東昔走在前方，轉過身，看見玉冬滿頭大汗，一跛一跛地
走著。

東昔　　（直盯玉冬）你……怎麼跛腳了？（走向玉冬）

玉冬　　（不看也不回話，自顧自地下山，吃力）

東昔　　（忍住無奈，語氣夾雜擔憂與憤怒）你坐下。（伸出手作為支
　　　　撐）

玉冬　　（流汗坐下，用手按摩腳踝，不顯露疼痛的神情，任由汗水
　　　　流下）

東昔　　你的腳踝怎麼了？

玉冬　　（不看）沒事……

東昔　　（無奈）老是說沒事……（脫下玉冬的鞋子，看到破舊的鞋子
　　　　感到不悅，將其丟在一邊，嘮叨）這是什麼破鞋子……你在
　　　　市場賣農作物的錢都花到哪裡了……（脫去襪子，看腳踝，
　　　　已經能見瘀青並且腫脹，他伸手確認，內心煩躁）會痛嗎？
　　　　什麼時候扭到的？

玉冬　　（搖頭，流著汗按摩）等一下就會好了……

東昔　　（瞬間發怒，難受）什麼等一下就會好！如果等一下就會
　　　　好……那你的癌症應該早就好了。（忍住怒氣）你等一下。
　　　　（左顧右盼，走至樹蔭下，拿起一根樹枝，當作枴杖，將殘
　　　　枝折斷，遞給玉冬）你用這個撐著站起來。

玉冬　　（吃力地站起來，用枴杖支撐，忍住腿部疼痛）

東昔　　（看著玉冬的背影，總是感到怒氣，低聲嘟嚷）所以說……
　　　　為什麼要來這種難走的地方……家都沒了的水庫，有什麼好
　　　　看的……（看著玉冬的模樣，大步走上前，拿起玉冬的枴杖
　　　　往外丟，背對著她蹲下來）我揹你。

玉冬　　（雖行走吃力，但裝作沒事）我自己走就好……

這時，聽見雷聲大作，滴下幾滴雨水。

東昔	（感受到落在臉上的雨滴，起身，將外套披在玉冬身上，再次蹲下，傷心，粗魯）快點！要下雨了，別再這麼固執，煩死人了。
玉冬	（靠著東昔的背）
東昔	（揹著玉冬起身，因為體重太輕感到生氣，回頭低聲說）已經抱好了嗎？
玉冬	嗯……
東昔	搞什麼，瘦到只剩皮包骨……（邊走，總是感到怒氣，眼眶泛紅，咬牙，走下山路，不由自主地感到難受）
玉冬	（茫然，眼眶泛紅，被揹著下山）

第9幕　山林入口＋車內，下雨的白天。

東昔揹著玉冬快步下山，將玉冬放在車邊，替她打開副駕駛座的門，看著她上車後，走到後方拿出水瓶與毛巾，坐上駕駛座，將水瓶與毛巾遞給玉冬。

玉冬	你先喝吧……
東昔	（眼眶泛紅，憤怒地盯著玉冬，覺得她為什麼活得如此悽慘，甚至還罹癌，傷心的心情轉為憤怒）
玉冬	（明白東昔的不退讓，靜靜地收下水瓶與毛巾，喝完水後，將水瓶遞給東昔）
東昔	（接下水瓶，將水灌完，放到一旁，深吸一口氣，看著下雨的窗外，轉過頭看著玉冬，心想終於能質問了）
玉冬	（用毛巾大致擦拭，看向窗外，呆望著一旁屋簷下的一個狗屋，狗兒在裡頭躲雨，彷彿那隻狗就是自己）
東昔	（看著玉冬，生氣，低聲，譏諷）你也用看狗的那種深情眼神，看看自己的兒子吧。
玉冬	（看東昔）……
東昔	（怒視，生氣）

玉冬	（轉過頭，再次呆望著狗）
東昔	（對於玉冬的行為感到生氣，瞪著，心痛，難以忍受，譏諷）當我被那兩兄弟打時……你有傷心過嗎？我聽說其他的媽媽，如果孩子受傷，她們都會傷心欲絕……所以即使可以不被他們打，我還是會故意討打，因為我想讓你傷心難過……那時你的心情如何？傷心嗎？還是一點感覺也沒有？
玉冬	（只看著狗，心想牠怎麼在淋雨，但有聽著東昔的話）
東昔	（瞪著，下定決心要問個清楚，難以忍住氣，心痛，譏諷）你就……那麼愛男人嗎？即使有孩子，沒有男人也活不下去嗎？
玉冬	（盯著窗外的雨，心想自己的確這樣做了，東昔的話並沒有錯）……
東昔	（心痛瞪著，想抑制怒氣卻無法，譏諷）我都說不用擔心賺錢餬口的事情了，我說過我會休學，去本島做苦工養你……那個15歲的小孩……明明那樣苦苦哀求過你……（心痛，難以言喻複雜的心境，眼眶泛淚，努力想忍住怒氣，咬緊牙根）……長大後，我還要你跟我一起逃去首爾……
玉冬	……
東昔	（因玉冬的沉默更加心痛，生氣、厭惡、埋怨，將頭轉向窗外，調整呼吸，再次說話）你為什麼總是這麼理直氣壯？一點都不覺得愧對於我嗎？（心痛，諷刺）得了癌症……就覺得大不了一死了之嗎？
玉冬	（看著窗外，內心刺痛，直盯著狗兒）
東昔	（看著玉冬更加生氣，埋怨，情緒激動，勉強忍住）那時候……我一無所有……沒有爸爸，也沒有姊姊……我身邊只剩下，（用下巴指玉冬）只剩下媽媽……而你卻不准我叫你一聲媽。（太過悲痛，為了冷靜而喝水，但喝了才發現已經沒水了，生氣地將水瓶丟往前方，發出聲響，生氣地看著玉冬，大口喘氣）那天，你把我唯一的……媽媽……也奪走了，你對我說了那些事……（氣得咬牙切齒，怒瞪玉冬）竟然不覺得對不起我？

玉冬	……
東昔	（不明白為什麼她能無動於衷，流不了眼淚，眼眶泛紅，壓抑情緒，譏諷）你怎麼能不覺得愧對於我？你怎麼能不覺得對不起我！
	畫面映照東昔的臉。（參考用，背景音樂為類似Justin Bieber的〈Off My Face〉）
玉冬	（E）一個瘋女人……
東昔	（看著玉冬）？！
玉冬	（眼眶泛紅，看著狗，低聲）怎麼懂得愧疚。
東昔	（頓時感到刺痛，皺起眼仔細看向玉冬，耐心想聽玉冬說話，不自覺泛淚）？！
玉冬	（看著淋雨的狗，想起過往，冷靜，卻對自己講出殘忍的話，眼角泛淚，看著東昔，低聲說）你媽媽是個瘋女人……
東昔	（靜靜看著玉冬，心很痛）……
玉冬	（慢慢轉頭，望著狗兒，想起過往，直說，即使理解當時的選擇卻無法原諒，但語氣不過度情緒化，而是冷靜訴說，眼角溢起淚水）你媽就瘋了……才會因為自己害怕下海……就叫女兒去捕撈，害死了她……即便如此……還是想活下去……想說隨便找個人寄生，以為孩子只要有三餐吃就可以了，以為讓孩子住好房子、能上學就行了，我是個傻子……是個笨蛋……
東昔	（看著玉冬，流淚，原來只是想讓孩子有飯吃，理解玉冬的心情，但卻對現在與過往感到生氣，心疼，眼眶泛淚地看著）
玉冬	眼睜睜看著自己的孩子被打也無動於衷……（看著窗外的狗）真是該被狗咬死的女人……（看著東昔，低聲說）我死了之後，不要替我辦葬禮，也不要為我哭……（再次轉頭，忍住吐意，看著與自己的遭遇相似的狗兒）將我丟到你姊與你爸……所在的大海吧。（無法繼續說話，噁心感持續）

東昔　　　（心疼，流淚，看著玉冬，沒有過多的訝異，只是短暫的埋
　　　　　怨與心疼，擦去眼淚，發動車子，快速駛向醫院，咬緊牙
　　　　　根，痛心無比）

　　　　＊跳接》
　　　　轉向的東昔貨車尾。

第10幕　木浦的醫院（與萬秀不同間，規模更大的醫院），
　　　　全景，白天。

第11幕　木浦的醫院，走廊，白天。

　　　　東昔呆坐在椅子上，看著手機。

宣亞　　　（E，爽朗）哥，我媽說這週她沒辦法過來，她要跟朋友去旅
　　　　　行……所以我打算明天早上去濟州，明天見。

　　　　護理師自診間走出來。

護理師　　姜玉冬女士的家屬。
東昔　　　（看向）
護理師　　請進。
東昔　　　（平靜地走上前）

　　　　＊跳接》
　　　　東昔無奈地走出診間，表情沉重又好似在生氣，邊走。

第12幕　急診室內，白天。

東昔走進急診室，靠近玉冬的床。

玉冬吊著點滴，聽見東昔的腳步聲，睜開雙眼。

東昔　　（坐下，盯著幾乎滴完的點滴，不看玉冬，心情不悅，粗魯）
　　　　醫生問我……是不是真的是你兒子……他罵我身為兒子，
　　　　怎麼不把快過世的媽媽送來醫院……還拖著你到處跑……
　　　　他問我是不是瘋了，對我大發雷霆，叫我立刻讓你住院，
　　　　（忍住心痛，看向玉冬，直白）不然就要等著幫你辦喪事了。

玉冬　　（痛苦，仍意志堅決地起身）……我們走。

東昔　　（看著，不沉重，冷靜）

玉冬　　（看著東昔）我們回去濟州。

東昔　　（看著，無奈）半路上你的身體可能會出事……你待在這
　　　　裡，我去申請病房。（正要起身）

玉冬　　（以懇求的眼神、語氣）即使會出事，我也要回家。

東昔　　（走出去，傷心，但還是堅定，E）護理師！請幫她把點滴拔
　　　　除！

護理師　（E）不過醫生囑咐要她辦理住院……

東昔　　（E）我們不要住院，請幫她拔掉點滴。

護理師　（E）不可以這樣子……

東昔　　（傷心，E）有什麼不行的，我要帶我媽回家，快點拔掉，讓
　　　　我們回家！

玉冬　　（自行拔除）

第13幕　木浦渡輪碼頭，黃昏。

　　　　玉冬坐在車內，看著來往的人們，東昔從售票口走過來，
　　　　打開副駕駛座的門。

東昔　　（隱藏傷心，粗魯）還要兩小時才會開船，吃點東西吧，你
　　　　要吃什麼？湯飯？

玉冬	吃你喜歡的大醬湯⋯⋯
東昔	（看著）我說過已經不吃大醬湯了。
玉冬	（看著）那吃炸醬麵。
東昔	（看著）下車吧。（握住她的手，攙扶她下車，走去貨車後方）
玉冬	（看著東昔，靠在車邊，看著經過的母子，眼神跟著他們而去，開心，感到有力氣）

第14幕　貨車後方，黃昏。

東昔在車後翻找，找到一雙鞋子。

第15幕　有著許多便宜的中式餐廳的街道，晚上。

東昔走在前方。
玉冬穿上新鞋走在後方。
玉冬走著經過中式餐廳，看了一眼東昔，再次跟上前，也看了一下新鞋。

第16幕　高價的中式餐廳內，晚上。

東昔、玉冬坐在桌邊。
老闆端上炸醬麵。
東昔用筷子拌勻，吃了一口，抬頭看著玉冬。
玉冬連拌麵的力氣也沒有。
東昔將自己拌好的麵給玉冬，拿過玉冬的碗自己吃起。
玉冬正要吃，但不好食用，難以夾起，嘗試好幾次。

東昔　　　（看著，對服務人員說）請給我們剪刀！

＊跳接》
東昔用剪刀將玉冬的麵剪成小段，放上湯匙。

東昔　　　用湯匙吃吧，（吃麵，不看玉冬）你什麼時候開始喜歡吃炸
　　　　　醬麵的？我小時候沒看過你吃炸醬麵，我和姊姊以前在市場
　　　　　吃時，也沒看過你吃……
玉冬　　　你爸還活著的時候……偶爾會吃……（吃麵）
東昔　　　（吃到一半，看著玉冬，傷心，語氣粗魯）爸爸……對你好
　　　　　嗎？
玉冬　　　（點頭，吃麵）
東昔　　　他有疼你嗎？
玉冬　　　（點頭，只吃炸醬麵的醬料）
東昔　　　（雖心疼、難受，仍開玩笑）他怎麼疼你的？他有摸摸你的
　　　　　頭，說你很討人喜歡嗎？
玉冬　　　他會買炸醬麵給我吃……
東昔　　　（盯著，無語）買炸醬麵哪裡算對你好，又不是糖醋肉……
玉冬　　　（吃著）
東昔　　　（覺得與玉冬這樣和平地吃飯有些生澀，不自在，低頭吃麵）
　　　　　如果你還有什麼想做的……告訴我，我幫你實現。
玉冬　　　（吃著，看他）我們去舊史邑。
東昔　　　（不知道何處）舊史邑？那是哪裡？離這裡近嗎？
玉冬　　　（搖頭）
東昔　　　那去不了，我們會錯過船班，我要回濟州跟人家碰面。（吃
　　　　　著，看向玉冬）
玉冬　　　（落寞，吃著炸醬麵）
東昔　　　（不在乎，吃麵）

這時，傳來訊息聲，東昔打開手機。

宣亞	（E）東昔哥，小烈受傷了，他傷得不重，你不用擔心，不過我明天應該沒辦法去濟州了，我得陪他，抱歉，我再跟你聯絡。
東昔	（失落，整理心情，將手機放進口袋，吃麵）我們去舊史邑吧，我會把船票換成最後一班。
玉冬	（看著，吃麵）

第17幕　關門的破舊餐廳前，夜晚。

似乎已經結束營業許久。
玉冬、東昔看著餐廳。

玉冬	（盯著餐廳）
東昔	（看著餐廳說話）你就是在這裡遇見搭船過來的爸爸嗎？
玉冬	（點頭）
東昔	你以前在這裡做什麼？
玉冬	（邊走邊回想）煮飯……還有洗碗……
東昔	（跟上）幾歲開始的？
玉冬	好像是13還是14歲……
東昔	（無奈）你的命也真是……
玉冬	……
東昔	（想到玉冬就心疼）要不要明天再回濟州……？
玉冬	（邊走，搖頭）今天回去吧。
東昔	（走在後面）還是去大姊家？去看你的外甥們，你知道她家在哪裡嗎？
玉冬	直接回去吧。
東昔	怎麼？你的外甥（用下巴指玉冬）不歡迎你嗎？
玉冬	（走著）他們都忙著討生活……算了吧。
東昔	（無奈）……

第18幕　開往濟州的船班，船艙內，夜晚。

　　　　玉冬在船內看著漆黑的大海。
　　　　東昔從貨車上拿衣服，替玉冬穿上，坐在一旁，呆望天花
　　　　板，突然開口。

東昔　　英珠生了女兒。

玉冬　　（看著）？

東昔　　3.3公斤，很健康。（拿出手機裡印權、浩息抱著嬰兒的照
　　　　片）你看，恩喜姐傳給我的。

玉冬　　（盯著手機，讚嘆語氣）唉唷，小寶寶……真漂亮，跟英
　　　　珠、阿顯很像吧？

東昔　　（拿走手機，放進口袋）睡一下吧。

玉冬　　（有些落寞地看著東昔，再望向窗外，看著東昔，突然問）
　　　　「京」字要怎麼寫？

東昔　　（看玉冬，不明白她為什麼想知道這個）……（對著玻璃窗哈
　　　　氣後寫字）

玉冬　　（在京字旁邊好不容易寫下「吳、滿」）

東昔　　吳滿京……是誰？

玉冬　　（看著字樣，平靜）我的媽媽。

東昔　　（心疼，難受，看著）外婆？

玉冬　　（看著字樣，點頭）

東昔　　你還想寫什麼？

玉冬　　（看著）

冬昔　　我幫你寫，你爸爸叫什麼名字？

玉冬　　姜八判。

　　　　東昔寫上姜八判，在一旁寫上李天昭。

東昔　　這是爸爸的名字，李天昭，然後是我，李東昔，姊姊是李東
　　　　伊，（再哈氣，寫名字，霧氣隨著時間消逝，仍照做）然後

	這是姜玉冬，媽媽你的名字。
玉冬	（看著字樣，點頭）
東昔	你還想知道什麼字？
玉冬	濟州……
東昔	（有些心酸，平靜地寫下濟州）
玉冬	木浦……
東昔	（寫字）
玉冬	大海，蔚藍……
東昔	（寫著大海、蔚藍）
玉冬	小花、阿黑。
東昔	（寫著）
玉冬	漢拏山。
東昔	（寫到一半，看著她）你有去過漢拏山嗎？
玉冬	（搖頭）
東昔	你身為濟州人，怎麼會沒去過漢拏山？
玉冬	你有去過嗎？
東昔	（不可置信）當然去過，而且很常去，只要心情差就會去，每當我討厭你或心情不好的時候就會去，白鹿潭我已經去過數十次了，你身為濟州人，竟然沒去過漢拏山……（無奈）唉唷……（寫下漢拏山，看著玉冬）你想去漢拏山嗎？
玉冬	（看著漢拏山，想去）當然想去啊……
東昔	你現在的身體狀況，（指玉冬）去不了。（想起壯麗山景）被白雪覆蓋的白鹿潭真的很壯觀，那是世上最美麗的景色……（躺在椅子上，望向天花板）
玉冬	（看著東昔，想去漢拏山，再次望向窗外）

第19幕　道路，濟州島馬路，灰濛凌晨。

東昔開著貨車，玉冬沉睡，東昔瞄一眼玉冬，號誌變換，有人按喇叭，透過車窗望見正要前往市場的定俊與恩喜兩

人的車，停在紅燈前。

定俊　（打開車窗）哥，旅途還順利嗎？

恩喜　（打開車窗，擔憂）你媽呢？

東昔　（打開車窗）正在睡覺。

恩喜　去了木浦，她很開心吧？

定俊　（擔心）大姐的身體……還好嗎？

東昔　（望著紅綠燈，朝定俊說）走吧，（對恩喜說）我先走了。
　　　（率先駛離）

恩喜　（大聲）我拿了一些雪濃湯去你媽家！東昔，你有聽到我說
　　　話嗎！在冰箱裡！熱一下給你媽吃！春禧大姐已經把火生好
　　　了！東昔，你有沒有聽到！

定俊　（無奈，無語地看著恩喜）姐，你直接打給他吧。（離去）

恩喜　（這才想起）也對，直接打電話就好啦……我有時候真的很
　　　傻。（駕車）

這時，傳來喇叭聲，印權的車子靠近。

印權　（大聲）恩喜！你有打給漢修跟美蘭了嗎？跟他們說我們要
　　　和烏山里辦運動會。

恩喜　他們都很忙，哪有空來鄉下參加運動會……居然叫首爾的人
　　　來參加，你瘋了啊！（離去）

印權　喂，打電話啦！這次我們一定要贏烏山里！我們不能再輸
　　　了！（離去）

＊跳接》
東昔看著漢挐山的路標，將車開往那處。

第20幕　漢拏山1100高地前＋東昔貨車內，白雪飄揚的黎明。

數名登山客正在登山。
東昔在車內看著車外風景。
玉冬自睡眠中甦醒，環顧四周，出神地望著落雪美景。
東昔看著玉冬，再望向外面。

東昔　　（平靜）這裡是1100高地，漢拏山的半山腰。

玉冬　　在下雪嗎？

東昔　　雪是上禮拜下的……因為在颱風，所以像飄雪一樣……（拿起水喝）你不知道白鹿潭，應該來過這裡吧？

玉冬　　（搖頭，盯著窗外，覺得很美）

東昔　　（受不了，鬱悶）

玉冬　　（看著風景）白鹿潭比這裡更美吧？

東昔　　當然，比這裡美上千萬倍，被白雪覆蓋的漢拏山頂白鹿潭，真的……（比出大拇指）超美。

玉冬　　（看著）帶我去……

東昔　　（看著，萬般無奈）光是去程就要四、五個小時，如果半路回不來就慘了，（無奈）別上去，在這裡看就好了。（看著窗外，再看向玉冬）

玉冬　　（看著東昔，內心很想去）

東昔　　（受不了，無奈）你真的……要去？

玉冬　　（看著）對。

東昔　　（看著時間，思考，下定決心）……好，走吧（即使心痛，坦率）在你離開前，把想做的事情全部做完。（下車）

＊跳接－停車場，東昔貨車後》
東昔從貨車後找出圍巾跟球鞋，將水壺等物放進背包。

＊跳接－貨車內＋前》

玉冬坐在副駕駛座。

東昔從車後走向副駕駛座，遞上圍巾。

東昔	圍上這個。
玉冬	這你拿去市場賣吧。
東昔	（看著）你圍著。
玉冬	（圍起圍巾）
東昔	（替玉冬穿上鞋子，繫鞋帶）
玉冬	（看著這樣的東昔，感到感謝、想念，也心疼）
東昔	（不看）下車吧。（攙扶）
玉冬	（下車）
東昔	我去買熱茶。（先走）
玉冬	（看著離去的東昔，跟上前）

第21幕　登山路，早晨。

東昔走在前方。

玉冬在他身後，吃力地走著。

東昔半路轉身等玉冬，表情心疼，再繼續走。

＊跳接－漢拏山一角》

玉冬短暫休息，打開水壺喝茶，再遞給東昔。

東昔接過水壺，再看時間。

東昔	我們只走了三十分鐘，還要走很久，還是下山吧，這樣很累。
玉冬	（搖頭，繼續走）
東昔	（從後方跟上，平淡，直白地問）如果……人死後……能投胎……你想再投胎嗎？
玉冬	（離去）……

東昔	不想再投胎嗎？為什麼？活膩了嗎？
玉冬	可以再投胎當然好……
東昔	（平靜）你想投胎成什麼？鳥？花？風？還是男人？
玉冬	（吃力走著後停下，看著前方的路，身體相當難受，撐住）我想出生在……有錢人家……
東昔	（停下看著玉冬）
玉冬	（看著山，心想能否上去）不用擔心錢的問題……可以識字，可以不用讓我的孩子工作……讓他們讀很多書，不要遇見像你爸那樣短命的人，而是跟長壽的人在一起，如果能這樣活過一次就好了……不行的話就算了。（離去）
東昔	（心疼但忍住）媽……如果你再次投胎轉世……還想跟我當母子嗎？
玉冬	（搖頭離去）
東昔	（似乎有點失望）為什麼不要？因為我脾氣很差嗎？
玉冬	（不發一語，點頭，邊走）
東昔	（對玉冬的誠實感到無語）我也不想再當你的兒子……我根本不想跟冷漠的媽媽一起生活。
玉冬	（吃力，停下，難以呼吸）
東昔	（擔心玉冬的狀況）你坐下。
玉冬	（坐在石頭或椅子上，休息，渾身汗）
東昔	（走上前，從口袋拿出手帕，讓玉冬擦拭汗水，心疼萬分，壓抑情緒）
玉冬	（擦拭完後，遞出手帕）
東昔	（接過手帕，掩蓋心情，盡可能開玩笑，語氣輕鬆）如果我不像現在這樣……而是個乖巧又善良的孩子呢……如果不像小時候愛打架……而是像東伊姊很會讀書，又聽話，愛笑又和氣呢……你會想再跟我相遇嗎？
玉冬	（看著東昔，眼眶泛紅，不知道自己還能看著這個孩子多久，直視好一陣子後才點頭，然後望向別處）
東昔	（看著玉冬，心酸，想著認識任性的自己一定很難熬，轉頭望向山路）姊姊，很喜歡大海。

玉冬	（看著）
東昔	（直盯著山路，直白）她去當海女，不是因為你叫她去，是她自己很喜歡才去的，你也阻止過她，說你自己當海女就夠了，我記得你有勸她別去。
玉冬	（看著山路，因為東昔的話得到安慰）
東昔	（喝一小口水壺內的水）這輩子……你什麼時候最快樂？
玉冬	（看其他地方）現在……
東昔	（感到奇怪）罹癌的現在？
玉冬	（看山路）跟你一起爬漢拏山的現在……
東昔	（忍住鼻酸，看著，極力鎮靜，不看她）真是的……我都不知道該說什麼了，你一個濟州人，最快樂的時光竟然是跟冷漠無比的兒子爬漢拏山……（看著玉冬的額頭，有著斗大的汗滴，嘴唇也乾裂，心疼，看著來路，再望向上坡路，這時有一對男女登山客正要下山，陷入思考）我們走吧，別上去了，我也爬不上去，那些年輕人都放棄了，我們走吧。
玉冬	（看著）我們去白鹿潭……
東昔	（無奈，堅決）去不了了，既然走到這裡，就等於來過漢拏山了，回去吧。
玉冬	我們去白鹿潭。
東昔	（無奈，稍微大聲）去什麼去！你現在嘴唇乾裂，臉色又蒼白！
玉冬	（邊走）我要去看下雪的白鹿潭……
東昔	（看著玉冬的身影，非常無奈，對正在下山的登山客說了些話，然後再次回到玉冬身邊，雖然難受，還是裝出堅決的模樣）我自己去山頂，幫你拍被白雪覆蓋的白鹿潭，我自己上去就好了，媽你跟那些人一起下山，搭計程車回家等我，如果不要，就在山腳下的咖啡廳等我。
玉冬	（吃力，看著登山客，再看東昔）？
東昔	我馬上就回來，我會跑上去的，（對底下的登山客說）麻煩你們了！（留下玉冬，獨自離去）
玉冬	（看著離去的東昔，心想是否是最後一面，眼眶泛紅）

登山客們說：「奶奶，我們一起下山吧。」來到玉冬身邊。

玉冬看著離去的東昔。

第22幕　漢拏山一角，白天。

東昔流汗，勤奮地爬上山。

第23幕　山下的咖啡廳內，白天。

玉冬看著窗外，老闆遞上熱茶，正打算喝茶時，拿起手機，看著3號快捷撥號鍵，猶豫後按下。

第24幕　辦公室內，白天。

宗雨在座位上看向手機，螢幕顯示是阿姨，心痛，愧疚，不忍心接聽。

第25幕　咖啡廳內，白天。

玉冬關上手機，心痛，啜茶，望向窗外。

第26幕　漢拏山一角，白天。

東昔獨自揮著汗爬山，看著前方一整片被白雪覆蓋的光景，再次重振步伐，心想自己唯一能做的事就是讓媽媽看

見白鹿潭的美景。

＊跳接－回想從第1集開始至今所有玉冬與東昔的畫面》
年少的東昔向玉冬展示被兩兄弟毆打的傷痕、打年幼東昔
的玉冬、彼此在市場內工作的模樣、在印權血腸店裡瞪著
玉冬的東昔、向東昔買衣服的玉冬、朝玉冬丟衣服的東
昔、在宗雨家翻倒餐桌的玉冬、揹著玉冬下山的東昔，還
有在車內心痛瞪著看著狗的玉冬的東昔。

第27幕　咖啡廳內，白天。

玉冬趴在桌上，不知是睡去還是了無呼吸地等待著東昔，
咖啡廳的客人覺得玉冬很奇怪。

第28幕　漢拏山山頂附近，禁止入山的告示牌前，白天。

東昔流著汗，看著禁止入山的告示牌，尋找附近最高處。
環顧山的全景，思索該怎麼辦。

第29幕　咖啡廳內，昏暗的午後。

老闆整理桌上的殘杯，看見仍趴著的玉冬，正想上前去
時，東昔正好走進來。老闆看著東昔，東昔張望後發現玉
冬，告訴老闆要結帳，遞出信用卡，結帳完後來到玉冬身
邊。

東昔　走吧。
玉冬　（這才醒來，看著東昔，整理頭髮）

東昔　　　（看著她，走出去）我們回去了。

第30幕　　行駛中的東昔貨車，昏暗的午後。

　　　　　東昔開著車，瞄了一眼玉冬。
　　　　　玉冬看著東昔拍攝的影片，表情柔和、溫暖、憐愛。

　　　　　＊跳接－影片》
　　　　　美麗的漢挐山全景，能望見遠處白鹿潭的頂峰。

東昔　　　（E）這裡積雪太厚，有入山管制，所以我到不了白鹿潭，
　　　　　（拍攝遠方的白鹿潭）白鹿潭……就在……那裡……上去
　　　　　那裡就能看到鹿或是狍子在那裡喝水……（將鏡頭轉向，
　　　　　使自己出現於畫面，眼眶泛紅，卻仍故作鎮定）下次……
　　　　　下次……不要挑下雪的時候，等春暖花開時再來……（心
　　　　　痛，忍住）就媽跟我兩個人來……我再帶你來……一言為
　　　　　定……（心痛，影片結束）
東昔　　　如果你想重看，按這個箭頭就好。
玉冬　　　（按下箭頭，影片再次撥放，緊盯著東昔與漢挐山的美景，
　　　　　淺笑）
東昔　　　（一看到玉冬微笑，不自覺也露出笑容）

第31幕　　玉冬的家前，亮著燈，日落的傍晚。

　　　　　東昔的貨車靠近。
　　　　　東昔下車，打開副駕駛座的門，玉冬拿著的東昔手機傳來
　　　　　訊息聲。
　　　　　玉冬將手機遞給東昔。
　　　　　東昔接過手機，站著查看，玉冬艱辛地走回家。

東昔看著訊息，對正要回家的玉冬說。

東昔	春禧大姐幫你把燈打開了……（難以啟齒，尷尬，不自在）那個……你要不要，去我住的地方看看……
玉冬	（轉身）
東昔	去我住的地方……看看，但如果你很累，就回去休息吧。
玉冬	（即使疲憊也看著東昔）
東昔	你想去嗎？
玉冬	（點頭）
東昔	那走吧。（再次扶玉冬上車，自己坐回駕駛座，快速發動行駛）

第32幕　廢屋，日落的傍晚。

東昔停下車，廢屋亮著燈火。
東昔下車，打開副駕駛座的門，攙扶玉冬下車。
宣亞自廢屋內走出。

宣亞	（開朗）哥？（看見玉冬有些慌張，尷尬，問候）
玉冬	（陌生）？
東昔	（尷尬）這是我媽，（對玉冬，難為情）這是我喜歡的人。
玉冬	（視線無法離開宣亞，低頭，慎重問候）

這時，小烈（手上包著繃帶，輕傷）從屋內走出來，抱著宣亞的腿，笑著。

小烈	媽媽，他們是誰？
宣亞	（看著東昔，尷尬）小烈總是吵著想看馬……我就帶他來了……
東昔	（對小烈笑，走上前蹲下，與小烈的視線齊平）我……是你

媽媽……以前認識的鄰居哥哥，那你是誰？

小烈　　（笑，躲在宣亞後方）

東昔　　（覺得那模樣很可愛）

第33幕　廢屋外，夜晚。

小烈與東昔坐上鞦韆，東昔看著小烈笑，小烈有些不自在，沒有特別互動，東昔也察覺到尷尬的氣氛，對小烈說。

東昔　　嗯……叔叔跟你說，（炫耀）我很會騎馬喔。

小烈　　（原本不看東昔，直到現在才看向他，滿心想騎馬）

東昔　　明天……你要跟我去騎馬嗎？（做出騎馬的姿勢）

小烈　　（笑著點頭）

東昔　　（笑，用腳使鞦韆擺盪，望向廢屋一側的玉冬和宣亞）

＊跳接－廢屋內》

玉冬（疼愛、眼神真摯地盯著宣亞，嘴角帶上淺笑，但因陌生無法笑得燦爛），宣亞略為尷尬地喝著茶。

宣亞　　（難為情，仍小心翼翼地開口，努力露出笑容）聽說伯母身體不舒服……現在還好嗎？

玉冬　　（打斷，露出靦腆微笑）東昔……是非常善良的孩子……

宣亞　　（看著玉冬，眼眶泛淚，微笑）我知道……

玉冬　　（看著宣亞眼眶泛淚，疼愛，感動〔？〕地看著）他真的……很善良……（尷尬，喝茶，朝向外面）東昔，你載我回家吧。

宣亞　　（明白玉冬的心意，眼角帶淚）這邊也很溫暖……可以在這裡過夜沒關係……

玉冬　　（搖頭，以疼愛的眼神看著宣亞，開心，即使心酸也露出幸

福的微笑）

＊跳接》
東昔在屋外看著玉冬的模樣。

第34幕　玉冬的家，燈火通明的全景，夜晚。

第35幕　玉冬的屋內，夜晚。

冬昔鋪好床與被褥。
玉冬倚靠房間的一角。

東昔　　你早點睡，我先走了。（正要走出去，看見門邊父親與東伊
　　　　的照片，心情微妙）
玉冬　　（看著東昔）他們一定去了好地方。
東昔　　（看著照片，直白）你怎麼知道？
玉冬　　（躺下）因為他們走了之後，都沒有來過我們的夢裡……你
　　　　爸跟東伊都是，春禧大姐家的萬德、萬英，還有萬吉……走
　　　　了之後都沒出現在夢裡……他們肯定是去了好地方才沒有回
　　　　來。（側躺）
東昔　　（轉頭看著玉冬）要不要我留下來過夜？
玉冬　　別留女人跟孩子在那裡，你回去吧……
東昔　　你不會怕嗎？
玉冬　　（不看，維持側躺姿勢，直白）不怕……有什麼好怕的……
　　　　我是要去找東伊……
東昔　　（不喜歡提及死亡）我是問你一個人睡會不會怕……扯到哪
　　　　裡去了……明天早上幫我煮大醬湯，我會過來吃。（開門準
　　　　備離去）
玉冬　　（躺著看）你不是不喜歡大醬湯？

東昔	（看著，雖然難以開口）你煮的很好吃……別人煮的不好吃……（放下堅持，使用方言）所以我才不吃，我走了。（關燈走出去）
玉冬	把門開著吧。
東昔	（關門，E）你會感冒啦。（不久後，聽見車子發動的聲音）
玉冬	（起身，開門，吹風，像是對著風說，現在就帶我走吧，再度回到床上，蓋上棉被入睡）

第36幕　　薄霧壟罩村莊，自玉冬家的全景到廚房＋庭院，凌晨。

　　　　　玉冬沉穩地切蔥、南瓜、馬鈴薯，烹煮著大醬湯，瓦斯爐上的白飯已煮好，她關火，一旁有煮好的飼料，舀進大瓢中，走至庭院，餵食貓狗，覺得可愛而露出淺笑，還用手指沾起飼料，餵食幼小家禽。

第37幕　　通往玉冬家的路，凌晨。

　　　　　東昔的貨車停在家門口，東昔下車，走進開燈的屋子。

第38幕　　玉冬的屋內，凌晨。

　　　　　東昔喊著：「我來了！」進屋，看見一側擺放煮好的大醬湯與飯菜，家裡乾乾淨淨，被褥也摺疊整齊，玉冬蓋著較小的棉被，以蜷曲姿勢平穩地睡（？）著。東昔認為玉冬還在睡，坐在餐桌前，用湯匙喝了口大醬湯，覺得好喝，並說：「太好喝了！」準備舀起飯吃時，自然地看向玉冬。

東昔	你睡著了啊？我來了，快醒醒，宣亞……跟她兒子想看馬……我們一起去。（本想吃飯，覺得有異，仔細看著玉冬，直白）媽……
玉冬	……
東昔	（心頭一沉，跪著挪動至玉冬身邊，冷靜，將耳朵湊近玉冬鼻邊，未聽見呼吸聲，眼淚湧上，極力想忍住悲傷，拿出手機，撥號給春禧，茫然）春禧大姐……我是東昔……

第39幕　春禧的屋內，早晨。

春禧正要穿襪子，準備去玉冬家前接到電話，一臉茫然地拿著手機。

春禧	我正要去找你媽媽……好……我來打電話通知定俊跟恩喜……你好好陪在你媽身邊……（掛斷，繼續穿襪子，心痛，眼淚流出）

第40幕　廢屋外，階梯，早晨。

宣亞接起來電，流淚。

宣亞	好……哥……等小烈醒來，我再帶他一起過去……嗯……（掛斷電話，心痛，不過度沉重）

第41幕　玉冬的屋內，早晨。

東昔滿是淚水，緩緩放下手機，躺在玉冬身邊，不捨地看著她，握起玉冬的手，使她枕在自己的手臂上，閉上眼

睛，心想如今才能抱著自己的母親，流下淚水，緊抿嘴唇，嚎啕大哭。

東昔　　（N）沒有一句愛我，也沒有一句道歉，我的母親，姜玉冬女士，煮好一碗我愛吃的大醬湯後，就回到最初來的地方了。我抱著她的遺體痛哭，直到那一刻我才明白，我這輩子……其實從來都不曾怨恨過她，而是希望能抱著她，與她和解……我一直都希望能像現在這樣，久久地抱著她，盡情放聲大哭……

＊跳接》
鏡頭拍攝東昔抱著玉冬哭的模樣，以及玉冬的房子與村莊，還有蔚藍村莊，定俊自公車上表情沉痛地跑出來，坐上貨車駛往玉冬的家，慢動作處理。

＊跳接》
浩息和印權急忙奔下樓梯，跑往遠處的貨車，慢動作處理。

＊跳接》
恩喜在客廳得知玉冬逝世的消息，用手遮掩臉部哭泣，英玉也哭著，心痛地抱住恩喜，慢動作處理。

＊跳接》
鏡頭自恩喜的客廳移向遠方大海。

字幕：1個月後

第42幕　蒙太奇。

1.濟州道路，漆黑凌晨。

東昔剛起床不久，頭髮凌亂，開車聽著輕快的音樂，貨車後照鏡下方掛著照片吊飾（小烈的騎馬照和宣亞與東昔的合照）。東昔朝車窗外望去，看見路上的橫幅。（第23屆蔚藍里對烏山里團結運動）

2.繁忙的彎彎市場一角，白天（時間經過）。

浩息從貨車上卸下冰袋至推車上，拉著推車大喊：「推車！小心！冰塊要經過喔！」經過市場內印權的血腸湯飯店。

3.印權的血腸湯飯店前，白天。

印權、阿顯、阿姨們努力切血腸、煮湯飯、洗碗，各自忙碌著，阿顯看見客人時就會招呼：「歡迎來坐！」忙碌的印權生氣著說。

印權	（對人們說）不要再來了！（對阿顯說）我們還要練習運動會的項目！不要再招攬客人了！（對阿姨說）沒事煮那麼多血腸幹嘛！要賣到什麼時候！
阿姨	（大吼）這是你煮的！
印權	（慌張）是我煮的嗎？

4.恩喜水產店，忙碌的模樣，白天。

英玉、定俊、恩喜、基俊、小月整理架上的漁獲，客人挑選著。

定俊	（認真，低聲，處理魚）今天現撈的白帶魚、鯖魚、魷魚、方頭魚！
基俊／小月	（拍手吆喝）馬鮫、白條魚、銀鱈！
英玉	（清洗漁獲）還有海魴跟鱗魨！
恩喜	（包裝漁獲，然後用手機打開閃光燈）

星星	（沖泡其他客人的咖啡，看見恩喜的手機閃光燈）
恩喜	（用手勢比要她泡給春禧大姐）
星星	（理解，沖好咖啡給春禧）
春禧	（在攤位上，接過星星給的咖啡）
星星	（指恩喜，表示是她請客）
春禧	（看著恩喜，啜口咖啡，對經過的客人說）來買菜喔！

這時，有人坐到春禧面前問：「這些全部多少錢？」

春禧	（抬頭，看見美蘭，燦爛）唉唷，我的美蘭！
美蘭	（緊摟著春禧，開心笑著）我親愛的大姐……

*跳接－東昔的貨車前》
東昔叫賣服飾，用手掌拍打節奏，望向前方。

東昔	（不敢置信O.L）你瘋啦？你怎麼會來？我媽的葬禮你也有來，現在又來，一個月來兩次，你賺的不少喔，你現在待的銀行不是很忙嗎？（將手在褲子上擦拭，伸出手）
漢修	（笑著伸出手後握手）因為印權、浩息、明寶，甚至恩喜、美蘭都一直叫我來……當然我自己也想來啦，你過得還好嗎？
東昔	（略微尷尬地笑，握手）當然……生活要繼續嘛……哈哈哈。
漢修	（敬佩地看著東昔，笑著）……

第43幕　國小操場，下午。

定俊穿著運動服跑進校園，身後還有跑得上氣不接下氣的英玉，已是練習時間卻遲到了。

英玉	等我啊！
定俊	（看著前方跑著）快點！
英玉	（氣喘吁吁）等我！
定俊	（獨自跑進操場，對蔚藍里的人大聲呼喊）抱歉！我們遲到了！

＊跳接－操場前》
漢修、恩喜、印權、美蘭、浩息、阿顯、民君、梁君、小月、星星、裴船長、慧慈等人排成一列跑步，嘴上喊著：「一、二，一、二！」
現在是運動會前的熱身時間，東昔與春禧（意志堅決，悲壯）在一旁練習著兩人三腳，定俊喊著：「抱歉！我們遲到了！」後跑至最前方，英玉氣喘吁吁地排至後方。

恩喜	（跑著，生氣）這兩個傢伙，現在可是村落一年一度的大事，竟然還睡過頭。
漢修	（笑）唉唷，趕快結婚好了！
印權／浩息	你們兩個遲到的處罰就是跑步！
定俊	（即使累也獨自跑著）
惠慈	（對英玉說）英玉你愣著幹嘛？快跑啊！
英玉	（累）好累！
美蘭	（累，對英玉說）喂，如果蔚藍這次輸了，都是你造成的！
印權／裴船長／浩息／恩喜	難道是她一個人的問題嗎？當然是兩個人都要負責！
英玉	唉唷，真是的！（往定俊的方向跑去）

漢修與所有人悲壯地喊著「一、二，一、二」邊跑。

＊跳接－操場一角》
春禧、東昔練習兩人三腳（綁起腿部）的動作，兩人搭著肩喊著「一、二，一、二」的口號，在原地練習。

東昔	一、二，一、二！
春禧	一、二，一、二！
東昔	現在要不要跑一遍看看？走吧？
春禧	（表情認真，搖頭，在原地踏步）一、二，一、二。
東昔	要在原地多久？要走了嗎？
春禧	（搖頭，繼續原地踏步，表情認真地練習）
東昔	（無奈）要等到什麼時候？這樣下去天都要黑了，我們會輸給烏山里的，去年也輸，前年也輸，我們都沒有贏過，今年還要輸一次嗎？你都不覺得丟臉？我們總得贏一次吧。
春禧	（看著前方，下定決心）出發。

東昔、春禧（認真）努力練習兩人三腳。

＊跳接－團結運動會的操場，白天》
操場內已經氣氛沸騰，兩人三腳的項目（交棒前要擠破氣球）即將展開。美蘭、恩喜一組，漢修、明寶一組、定俊、英玉一組，印權、浩息一組，東昔、春禧一組，另一方烏山里的居民也在準備中。

＊跳接》
恩喜和美蘭（盡力奔跑O.L）與烏山里40歲左右的女性對手一同比賽。
恩喜與美蘭盡全力奔跑後，以些微差距領先，隨後交棒給漢修和明寶，美蘭因為筋疲力竭躺在草地上，望向天空。

美蘭	唉唷，天哪，好累……我要累死了，我活得好好的，結果要累死在故鄉了……
恩喜	（躺在一旁）哈哈哈哈……
美蘭	（看著奔跑的漢修）漢修還是那麼帥，心動吧？每次你心動的時候，一定要告訴自己，他已經是別人的男人，遙不可及了。

恩喜　　　（累，點頭）他已經是別人的男人，遙不可及了。

美蘭／恩喜（看著彼此笑）他已經是別人的男人，遙不可及了，哈哈哈哈。

＊跳接》

漢修與明寶雖然努力比賽，卻因身高差距無法加快速度，被烏山里逆轉，支持蔚藍里的人感到一陣失望，換英玉和定俊上場，兩人步伐和諧，整齊劃一地再次奪回優勢，英希在一旁看得很開心，不斷替兩人加油。下一組是印權與浩息，兩人盡全力比賽，一開始雖領先，印權卻因心急而跌倒，讓一旁的英珠與阿顯大嘆一口氣，兩人隨後才起身，想交棒給春禧與東昔，但氣球不好擠破，烏山里的跑者（與東昔差不多40歲左右的男性與奶奶）率先出發，晚起步的東昔與春禧趕緊追上前，所有蔚藍里的居民全部集中火力替兩人加油，宣亞似乎剛從廢屋過來，穿著日常便服，安靜地進入操場，坐在英希旁邊，看著東昔與春禧，開心笑著，東昔與春禧抵達終點線後，看著彼此大喊：「贏了！」燦爛地笑，擁抱彼此，相當快樂，恩奇也歡呼，宣亞跟著拍手。這時，東昔朝宣亞開心揮手，恩喜與眾人紛紛好奇轉頭，朝笑著的宣亞望去，再次望向東昔，春禧看著宣亞再看東昔。

春禧　　　（不笑）你確定不是你單戀人家，她真的喜歡你嗎？

眾人　　　（屏氣凝神盯著東昔）？

東昔　　　（盯著村落的人，再看春禧，尷尬，不笑）……之後……我們再過去打招呼。（瀟灑離去）

春禧／眾人（大笑或拍手，樂得不可開交）

＊跳接－觀眾席》

英玉拿著團體運動服，走向宣亞旁邊坐下。

英玉	（遞上運動服）換上這套衣服吧。（摔跤比賽的哨聲響起） 嗯……（起身走兩步後回頭）我叫英玉，你呢？
宣亞	（尷尬地笑）宣亞，閔宣亞。
英玉	（笑，對英希說）英希，你要好好照顧宣亞。（離去）
英希	（看著英玉，再看宣亞，握手，開朗）我們要贏！
宣亞	（笑，回握英希，害羞）我們要贏！

＊跳接－女子摔跤》
英玉被對手（中年婦女）絆倒在地。
替她加油的定俊感到失望，喊出惋惜聲。

＊跳接－女子摔跤》
英玉再次踏進場上，這次獲得勝利，高興地大喊。
英希也開心地歡呼，宣亞笑著，定俊也高聲吶喊。
英玉看著他們，相當開心。

＊跳接－女子摔跤》
惠慈氣勢凌人地上場，烏山里派出比惠慈更加高壯的選
手，惠慈雖想出力，卻難以對抗。

＊跳接－女子摔跤》
烏山里贏過恩喜與惠慈的選手出戰冠軍賽，恩喜雖力氣不
贏人，卻用技術使對方絆倒於沙場上，替她加油的漢修、
美蘭，和蔚藍里的人紛紛大聲歡呼，恩喜也樂得大吼。

＊跳接》
場上準備進行鬥雞比賽。
這是蔚藍里與烏山里最後的比賽項目，不分男女全都準備
著，雙方分別在場邊兩端，搭著肩繞圓圈，討論戰術，春
禧則在觀眾席觀賽。

＊跳接》
蔚藍里的選手們圍成圓圈，討論作戰計畫。

印權　我負責沈福。
惠慈　我負責昌浚。
定俊　我負責孫滿。
美蘭　（認真）我負責躲。
小月　我負責香淑。
英玉　我碰到誰就撞誰！
東昔　（認真）去他的烏山、蔚藍團結運動會，團結個頭，比賽就是你死我活！（大吼）我們非贏不可！
恩喜　（大吼）沒錯……一定要輾壓他們！
浩息　（大後）輾壓他們！

＊跳接》
裁判來到場中央，吹哨。

漢修　好，來喊口號，（異口同聲）輾壓他們！輾壓他們！輾壓他們！

＊跳接》
蔚藍與烏山兩組人馬，各自在場邊擺出預備姿勢，所有人的眼神流露出獲勝的渴望，全都用手抓住腿部，進入熱身狀態。漢修、定俊、東昔站在最前方，其他人站在後方，不久後，隨著裁判的哨聲響起，東昔與其他蔚藍里的人紛紛大喊：「加油！輾壓他們！」對比賽全力以赴，同時懷抱著享樂的心情，以鬥雞的姿勢靠近對方，慢動作處理。

＊跳接》
恩喜、美蘭、東昔、漢修、英玉、定俊、印權、浩息跑上前，以片段的畫面呈現擊倒對方的模樣，以及春禧與宣亞

和蔚藍里人們加油應援的場景，加入亮點片段後結尾。

我們都有一項不能忘懷的使命。
我們並非為了承受痛苦、迎接不幸而誕生在這塊土地上。
而是為了幸福而生。
大家一起幸福吧！

（完）